Coup de foudre et conséquences

DALLAS SCHULZE

Coup de foudre et conséquences

BEST SELLERS

éditions Harlequin

Cet ouvrage a été publié en langue anglaise
sous le titre :
THE MARRIAGE

Traduction française de
CHANTAL MICHEL

Ce roman a déjà été publié dans la même collection
en mai 2001

HARLEQUIN®

est une marque déposée du Groupe Harlequin
et Best-Sellers® est une marque déposée d'Harlequin S.A.

Photos de couverture
Soleil à travers les nuages : © PHOTODISC / GETTY IMAGES
Paysage anglais : © TONY CRADDOCK / GETTY IMAGES
Chemin champêtre : © ALEXANDER / GETTY IMAGES

83-85, boulevard Vincent-Auriol, 75013 PARIS — Tél. : 01 42 16 63 63
Service Lectrices — Tél. : 01 45 82 47 47
ISBN 2-280-08712-X — ISSN 1248-511X

A Bob Steingraber : guitariste extraordinaire, parfois Roi du Barbecue et mon conseiller préféré pour tout ce qui se rapporte à la musique.
Merci à Linus et Lucy.
Je n'y serais pas parvenue sans eux.

Prologue

— Comment peut-on tenir dans un endroit pareil ? C'est mortel...

Sylvie Lassiter remua nerveusement sur le siège de cuir crème de la Jaguar. Les sourcils froncés, elle contemplait les pâtures qui s'étendaient à perte de vue derrière la vitre teintée du pare-brise.

— L'herbe n'est même pas verte. On dirait la savane, poursuivit-elle avec une moue dépitée.

Duncan détourna un instant les yeux du ruban sombre de la route, et sourit à sa femme.

— Le Wyoming est une région plutôt aride. Ce n'est pas la Nouvelle-Angleterre, ma chérie.

— Sans blague !

Elle se pencha pour tourner le bouton de la radio. Un crépitement se fit entendre, aigu et persistant, tandis qu'elle cherchait une station. Puis un bruit de voix résonna vaguement dans la voiture, trop faible pour être compréhensible. Agacée, elle ferma la radio et se laissa aller contre son dossier.

— On ne peut même pas capter correctement une station ! Tu ne vas pas me dire que c'est l'aridité qui empêche la musique de circuler sur les ondes !

— Non... Mais il faut des gens qui aient envie de

l'écouter ! A mon avis, les mélomanes ne sont pas pléthore, dans le Wyoming.

— Ce n'est pas étonnant. Tout est si morne, si triste, si... vide. Qui voudrait vivre ici ?

Elle frissonna. Cet espace immense et désert lui donnait froid dans le dos.

— C'est un endroit formidable pour les enfants, affirma Duncan d'une voix forte. On peut monter à cheval, pêcher, courir sans limites... J'y ai été très heureux.

— Oh...

Sylvie se mordit la lèvre et lança un coup d'œil vers le siège arrière.

— Surtout, ne fais pas attention à mes commentaires, Ryan. Ton père a raison. Quand on a dix ans, cette région doit ressembler à un petit paradis. Je suis sûre que tu vas l'adorer.

— C'est ça.

Les yeux rivés sur le paysage qui défilait derrière la vitre, son fils haussa les épaules.

— Tu vas tellement t'amuser ici, cet été, dans le ranch de ton grand-père ! reprit Sylvie avec enthousiasme, sans prêter attention à l'air indifférent de son fils. D'ailleurs, je parie que tu seras devenu un vrai cow-boy quand nous reviendrons te chercher.

Son rire argentin fit sourire son mari, mais pas son fils. Elle fronça les sourcils. Elle n'avait pas l'habitude qu'on l'ignore ainsi. Fille unique, gâtée par la nature, elle avait été choyée et adorée par ses parents, qui l'avaient eue sur le tard. Mais derrière son physique éthéré, Sylvie dissimulait une volonté de fer. Pour obtenir ce qu'elle voulait, il lui suffisait en général de faire un charmant sourire et de dire un mot aimable. Si par extraordinaire cela ne suffisait pas, elle ajoutait une moue et quelques larmes et faisait fondre ainsi le cœur le plus dur. Personne ne pouvait lui résister. Ceux qui avaient réussi à déceler la main de fer sous le gant de velours étaient très rares. Dès qu'ils la voyaient, les gens étaient conquis par Sylvie Marie Winthrup Lassiter, et elle s'arrangeait pour qu'ils demeurent sous le charme.

Son fils avait été l'un de ses admirateurs les plus fervents, et cette touchante ferveur représentait pour Sylvie le principal intérêt de la maternité. Mais, depuis quelques mois, un changement s'était produit dans l'attitude de l'enfant. Quand il la regardait, il avait dans les yeux un éclat cynique qui la dérangeait. Elle avait beau le cajoler, elle ne parvenait plus à percer l'épaisse froideur dont il s'entourait. Ce nouveau comportement agaçait Sylvie au plus haut point. Elle avait la désagréable impression qu'il la jugeait et qu'il ne la trouvait plus aussi parfaite.

— La première fois que j'ai vu ton père, il jouait au cow-boy lui aussi, tu sais, dit-elle en fixant le profil de son fils. Je l'ai trouvé terriblement séduisant, avec ses bottes et son chapeau.

Elle poussa un petit soupir et fit un clin d'œil à Duncan.

— Je suis tombée dans ses bras.

— C'est vrai, en plus, dit Duncan en riant. Je marchais sans regarder où j'allais et je t'ai fait trébucher...

— J'avoue que j'avais fait exprès de me trouver sur ton chemin.

L'histoire de leur rencontre, ils l'avaient racontée si souvent à leur entourage qu'ils en connaissaient les dialogues par cœur.

— Je ne laisse pas passer la chance quand elle se présente, ajouta-t-elle.

— C'est moi qui ai eu de la chance.

Avec un sourire tendre, Duncan tapota le genou de sa femme.

Sylvie lui prit la main et la porta à sa joue. Son sourire s'effaça quand elle se tourna de nouveau vers l'enfant qui demeurait silencieux derrière elle.

— Je suis sûre que tu vas passer un été génial, Ryan, insista-t-elle.

Son fils ne se donna pas la peine de la regarder. Les traits de Sylvie se crispèrent. Franchement, elle avait du mal à le comprendre depuis quelque temps. Il était si mignon, quand il était bébé ! Et même plus tard, il était resté doux et facile, toujours de bonne humeur... Son changement de comportement était récent. Sylvie avait parfois l'impression qu'il ne l'aimait pas, ce qui était absurde. Tout de même, la pensée l'agaça.

— Tu dois être ravi à l'idée de passer l'été dans le ranch de ton grand-père, non ? insista-t-elle encore, un peu brutalement.

Il tourna enfin les yeux vers elle et lui lança un regard froid, qui n'avait rien d'enfantin.

— Pourquoi me poses-tu cette question ? Cela t'est bien égal.

— Mais enfin, Ryan...

L'étonnement avait fait monter sa voix de deux tons. Elle se tut, inspira profondément avant de reprendre :

— Mais enfin, tu sais bien que non. Cela ne m'est pas égal du tout. Ton père et moi, nous ne voulons que ton bonheur.

Avec un haussement d'épaules, l'enfant se tourna de nouveau vers la vitre. Sylvie ouvrit la bouche, prête à exiger une réponse, mais se ravisa. Elle avait l'intuition que, si elle insistait, elle risquait de ne pas apprécier ce que Ryan lui dirait. Les lèvres serrées, le regard figé, elle contempla la route qui se déroulait à l'infini derrière le pare-brise.

Cet enfant devenait impossible ! S'il voulait bouder pendant le reste du trajet, tant pis pour lui. Elle s'était donné un mal fou pour organiser son séjour chez son grand-père, et, pour la remercier, il ne faisait même pas l'effort de montrer un peu d'enthousiasme ! Il lui avait pourtant fallu des trésors de patience pour arriver à persuader Duncan de téléphoner à son père. Juste après son mariage, les deux hommes s'étaient disputés, et ils ne s'étaient pas parlé depuis. Rompre un silence qui durait depuis dix ans, voilà qui n'avait pas été facile.

Sylvie fit inconsciemment la moue en songeant à tous les efforts qu'elle avait accomplis pour que Ryan puisse passer l'été au ranch. Elle aurait pu tout simplement l'envoyer dans un pensionnat. C'était ce que faisait la plupart de ses amies avec leurs enfants. Mais elle, elle avait privilégié la famille, se dit-elle, oubliant au passage qu'elle était prête à envoyer Ryan en pension lorsque Duncan lui avait rappelé juste à temps que le pensionnat risquait de leur coûter une petite fortune. Elle se sacrifiait pour son fils et subissait un voyage interminable à travers une région affreuse, et lui, que faisait-il ? Il cherchait à se faire passer pour une victime ! Eh bien, elle n'allait pas perdre son temps à tenter de le dérider s'il avait décidé de bouder.

— Nous roulons depuis des heures, dit-elle soudain. Ce maudit ranch se trouve au bout du monde !

— Il n'est plus très loin, ma chérie.

Duncan voulut lui caresser l'épaule, mais elle s'écarta avec un soupir énervé. Elle n'était pas d'humeur à vouloir se calmer.

— Je déteste cette région, murmura-t-elle. Je me demande bien pourquoi nous avons fait tout ce voyage. Nous aurions pu trouver quelqu'un pour aller chercher Ryan à Denver.

— Mon père nous a demandé de le conduire nous-mêmes jusque chez lui. Tu t'en souviens ?

Evidemment qu'elle s'en souvenait ! Comment aurait-elle pu l'oublier ? Son beau-père n'avait pas demandé qu'ils déposent Ryan au ranch, il l'avait exigé. La moue de Sylvie s'accentua. De quel droit exigeait-il quoi que ce soit d'eux ?

— Nous pourrions être en train de nous dorer au soleil sur le yacht de Dick et Jilly, en ce moment, marmonna-t-elle.

— Nous les rejoindrons dans deux jours à Aruba, dit Duncan d'un ton apaisant.

— Cela fait deux jours de perdus ! J'ai hâte de me retrouver dans un endroit civilisé... Je ne veux pas rester dans ce coin paumé. Nous repartirons dès que nous aurons déposé Ryan.

— Mon père nous a invités à dormir chez lui. Nous ne pouvons pas nous éclipser comme des voleurs et filer vers Denver !

— Bien sûr que si !

Sylvie lui jeta un coup d'œil impatient.

— Tu ne vas pas me dire que tu tiens à évoquer le bon vieux temps avec lui... Tu le détestes !

— C'est faux, protesta Duncan.

Il lança un regard dans le rétroviseur, un peu gêné que Ryan puisse les entendre.

— Nous ne nous entendons pas particulièrement bien, mais je ne le déteste pas.

— Oh, cela te regarde, après tout.

Sylvie farfouilla dans son sac à main, à la recherche de son poudrier. Elle ouvrit le boîtier et vérifia son maquillage dans le petit miroir rond. Elle vit avec satisfaction que son teint était parfait, malgré les problèmes et les longues heures de voyage, et referma le poudrier en poussant un soupir soulagé. Puis elle se tourna vers son mari, un sourire enjôleur aux lèvres.

— Que tu aimes ton père ou non, cela n'a guère d'importance. Tout ce que je veux, c'est retrouver la civilisation le plus vite possible. Je regrette tellement que Dick et Jilly aient commencé leur croisière sans nous !

— Mais, chérie, nous sommes à des heures de...

Ryan décida de ne plus les écouter. Il savait d'avance

comment se terminerait la discussion. Sa mère gagnerait, comme toujours. Son père protesterait un peu, pour la forme, et puis il finirait par céder et par faire ce qu'elle voulait. C'était chaque fois pareil.

Il contempla les pâturages d'un air morne. Elle pouvait lui répéter à l'envi qu'il avait de la chance d'aller dans un vrai ranch, il était conscient que la seule chose qu'ils souhaitaient, c'était se débarrasser de lui pour passer l'été à Aruba avec leurs amis. Ils allaient le déposer chez son grand-père comme ils l'avaient déposé chez des amis ou des parents toutes ces dernières années. C'est ainsi qu'il avait passé six mois à Milwaukee, chez la cousine de Sylvie, trois semaines en Floride, chez une autre cousine, deux mois à regarder la télévision chez une tante et un oncle âgés, à Phoenix, près de quatre mois chez une ancienne amie de classe... Cette dernière avait fini par menacer ses parents de le remettre aux soins des services sociaux s'ils ne revenaient pas d'Europe pour le chercher.

Ryan n'arrivait même plus à se souvenir des noms et des visages des personnes chez qui il avait vécu, tant elles étaient nombreuses.

Avec un certain cynisme, il se demanda si ce grand-père inconnu avait la moindre idée du piège dans lequel il risquait de se fourrer. Se doutait-il que Sylvie et Duncan pouvaient tout aussi bien décider de passer l'automne à Paris au lieu d'aller récupérer leur fils au fin fond du Wyoming ? Dans quelques semaines, sa mère l'appellerait au téléphone. Des larmes dans la voix, elle lui dirait qu'il leur manquait terriblement, mais qu'on venait de leur faire une proposition fabuleuse. On les avait invités à passer quelques semaines sur un yacht pour faire le tour des îles grecques, ou bien à aller skier à Saint-Moritz... Ou alors à visiter le sud de la France. Quel que soit le prétexte, le résultat était le même : ses parents ne pouvaient pas venir le chercher, et le malheureux qui avait accepté de le garder l'avait sur les bras pendant un bon moment encore.

Ryan se rendit compte que ses doigts étaient crispés sur son genou et il fit un effort pour les écarter. Il s'était juré depuis longtemps qu'il ne serait plus jamais affecté par le comportement de ses parents. Ils ne voulaient pas de lui — cela faisait des années qu'il l'avait compris. Il ignorait pourquoi ils ne l'aimaient pas comme les autres parents aimaient leurs enfants. Mais cela n'avait guère d'importance, maintenant. Du moins est-ce ce qu'il avait décidé.

— Voilà... C'est le chemin qui mène au ranch, annonça Duncan.

La Jaguar prit un tournant en épingle à cheveux, les pneus crissèrent, un nuage de poussière s'éleva autour de la carrosserie.

De l'autre côté de la clôture en fil de fer barbelé qui longeait le chemin, des vaches à la tête blanche paissaient l'herbe jaunie. Quelques-unes se redressèrent pour regarder passer l'élégant véhicule tout en ruminant. Au loin, un homme à cheval galopait autour du troupeau. On aurait dit une scène de film, tirée des westerns qui passaient souvent à la télévision. Malgré lui, Ryan éprouva de la curiosité. Ces prairies sans fin, que sa mère jugeait arides et désertes, lui semblaient à la fois belles et étrangement familières. Il ressentait la puissance de ce ciel et de cette terre qui s'étendaient à l'infini, et le sentiment de liberté qui s'en dégageait.

Son père avait grandi dans cet endroit, puis il l'avait quitté. Ryan ne parvenait pas à imaginer comment quelqu'un pouvait habiter un appartement en ville après avoir vécu ici. Il avait envie de baisser la vitre pour humer l'air extérieur, le goûter... Mais sa mère piquerait une crise si le vent dérangeait sa coiffure. Il se contenta donc d'absorber autant qu'il le pouvait le paysage à travers la vitre teintée.

Tout au fond de lui, il ressentait une certaine émotion, un espoir ténu, fragile, à peine perceptible. Peut-être, se disait-il, peut-être que cet endroit lui conviendrait. Peut-être qu'il s'y sentirait chez lui et qu'il pourrait y planter ses racines.

— Ça fait un bail.

La porte se referma derrière Sara McIntyre avec un bruit sourd. La gouvernante s'approcha de son employeur qui se tenait debout sous le porche.

— Dix ans, répondit Nathan Lassiter, les yeux rivés sur le nuage de poussière qui progressait vers eux à petite vitesse.

Il était grand, avec les hanches étroites et les épaules larges d'un cavalier. A cinquante-quatre ans, ses cheveux noirs étaient striés d'argent mais son regard bleu n'avait rien perdu de son acuité. Avant lui, trois générations de Lassiter avaient exploité le ranch du Double L, et Sara savait à quel point il avait souffert quand son fils avait refusé de marcher sur ses traces et celles de ses ancêtres. Pourvu qu'il ne se remette pas à espérer en voyant son petit-fils, se dit-elle. Ce petit-fils qu'il n'avait encore jamais rencontré.

— C'était à l'enterrement de Mary Beth, précisa Sara.

Ses prunelles sombres suivirent le regard de son employeur.

Nathan sentit son cœur se serrer en entendant le nom de sa femme. Malgré les années, certains soirs la perte de sa femme lui semblait aussi douloureuse qu'au premier jour. Sa main se crispa sur la rambarde de bois. Depuis le coup de fil de Duncan, Mary Beth n'avait cessé de le hanter.

Nathan et son fils s'étaient disputés quelques heures seulement après l'enterrement. Ce n'était pas leur première dispute — ils s'affrontaient depuis le jour où Duncan avait prononcé son premier mot. Mais, cette fois, Mary Beth n'avait pu s'interposer et ils s'étaient dit des choses qu'ils n'étaient pas près d'oublier. Duncan était parti le soir même et il n'avait pas parlé à son père jusqu'à ce coup de fil, la semaine passée. Aujourd'hui, il revenait au ranch pour y déposer son fils.

« Mon petit-fils, songea Nathan. Notre petit-fils. Il représente une seconde chance, un pari sur l'avenir. »

— Vous ne vous êtes jamais entendus, Duncan et toi, commenta Sara.

— Il est têtu comme une mule.

— Et toi, tu es une crème !

Le regard qu'elle lui lança était plein d'humour. Elle était la femme du contremaître de Nathan et le connaissait depuis trop longtemps pour hésiter à lui dire ce qu'elle pensait. A la mort de Mary Beth, elle s'était chargée des tâches domestiques à sa place. Au début, elle les avait accomplies par gentillesse, et puis, au fil des mois, elle en avait fait son métier. Elle était arrivée au ranch dix ans avant la mort de Mary Beth et elle savait que, dans le conflit permanent qui opposait le père et le fils, Duncan n'était pas le seul à blâmer.

— Je n'ai peut-être pas un caractère facile, mais au moins je ne mène pas une vie de nomade en parcourant le monde comme il le fait. Ce n'est pas une façon d'élever un enfant.

— De nos jours, les gens voyagent, dit Sara avec douceur.

— Je m'en fiche ! En revanche, je ne me fiche pas du tout de la façon dont mon petit-fils est élevé. Un enfant a besoin d'avoir des racines. Un foyer. De rentrer chez lui tous les soirs. Et ça, c'est impossible avec des parents qui ont la bougeotte et qui ne restent jamais au même endroit plus de quelques mois !

Nathan s'était efforcé de suivre les déplacements de Duncan, surtout après la naissance de Ryan.

— Certains prétendent qu'ils se sentent chez eux partout. C'est juste un état d'esprit.

— Possible, mais je parie qu'il est plus facile d'avoir cet état d'esprit quand on s'installe pour de bon !

Le véhicule ralentit et pénétra dans la cour qui longeait le bâtiment principal. Nathan ricana avec mépris en voyant les secousses et les soubresauts qui agitaient la Jaguar vert sombre tandis qu'elle passait sur les nids-de-poule et les coulées laissées par les pluies de printemps.

— Ce véhicule est ridicule. Il n'a rien d'un utilitaire !

— A mon avis, il n'a pas été acheté parce qu'il était utile, mais parce qu'il était élégant.

Sara plissa les yeux. La Jaguar couverte de poussière venait de s'arrêter à quelques mètres de la maison.

— On ne pourrait pas transporter des ballots de foin ou un veau malade dans cette voiture, mais elle est vraiment très belle, poursuivit-elle.

— Ridicule, je te dis, répéta Nathan.

Cette fois, Sara se demanda s'il faisait allusion à la Jaguar ou à la femme qui venait d'en sortir.

A première vue, Sylvie Lassiter donnait une impression de fragilité. Très mince, elle semblait aussi fine, aussi délicate qu'une figurine de porcelaine. Pourtant, elle mesurait près d'un mètre soixante-dix. Longue et souple, elle avait la taille étroite, de petits seins haut placés et des jambes interminables.

Son mariage avec Duncan avait eu lieu à Las Vegas, une semaine à peine avant la mort de la mère de Duncan. Sara se souvenait très bien de l'arrivée de Sylvie le jour de l'enterrement. Avec ses cheveux platine, son ravissant visage et son joli tailleur de soie noire dont la jupe lui arrivait à mi-cuisses, il aurait été difficile de l'oublier. Au moment où on avait mis le cercueil de Mary Beth en terre, Sara l'avait entendue se plaindre amèrement de la boue qui couvrait ses Ferragamo tout neufs. Après la cérémonie, les spéculations étaient allées bon train sur ce que pouvaient être des Ferragamo. Les gens avaient fini par conclure qu'il s'agissait sûrement des escarpins à très hauts talons aiguilles que portait la jeune femme.

Aujourd'hui, elle était vêtue d'un jean noir, de bottes noires et d'une chemise de soie turquoise ornée de boutons en argent brillant. C'était probablement l'idée que Sylvie se faisait de la mode western, se dit Sara. Et de se demander ce qui arriverait si la jeune femme essayait de monter à cheval dans son jean ultramoulant.

— Bonjour !

Sylvie sourit et agita la main en les voyant. La seule réponse qu'elle obtint de Nathan fut un ricanement à peine audible qui étira le coin de sa bouche. Sara salua en retour, avec plus d'enthousiasme qu'elle ne l'aurait souhaité, pour pallier le manque d'entrain de son employeur.

— Tu pourrais être poli, au moins, grommela-t-elle.

Nathan ne l'écoutait pas. Toute son attention était centrée sur le garçon qui s'extirpait de la banquette arrière de la voiture. Il était grand pour son âge, et assez dégingandé. Pourtant, ses larges épaules indiquaient qu'il serait du genre costaud dans quelques années. Contrairement à sa mère, il avait les cheveux d'un brun profond, qui prenait des reflets cuivrés au soleil. Une teinte que Mary Beth aurait qualifiée d'acajou.

Ryan tourna la tête vers le bâtiment principal, comme s'il avait senti se poser sur lui le regard de Nathan. Le menton levé, il semblait à la fois sur la défensive et prêt à relever un défi. Ses traits réguliers avaient encore la rondeur de l'enfance tout en suggérant déjà l'adulte qu'il allait devenir.

Ce visage, Nathan le reconnaissait. Il l'avait vu bien des années auparavant.

Un long soupir lui échappa tandis que dans sa tête les ans défilaient à l'envers. Une fraction de seconde, il vit un autre enfant qui se tenait là, sur ses gardes, le menton levé, le regard plein de défi.

Ce fut le bruit sourd d'une portière que l'on claque qui le fit revenir d'un coup dans le temps présent. Avec effort, Nathan se détourna de son petit-fils pour regarder son fils. Il croisa les yeux de Duncan au-dessus du toit de la Jaguar et y décela le même défi, la même attitude de défense. Il en ressentit du regret et de la tristesse. Les choses ne changeaient-elles donc jamais ?

Mais le passé était le passé et il était trop tard pour avoir des regrets. Les conflits qu'il avait eus avec Duncan n'avaient plus guère d'importance. Seul le futur comptait désormais pour lui. C'est avec ce sentiment d'espoir, cette foi dans l'avenir, que Nathan descendit les marches du porche pour accueillir son fils.

Du bout du doigt, Ryan repoussa les miettes du gâteau vers le rebord de son assiette. A la dérobée, il lança un coup d'œil à la femme qui était en train d'éplucher des légumes derrière le comptoir, mais détourna son regard avant qu'elle ne puisse le croiser. Elle s'appelait Sara McIntyre, lui avait-elle dit, quand elle s'était présentée. Elle avait ajouté qu'elle s'occupait de faire manger et boire tous ceux qui vivaient au ranch. En fait, elle devait tenir la maison pour son grand-père. Certains amis de ses parents avaient aussi une « gouvernante », chargée de tenir la maison, mais aucune ne ressemblait à la femme qu'il avait devant lui. Elle était presque aussi grande que sa mère, mais ses formes étaient plus amples, plus généreuses. Sa chevelure, d'un noir d'encre, était rassemblée en une tresse assez longue pour lui frôler la taille. Son teint était cuivré, mais ce n'était pas en passant des heures au soleil allongée sur une chaise longue qu'elle avait obtenu ce bronzage-là. Elle portait un jean délavé et une chemise à carreaux bleus et blancs.

— Tu veux un autre gâteau ? demanda-t-elle en souriant, après avoir réussi à intercepter son regard.

— Non, merci.

En fait, il avait déjà du mal à digérer les deux cookies qu'il venait de manger.

— Si tu n'aimes pas les cookies au chocolat, il y en a d'autres au citron. Ils sont dans la boîte, sur l'étagère.

— Merci. J'aime bien le chocolat, mais je n'ai pas très faim.

Sara avait un fils du même âge. A dix ans, Tucker n'avait jamais pensé qu'il devait avoir faim pour avaler des cookies au chocolat, mais elle garda sa remarque pour elle. Elle était prête à parier gros que Ryan était bien trop nerveux pour manger.

— Ils sont en train de parler de moi, hein ?

Ryan tourna la tête vers la porte du bureau dans lequel Nathan s'était enfermé avec ses parents juste après leur arrivée.

— Ils doivent discuter de ton séjour ici, en effet, dit Sara.

Elle vit les épaules de l'enfant se crisper.

— Ton grand-père est très heureux de t'avoir chez lui.

— Vraiment ?

Le mot était banal, mais le ton incrédule de l'enfant lui donna une connotation cynique.

Sara se demandait ce qu'il pouvait bien penser, mais il était trop tôt pour lui poser ce genre de question. Son fils, Tucker, était ouvert, facile à vivre et dénué de toute arrière-pensée. Ryan avait érigé des murs autour de lui, des murs épais de plusieurs mètres.

L'enfant se leva brusquement et marcha vers la porte donnant sur l'arrière de la maison, qui était grande ouverte. Il s'adossa à l'un des montants et contempla le paysage. La ligne de l'horizon était ponctuée par les sommets bleutés des montagnes Rocheuses et il eut soudain l'envie violente de sauter les marches du petit perron et de courir vers elles. S'il courait assez vite et assez loin, peut-être pourrait-il laisser derrière lui le sentiment d'insécurité qui lui brûlait l'estomac. Il n'aurait plus à se demander pourquoi ses parents cherchaient constamment à se débarrasser de lui, ni ce qui arriverait quand ils ne pourraient plus trouver quelqu'un qui veuille bien le prendre en charge.

Sa poitrine se contracta jusqu'à lui arracher une grimace de douleur et les larmes lui piquèrent les yeux.

Il en avait assez d'être seul.

— Tu vas me manquer terriblement, mon chéri.

Sylvie se pencha pour prendre son fils dans ses bras. Elle ne remarqua pas la raideur de l'enfant tandis qu'elle le serrait contre elle.

A quelques mètres derrière eux, Nathan observait la scène qui se déroulait entre Ryan et ses parents. Il préférait demeurer à l'écart, comme s'il prenait déjà ses distances avec son fils et sa belle-fille. Duncan et Sylvie n'avaient passé qu'une heure au ranch, mais Nathan était presque content de les voir repartir aussi vite. S'il avait vaguement espéré qu'avec les années, les différends existant entre eux pouvaient être dépassés, cet espoir s'était rapidement évanoui. L'intimité qu'il avait parfois ressentie avec Duncan, lorsqu'il vivait encore au ranch, avait disparu. Et Nathan se demandait s'il aurait apprécié l'homme que son fils était devenu.

Il ne les avait invités, Sylvie et lui, à passer la nuit au ranch que par politesse. Quand ils avaient décliné l'invitation, Nathan n'avait guère insisté. Il était trop tard — beaucoup trop tard — pour tenter de combler le fossé qui n'avait cessé de se creuser entre Duncan et lui. Mais il avait obtenu ce qu'il voulait. Duncan avait accepté de lui laisser Ryan. Pour toujours. A condition que l'enfant apprécie la vie que l'on menait au ranch. C'était Nathan qui avait posé cette condition. Il n'avait pas l'intention d'obliger son petit-fils à rester chez lui. Car s'il avait appris une leçon, c'était bien celle-là : on ne peut pas forcer quelqu'un à aimer la terre.

Sylvie avait commencé par protester, clamant haut et fort qu'elle ne pouvait pas abandonner son fils unique. En l'écoutant, Nathan s'était même demandé s'il n'avait pas jugé trop durement sa belle-fille. Et puis il avait compris que ce qui troublait la jeune femme, ce n'était pas son instinct maternel, mais la peur de ce que ses amis pourraient penser en apprenant qu'elle s'était débarrassée de Ryan pour toujours. Quand elle avait formulé ses craintes, Duncan avait baissé les yeux pour ne pas croiser le regard méprisant de son père. C'était lui qui avait persuadé sa femme d'accepter de laisser leur fils chez son grand-père. Il l'avait fait parce qu'il avait l'intérêt de Ryan à cœur, du moins était-ce ce que Nathan voulait croire.

En observant sa belle-fille, le vieil homme se demandait ce qui avait attiré son fils chez elle. Sylvie était jolie, très jolie même. Mais elle semblait ne posséder aucune force intérieure, et aucune qualité de cœur. Tout en elle n'était qu'artifice, rien n'était réel. Il eut un sourire narquois en la voyant presser sa joue contre celle de Ryan. L'enfant était aussi raide qu'un bâton, et elle ne semblait pas s'en rendre compte. Ou alors cela lui était parfaitement égal.

— Comment vais-je pouvoir te laisser ici ? gémit-elle en s'écartant de son fils, les yeux brillants de larmes.

Ryan se dégagea de son étreinte et recula d'un pas. Il ne supportait pas de voir sa mère agir ainsi, comme si elle l'aimait vraiment. Comme si elle n'avait pas envie de le quitter, mais qu'on l'y contraignait. Il se retenait de crier que, s'il allait tellement lui manquer, elle n'avait qu'à rester avec lui, au lieu de partir bêtement en croisière. Mais il se tut. Quand il était petit, il avait supplié ses parents de ne pas l'abandonner derrière eux, mais il n'avait jamais obtenu gain de cause. Un jour, il s'était promis de ne plus jamais leur demander de rester. Il ignorait pourquoi ils ne voulaient pas s'occuper de lui, mais il avait décidé qu'il n'avait plus besoin d'eux, désormais.

— Je vais beaucoup te manquer, n'est-ce pas, mon chéri ?

Comme Ryan ne répondait pas, elle eut une expression désolée. En général, quand elle faisait cette moue-là, elle obtenait ce qu'elle voulait.

— Je vais te manquer, répéta-t-elle.

Les yeux fixés sur le sol, Ryan haussa les épaules.

— Oui, bien sûr.

— Dis à maman que tu l'aimes, insista Sylvie, telle une reine exigeant l'allégeance de ses sujets.

L'enfant serra les lèvres et garda le silence. Il fourra les mains dans les poches de son bermuda en toile et, évitant de regarder sa mère, s'intéressa au cheval gris qui avait passé la tête au-dessus de la barrière du corral, près de la grange, et semblait les observer avec intérêt. Il avait envie de courir vers l'animal, de l'enfourcher et de galoper loin, très loin de sa mère.

— Ryan...

Le ton de Sylvie s'était fait menaçant.

— Voyons, chérie, il n'aura pas le temps de penser à nous ! intervint Duncan.

Il posa une main sur l'épaule de sa femme et l'attira à lui. Il jeta un coup d'œil à son fils, puis à son père, et regarda de nouveau Ryan en affectant un sourire éclatant.

— Il aura tellement de choses à faire, ici, qu'il ne se

rendra même pas compte de notre absence, affirma-t-il d'une voix un peu trop confiante.

Ryan leva enfin la tête et regarda son père droit dans les yeux.

— De toute façon, vous n'êtes jamais là... Alors qu'est-ce que ça change ?

Il y eut un silence gênant. Une rougeur diffuse se répandit sur le cou et le visage de Duncan, et il détourna les yeux comme s'il éprouvait une certaine culpabilité. Au même moment, la colère déforma les traits fins de Sylvie. Elle voulut parler, mais elle sentit les doigts de Duncan se resserrer sur son épaule et elle se ravisa.

Duncan cherchait-il à protéger sa femme ou bien son fils ? se demanda Nathan, qui avait vu le geste de son fils. En tout cas, il était temps de mettre un point final à cette scène pénible. Il s'approcha de Ryan et posa la main sur l'épaule de l'enfant. Sous sa paume, la tension était palpable.

— Vous feriez mieux de vous mettre en route si vous voulez arriver à Cheyenne ce soir.

— Tu as raison. Cheyenne est encore loin, admit Duncan.

A la différence de Sylvie, il semblait reconnaissant de l'intervention de son père.

— Partons, dit-elle d'une voix sifflante. Je suis ravie de quitter ce coin perdu !

Elle se dirigea vers la voiture d'un pas pressé, sans un regard pour son fils. Un fils qui allait tant lui manquer, avait-elle prétendu l'instant d'avant.

Duncan hésita quelques secondes. Il lança un coup d'œil à Ryan, qui soutint son regard, l'air calme, presque dur, aussi impénétrable qu'un mur de glace. La portière de Sylvie claqua dans le silence. Le bruit métallique sembla résonner jusqu'aux montagnes qui entouraient le ranch. Duncan tressaillit. Il se ressaisit, relégua les doutes et les incertitudes au fin fond de son cerveau, et il sourit à Ryan sans vraiment voir l'enfant qu'il avait sous les yeux. Ses pensées étaient déjà concentrées ailleurs, probablement sur la croisière qui les attendait, Sylvie et lui.

— Amuse-toi bien, mon garçon, dit-il simplement.

Après avoir levé la main en guise d'au revoir, il se détourna et marcha vers la voiture.

Les traits figés, Ryan regarda son père s'engouffrer dans la Jaguar, démarrer et s'éloigner sur le chemin poussiéreux. Le corps raidi par la tension, le visage dénué de toute émotion, il suivit le véhicule des yeux. Quand il eut disparu, il se dégagea de l'étreinte de son grand-père et se tourna pour lui faire face, le menton levé, du défi dans le regard.

— Ils ne reviendront pas me chercher à la date prévue, annonça-t-il à Nathan.

— Oh, vraiment ?

Le vieil homme haussa les épaules.

— Dans ce cas, tu resteras plus longtemps ici.

— Et ils ne te paieront pas de pension, ajouta Ryan.

Il jetait les mots au visage de son grand-père comme quelqu'un qui lance un gant à celui qu'il veut défier en duel.

— Ils promettent toujours de régler tous mes frais, mais ils ne le font jamais, insista-t-il.

— Je ne veux pas d'argent, répondit Nathan avec calme.

Devant l'air confus de son petit-fils, il décida d'abattre son jeu. Pourtant, il n'avait pas prévu de le mettre au courant si tôt. Il aurait préféré attendre un peu, le temps que l'enfant s'installe et commence à comprendre les principes de base régissant la vie au ranch. Mais peut-être valait-il mieux que les choses se passent autrement. Et que l'enfant sache qu'il était le bienvenu et qu'il pouvait rester ici toute sa vie... Cela lui donnerait de quoi réfléchir.

Il plongea son regard dans les yeux bleus, à peine plus foncés que les siens, de son petit-fils.

— Je veux que tu habites avec moi aussi longtemps que tu en auras envie. Tu peux même rester ici pour toujours, si tu veux.

— Pour toujours ?

Sous le choc, Ryan perdit son air indifférent.

— Tu veux dire... toute ma vie ?

— C'est toi qui décides.

L'incrédulité voila le regard indigo de l'enfant. Nathan n'essaya pas de lever ses doutes ni de le persuader qu'il ne s'agissait pas d'une vaine promesse. Il savait que Ryan avait de bonnes raisons de ne pas croire aux promesses.

— Pourquoi ?

L'enfant posa la question d'une voix qui reflétait une souffrance bien trop grande pour son âge. Nathan sentit sa gorge se nouer. Il toussota avant de répondre :

— Tu es mon petit-fils, Ryan. Ici, tu es chez toi.

Ryan le fixa d'un air dubitatif. D'un côté, il avait très envie de croire ce vieil homme grand et maigre, à l'air solennel, mais cela semblait trop beau pour être vrai. La vie lui avait appris que les adultes passaient leur temps à faire des promesses qu'ils ne tenaient pas. Il était facile pour son grand-père de dire qu'il voulait le garder chez lui pour toujours, mais cela ne durerait pas. Bientôt, il chercherait à se débarrasser de lui, il compterait les jours en espérant que Duncan et Sylvie reviendraient le chercher. Et lui se sentirait en trop, comme toujours.

L'enfant détourna les yeux et haussa les épaules, pour bien montrer que tout cela lui était égal.

— On fera comme tu voudras, marmonna-t-il.

Nathan vit le petit visage se fermer, mais il ne se découragea pas pour autant. Une fraction de seconde, il avait vu sa belle indifférence voler en éclats. Avec le temps, il espérait que le mur de froideur derrière lequel l'enfant avait pris l'habitude de s'abriter se fissurerait, puis s'écroulerait pour de bon. Ryan ne pouvait lui faire confiance, pas encore. Au fil des mois, l'enfant verrait que son grand-père savait tenir sa parole. Et puis le vent incessant qui balayait ses terres, s'il était capable d'entendre sa voix, lui soufflerait à l'oreille qu'il pouvait considérer le ranch comme son foyer.

l'enfant avait pris l'habitude de s'abriter se fissurerait, puis s'écroulerait pour de bon. Ryan ne pouvait lui faire confiance, pas encore. Au fil des mois, l'enfant verrait que son grand-père savait tenir sa parole. Et puis le vent incessant qui balayait ses terres, s'il était capable d'entendre sa voix, lui soufflerait à l'oreille qu'il pouvait considérer le ranch comme son foyer.

1.

Vingt ans plus tard

— Et j'ai dit à Davis que s'il ne voulait pas que je lui flanque mon poing sur le nez, il avait intérêt à se montrer poli avec Belinda. Et Davis, il...

Ryan remua sur son siège en essayant de trouver une position un peu plus confortable. En vain. La banquette de la grosse jeep était usée jusqu'à la corde et ses ressorts cassés formaient un peu partout des petites bosses dures comme du bois. Avec un soupir, le jeune homme tenta de poser son bras plâtré sur le rebord de la vitre et de caler son torse enveloppé d'une bande large et serrée contre le dossier de cuir déchiré, de façon à souffrir le moins possible. Puis il abaissa son Stetson gris sur le front, ferma les yeux et s'efforça de s'imaginer seul, sur une île déserte. Il n'entendait que le doux murmure des vagues se brisant sur le sable blond... Il avait à la main une canette de bière glacée, un bon livre sur les genoux, et...

— ... Et quand ils nous ont enfin laissés sortir de cette maudite prison, Davis, il m'a dit comme ça qu'il allait me payer le meilleur petit déjeuner que j'aie jamais eu de ma vie, et alors on a...

Ryan ferma les yeux encore plus fort. Si l'île déserte

ne marchait pas, il avait une vision de rechange. Celle du chalet de son grand-père, niché au fond d'un canyon, dans les montagnes qui marquaient la limite des terres du ranch. On était en plein hiver, juste après une tempête de neige. Le calme était si intense qu'il pouvait pratiquement entendre l'air sifflant autour des ailes de l'aigle qui planait au-dessus de sa tête. Il avait à la main une tasse de café bien chaud et très noir, et...

— ... Et tu sais bien que Davis n'est pas une lumière ! En fait, il est un peu borné... Même qu'à mon avis, c'est un grand vide qu'il a entre les oreilles. Enfin, ce pauvre Davis m'a juré que...

Une oasis, songea Ryan, les nerfs à vif. Oui, une oasis qui lui apparaîtrait dans le désert, au beau milieu du sable brûlant. Il n'y aurait aucun bruit, excepté le murmure du vent dans les palmiers. Il aurait à la main un verre de thé glacé et...

— ... Et Davis, il prend toujours des vessies pour des lanternes. Même qu'il prétend que...

— Pas possible, Doug, tu dois avoir deux langues, pour arriver à caqueter autant ! gronda Ryan, à bout de nerfs.

Malgré la douleur enflammant ses côtes, il se redressa et lança un coup d'œil furieux à son compagnon.

— Tu ne l'as pas fermée depuis des heures ! Je me demande comment tu fais pour respirer !

— Je me débrouille pour le faire entre deux phrases, rétorqua Doug.

Il rit doucement en regardant Ryan.

— Je parie que toi, tu n'y arriverais pas !

Doug semblait si fier de lui que Ryan ne put s'empêcher de rire à son tour.

— J'aurais dû rentrer en faisant de l'auto-stop, grommela-t-il sans conviction.

Puisqu'il lui fallait abandonner l'idée de faire une

— Je n'aurais sûrement pas laissé passer ma chance, moi !

— Sûrement pas, répéta Maggie, tout en fermant le robinet.

— Qu'est-ce que tu as dit ?

Le regard bleu pâle de Noreen se fit soupçonneux.

— Eh bien, je suis sûre que tu n'aurais jamais laissé échapper une occasion pareille, répondit Maggie en souriant à sa sœur. Je parie que tu es la seule femme au monde qui saurait se servir d'une panne de voiture, d'une route déserte et de deux étrangers pour en faire une combinaison gagnante.

Noreen dévisagea sa sœur en fronçant les sourcils. Maggie savait que les rouages de son cerveau tournaient à toute allure. Elle devait se demander si elle avait été insultée ou non. Maggie accentua son sourire. Elle n'avait rien à se reprocher, et si Noreen jugeait son commentaire désagréable, c'était seulement une question d'interprétation. Au bout d'un moment, Noreen haussa les épaules.

Elle sauta du comptoir et, la main sur la hanche, elle se campa devant sa sœur cadette.

— Je te parie que je peux me débrouiller pour rencontrer ce Ryan, si j'en ai envie.

Maggie n'avait guère l'intention de parier, car elle ne doutait pas de perdre. Les hommes avaient tendance à se dévisser le cou quand Noreen passait près d'eux. Sa silhouette longue et fine, ses jambes interminables, sa bouche pulpeuse, au rouge provocant, leur faisaient oublier la froideur de son regard. Pourquoi Ryan Lassiter serait-il différent des autres ? De toute façon, qu'est-ce que cela pouvait bien lui faire ? se dit Maggie. Ryan n'était pas son petit ami. Elle n'était même pas sûre d'avoir envie de sortir avec lui.

Elle aurait voulu loucher pour voir si son nez s'était mis à s'allonger, tant sa mauvaise foi était flagrante. Un mensonge en pensée risquait-il d'être repéré ? se demanda-t-elle, puis elle murmura :

— Il ne m'a pas dit s'il allait rester longtemps en ville.

Noreen se redressa de toute sa taille. Son petit sourire entendu agaça Maggie au plus haut point.

— Ne t'en fais pas, je m'arrangerai pour le rencontrer, comme par hasard, lança-t-elle en sortant de la cuisine d'une démarche chaloupée à l'extrême.

Maggie ignorait ce qui l'exaspérait le plus : la cupidité sans vergogne de Noreen ou bien le fait que sa sœur aînée soit arrivée à lui faire perdre son calme. L'attitude de Noreen n'était pourtant pas nouvelle. Maggie savait à quoi s'attendre avec sa sœur, elle connaissait par cœur son comportement, son caractère, son avidité. Sauf qu'en général, cela ne la perturbait pas outre mesure.

La migraine s'annonçait, et elle risquait d'être forte. Les yeux clos, Maggie posa les mains à plat sur le plan de travail. Jour après jour, c'était elle qui choisissait de rester avec sa mère et sa sœur. Elle pouvait partir, elle n'était plus une enfant forcée d'agir en fonction des décisions que prenaient les adultes pour elle. Pourquoi était-elle encore là ? Par devoir ou par stupidité ? Elle ignorait la réponse exacte, mais elle aurait parié que c'était un mélange des deux.

Avec un soupir, elle rouvrit les yeux. Elle détestait se plaindre. Dieu sait qu'elle entendait sa mère gémir tous les jours, et Noreen aussi... Maggie, elle, se sentait responsable de ses choix. Si sa vie n'était pas précisément celle dont elle rêvait enfant, elle ne pouvait que se le reprocher à elle-même.

Il y avait une fenêtre au-dessus de l'évier. En se hissant sur la pointe des pieds et en se penchant légèrement vers la gauche, Maggie pouvait apercevoir, derrière la caravane garée dans le jardin des voisins, la crête des montagnes. Elle rêvait parfois qu'elle se perdait quelque part dans ces montagnes si verdoyantes, et qu'il lui était impossible de revenir.

Nouveau soupir. Maggie retomba sur ses talons et ce fut la peinture jaune canari du mur sous la fenêtre qui remplaça la vue des montagnes. Brusquement, le visage souriant de Ryan Lassiter se superposa à la peinture écaillée. Qu'avait-il voulu dire, quand il lui avait affirmé qu'il la rencontrerait en ville, un de ces jours ? Cela signifiait-il qu'il avait vraiment envie de la revoir ? Ou bien, sachant que leurs chemins se croiseraient inévitablement dans une ville aussi petite que Willow Flat, n'avait-il fait que constater l'évidence ?

Maggie coupa un morceau de beurre et le posa au milieu d'une poêle. Elle allait avoir bientôt vingt-quatre ans, et elle avait appris au moins une chose au cours de sa vie : ses souhaits avaient une nette tendance à ne jamais se réaliser. Mieux valait être pragmatique et chasser de son esprit Ryan Lassiter et ses yeux indigo. Elle poussa encore un soupir en fixant d'un œil morne le beurre en train de fondre dans la poêle.

Rien n'était plus ennuyeux que le pragmatisme.

En 1865, Quintin Lassiter avait quitté l'est des Etats-Unis et s'était dirigé vers l'Ouest, avec l'espoir de s'y établir et de commencer une vie nouvelle, en laissant derrière lui les querelles et les haines qui ravageaient la côte Est et le sud du pays. Il s'était installé au pied des montagnes de Wind River, dans le Wyoming, une région encore sauvage, essentiellement peuplée d'antilopes, de lièvres et d'Indiens plutôt hostiles. Mais Quintin, lui, se voyait déjà vivre paisiblement dans un ranch entouré de troupeaux de bovins, avec ses enfants jouant dans la cour.

Au bout d'un an, il avait réussi à construire de ses propres mains une petite maison, en utilisant des rondins en provenance d'arbres poussant sur les flancs des montagnes voisines, qu'il avait transportés à dos de cheval. Il avait quelques têtes de bétail, qui prospéraient dans les prés au sol fertile. Il décida qu'il était temps de demander à sa femme de le rejoindre. Née en Virginie, Marilee Lassiter était petite et menue, avec un visage aux traits fins et une somptueuse chevelure blonde. Sa beauté délicate, qui semblait déplacée dans l'Ouest sauvage, dissimulait une volonté de fer et un tempérament déterminé qui s'accordait parfaitement à celui de son mari. Loin des luttes fratricides qui agitaient la Virginie et les Etats voisins, le couple était décidé à fonder une famille dans un environnement nouveau.

Quelques mois après l'arrivée de Marilee, des Indiens de la tribu des Kiowa, qui s'étaient écartés de leur terrain de chasse habituel, découvrirent le petit ranch niché au pied des montagnes et décidèrent de l'anéantir. Quintin s'en était absenté pour quelques jours, laissant sa femme enceinte de sept mois avec son seul employé. Se voyant encerclée, Marilee s'empara du fusil de l'employé que les Indiens avaient gravement blessé, et se mit à tirer à travers les fentes que Quintin avait pratiquées à cet effet dans les murs de la maison. Elle tua l'un de ses attaquants et deux chevaux. Les Indiens finirent par abandonner la partie et, lorsque Quintin revint chez lui, il trouva son employé délirant de fièvre. Quant à Marilee, qui avait été l'une des jeunes filles les plus courtisées de la haute société en Virginie, elle s'affairait à déblayer les ruines des bâtiments que les Indiens avaient brûlés avant de partir, nons sans avoir préalablement pansé les plaies du malheureux domestique.

Une fois guéri, l'employé déclara à Quintin qu'il avait bien de la chance d'avoir Marilee comme compagne et non comme ennemie, car il avait vu ce qu'elle était capable de faire quand elle se mettait vraiment en colère. Quintin se mit à rire et décida d'appeler son ranch le Double L : L pour Lassiter, L pour Luck.

⁂

Nathan Lassiter fixait sans le voir le portrait accroché au-dessus de la cheminée de son bureau, et qui représentait le couple fondateur du Double L. Marilee et Quintin s'étaient battus contre les Indiens, contre d'autres pionniers et contre les aléas du climat pour préserver le ranch et le passer à leurs descendants. Depuis, chaque génération avait agrandi la propriété et l'avait fait prospérer. A une époque où les exploitations agricoles familiales se désagrégeaient sous l'assaut conjugué de la fiscalité, des promoteurs immobiliers et de l'engouement des Américains pour les régimes végétariens, le Double L conservait un équilibre financier admirable. Nathan avait consacré les plus belles années de sa vie à parfaire cet équilibre. Pourtant, il avait cru un bon moment qu'il serait le dernier des Lassiter à exploiter le Double L.

Jusqu'à ce fameux jour où Duncan et Sylvie lui avaient amené Ryan. Le gamin s'était senti comme un poisson dans l'eau, au Double L. Il voulait tout apprendre, tout connaître... Après l'indifférence marquée par Duncan pour tout ce qui concernait la vie du ranch, l'intérêt avide de Ryan avait surpris Nathan. Il y avait une telle différence entre le père et le fils ! Pour Duncan, le ranch était trop limité, alors que pour Ryan, il représentait la liberté. Duncan avait été un bon cavalier, mais son fils avait le cheval dans la peau. Quant au vent qui soufflait de façon incessante sur la propriété, il mettait les nerfs de Duncan à vif, alors que Ryan aimait l'odeur du pin et de la sauge qu'il apportait.

Peu à peu, l'inquiétude de Nathan concernant l'avenir du ranch s'était dissipée. L'amour que son petit-fils portait à la terre était aussi fort, aussi naturel que le sien. Et quand Ryan avait épousé Sally McIntyre, Nathan avait cru que la chance était revenue au Double L. John McIntyre était le régisseur de la propriété depuis plus d'un quart de siècle, et son père l'était déjà avant lui. Les McIntyre faisaient autant partie du Double L que les Lassiter. Leur fils, Tucker, était devenu le meilleur ami de Ryan. Nathan n'aurait pas pu rêver mariage plus parfait que celui qui avait uni la sœur cadette de Tucker, la jolie Sally, et son petit-fils Ryan.

La perfection n'est pas de ce monde et il aurait dû s'en douter, songea Nathan. Une tristesse poignante l'envahit au souvenir de la longue maladie de Sally, et du regard hébété de Ryan, le jour de ses funérailles.

Le vieil homme se détourna du portrait de Quintin et de Marilee et se dirigea vers la fenêtre. Ryan et son ami Doug venaient d'arriver au ranch et ils allaient entrer dans la maison d'une minute à l'autre. Il avait entendu le crissement des pneus de la vieille jeep, le claquement des portières. Maintenant, il voyait Seth, l'un des employés, s'approcher pour aider Ryan à faire descendre du van une jument. Un autre animal en détresse, qui allait grossir la troupe de ses protégés... Ryan avait la sale habitude de récupérer les oiseaux blessés, les chiens boiteux, les chevaux destinés à la boucherie. Dans un ranch, chacun devait gagner sa nourriture, les animaux compris. Les bouches inutiles devaient être éliminées sans pitié. Un léger sourire incurva pourtant les lèvres de Nathan quand il se remémora la tribu d'éclopés que Ryan avait fait vivre au ranch au cours des vingt dernières années.

Le sourire de Nathan s'accentua lorsque retentit le rire de Ryan dans la cour. Il avait rarement entendu rire son petit-fils, ces derniers temps. La mort de Sally lui avait porté un coup terrible. Elle était si jeune, si pleine d'énergie... Ils l'avaient tous regrettée, et Ryan plus que les autres, bien sûr. Mais cela faisait quatre ans qu'il était veuf, et qu'il vivait une existence précaire, comme si le lendemain n'existait pas. Il courait les routes, passant son temps à se briser les os dans des rodéos et à tenter de gagner d'inutiles trophées. S'il continuait ainsi, il finirait pas y laisser sa peau pour de bon.

Chaque fois qu'il était rentré au ranch entre deux rodéos,

c'était avec des blessures. Aujourd'hui ne faisait pas exception à la règle. Et chaque fois, Nathan avait cru que son petit-fils avait enfin compris qu'il était temps de s'installer, de faire une croix sur son passé et d'envisager de nouveau l'avenir. Mais rien n'y faisait : dès qu'il était guéri, Ryan reprenait la route... De plus en plus inquiet, Nathan se disait qu'un jour, Ryan ne reviendrait pas.

Les mains noueuses de Nathan se crispèrent sur le rebord de la fenêtre, ses traits se contractèrent. Trente ans plus tôt, son fils avait quitté définitivement le ranch. Il n'était pas question que son petit-fils en fasse autant.

— Qu'est-ce que tu t'es cassé, cette fois ? demanda Sara McIntyre en fixant d'un œil exaspéré le plâtre qui entourait le bras et le poignet de Ryan.

— Le cheval se nommait Porte-Bonheur, lâcha Ryan en guise de réponse.

Sara ne put s'empêcher de rire.

— Franchement, mon garçon, je te croyais plus intelligent que cela. On ne monte pas un cheval qui porte un nom pareil !

— Je sais... Je ne le ferai plus, Sara.

Avec un sourire enjôleur, Ryan passa son bras valide autour des épaules de sa belle-mère et lui planta un baiser sur la joue.

— Maintenant que je suis là, tu vas pouvoir me soigner.

— Si tu crois que je vais perdre mon temps à m'occuper de toi, pour que tu fiches le camp une fois rétabli et que tu ailles faire l'imbécile sur l'un de tes maudits chevaux, tu te trompes, mon gaillard.

A travers la chemise en fin coton de Ryan, Sara aperçut les bandages qui lui entouraient la cage thoracique et elle réprima un soupir. Elle espérait qu'il n'avait pas d'autre blessure, mais elle savait que, si elle le lui demandait, Ryan ne lui dirait pas la vérité. Il détestait se plaindre et se faire plaindre.

— Tu connais Doug, n'est-ce pas, Sara ?

— Bien sûr ! affirma la femme en souriant. Tu as passé les fêtes de Thanksgiving au ranch, il y a deux ans, dit-elle à Doug. Comment vas-tu ?

— Bien. Très bien, même. Je suis rudement soulagé de pouvoir me débarrasser de ce pauvre cow-boy diminué, rétorqua Doug en lançant un regard malicieux à Ryan. Il m'a cassé les oreilles pendant deux jours, avec ses histoires de rodéo.

— Ça ne m'étonne pas. Il est bavard comme une pie.

Sara rit doucement. Elle se rappelait très bien qu'avec Doug, il était difficile de placer un mot. Elle savait que, des deux, le moulin à paroles ce n'était pas Ryan.

— Viens, je vais te montrer la chambre d'amis.

— Merci, mais je dois me remettre en route, dit Doug. Il faut que je roule encore une bonne centaine de kilomètres ce soir. J'ai rendez-vous avec un superbe taureau dans le Montana, après-demain, et je ne veux pas rater ça !

— Je suppose que les taureaux n'aiment pas attendre, commenta Sara d'un air fataliste.

— Non. Ils ne sont pas très patients, répondit Doug, l'air grave. Quand on les a fait poireauter, ils sont parfois de mauvaise humeur, alors j'ai intérêt à me dépêcher.

— Tu ne partiras pas avant d'avoir avalé un sandwich. Et je vais t'en préparer d'autres pour la route, déclara Sara d'un ton ferme. Tu prendras bien un bol de soupe, aussi. Il en reste d'hier soir, et je vais être obligée de la jeter si tu ne veux pas la finir.

— Oh, mais, dans ce cas, je vais rester quelques minutes de plus. Je serai content de vous rendre service.

A l'idée d'un tel repas, Doug eut l'impression que son estomac faisait des bonds de joie.

— Parfait. Et toi, Ryan ? Tu viens manger ? demanda Sara.

Le jeune homme secoua la tête.

— Non, je préfère attendre le dîner. Je vais monter mes affaires dans ma chambre et me débarbouiller.

— J'imagine que cela ne servirait à rien si je te disais de ne pas porter ton sac là-haut, marmonna Sara.

— Tu as raison. Cela ne servirait à rien, déclara-t-il avec un sourire.

— Finalement il n'est pas aussi mal en point qu'il en a l'air, intervint Doug en ôtant son chapeau.

Il le posa sur la console de l'entrée et se passa les doigts dans les cheveux.

— Mais sa chute lui a mis les nerfs à vif, reprit-il. Vous savez comment sont les cavaliers qui se sont fait éjecter de leur monture... Ça les met de méchante humeur pendant un bout de temps.

— Tu as intérêt à filer dans la cuisine et à manger tout ce que tu peux avant que je te casse les dents de devant, grommela Ryan.

Doug lui fit un sourire malicieux avant de passer un bras autour des épaules solides de Sara.

— Vous savez ce qu'on dit, il ne faut pas jeter des perles aux cochons... Et c'est ce que vous feriez, si vous lui donniez à manger les bons petits plats que vous avez mijotés. Ce pauvre Ryan ne sait pas faire la différence entre ces vieux sandwichs qui ressemblent à des morceaux de caoutchouc et qu'on achète dans un distributeur automatique, et ceux que vous lui préparez. Mais moi, je peux vous garantir que je suis un fin gourmet. Et je n'ai pas eu un vrai repas depuis une éternité ! En fait, le dernier que m'a fait ma mère, c'était il y a deux mois. Il y avait des beignets de tomates vertes, et puis des gambas grillées et des cuisses de poulet. Un délice... Ça me rappelle le jour où mon oncle Léonard nous a rendu visite. Il vit au Nouveau-Mexique, dans une petite ferme. Chaque fois qu'il vient, il apporte des piments verts, vous savez, ceux qui vous mettent la gorge en feu en moins de trois secondes. Eh bien justement, ce jour-là...

La voix de Doug se fit de plus en plus lointaine. Il était dans la cuisine maintenant, et Ryan qui était resté dans l'entrée n'entendait plus que le rythme des mots, sans les distinguer vraiment. Jamais il n'avait vu son ami à court d'histoires, songea-t-il en secouant la tête. Il se pencha pour récupérer le sac qu'il avait posé à ses pieds et fit une grimace de douleur. La dernière fois qu'il s'était fracturé les côtes, il n'avait pas autant souffert. Ce devait être l'âge, se dit-il.

— Ça m'a l'air sérieux, cette fois.

La voix, juste derrière lui, fit sursauter Ryan, qui se redressa trop rapidement. Il réprima de justesse un gémissement et se tourna vers son grand-père. Nathan était campé sur le seuil de la porte donnant dans son bureau, l'air impassible. Etait-ce sa façon de se tenir, entre l'ombre et la lumière, qui lui donnait cet aspect un peu raide, et si peu familier ? Un instant, Ryan eut l'impression de revenir en arrière. Il avait vingt ans de moins, et il voyait son grand-père pour la première fois. Il ignorait l'accueil que le vieil homme allait lui réserver, et se demandait avec appréhension s'il pourrait se faire une petite place à lui, dans cet immense ranch. Ce sentiment d'insécurité se dissipa aussi vite qu'il était venu. Pourtant, Ryan se demandait quelle attitude Nathan allait adopter à son égard. Ils ne s'étaient pas quittés en bons termes, il y a deux mois.

— Un bras et un poignet cassés, trois côtes fracturées, dit-il, en ébauchant un sourire. D'après Doug, qui a assisté à ma chute, le cheval n'a pas pu résister à danser le tango sur mon torse.

Nathan hocha la tête sans sourire.

— Heureusement qu'il a épargné ta tête.

— Oui. J'en suis heureux, moi aussi.

— J'ai vu que tu nous as ramené une jument, poursuivit

Nathan sans bouger. C'est encore l'une de tes bonnes œuvres ?

— Elle a des problèmes, mais elle a aussi d'excellents papiers. Je pense qu'on pourrait la dresser. Evidemment, ça prendra du temps. Et pas mal de travail.

Ryan crispa les doigts sur la sangle de son sac. Le voyage et la souffrance l'avaient épuisé. De plus, la jument lui avait marché sur le pied quand il avait essayé de la faire descendre du van, et elle s'était appuyée contre lui, ce qui avait ravivé toutes les douleurs qu'il tentait désespérément de réprimer.

Nathan ricana.

— En d'autres termes, tu l'as sauvée de l'abattoir.

Ryan haussa les épaules. C'était vrai. Mais comment expliquer à son grand-père qu'il ne savait même pas pourquoi il avait acheté une jument que son propriétaire n'avait jamais réussi à monter ? Comment lui dire qu'il avait vu une lueur dans les yeux bruns de l'animal, une lueur qui l'avait empêché de la laisser partir pour la boucherie sans proposer de la racheter.

— Je sais que j'arriverai à la dresser, dit-il laconiquement.

— Ça te prendra trop de temps, gronda Nathan.

Le vieil homme désigna du doigt le plâtre qui entourait le bras de Ryan.

— Dès qu'on te l'aura enlevé, tu reprendras la route, non ? Bon sang, Ryan, le ranch n'est pas une maison de convalescence pour les cow-boys blessés, ni un refuge pour les animaux destinés à la boucherie !

Ryan se raidit, son regard se durcit.

— Je peux aller ailleurs, si tu veux.

Sous l'emprise de la colère, Nathan faillit lui répondre qu'il ne le retiendrait pas. Mais une petite voix intérieure l'en garda juste à temps. La détermination qu'il décelait dans le regard glacé de son petit-fils indiquait que, s'il partait maintenant, il risquait de ne jamais revenir. Un risque que Nathan ne voulait prendre pour rien au monde.

— Ici, tu es chez toi, articula-t-il, en essayant de maîtriser la fureur qui grondait en lui. Même si tu as de plus en plus tendance à l'oublier, ne put-il s'empêcher d'ajouter.

Ryan ravala la réplique cinglante qu'il s'apprêtait à lui faire. Soudain, il eut envie de mettre un terme à leurs différends. S'il avouait à son grand-père qu'il avait l'intention de rester pour de bon, cette fois, leur dispute prendrait fin. Mais l'orgueil bloqua les paroles dans sa gorge. Jamais il ne laisserait croire au vieil homme qu'il pouvait lui imposer quoi que ce soit.

— Merci, murmura-t-il, de son ton le plus neutre.

— Tu es chez toi, répéta Nathan.

Le silence tomba entre eux, un silence chargé de sous-entendus, de colère et de frustrations, d'incompréhension, de non-dits et d'orgueil mal placé. Derrière eux, dans l'écurie, un cheval se mit à hennir au fond de son box.

— Je vais ranger mes affaires dans ma chambre, dit enfin Ryan.

— Tu vas descendre pour dîner ?

— Bien sûr.

Ryan hésita encore un instant. Les mots se bousculaient dans son cerveau, mais se bloquaient toujours au niveau du larynx. Il aurait voulu dire ceux qu'il fallait pour combler le fossé qui n'avait cessé de s'élargir entre eux. Mais peut-être ces mots-là n'existaient-ils pas, songea-t-il, déprimé. Il passa devant son grand-père et commença à monter les marches de l'escalier menant à l'étage où se situaient les chambres. La main sur la rampe, il se demanda soudain s'il avait commis une erreur en revenant au ranch.

Debout sur le seuil de son bureau, immobile, Nathan suivit des yeux la silhouette courbée de Ryan jusqu'à ce qu'elle disparaisse dans le couloir. Il remarqua que les mouvements de son petit-fils étaient raides et empreints de lassitude. Et qu'il avait perdu pas mal de poids depuis Noël. En quelques semaines, Sara réussirait à le remplumer. En revanche, il ne suffirait pas de bons petits plats pour dissiper les ombres qui voilaient son regard bleu. Ryan avait eu raison de revenir, il en était plus que temps. Et, pour le lui faire comprendre, Nathan était déterminé à employer tous les moyens dont il disposait.

— Si tu as l'intention de le faire partir, tu as bien choisi ta stratégie.

La voix chantante de Sara tira Nathan de ses pensées. Il se tourna pour lui faire face en fronçant ses épais sourcils poivre et sel.

— Je sais comment il faut s'y prendre, avec lui.

Sara émit un ricanement. Les sourcils froncés de Nathan ne l'impressionnaient guère, pas plus que son ton agacé. Elle avait laissé Doug dans la cuisine, attablé devant un bol de soupe fumant, et était arrivée juste à temps pour entendre la fin de la conversation entre Nathan et son petit-fils.

— Si tu t'y prenais avec tes bêtes comme tu le fais avec Ryan, je te garantis que tu serais sur la paille à l'heure qu'il est ! Tu es trop dur avec lui, tu cherches à le contrôler... Tu oublies qu'il n'est plus un enfant.

— Il est temps qu'il s'installe ici pour de bon. Je ne l'ai pas élevé pendant vingt ans pour qu'il aille faire le saltimbanque sur les routes ou qu'il se fasse tuer par un cheval rétif ! gronda Nathan.

— Tu ne l'as pas élevé non plus pour qu'il soit à tes ordres, rétorqua Sara.

— Ce garçon est aussi têtu qu'une mule, siffla Nathan entre ses dents, comme si cela répondait à la remarque bien fondée de Sara.

Cette dernière soutint le regard furieux du vieil homme sans broncher.

— Ce n'est plus un garçon. Et il te ressemble trop pour que vous vous entendiez, tous les deux. Donne-lui un peu de mou, Nathan. Sinon, il risque de partir et de ne plus revenir.

— Je lui ai laissé tellement de mou qu'on a l'impression qu'il cherche à se pendre avec la corde qui lui reste !

Nathan mit fin à la conversation en se dirigeant d'un pas de grenadier vers son bureau.

Durant un bon moment, Sara fixa la porte que le vieil homme avait claquée derrière lui. Puis elle poussa un profond soupir. Elle aurait donné cher pour pouvoir mettre un grain de bon sens dans la cervelle de Nathan et dans celle de Ryan. Ces deux-là en auraient bien besoin s'ils voulaient cohabiter.

3.

Au cours des jours qui suivirent sa panne de voiture, Maggie connut une période de réflexion intense et se posa un certain nombre de questions. Par exemple, devait-elle vendre sa voiture, compte tenu du montant de la réparation à faire, et acheter un véhicule plus récent et en meilleur état ? Serait-il préférable qu'elle s'installe de façon indépendante, tout en sachant qu'elle renonçait ainsi à tout espoir de nouer des liens plus intimes avec sa mère ? Le fait qu'elle soit contente de travailler comme serveuse chez Bill indiquait-il chez elle un lamentable manque d'ambition professionnelle ? Enfin, contre toute attente, elle finit par se demander si le prochain président des Etats-Unis serait démocrate ou conservateur... La prochaine élection ayant lieu dans deux ans, elle se dit qu'elle allait garder ce sujet de méditation pour plus tard.

Le seul sujet qu'elle refusa d'aborder au cours de ses pérégrinations mentales, ce fut celui de Ryan Lassiter.

En près de vingt-quatre ans, Maggie avait eu le loisir de rêver. Enfant, elle avait fantasmé au sujet de son père. Elle s'était dit que, s'il était parti alors qu'elle n'avait que quelques mois, c'était sûrement contre son gré. Il avait été enlevé par une secte mystérieuse, et il avait passé des années affreuses, soutenu par la perspective de revenir très vite au sein de sa famille. A l'adolescence, ce fantasme s'était modifié. Son père revenait à l'occasion de la remise des diplômes, à la fin de sa scolarité, les bras chargés de cadeaux somptueux. Il la suppliait de lui pardonner son absence et les erreurs qu'il avait commises. Etant la gentillesse et la grâce faites femme, Maggie acceptait à la fois ses cadeaux et ses excuses.

Elle avait fait encore bien d'autres rêves. Elle devenait danseuse étoile, ou bien une photographe connue dans le monde entier. Elle était cuisinier en chef à la Maison Blanche, ou encore se réveillait un beau matin avec une quinzaine de centimètres de plus et une demi-douzaine de kilos en moins.

Au fil des ans, Maggie avait renoncé à imaginer le retour de son père. Elle s'était faite à l'idée qu'elle était trop petite et trop ronde pour devenir danseuse étoile. Elle avait décidé que l'air de Washington était trop chaud et trop humide pour elle, surtout si elle devait travailler dans des cuisines. Le seul bout de rêve qui lui restait concernait la photographie. Les quelques photos qu'elle avait envoyées à des magazines lui avaient été retournées accompagnées de lettres de refus fort bien tournées et pleines d'encouragements. Et si elle espérait toujours se réveiller grande et mince, elle savait qu'à son âge, il faudrait un vrai miracle pour que cela arrive. Ou bien qu'une bonne fée — celle qui avait oublié de venir la voir dans son berceau — surgisse tout à coup et réalise ce fantasme d'un coup de baguette magique.

De toute façon, il lui fallait conserver quelques rêves auxquels s'accrocher. Peu importait s'ils s'accomplissaient ou non, ils étaient pour elle comme le sel dans la nourriture : ils donnaient de la saveur à la vie. D'un autre côté, sa nature pragmatique lui soufflait de faire attention. En rêvant trop, on risquait de se briser le cœur en miettes. A tout prendre, mieux valait rêver à ce qui était vraiment inaccessible qu'à ce qui se trouvait presque à portée de main.

Ryan Lassiter appartenait à cette deuxième catégorie de rêves, la plus dangereuse. « Nous allons sûrement nous revoir », avait-il dit. Maggie secoua la tête tout en frottant avec une éponge les traces de ketchup qui maculaient le comptoir du bar. Sa vie privée devait être dans un sale état, pour qu'elle passe tant de temps à penser à une phrase aussi banale. D'ailleurs, avait-elle une vie privée ? Si ç'avait été le cas, elle aurait chassé depuis longtemps de son esprit une certaine paire de prunelles indigo, qu'éclairait un sourire ravageur.

— Hé, Maggie ? Tu m'apportes un autre verre ?

— Et si vous rentriez plutôt chez vous, Virgile ? rétorqua-t-elle, soulagée que quelqu'un la tire enfin de ses sombres pensées.

Virgile Mortenson était un habitué de Chez Bill. Il y venait deux à trois fois par semaine, dans l'après-midi. Chaque fois, il s'asseyait à la même place, sans jamais se mêler aux autres clients. Virgile était taciturne, il n'avait pas les mains baladeuses, et demeurait parfaitement poli quelle que soit la quantité de whisky qu'il ingurgitait.

En trois ans, Maggie avait eu l'opportunité d'observer bon nombre de buveurs de whisky. Pour certains, l'occasion faisait le larron. Comme ils se trouvaient dans un bar, ils commandaient un verre... voire plusieurs. D'autres buvaient parce qu'ils aimaient le goût et l'odeur de l'alcool, dont ils savouraient la sensation brûlante que chaque gorgée laissait derrière elle. Mais, pour Maggie, la majorité des gros buveurs avalaient de l'alcool dans l'unique but d'avoir un prétexte pour mal se conduire. Quelles que soient les bêtises qu'ils allaient commettre, ils pourraient toujours les mettre sur le compte de la boisson.

Le cas de Virgile était différent. Il demeurait assis, seul à sa table, et buvait sans discontinuer pendant des heures. Apparemment, il savait exactement à quel moment il devait s'arrêter avant de sombrer dans l'inconscience. Il se levait alors, payait la note et sortait du bar en titubant. L'immeuble dans lequel il louait un studio se trouvait à cent mètres de Chez Bill. Comme elle avait peur de le voir s'effondrer dans la rue, Maggie l'avait suivi deux ou trois fois à son insu, et avait ainsi découvert son adresse.

Le bar que tenait Bill n'était pas connu pour être un endroit louche, dans lequel des habitués venaient tout spécialement pour s'enivrer. Mais, de temps à autre, un client dépassait ses limites et tombait sur le sol ivre mort. Aucun d'eux ne l'émouvait autant que Virgile.

L'histoire de cet homme l'avait profondément affectée. D'après ce que Bill lui avait dit, Virgile savait dresser des chevaux rétifs comme personne. Il avait eu son propre ranch, et s'était taillé une excellente réputation dans la région. Jusqu'au jour où un drame s'était produit dans sa vie. Six ans plus tôt, sa femme et ses deux enfants étaient partis passer quelques jours à Cheyenne et avaient dû affronter une tempête de neige sur le chemin du retour — un événement rare au début du printemps. Ils se trouvaient alors à des kilomètres de la ville la plus proche et personne n'assista à l'accident. On ne retrouva leurs cadavres bleuis par le froid que plusieurs jours après.

Deux ans plus tard, Virgile perdait son ranch. Certains dirent que c'était de la malchance, d'autres affirmèrent que c'était dû à une mauvaise gestion. Bill présentait une troisième version : à son avis, Virgile n'avait plus le cœur à l'ouvrage. Ruiné, Virgile loua un studio en ville, juste au-dessus de l'épicerie principale. Il gagna sa vie en faisant des petits boulots et en bricolant ici et là. Au travail, il était stable et fiable. Mais il dépensait son argent dans les bars. Cela ne faisait que quelques mois qu'il venait régulièrement chez Bill, mais Maggie avait appris que Virgile se noyait littéralement dans l'alcool depuis deux ans.

— Rentrez chez vous, Virgile, répéta-t-elle, la voix ferme mais le regard compatissant.

— J'ai personne qui m'attend.

Il ne cherchait pas à se faire plaindre. C'était une simple constatation. Il eut un pâle sourire qui alla droit au cœur de Maggie. Une fraction de seconde, elle discerna au fond de son regard vide une étincelle d'humour, et elle put entrevoir le genre d'homme qu'il avait été.

— Vous pouvez rester ici à condition d'avaler quelque chose de solide, pour changer. Je vais vous apporter un hamburger, déclara-t-elle.

Elle en avait assez, tout à coup, de le voir boire verre après verre, comme s'il avalait des médicaments les uns à la suite des autres, jusqu'à ce qu'il sombre dans une torpeur profonde.

— J'ai pas faim. Je veux juste boire un verre.

— Eh bien, vous ne boirez pas avant d'avoir mangé. Et ne me dites pas que vous ne pouvez pas vous payer un repas, ajouta-t-elle, devinant qu'il allait se servir de ce genre d'argument. Les hamburgers sont en promotion aujourd'hui. Pour un dollar cinquante, vous en aurez un, avec des frites et un verre de lait. Alors, vous la voulez comment, votre viande ? Saignante, à point ou bien cuite ?

— Saignante, répondit-il machinalement.

— Parfait. Je vous apporte un verre de lait en attendant.

— Mais...

Maggie lui tourna le dos, sans prêter la moindre attention à ses protestations. Quand elle déposa devant lui un grand verre de lait, Virgile semblait plus confus que jamais. Elle pivota sur ses talons et marcha vers la cuisine avant qu'il n'ait eu le temps d'ouvrir la bouche.

— Les hamburgers sont en promotion ? marmonna Bill en haussant ses sourcils en broussaille, quand Maggie le rejoignit derrière le comptoir.

Il était 4 heures de l'après-midi, un jour de semaine, et le bar était pratiquement désert. Bill avait pu suivre la conversation entre Virgile et Maggie sans en perdre une miette.

— Je parie qu'il n'a pas mangé un vrai repas depuis des semaines. Je paierai la différence, affirma la jeune femme.

Bill haussa les épaules.

— Ne t'inquiète pas pour ça. Virgile était quelqu'un de bien. Je suis prêt à payer quelques grammes de viande en plus pour avoir le plaisir de te voir tenter de le secouer.

Avec un large sourire, il lança un coup d'œil à Virgile, qui fixait le verre de lait que Maggie avait posé devant lui comme s'il s'agissait d'un objet difficile à identifier.

— J'espère qu'il ne va pas succomber au choc. De la viande et du lait... Son organisme va avoir du mal à digérer !

— Il a besoin d'aide, murmura Maggie.

— C'est sûr. On peut lui tendre la main, mais personne ne peut l'obliger à la prendre.

— J'imagine que tu as raison.

Maggie poussa un soupir. Bien sûr que Bill avait raison... Personne ne pouvait aider Virgile s'il n'avait pas envie de s'aider lui-même.

— Au moins, je pourrai m'endormir ce soir en pensant que Virgile a le ventre plein.

— Tu es trop sensible, Maggie. Tu finiras par avoir le cœur brisé, un de ces jours.

— Je suis plus forte que tu ne le crois.

Elle lui fit un sourire avant d'aller rincer des verres. Son sourire s'effaça en une fraction de seconde, quand le visage de Ryan Lassiter lui sauta aux yeux. Voilà un homme qui risquait de lui briser le cœur, songea-t-elle. Non, ce ne serait pas le sien, se reprit-elle. Pour la bonne raison qu'elle ne tomberait pas amoureuse de lui.

La première fois que Ryan avait mis les pieds dans le bar de Bill, il avait dix ans. Il vivait depuis trois semaines au Double L et il commençait à penser que son grand-père avait vraiment envie qu'il y reste. Aussi l'enfant avait-il décidé de mettre les bouchées doubles et d'en apprendre le plus possible sur la vie au ranch, et sur celle des cow-boys en particulier. Il avait accompagné l'un de ceux-ci en ville pour y acheter des provisions, conformément à une liste soigneusement établie par Sara McIntyre.

Lou Kleinman travaillait au ranch depuis des siècles, avait-il affirmé au jeune Ryan. Il travaillait déjà pour le père de Nathan avant la naissance de ce dernier. Le vieux cow-boy avait répondu patiemment aux innombrables questions de l'enfant, sans jamais manifester le moindre agacement. Il lui avait même raconté tout son répertoire d'histoires sur les cow-boys. Depuis qu'il était arrivé au ranch, Ryan le suivait comme son ombre du matin au soir.

Sur le chemin du retour, Lou s'était arrêté devant le bar de Bill pour y boire une bière. « J'ai la gorge sèche d'avoir tant parlé », avait-il dit à l'enfant. La longue salle basse avec son plafond de bois noirci par la fumée avait fasciné Ryan. Et, vingt ans plus tard, il était toujours fasciné, se dit-il en poussant la porte du bar. Comme d'habitude, la salle était mal éclairée, sinon dans le coin où étaient installées les tables de billard. Le bois massif des meubles, le vinyle rouge sombre des sièges, le cuivre des appliques accrochées le long des murs, rien n'avait changé. Quand il était gamin, il adorait se percher sur l'un des hauts tabourets alignés devant le comptoir. Ses pieds se balançaient dans le vide et il demandait à Bill, de son ton le plus sérieux, de lui servir un verre. Bill posait alors devant lui un grand verre de Coca glacé, agrémenté de trois petites cerises à l'eau de vie. Ou bien, quand il avait le temps, il lui fabriquait un « Roy Rogers », un mélange épais et sirupeux qui contenait assez de sucre et de colorant alimentaire pour lui pourrir les dents en un temps record. Ryan sirotait sa boisson tout en écoutant ses voisins discuter du prix de la viande de bœuf, des derniers matchs de base-ball locaux, du dressage des chevaux, des problèmes de vêlage... Il les écoutait aussi se plaindre de leurs épouses qui ne les comprenaient jamais.

C'est chez Bill qu'il s'était forgé une image du véritable homme de l'Ouest. Pour Ryan, il y avait chez l'authentique cow-boy des qualités spécifiques : l'orgueil de vivre près de la terre et loin de la prétendue civilisation, une indépendance qui lui venait autant de son tempérament que de la nécessité, la confiance en la parole donnée, qui était le seul engagement valable, et, enfin, l'idée qu'une femme méritait respect et protection. Au fil des ans, Ryan avait compris que ce n'était pas parce qu'il vivait dans l'Ouest qu'un homme était plus apte à se conformer à ces critères que ses congénères, qu'ils habitent le Sud ou l'Est... Mais ces idéaux lui étaient restés gravés dans la mémoire, et il espérait qu'ils lui servaient de repères dans la majorité de ses décisions.

— J'ai appris que tu étais de retour, dit Bill en voyant Ryan s'approcher du comptoir. Et que tu étais blessé, ajouta-t-il, l'œil fixé sur le bras plâtré du jeune homme. Je suis content qu'il te reste tes quatre membres, car j'ai entendu toutes les versions de l'accident. Certains disaient qu'on t'avait amputé de quelque chose, sans savoir quoi, d'autres, que tu étais dans le plâtre de la tête aux pieds.

— Apparemment, la rumeur est toujours aussi fiable, dit Ryan avec un large sourire.

Le jeune homme s'assit et posa son chapeau sur le tabouret voisin du sien.

— Autant que tu saches la vérité : j'ai juste le poignet et l'avant-bras cassés et deux côtes fracturées.

— Je comprends pourquoi les exagérations allaient bon train. Une amputation, c'est quand même plus intéressant qu'un petit plâtre de rien du tout ! Je te sers un Coca ?

— Avec une poignée de cerises à l'eau de vie. J'ai envie de vivre dangereusement, ce soir.

Bill hocha la tête, saisit un grand verre puis, faisant pivoter son fauteuil roulant, il ouvrit la porte de l'immense réfrigérateur pour en extirper une bouteille de soda. Quelques secondes plus tard, Ryan avalait avec délices sa première gorgée de Coca glacé, dans lequel trempaient cinq petites griottes.

— Si tous les clients étaient comme toi, je n'aurais plus qu'à fermer la boutique, grommela Bill.

— Désolé... Mais, pour moi, l'alcool a un goût de pétrole.

— Heureusement qu'il y a d'autres cow-boys dans l'Ouest, murmura Bill en attrapant une canette de bière pour aller servir le client qui venait de s'installer à l'une des tables près de la fenêtre.

Resté seul, Ryan inspira longuement, comme s'il voulait se laisser imprégner par l'atmosphère du bar en en faisant pénétrer l'air dans ses poumons et dans tous les pores de sa peau. Une petite musique monotone jouait en sourdine, à peine couverte par la voix plaintive d'un chanteur, qui se lamentait sur ses amours perdues. A la gauche de Ryan, deux vieux cow-boys jouaient au billard en silence. Le bruit sec des boules qui s'entrechoquaient faisait contrepoint aux lamentations du chanteur. Le jeune homme ferma les yeux. L'odeur de cigarette, de frites et de whisky qui flottait dans la pièce le ramenait des années en arrière.

Rien n'avait changé depuis vingt ans, ni en ville, ni ici, se dit-il. Les cheveux de Bill étaient simplement devenus gris, et il avait quelques rides de plus. Le temps semblait passer sur lui sans laisser de traces profondes.

Bill avait été champion de rodéo dans sa jeunesse. Il montait surtout des taureaux. Une mauvaise chute l'avait laissé paralysé de la taille aux orteils. Et, comme il n'était pas du genre à s'apitoyer sur son sort, il avait acheté ce petit bar, qui était alors en piteux état, avec l'argent qu'il avait mis de côté dans l'espoir d'acquérir un jour une ferme. C'est ainsi qu'il était devenu barman au lieu de fermier. Cela faisait près de trente ans maintenant que Bill possédait l'établissement, et il était l'un des personnages les plus populaires de Willow Flat.

— Comment ça va ? demanda Ryan, quand Bill le rejoignit.

— Je n'ai pas à me plaindre. Les affaires marchent, les clients sont fidèles. Trop, parfois, ajouta-t-il à voix plus basse.

Ryan se tourna pour suivre le regard de Bill.

— Virgile est l'un de ceux-là, à ce que je vois.

— Il essaie de se noyer dans l'alcool, et s'il continue comme ça, il finira par y arriver, lâcha Bill.

Le barman s'empara d'un chiffon et astiqua avec énergie la surface déjà brillante du comptoir.

— Personne ne réussit à lui parler ? demanda Ryan en frottant d'un air absent son annulaire gauche.

— Bobby Rayczeck a essayé, il y a deux mois. Il lui a même offert du boulot dans son ranch.

— Et alors ?

Bill secoua la tête.

— Virgile a refusé. Il ne lui a même pas donné d'excuse. Il lui a dit que le travail ne l'intéressait pas, point final.

— Ça ne sert à rien de lui tendre une main s'il refuse de la prendre, murmura Ryan.

— C'est exactement ce que j'ai dit à Maggie il y a moins d'une heure !

— Maggie ?

Ryan lança un coup d'œil aigu à Bill.

— Tu parles de Maggie Drummond?

— Oui. Tu la connais? demanda Bill, à peine surpris. Dans leur petite ville, tous les habitants se rencontraient au moins une fois dans leur vie.

— Doug Tennent et moi, nous l'avons ramenée en ville il y a quelques jours. Sa voiture était tombée en panne à quelques kilomètres de Willow Flat.

Et, depuis, il n'avait cessé de penser à elle, se dit Ryan, agacé.

— C'est une fille super. Elle a un cœur d'or...

Bill hocha la tête en direction de Virgile et eut un sourire amusé.

— Elle vient de dire à Virgile que s'il voulait un autre whisky, il fallait qu'il mange un hamburger avant. En fait, elle lui a pratiquement imposé le marché.

Ryan essaya d'imaginer la jolie jeune femme blonde au sourire si chaleureux en train d'obliger Virgile à avaler un hamburger, sans y parvenir. Maggie semblait trop douce pour imposer ses conditions à ce pauvre Virgile. En revanche, il revoyait sans peine le visage de la jeune femme. Les sourcils froncés, Ryan fit mine d'observer les glaçons qui s'entrechoquaient au fond de son verre tandis qu'il le tournait entre ses mains. Il avait vu des femmes bien plus jolies que Maggie Drummond, mais aucune n'avait laissé une telle empreinte dans son cerveau. Etait-ce à cause du charme de son sourire, de la façon dont ses yeux gris reflétaient la moindre de ses émotions, ou bien de ce petit courant électrique qu'il avait ressenti, quand il lui avait pris la main pour descendre de la jeep? Il l'ignorait. Ce qu'il savait, c'était qu'elle hantait ses pensées depuis qu'il l'avait rencontrée.

Et cela ne lui plaisait guère.

Il lança un coup d'œil à la porte de la cuisine qui venait de s'entrouvrir pour livrer passage à Maggie. Elle portait un plateau de plastique rouge vif, sur lequel étaient posés un hamburger et une montagne de frites dorées. Vêtue d'un jean et d'une chemisette en fin coton bleu ciel, elle avait relevé ses cheveux en queue-de-cheval et avait protégé ses vêtements d'un tablier tout simple, en tissu écru, à poches multiples, qui ressemblait à celui que portaient les menuisiers.

Maggie passa à côté de lui sans le voir. D'ailleurs, elle semblait si concentrée sur la silhouette de Virgile qu'elle n'aurait pu voir personne d'autre, se dit Ryan. Devant son air décidé, il révisa son jugement. Malgré son sourire et sa douceur, Maggie Drummond devait être capable d'imposer ses conditions si elle le souhaitait.

— Regarde, mon garçon, lui souffla Bill, l'œil brillant d'anticipation.

Ryan n'avait pas besoin d'encouragement. Toute son attention était centrée sur la scène qui allait se jouer au fond de la salle. Il fit carrément pivoter son tabouret pour mieux suivre la progression de la jeune femme à travers la pièce. Il vit le regard de Virgile s'emplir d'appréhension à mesure que Maggie s'approchait de sa table d'un pas de grenadier.

— Ecoute, Maggie, c'est gentil de ta part, mais je ne...

— Vous devez tout manger. Et n'oubliez pas de boire le verre de lait qui va avec. C'est bon pour vous.

Elle posa le plateau près de son client et se campa devant lui.

— Je n'y suis pas obligé, protesta Virgile d'un ton plaintif. Ma santé ne te concerne pas.

— Si.

— Pourquoi ?

— Parce que je l'ai décidé, affirma-t-elle, péremptoire.

— Eh bien, moi je peux décider d'aller ailleurs, répliqua-t-il, en essayant de se faire menaçant.

— Vous êtes libre.

Maggie ne semblait guère troublée par la possibilité de voir un client s'en aller. Les mains sur les hanches, elle ne bougeait pas.

Virgile lança un coup d'œil à son assiette, puis revint à la jeune femme.

— Tu m'apporteras un verre, après ?

— Promis. Quand vous aurez fini votre assiette.

— C'est que... je n'ai pas bu de lait depuis des années, murmura-t-il.

Il prit une frite entre deux doigts et la porta à sa bouche avec réticence.

— Je suis sûre que ça va vous faire le plus grand bien ! affirma Maggie sur un ton enjoué.

Ryan réprima un sourire en voyant Virgile piquer du nez dans son assiette. Il n'avait pas l'air de comprendre ce qui lui arrivait et son expression d'enfant perdu lui fit pitié. Ou presque.

— Je peux aller ailleurs, grommela de nouveau Virgile en prenant son hamburger un peu gauchement.

D'après sa voix, il cherchait plus à se rassurer lui-même qu'à menacer Maggie de perdre un client.

— Absolument ! C'est à vous de décider, affirma Maggie.

Elle pivota sur ses ballerines.

— N'oublie pas mon whisky ! lança Virgile derrière elle.

— Je vous l'ai promis, lâcha-t-elle sans se retourner.

— Tu as l'intention de faire fuir tous mes clients comme ça ? demanda Bill quand elle s'approcha du comptoir.

A son sourire, elle vit qu'il plaisantait. Pourtant, elle se sentait assez gênée de ce qu'elle venait de faire. En fait, Virgile avait peut-être raison. Ce n'était pas à elle de s'occuper de sa santé. S'il avait envie de s'enivrer trois fois par semaine, quel droit avait-elle de l'en empêcher ?

— Excuse-moi, Bill. Je n'aurais pas dû me mêler des affaires de Virgile, murmura-t-elle, un brin coupable.

— Au contraire... Ça fait rudement du bien à ce pauvre Virgile de sentir qu'on s'occupe de lui. Il a besoin d'être secoué de temps à autre !

La voix la fit tressaillir. Elle avait parlé à Bill sans même lancer un regard à l'homme qui était assis face à lui, de l'autre côté du bar. Avec son jean fané qui lui moulait les cuisses et sa chemise en chambray dont les manches étaient roulées jusqu'au coude, Ryan Lassiter était encore plus séduisant que dans son souvenir. Ses mèches brunes et soyeuses portaient la trace de ses doigts, comme s'il avait essayé de les lisser avant de pénétrer dans le bar. Quant à ses yeux, ils étaient plus bleus que jamais. Le cœur de Maggie se mit à battre follement. Elle espérait que la salle était assez sombre pour qu'aucun des deux hommes ne puisse voir le rouge qui lui montait lentement aux joues.

Malgré toutes ses tentatives pour chasser de son cerveau les images de sa rencontre avec Ryan, elle n'avait cessé d'en voir le film se dérouler devant ses yeux dès qu'elle les fermait. Chaque matin, elle se demandait si leurs chemins allaient se croiser de nouveau. Elle avait imaginé divers scénarios : elle faisait ses courses en même temps que lui dans l'épicerie principale, ou bien ils s'arrêtaient tous les deux à un feu rouge, et leurs voitures se retrouvaient l'une à côté de l'autre... Elle avait même envisagé la plus folle des éventualités : Ryan venait sonner à sa porte, en prétextant qu'il passait dans le coin. Ce dernier scénario, auquel elle n'avait pensé que brièvement, la remplissait à la fois de joie — s'il venait jusque chez elle, cela signifiait qu'il avait lui aussi ressenti le courant qui était passé entre eux — et d'appréhension : que se passerait-il si Noreen se trouvait à la maison ?

Le seul scénario qu'elle n'avait pas imaginé était pourtant le plus simple, le plus naturel. Ryan passait un jour ou l'autre chez Bill, comme pratiquement tous les habitants de Willow Flat.

— Maggie ?

La voix de Bill la tira de ses réflexions. Elle se rendit compte d'un coup qu'elle fixait Ryan depuis quelques secondes, la bouche entrouverte.

— Je... je ne m'attendais pas à vous voir ici, bredouilla-t-elle.

Devant l'air étonné de Ryan, elle s'empressa de poursuivre :

— Je veux dire que... je ne m'attendais pas à vous revoir. Enfin, pas ici, ni ailleurs... Je ne pensais pas vous revoir du tout, vous comprenez...

Elle se tut, consciente du tour ridicule que prenait sa conversation. Comment pouvait-elle débiter des inepties pareilles, alors qu'il lui suffisait de dire « bonjour, comment allez-vous » ? se demanda-t-elle, de plus en plus troublée. Bill haussa les sourcils et la fixa comme si elle venait de parler en chinois. Maggie n'osait même pas regarder Ryan. Elle avait senti le feu lui monter aux joues. A présent, elle devait même virer au rouge coquelicot, songea-t-elle en maudissant intérieurement son teint clair et sa peau sensible. Oh, comme elle aurait voulu disparaître dans un trou de souris !

— Je connais Bill depuis des années, répondit Ryan d'un ton paisible, sans paraître s'étonner du discours désordonné de Maggie. Mais, ces derniers temps, j'avoue que mes visites ici ont été plutôt rares.

— Oh.

L'onomatopée s'échappa de ses lèvres spontanément. Elle toussota pour s'éclaircir la voix et s'obligea à croiser le regard de Ryan. Il n'avait pas l'air de la prendre pour une folle échappée de l'asile... Encouragée, elle essaya de repartir de zéro.

— Je ne vous ai pas vu entrer, articula-t-elle clairement.

Puis elle lui sourit.

— Normal. Vous étiez dans la cuisine, en train de préparer une montagne de nourriture dans le but de gaver ce pauvre Virgile.

— Je n'ai pas cherché à le gaver, protesta-t-elle, gênée.

Elle jeta un coup d'œil à l'homme assis au fond de la salle, qui mâchait son hamburger sans le moindre plaisir apparent.

— Mais je parie que vous l'auriez fait, comme pour une oie, s'il vous avait résisté. Rien que d'y penser, j'en ai la chair de poule !

Le sourire de Ryan était irrésistible, et Maggie n'y résista pas. Elle le lui rendit aussitôt.

— J'avoue que la situation m'était devenue insupportable, admit-elle. Le voir boire ainsi tout l'après-midi, jour après jour, ça me tapait sur les nerfs. Il fallait que je fasse quelque chose.

— Il y en a d'autres avant toi qui ont cherché à le secouer, commenta Bill. Mais toi, tu es la première à avoir essayé de le gaver.

Maggie se sentit rougir de nouveau, mais elle releva son petit menton d'un air de défi.

— Je sais bien que ce n'est pas un simple repas qui va le sortir de là. Mais, au moins, il aura mangé correctement, et c'est mieux que rien.

— Beaucoup mieux, renchérit Ryan d'un ton enthousiaste.

— Ça a dû être terrible pour lui de perdre sa femme et ses enfants, reprit Maggie, encouragée par le ton de Ryan. Mais ce n'est pas une raison pour tenter de se suicider en devenant alcoolique. Si tous les gens qui perdent leur famille décidaient d'arrêter de vivre, il n'y aurait plus grand monde sur la planète.

Il y eut un silence, dont l'intensité surprit Maggie. La jeune femme aurait pu croire qu'elle se faisait des idées si elle n'avait pas intercepté le coup d'œil perçant que Bill lança à Ryan. Ce dernier demeura immobile, comme s'il n'avait pas remarqué le regard de Bill. Mais Maggie savait que c'était faux, et elle se demanda ce que cela signifiait.

— Je suis d'accord avec vous, dit Ryan d'une voix douce, avec un léger sourire qui ne parvint pas à chasser l'ombre qui voila soudain son regard.

Il prit le verre posé devant lui sur le comptoir et avala quelques gorgées de soda glacé avant de le reposer. Quand il releva les yeux sur Maggie, son regard était de nouveau clair, mais la jeune femme savait ce qu'elle y avait vu quelques secondes auparavant.

— Votre voiture est réparée ? demanda-t-il en changeant délibérément de sujet.

Elle accepta sans broncher le nouveau tour que prenait la conversation, tout en notant l'incident au fond de son cerveau, afin d'y réfléchir plus tard.

— L'embrayage est fichu. Je me suis souvenue de votre suggestion et j'ai demandé à Frank Luddy de s'en occuper.

— Tiens ? Je croyais que c'était votre ami Luke qui devait le faire, dit Ryan d'un ton nonchalant.

Une nonchalance trop feinte pour duper Bill, qui lui lança un regard aigu.

— La tâche est trop importante pour lui, répondit Maggie. Il m'a dit lui-même qu'il valait mieux la confier à Luddy.

— Eh bien, je suis content de voir que mon avis est partagé.

Ryan avait fait de son mieux pour garder un ton neutre mais, une fois de plus, cet effort n'échappa pas à Bill, qui le dévisagea longuement avant de déclarer :

— J'ignorais que Luke Brakman travaillait encore.

Il se tourna vers Ryan.

— Tu te souviens du vieux Luke, n'est-ce pas, Ryan ? Il habite dans la même rue que Maggie. C'est l'ancien propriétaire du garage de Luddy.

— C'est ce qu'il m'a dit, confirma Maggie en souriant. Ces deux dernières années, c'est lui qui a entretenu ma voiture. Je troquais mes gâteaux à la cannelle faits maison contre les vidanges de routine. Mais cette fois, il m'a dit que tous les gâteaux du monde ne pourraient pas le convaincre de se lancer dans la réfection d'un embrayage. Il a même déclaré qu'il était trop vieux pour faire ce genre de boulot.

— Il n'a pas tort, commenta Bill. Voyons, Luke doit avoir dans les soixante-quinze ans, maintenant... Qu'en penses-tu, Ryan ?

Bill le regarda droit dans les yeux.

— Je crois que tu as raison, murmura le jeune homme.

« Maudits soient les gens qui vous connaissent par cœur, songea Ryan. Surtout quand ils sont capables de déceler dans votre voix des sentiments que vous n'êtes pas prêts à reconnaître vous-même ! »

La sonnerie du téléphone résonna juste au bon moment pour Ryan. Il vit avec soulagement Bill propulser son fauteuil roulant vers l'appareil qui se trouvait à l'autre bout du comptoir.

Et il se retrouva en tête à tête avec Maggie.

Elle était jolie, se dit-il. Ce n'était pas vraiment le genre de femme sur laquelle un homme se retourne dans la rue. Non. Sa beauté était plus rare, plus subtile, plus discrète. En la dévisageant, Ryan comprit enfin pourquoi il n'avait pu l'oublier. Le charme de Maggie était indéfinissable, mais une fois que vous l'aviez perçu, il demeurait avec vous comme une petite musique familière, dont on ne se lassait pas. Cela tenait sans doute à son sourire contagieux, qui découvrait ses dents nacrées, à son petit nez droit, à ses grands yeux d'un gris changeant. Ses yeux étaient assurément superbes, se dit encore Ryan. Ils illuminaient son visage et, sous la frange épaisse et soyeuse des cils, ils pétillaient de vie, reflétant l'intérêt que Maggie portait à tout ce qui l'entourait. Aujourd'hui, il les trouva plus bleus que gris, comme s'ils avaient pris la nuance de sa chemisette. Le regard de Ryan glissa le long du corps de la jeune femme. Il avait cru jusqu'à présent que seules les femmes très grandes, très minces, aux jambes très longues, pouvaient être sexy dans un jean. Cette vision des choses était bien trop étroite, songea-t-il en louchant sur le tissu délavé qui moulait les courbes appétissantes de Maggie.

— Voulez-vous un autre verre ? demanda la jeune femme en se glissant derrière le bar.

Ryan déglutit avec peine et regretta aussitôt de la voir disparaître de son champ de mire.

— Oui, à condition que vous ne m'obligiez pas à avaler un hamburger avant.

Le rose monta aux joues de Maggie.

— Je vais vous ajouter quelques cerises... Cela vous nourrira suffisamment.

Son air déterminé contrastait de façon charmante avec la lueur malicieuse qui jouait dans ses prunelles. Ryan eut envie de se pencher au-dessus du comptoir et de goûter le sourire qu'ébauchaient ses lèvres roses et pleines.

— J'ignorais que des cerises au marasquin pouvaient nourrir quelqu'un, dit-il en poussant son verre vers elle pour qu'elle puisse le remplir de nouveau.

— Les cerises sont des fruits, non ?

— Elles le sont, avant qu'on leur ajoute du sucre, du colorant et des tas de produits chimiques... Il y a une énorme différence entre les fruits que l'on cueille sur les arbres et les morceaux de caoutchouc rouges que Bill me fait avaler régulièrement.

Maggie rit doucement, ce qui mit Ryan aux anges. Cela lui faisait un bien fou de savoir qu'il pouvait la faire rire.

La semaine avait été longue et pénible. Retourner chez soi pour de bon, après une absence de plusieurs années, représentait un pari presque impossible. Et il avait encore ajouté à la difficulté en revenant blessé... Son bras plâtré l'empêchait de prendre part aux tâches quotidiennes du ranch et le maintenait à l'écart des autres cow-boys, ce qui lui donnait l'impression d'être un invité de passage. L'attitude plutôt froide que son grand-père observait à son égard ne faisait qu'accentuer cette impression. C'était tout juste si Nathan ne le traitait pas comme un étranger. Evidemment, Ryan aurait pu modifier cette attitude en informant Nathan qu'il était revenu pour ne plus repartir. Mais son propre entêtement, son orgueil aussi le retenaient de faire croire à son grand-père qu'il avait gagné. Ils n'avaient cessé de s'affronter au cours de ces dernières années, et Ryan voulait démontrer que, s'il restait au ranch, c'était parce qu'il l'avait choisi, et non parce qu'il se laissait manipuler par le vieil homme.

— Comment va votre ami Doug ? demanda Maggie.

Ryan cessa de fixer son verre, heureux qu'elle l'ait tiré de ses réflexions. Il perdait son temps à ressasser la situation et cela ne menait à rien.

— Il doit être dans le Montana, en ce moment. Ensuite, il traversera l'Oregon et la Californie.

— C'est un très long voyage.

— Quand on décide de faire le circuit des rodéos, il faut savoir qu'on va passer beaucoup plus de temps derrière le volant que sur le dos d'un cheval ou d'un taureau. Certains cow-boys font près de cent mille kilomètres par an.

Maggie secoua la tête.

— Je ne comprends pas comment quelqu'un peut avoir envie de monter un taureau !

— Moi non plus, rétorqua Ryan en poussant un soupir très exagéré.

D'un air malicieux, la jeune femme lança un coup d'œil au bras plâtré de son compagnon.

— Je n'ai pas l'impression que les chevaux soient moins dangereux que les taureaux.

— Oh, si... Les chevaux n'ont pas de cornes, voyez-vous, expliqua-t-il d'un ton grave à Maggie. C'est pour cela que je ne monte pas les taureaux. S'ils étaient écornés, je le ferais sans hésiter.

— Ils auraient un drôle d'air, dit Maggie, songeuse. Pouvez-vous imaginer un taureau sans cornes ?

— Il ressemblerait à une image de bande dessinée. Ou à un personnage de dessin animé. Un bon gros veau tout rond, avec un air bonasse...

Le rire léger de la jeune femme l'interrompit. Il sourit aussitôt, incapable de résister à ce son cristallin.

— Je crois que vous feriez mieux de vous limiter à vos chevaux !

— Ils sont tout aussi rétifs que les taureaux, marmonna Ryan en posant son bras plâtré sur la table.

Il secoua la tête, l'air soudain grave.

— Je crois bien que c'était mon dernier rodéo... J'ai décidé de raccrocher.

Les mots lui résonnèrent étrangement aux oreilles. Il n'aurait jamais cru que Maggie serait la première personne à qui il les dirait.

— Depuis combien de temps étiez-vous dans le circuit ?

— Oh, depuis la fin de mes études. Je suis devenu professionnel il y a quatre ans. Bien entendu, mon grand-père n'a jamais considéré qu'il s'agissait d'un vrai métier. Il pense qu'il faut être fou pour gagner sa vie de cette façon.

— Il a sans doute peur des accidents, commenta Maggie, pensive.

— Sans doute.

Ryan remua nerveusement sur son tabouret en pensant aux conflits qui ne cessaient de surgir entre Nathan et lui. Il avala le reste de son soda et reposa son verre sur le plastique du comptoir avec un peu trop de force.

— Je dois m'en aller.

Joignant le geste à la parole, il se laissa glisser de son tabouret et sortit des pièces de sa poche. Mais après les avoir mises sur le comptoir, il hésita. Il n'avait pas vraiment envie de rentrer au ranch. Personne ne l'attendait, là-bas, à l'exception d'un vieil homme irascible et d'une jument qui le fixerait d'un œil noir et terrifié, comme s'il était un lynx descendu tout exprès des montagnes pour l'attaquer et la dévorer toute crue au beau milieu du corral. D'un autre côté, il n'avait plus vraiment le choix. Après avoir payé ses consommations, il aurait l'air malin s'il changeait d'avis et commandait un troisième Coca qu'il n'avait aucune intention de boire. En fait, son intention réelle était de demander à la jolie Maggie aux grands yeux gris s'il pouvait la revoir.

— Je suis contente de vous avoir revu, dit justement la jeune femme, avec un petit sourire timide.

— Moi aussi.

Il hésita encore, pris entre sa méfiance naturelle et son envie de mieux connaître Maggie.

— Tu peux m'apporter mon verre ?

La voix de Virgile résonna fortement dans le silence. Ryan se retourna pour le regarder. Cela faisait longtemps qu'il connaissait Virgile Mortenson. Il l'avait rencontré quand l'homme avait encore le regard clair, le cheveu noir et lisse, et le visage hâlé par le travail au grand air. Cela, c'était avant la mort de sa femme et de ses enfants, avant que leur disparition ne lui brise le cœur et ne le réduise à l'état de larve. La perte de sa famille avait fait de Mortenson une coquille vide, un être sans énergie et sans âme, un zombie au regard perpétuellement absent.

Ryan avait eu très peur, quand Sally était morte, de suivre le même chemin. Il avait évité la dérive de justesse.

Brusquement glacé par la vague de souvenirs que la dégradation de Virgile faisait surgir dans sa mémoire, il se retourna vers Maggie. Il lui sourit sans vraiment la regarder.

— Dites à Bill que je passerai un de ces jours pour faire une partie de poker, d'accord ?

— D'accord.

L'air distant, il prit son chapeau, la salua d'un bref hochement de tête.

— A bientôt.

— A bientôt, murmura-t-elle.

Ryan se dirigea vers la porte mais, à mi-chemin, il changea d'avis et marcha vers la table de Virgile.

— Salut, Virgile.

L'homme leva les yeux et le dévisagea.

— Salut, fiston. On m'a dit que tu étais blessé.

— Oh, c'est juste une aile de cassée, répondit Ryan en levant son bras plâtré. Comment vas-tu ?

— Ça va.

Virgile détourna le regard. Il repoussa de quelques centimètres le plateau en plastique rouge, puis déplaça la salière pour la mettre à côté du pot de moutarde.

Ryan regrettait déjà d'avoir cédé à son impulsion. Il n'aurait pas dû venir le voir. Il connaissait Virgile comme il connaissait les autres cow-boys de Willow Flat. Il les saluait, bavardait parfois avec eux, le temps d'une bière. Il s'agissait de relations amicales, certes, mais sans plus. Que Virgile ait perdu sa femme et lui aussi ne pouvait rien y changer. Pourtant, cet accident avait créé un lien entre eux. Un lien forgé par la douleur, la solitude... Ryan n'avait pas fait les mêmes choix que Virgile, mais il les comprenait, bien plus qu'il ne l'aurait souhaité. Il savait à quel point la souffrance peut transformer un homme.

— J'ai acheté une jument. Je l'ai ramenée du Texas, déclara-t-il.

— Il paraît qu'ils élèvent beaucoup de chevaux, là-bas, répondit Virgile en lançant un coup d'œil derrière l'épaule de Ryan pour voir si Maggie venait lui apporter son whisky.

— C'est une jument qui n'a pas une affection particulière pour les hommes, expliqua Ryan. En fait, elle leur est plutôt hostile. D'après les cicatrices qu'elle a sur les membres, elle doit avoir ses raisons.

Virgile baissa la tête et fixa la serviette en papier qu'il froissait entre ses doigts couverts de callosités. Ryan se demanda une fraction de seconde s'il devait poursuivre une conversation qui tournait au monologue. A la tension qu'il décelait dans les épaules du vieil homme, il se dit qu'il l'écoutait quand même.

— J'aimerais bien que tu passes la voir, Virgile. Tu pourrais peut-être essayer de la monter... Tu n'as pas ton pareil dans la région pour dresser les chevaux un peu... délicats.

Virgile sursauta comme s'il venait d'être piqué par un taon. Il fixa Ryan, puis baissa de nouveau les yeux.

— C'était il y a longtemps, murmura-t-il. Je ne travaille plus avec les chevaux.

Ryan réprima un soupir. Il avait envie de secouer Virgile, de le tirer de sa torpeur éthylique, mais il avait également besoin de le tenir à distance, lui et sa douleur trop forte, si forte qu'elle le détruisait jour après jour. Il vit Virgile tendre l'oreille et lever la tête, comme un chien en alerte, et il devina que Maggie s'apprêtait à lui apporter la boisson tant attendue.

En un instant, Ryan avait pris sa décision. Il ne voulait plus jamais revoir Maggie. La jeune femme lui faisait penser à des choses qu'il avait envie d'oublier, elle réveillait en lui des sensations qu'il ne voulait plus éprouver. Il se redressa.

— Si jamais tu changes d'avis, je serai content que tu viennes voir ma jument, dit-il à Virgile, tout en sachant que son invitation resterait lettre morte.

Puis il lui tourna le dos et sortit du bar d'un pas pressé.

Elle n'était pas déçue, se dit Maggie tandis qu'elle s'approchait de la table de Virgile. Non, elle n'était pas déçue de voir que Ryan était parti sans lui dire un mot, sans même lui lancer un regard alors qu'elle n'était qu'à trois pas. On était déçu lorsque l'on s'attendait à quelque chose; or elle ne s'attendait à rien de la part de Ryan Lassiter. Du moins s'efforçait-elle de s'en persuader.

Maggie s'abstint de suivre des yeux la haute silhouette de Ryan. Mais elle possédait un radar, en ce qui le concernait. Car, sans tourner la tête, elle sut à la seconde même le moment où il referma la porte derrière lui et posa le pied dans la rue. Elle réprima un soupir. Son sixième sens se mettait en alerte, et cela ne présageait rien de bon.

Virgile fit un effort pour lui sourire quand elle posa devant lui le verre empli de whisky.

— C'était très bon, affirma-t-il.

— Je fais les meilleurs hamburgers de la région, dit-elle en lui rendant son sourire.

Elle reprit le plateau, heureuse de constater qu'il avait tout mangé. Bien sûr, à elle seule la nourriture ne pouvait résoudre les problèmes de Virgile, mais s'il repartait de là le ventre plein, ce n'était déjà pas si mal.

— Je crois bien que j'avais faim, ajouta Virgile.

— Ce n'est pas le whisky qui va vous nourrir, rétorqua Maggie.

— Non...

L'homme entoura le verre de ses longs doigts.

— On prend vite de mauvaises habitudes, admit-il en soupirant.

— Mais on peut s'en défaire. C'est une question de volonté, insista Maggie.

En son for intérieur, elle se sentait ridicule. Comment osait-elle donner des conseils à Virgile ? Elle n'était pas psychologue, que diable ! De plus, elle ignorait tout des problèmes spécifiques des alcooliques. Virgile avait besoin d'être aidé par un professionnel. Pour sa part, elle avait comme seule arme sa bonne volonté, et cela ne suffirait pas.

— Ce n'est pas si facile, murmura Virgile, le regard distant, prêt à se recroqueviller une fois de plus dans sa coquille.

— C'est le premier pas qui compte, et c'est souvent le plus dur à faire.

L'homme haussa légèrement les épaules et porta le verre à ses lèvres. Maggie comprit qu'elle pouvait cesser sa leçon de morale. Leur conversation était terminée. Elle se détourna avant qu'il n'avale sa première gorgée d'alcool et sentit pour la deuxième fois en moins d'un quart d'heure le goût amer de la déception lui monter à la bouche. D'abord Ryan, et maintenant Virgile. Pourtant, Bill ne lui avait-il pas dit et répété que personne ne pouvait obliger un alcoolique à accepter de l'aide ? C'était à lui de tendre la main le premier.

— Ce n'est pas un hamburger qui va changer la vie d'un homme, murmura Bill quand elle le rejoignit au bar, après avoir déposé le plateau vide dans la cuisine.

Son coup de fil terminé, il était en train de vérifier le nombre de bouteilles vides, afin de faire sa commande hebdomadaire.

— Je sais. Je ne m'attendais pas à grand-chose... Enfin, pas vraiment, ajouta Maggie en croisant le regard de son patron.

— Tu t'occupes trop des autres, Maggie. Tu ne peux pas remettre les gens dans le droit chemin s'ils n'en ont pas envie, je te l'ai déjà dit.

— Je sais, répéta la jeune femme. Mais je ne peux pas m'empêcher d'essayer.

Son regard grave démentait le ton léger avec lequel elle avait répondu. Elle lança un coup d'œil autour d'elle pour s'assurer qu'aucun client ne la réclamait, et se percha sur l'un des tabourets alignés devant le bar. Elle avait appris très tôt qu'une serveuse avait intérêt à se ménager le plus grand nombre de pauses possibles dans la journée. Aussi, dès que l'occasion se présentait, Maggie s'asseyait-elle pour détendre ses jambes et soulager ses pieds.

— Tu as le cœur trop tendre, Maggie.

Bill posa sur le comptoir une bouteille de whisky presque vide avec juste un peu plus de poigne que nécessaire.

— Et c'est grave, docteur? demanda-t-elle en riant.

— Ça peut l'être, rétorqua Bill, soucieux. Surtout quand on se laisse blesser facilement.

— Rassure-toi, ce n'est pas Virgile qui va me briser le cœur. J'aimerais juste qu'il accepte de se faire conseiller par un professionnel. Un psychologue, par exemple.

Avec un soupir d'aise, elle remua ses orteils à l'intérieur de ses tennis.

— Ce n'est pas à Virgile que je pensais...

Bill tourna les yeux vers elle et la dévisagea.

— ... mais plutôt à Ryan Lassiter, ajouta-t-il lentement.

— Ryan?

Elle affecta l'étonnement, mais fut trahie par la rougeur qui lui envahit aussitôt les joues.

— Je le connais à peine!

— Je ne peux plus marcher, mais je suis encore capable de voir et d'entendre, rétorqua Bill d'un ton sec. Il faudrait être sourd et aveugle pour ne pas se rendre compte du courant qui passe entre vous deux.

Maggie haussa ostensiblement les épaules.

— Tu as trop d'imagination.

« Le courant qui passe entre vous deux »... La phrase lui faisait un plaisir immense, qu'elle s'efforça de dissimuler. Ainsi, Ryan ressentait peut-être une certaine attirance pour elle ? L'idée lui fit oublier la brusquerie de son départ.

— Non, je ne crois pas, dit Bill.

Il secoua la tête en voyant Maggie, l'air absent, sourire malgré elle. Avec un soupir, il posa la bouteille qu'il tenait à la main, croisa ses bras musclés sur sa poitrine et regarda la jeune femme droit dans les yeux.

— Ecoute, je ne veux pas me mêler de tes affaires, mais il faut que je te raconte une histoire. C'est celle de Ryan... Quand je l'ai vu pour la première fois, c'était un gamin d'une dizaine d'années. Il venait de débarquer de la ville pour habiter chez son grand-père, qu'il ne connaissait même pas. Duncan, son père, n'était pas un mauvais bougre, mais il n'avait pas plus de cervelle qu'un moineau. Il aurait pourtant pu mener sa barque s'il n'était pas tombé fou amoureux d'une femme encore plus écervelée que lui. Il l'a épousée, Ryan est né, et, un beau jour, ils l'ont déposé au ranch comme un paquet dont ils voulaient se débarrasser. Ils voulaient être libres de voyager, et de faire partie du jet-set, comme on dit dans les journaux.

Bill s'interrompit, le regard lointain, comme s'il revoyait la scène dont il parlait.

— Ces deux-là n'auraient jamais dû avoir d'enfant, murmura-t-il. Heureusement qu'ils l'ont laissé au ranch. C'est la seule chose sensée qu'ils aient jamais faite.

Maggie était suspendue aux lèvres de Bill. Une fraction de seconde, elle se dit que Ryan n'apprécierait pas que son passé lui soit ainsi dévoilé, mais sa curiosité prit le dessus.

— Tu connais John McIntyre, n'est-ce pas ? Il est le régisseur du Double L. Il passe ici de temps en temps. Tu as dû le voir.

Maggie hocha la tête. Elle se souvenait assez précisément de l'homme : petit, râblé, les cheveux poivre et sel et des yeux très noirs. Ses visites étaient plutôt rares, et il parlait peu. Mais il avait un sourire chaleureux, et il lui laissait toujours un bon pourboire.

— Ryan a été élevé avec les enfants McIntyre, reprit Bill. Ils étaient quatre : trois filles et un garçon. Tucker était l'aîné et Ryan avait son âge. Ils ont grandi ensemble et se considèrent comme des frères. D'ailleurs, je crois que les filles de la famille voyaient en Ryan un autre grand frère. Du moins, deux d'entre elles. La plus jeune, Sally, a changé d'avis à l'adolescence.

De nouveau, le regard de Bill s'égara dans le passé.

— Je les connaissais bien, les enfants McIntyre. Ils venaient souvent déjeuner ici le dimanche avec leurs parents. Tucker voulait être champion de billard, mais il était battu à tous les coups par sa sœur, Annie. D'ailleurs, Ryan comme Tucker n'avaient aucune chance de gagner quand ils jouaient contre elle, et ça les rendait fous. Elle s'est mariée à un fermier de l'Idaho. La deuxième fille, Lorraine, était très douce, très raisonnable. Elle est institutrice à Denver, maintenant. La plus petite, c'était Sally...

Bill déglutit avec peine. Il décroisa les bras, posa les mains sur ses cuisses.

— C'était le bébé de la famille. Ils l'adoraient tous, et elle en profitait pour faire mille bêtises sans se faire gronder. Enfant, c'était un vrai garçon manqué. Elle montait à cheval, grimpait aux arbres, et essayait constamment d'imiter Ryan et Tucker. Elle était grande pour son âge, et très maigre. Une sorte de chat écorché, avec d'immenses yeux sombres et de longs cheveux noirs et raides comme des baguettes. C'était la moins jolie et la moins féminine des trois sœurs. Mais la nature vous joue parfois de drôles de tours... Un beau jour, elle est arrivée ici, et c'est à peine si je l'ai reconnue. Elle avait seize ou dix-sept ans, et elle était devenue une vraie beauté.

Bill se tut, perdu dans ses souvenirs. Maggie remua nerveusement sur son siège. Son petit doigt lui soufflait qu'elle n'allait sans doute pas apprécier le reste de l'histoire, surtout ce qui concernait la belle Sally MacIntyre. Mais elle était bien trop passionnée par le récit de Bill pour songer à l'interrompre.

Bill secoua la tête, comme s'il devait faire un effort physique pour s'extraire des visions qui remontaient du fond de sa mémoire. Il reprit d'une voix saccadée :

— Ryan était parti à l'université. Il n'avait pas revu Sally depuis un an. Quand il est revenu, cet été-là, il leur a suffi d'un regard pour tomber fous amoureux l'un de l'autre. Sally voulait se marier tout de suite, mais ses parents ont décidé qu'elle devait d'abord terminer ses études secondaires. Connaissant Sally, je suis sûr qu'elle serait partie sans hésiter à Las Vegas pour se marier en catimini, si Ryan avait accepté de le faire. Elle l'a mené par le bout du nez pendant un an, jusqu'à ce qu'elle décroche son diplôme. Grands dieux, elle était belle à damner un saint, mais elle n'était pas commode ! Elle avait même un fichu caractère...

Bill rit doucement, et son visage s'éclaira un instant avant de se crisper.

— Ils se sont mariés quinze jours après la remise des diplômes. Il y avait un monde incroyable, comme si tous les habitants de la région avaient tenu à assister à ce mariage. Jamais je n'ai vu deux jeunes gens aussi amoureux l'un de l'autre.

Ce n'étaient plus ses pieds qui lui faisaient mal, maintenant, mais son estomac. Ou son cœur, songea Maggie, qui s'agita de nouveau sur son tabouret. Elle lança un coup d'œil furtif vers l'arrière de la salle. Il y avait sûrement quelqu'un qui avait envie d'un autre verre, non ? Ou bien un client allait pousser la porte et réclamer un hamburger et un café... Mais non. Tout le monde semblait content, et la porte demeura obstinément close. La gorge serrée, elle se prépara à entendre la suite de l'histoire.

— Ils avaient tout pour eux, continua Bill, les yeux mi-clos. Sally avait grandi au ranch, elle l'aimait autant que Ryan. Et elle adorait le rodéo. Pendant les deux premières années de leur mariage, ils ont pris la route et ont participé à tous les concours de rodéo. Sally était une cavalière hors pair, elle a gagné pas mal de compétitions. Elle a même failli devenir championne nationale. Mais elle partageait la passion de Ryan pour le Double L, et quand ils revenaient au ranch, ils semblaient si heureux d'être là, ensemble, que leur bonheur était contagieux.

Bill se tut brusquement. Sur les bras en fer du fauteuil roulant, ses doigts s'étaient crispés comme des serres d'oiseau de proie.

— Que s'est-il passé? demanda Maggie dans un souffle.

Voulait-elle vraiment le savoir? Elle n'en était pas sûre. Le récit des amours de Ryan et de la jeune Sally, si belle, si douée, si énergique, ne présentait guère d'intérêt pour elle. Mais, dans ce cas, pourquoi ressentait-elle ce pincement au cœur quand Bill évoquait ses souvenirs?

— Elle est morte.

La réponse était si imprévisible, que Maggie ne l'assimila pas sur-le-champ. Elle s'attendait à tout autre chose. Par exemple, à ce que Bill lui dise que la trop belle Sally était partie avec un courtier en assurances pour vivre à DesMoines ou à Seattle... Ou bien qu'elle avait troqué son cheval contre une planche à voile et qu'elle faisait du surf au large de Hawaii... Mais rien ne l'avait préparée à la réponse de Bill. Sans trop savoir pourquoi, la mort de Sally la bouleversait comme si elle l'avait connue personnellement.

— Elle est morte ? répéta-t-elle, incrédule.

Bill hocha la tête, les yeux humides.

— D'une leucémie. Quand on leur a appris le diagnostic, Ryan et Sally sont partis s'installer à Denver, pour être plus près de l'hôpital. Les médecins ont essayé tous les traitements possibles et imaginables. En vain. Malgré leur acharnement, la maladie progressait. Très vite, ils se sont rendu compte que le cas était désespéré. Alors Sally a décidé de rentrer au ranch. Les médecins ont piqué une crise, essayé de s'y opposer, en disant qu'elle serait beaucoup trop éloignée d'un service médical approprié. Mais rien n'y a fait. Sally leur a dit qu'elle voulait mourir dans l'endroit qu'elle aimait, là où elle pouvait contempler le ciel à l'infini et entendre le souffle du vent... Elle a exigé de Ryan qu'il la ramène au ranch et il l'a fait. Elle y est morte quelques semaines plus tard. Elle venait d'avoir vingt-quatre ans.

— Mon Dieu... Quelle horreur, murmura Maggie.

Le commentaire semblait absurde dans sa banalité, mais comment exprimer ce que l'on ressent devant une telle tragédie ?

— Ce fut dur, admit Bill.

La remarque laconique était typique d'un homme de l'Ouest.

D'un air distrait, il poussa l'une des bouteilles vides qu'il avait posées sur le comptoir, puis la remit en place. De nouveau, ses mains se crispèrent sur les accoudoirs du fauteuil.

— Ryan a passé de mauvais moments. En fait, il n'est pas resté au ranch plus d'une semaine ou deux depuis la mort de Sally.

— Il y a trop de souvenirs qui l'attendent au Double L, je suppose, dit Maggie.

Elle se rappela alors ce qu'il lui avait dit de ses projets — qu'il abandonnait les rodéos et rentrait pour de bon.

Elle se demanda ce qui avait pu le décider à faire face à ses souvenirs.

— Oui, c'est aussi ce que je pense, murmura Bill.

Il lança un regard à Virgile, qui sirotait son whisky à toutes petites gorgées, les yeux dans le vague.

— Ryan n'a pas tenté de se suicider après la mort de Sally, il n'a pas cherché à noyer son chagrin dans l'alcool... Mais on dirait qu'il a enterré une partie de lui-même avec elle. Il est loin d'avoir réglé ses comptes avec son passé, et une femme doit en être prévenue avant de décider de sortir avec lui.

— Je ne sors pas avec lui, Bill.

Maggie essaya de rire, mais son rire se bloqua dans sa gorge. Elle se contenta de sourire.

— Avant de songer à sortir avec lui, alors, rectifia Bill.

— Je ne songe pas...

Maggie intercepta son regard et ravala le mensonge qu'elle s'apprêtait à débiter.

Elle haussa les épaules, baissa les yeux et fixa la surface vernie du bar.

— Je le connais à peine. Et il est peu probable que je le revoie.

Elle ébaucha un sourire ironique.

— D'ailleurs, il faut être deux pour sortir ensemble. Je ne pense pas qu'il s'intéresse vraiment à moi.

Bill connaissait Ryan depuis longtemps. Il était prêt à parier que Maggie l'intéressait. Mais il ignorait si le jeune homme irait jusqu'à l'inviter à sortir... Il savait que depuis la mort de Sally, Ryan avait fait de son mieux pour éviter tout ce qui pouvait ressembler, de près ou de loin, à un engagement. Mais en regardant Maggie, Bill songea que, cette fois, ce serait bien dommage... Un homme ne croiserait pas deux fois sur son chemin quelqu'un de plus doux, de plus généreux que Maggie

Drummond. Elle était du genre à vous faire oublier votre passé.

Car la jeune femme aimait les gens. Elle ne s'occupait pas uniquement des cas à problèmes, comme Virgile, mais de tous ceux qu'elle rencontrait. Bill l'avait observée, tandis qu'elle servait les clients. Maggie connaissait leurs goûts sur le bout des doigts. Elle savait qui préférait sa viande bien cuite et qui la voulait plutôt saignante... Elle se souvenait des prénoms et des âges de leurs enfants. Les gens l'appréciaient — qu'ils soient jeunes ou vieux, hommes ou femmes. D'un point de vue purement financier, elle était très rentable. D'un point de vue strictement privé, il s'était pris d'affection pour elle, au cours de ces trois dernières années.

— Si je t'ai raconté tout ça, c'est pour te prévenir. Je ne veux pas te voir souffrir, marmonna-t-il d'un ton bourru.

— Oh, je suis plus coriace qu'il n'y paraît.

Avec un sourire, elle se laissa glisser de son tabouret pour aller servir un client qui venait d'arriver.

Bill la suivit des yeux tandis qu'elle traversait la salle de sa démarche dansante. Au passage, elle s'arrêta pour saluer deux hommes âgés qui jouaient au billard, en les appelant par leur prénom. Elle écouta avec intérêt le récit de leurs prouesses, et écarquilla les yeux quand Ernie, le plus vieux des deux, raconta comment il avait réussi à gagner la partie précédente.

En la voyant prêter une oreille attentive aux exploits des deux vieux cow-boys, sans montrer le moindre signe d'impatience, Bill eut un léger sourire teinté d'ironie. Le jour où Ernie gagnerait une partie, les poules auraient des dents, songea-t-il. Et le jour où Maggie pourrait être qualifiée de « coriace », le soleil se lèverait à l'ouest...

4.

A peine rentrée chez elle, Maggie retira ses tennis et ses chaussettes et poussa un soupir d'aise en posant ses pieds nus sur le linoléum froid et craquelé du vestibule. Frank Luddy lui avait promis que sa voiture serait prête dès le surlendemain, ce qui tombait bien, car c'était le jour de paie. Ensuite, elle ne serait plus obligée de rentrer à pied de son travail. Après avoir pratiquement passé huit heures debout, les vingt minutes supplémentaires que constituait le trajet entre sa maison et le bar représentaient une vraie torture.

— Bonsoir, Max !

Avec un sourire plein de tendresse, Maggie accueillit l'énorme chat roux aux pattes blanches qui était sorti de la cuisine pour trotter vers elle. Max miaula longuement, sur un ton incroyablement aigu et léger pour un chat pesant près de six kilos. La jeune femme se pencha pour le prendre dans ses bras.

— Je t'ai manqué tant que ça ? murmura-t-elle, en frottant sa joue contre la fourrure si douce du félin.

Elle prit son ronronnement pour une affirmation. A l'origine, Max était le chat des voisins. Le couple en question avait décidé un jour de déménager pour s'installer à Cheyenne, laissant derrière lui le pauvre Max, livré à son sort. Le lendemain du départ de ses maîtres, en revenant de son travail, Maggie trouva Max qui l'attendait devant la porte de la maison. Il la suivit à l'intérieur comme s'il avait vécu là toute sa vie. Touchée par la confiance qu'il lui témoignait, Maggie décida de le garder, sans prêter attention au commentaire ironique de Noreen, qui déclara qu'elle était assez stupide pour se faire manipuler par tout le monde, y compris par un chat. Manipulée ou pas, Maggie ne revint pas sur sa décision, et Max devint un membre à part entière de la maisonnée.

Depuis le vestibule, la jeune femme entendit des bruits de voix. Comme d'habitude, la télévision était allumée dans le salon. Sa mère s'emparait de la télécommande dès qu'elle se levait le matin et ne détachait les yeux du petit écran qu'au moment de se coucher. Elle regardait tout : le journal télévisé, les feuilletons, les émissions politiques, les vieux films, les jeux et le tirage du Loto. Rien ne la rebutait. Elle n'était pas de ceux qui laissent l'écran allumé juste pour la compagnie et vaquent à leurs occupations sans même le regarder. Non, Lydia fixait les images qui défilaient sans interruption devant ses yeux comme si elles contenaient le secret de l'univers. Tous les jours, elle s'asseyait devant la boîte magique des heures durant, buvait d'innombrables tasses de café, fumait cigarette sur cigarette et passait ainsi le plus clair de son temps à regarder jouer des acteurs payés pour interpréter à l'écran la vie de personnages fictifs.

Maggie avait fait de son mieux pour l'inciter à sortir un peu plus et à se mêler à des gens réels, mais, pour Lydia, rien ni personne à Willow Flat ne pouvait rivaliser avec les histoires qu'elle suivait sur le petit écran. La nature, la flore et la faune qui intéressaient tant Maggie n'existaient guère aux yeux de sa mère. Lydia rêvait de boîtes de nuit et de restaurants luxueux où une femme portant robe pailletée et parfum de chez Chanel avait une chance de rencontrer un homme digne d'intérêt. L'Auberge de la Rosée, avec son vieux juke-box et ses soirées dansantes animées par des musiciens locaux, ne risquait pas de compter un jour Lydia parmi ses clients. Elle s'estimait bien trop sophistiquée pour ce genre d'amusement folklorique.

Des éclats de rire artificiels résonnèrent dans le salon et Maggie fut tentée de se diriger sur la pointe de ses pieds nus vers sa chambre, en esquivant ainsi la pièce dans laquelle trônait la sacro-sainte télévision. Pourtant, elle n'en fit rien. Sans doute était-elle bien trop naïve pour son âge, mais elle nourrissait encore l'espoir que, si elle faisait des efforts, si elle parvenait à trouver les mots justes, elle réussirait à partager avec Lydia les liens complices qui unissent en général les mères et les filles.

— Bonsoir, maman, lança-t-elle gaiement, en élevant la voix pour couvrir le bavardage de l'animateur de *La Roue de la Fortune.*

Max dans les bras, elle pénétra dans le salon et sentit aussitôt son cœur chavirer vers ses talons.

Sur le petit écran, l'animateur arborait un sourire éblouissant en tournant une immense roue de carton multicolore, sous les ovations de la foule. Le regard rivé sur la télévision, Lydia ébauchait inconsciemment un sourire semblable à celui de l'animateur. Maggie, elle, ne souriait pas du tout.

Ses traits fins se crispèrent en voyant les cartons qui jonchaient le tapis usé du salon. Certains avaient été ouverts et les différents objets qu'ils contenaient, encore sous emballage de plastique transparent, s'étalaient sur le sol.

— Maggie !

Lydia sursauta, car elle venait seulement de remarquer la présence de sa fille.

— Je ne t'attendais pas si tôt, dit-elle, du ton coupable d'une enfant qui vient de se faire surprendre en train de commettre une bêtise.

— Je suis pourtant sortie à l'heure habituelle.

Maggie lança un regard au large bracelet doré enrichi de fausses pierres précieuses et au collier assorti qui entourait le cou de sa mère. L'aspect clinquant des bijoux était encore accentué par le gris fané du sweat-shirt qu'ils ornaient.

— Je ne me suis pas rendu compte de l'heure, dit Lydia.

Elle se passa machinalement une main dans les cheveux, ce qui fit tinter les breloques de son bracelet.

— Je comprends, murmura Maggie.

La jeune femme balaya d'un regard lent le désordre qui régnait dans le salon. Un appareil électrique dont elle était incapable d'identifier l'utilisation trônait sur la table basse. Sa couleur rose bonbon donna un indice à Maggie. Ce devait être un gadget miraculeux, destiné à rendre les cheveux plus brillants, à effacer les rides les plus tenaces ou à donner du tonus aux seins affaissés. Sur l'un des bras du canapé, Maggie remarqua la présence d'un bout de tissu rose fuchsia. La couleur ne convenait pas à sa mère, elle était trop vive pour son teint pâle et jurait avec le roux de ses cheveux.

— Maman...

— Ne commence pas, Maggie !

Lydia leva le menton et lança à sa fille cadette un regard où se mêlaient la culpabilité et le défi.

— Ce sont des bricoles, qui n'étaient pas chères du tout, affirma-t-elle.

D'un doigt, elle toucha le collier qui brillait autour de son cou.

— Ce bijou, par exemple, ne m'a presque rien coûté. Et j'ai eu les boucles d'oreilles assorties pour trois fois rien !

« Trois fois rien, c'était encore trop », songea Maggie. Max commença à se débattre dans ses bras et, dès qu'elle se pencha pour le poser sur le sol, il bondit à travers le salon et s'approcha du tissu fuchsia, qu'il renifla avec curiosité.

— Oh, non ! Il va faire ses griffes dessus ! s'écria Lydia d'une voix suraiguë.

Max se tourna vers elle, comme si son ton hystérique l'avait dérangé. S'il avait pu, il aurait ricané, se dit Maggie en observant le petit félin. Il renifla encore une fois le tissu, puis, avec un certain dédain, il s'en écarta, la queue en panache et le museau en l'air, et bondit hors de la pièce.

— Il a failli le mettre en pièces ! s'exclama Lydia en s'extirpant du canapé.

Elle se précipita vers le vêtement pour s'assurer qu'il n'avait subi aucun dommage. Maggie cilla devant les couleurs éclatantes du chemisier que sa mère brandissait devant elle comme un étendard. Le fuchsia qu'elle avait aperçu servait de fond à des grosses fleurs pourpres et turquoise, agrémentées d'un feuillage émeraude. La jeune femme tenta d'imaginer sa mère vêtue de ce chemisier, mais elle ne put y parvenir. Seule une acrobate de cirque aurait osé porter un tel mélange de couleurs pour se faire remarquer des spectateurs. Elle poussa un petit soupir de soulagement quand Lydia le posa sur l'un des cartons, après l'avoir replié avec soin.

— Ce chat est dangereux, déclara Lydia, furieuse. C'est un chemisier de soie, il est fragile.

— Max ne l'a pas touché, fit observer Maggie.

— Il l'aurait fait si je n'avais pas été là, rétorqua sèchement sa mère.

En son for intérieur, Maggie était certaine que Max avait trop bon goût pour avoir envie de mettre ses pattes sur un vêtement aussi vulgaire.

— Maman, tu m'avais promis de ne plus regarder les émissions de télé-achat.

Tout en parlant, la jeune femme ne put s'empêcher de lancer un coup d'œil aux cartons et de se demander combien sa mère avait pu dépenser pour ces colis.

— Je n'ai rien promis du tout, protesta Lydia.

Avec une moue, qui avait dû paraître charmante lorsqu'elle avait quinze ans, Lydia ajouta :

— Tu ne te rends pas compte que j'ai besoin d'être entourée de belles choses, et de porter de jolis vêtements. Bien sûr, quand on a un physique discret comme le tien, c'est assez difficile à comprendre. Mais une jolie femme doit s'habiller pour séduire, c'est ce que l'un de mes admirateurs m'a dit.

Lydia omit de préciser que l'admirateur en question avait prononcé ces mots une bonne vingtaine d'années plus tôt.

— Il est normal que tu t'entoures de jolies choses, dit Maggie gentiment.

Le commentaire de sa mère sur son « physique discret » ne l'avait pas fait broncher, car elle l'avait entendu souvent. Le point de vue de Lydia sur le sujet variait en fonction de son humeur. Là, elle était plutôt agacée. Mais si elle avait voulu tenter de manipuler sa fille cadette, elle lui aurait affirmé qu'elle pouvait être ravissante si elle le voulait. A condition de perdre du poids, de se maquiller davantage et de changer de coiffure... Maggie ne prêtait guère plus d'attention aux compliments fictifs qu'aux remarques cinglantes.

— Mais je croyais que tu étais d'accord pour diminuer les dépenses dans le but de refaire la toiture avant l'automne, déclara-t-elle à sa mère.

— La toiture, répéta Lydia, le nez froncé. C'est d'un ennuyeux !

— Mais c'est indispensable, insista Maggie en s'efforçant d'être patiente.

— Indispensable, tu parles..., grommela Lydia, comme s'il s'agissait d'une insulte.

Elle agita son poignet et fit tinter les breloques du bracelet en toc. Des éclats de rire qui n'avaient rien de naturel fusèrent tandis que l'animateur débitait une plaisanterie avec un sourire découvrant ses dents très blanches et impeccablement alignées.

— Tu t'inquiètes trop, Maggie.

— Il faut bien que quelqu'un le fasse, rétorqua la jeune femme, les nerfs à vif.

— Que quelqu'un fasse quoi ?

C'était Noreen qui avait posé la question. Elle traversa la pièce, légèrement vêtue d'un négligé bleu pâle qui lui arrivait à mi-cuisses, ses cheveux blonds emmêlés flottant sur les épaules. Elle sortait du lit, c'était évident. Elle travaillait tous les soirs à l'auberge de la Rosée, et rentrait rarement seule. Maggie était incapable de comprendre à quoi rimait le défilé de cow-boys qui partageaient les nuits de sa sœur. C'était un sujet qu'elle n'abordait plus avec elle depuis longtemps.

— Maggie est en colère parce que j'ai acheté quelques petites choses.

Lydia, qui savait que Noreen était son alliée, avait fait sa remarque d'une voix plaintive.

— Elle m'embête, avec son histoire de toiture, gémit-elle.

— Tu sais très bien ce que Craig Chapman a dit quand il est venu examiner le toit, commença Maggie.

— Tout ce que je sais, c'est qu'il était tellement occupé à loucher sur les jambes de ta sœur qu'il n'a pas eu le temps de regarder la toiture. Je parie qu'il a déclaré qu'il fallait la changer en pensant que ça lui donnerait un prétexte pour revenir ici et lorgner Noreen.

— Craig est marié, il adore sa femme et il a trois enfants ! protesta Maggie.

Une fois de plus, elle gaspillait sa salive, car Noreen lui coula un regard en coin avant de rétorquer :

— S'il adore sa femme, dis-moi pourquoi il louche sur les jambes d'une autre ?

Noreen étendit ses jambes devant elle pour mieux admirer leur galbe parfait. Les pans de son déshabillé s'écartèrent largement, révélant la peau nacrée de sa poitrine, de son ventre, et les boucles d'or pâle qui couvraient son pubis. Noreen s'amusait ainsi à troubler la pudeur naturelle de sa cadette, et Maggie était consciente de son petit jeu. Aussi garda-t-elle les yeux fixés sur le visage de son aînée pour lui répondre d'un ton ferme :

— Craig est un honnête homme et un bon professionnel. Il estime que notre toiture ne supportera pas l'hiver prochain, et je le crois.

— C'est ton affaire, murmura Noreen avec un haussement d'épaules qui fit bâiller encore davantage son peignoir. Mais moi, je pense que maman devrait se débarrasser au plus vite de ce taudis pour s'installer dans un endroit plus gai, à proximité de Los Angeles ou de Las Vegas, par exemple. Willow Flat est d'un ennui ! Ce n'est pas étonnant que maman passe son temps à regarder la télévision, et à s'acheter des choses. Tu préférerais peut-être qu'elle aille s'asseoir dehors pour regarder l'herbe pousser ?

— Pour se débarrasser de ce taudis, comme tu dis, il faudrait pouvoir le vendre. Et même si maman trouve un acheteur, le prix qu'elle obtiendra ne suffira pas à acquérir une maison près de Los Angeles.

Noreen plongea une main dans la poche de son peignoir pour en extraire un paquet de cigarettes.

— Pourquoi veux-tu que maman rachète une maison ? Elle n'a pas besoin d'être propriétaire ! Elle pourrait se louer un petit appartement en ville, et, avec le reste de l'argent, s'acheter de jolis vêtements, aller chez le coiffeur et la manucure, et s'offrir une croisière, par exemple. J'ai entendu dire qu'il existe des croisières organisées pour des célibataires d'un certain âge, afin de leur faire rencontrer l'âme sœur. Maman se trouverait sûrement un partenaire plein aux as, qui la couvrira de visons et de diamants !

Noreen sourit à sa mère, et Lydia émit un petit rire en frappant ses paumes l'une contre l'autre, comme une enfant admirant une vitrine de jouets.

— Une croisière ! C'est une idée géniale !

— Et de quoi vivra-t-elle, quand elle aura dépensé tout son argent sans rencontrer le fameux partenaire plein aux as ? demanda Maggie.

Noreen haussa les épaules, alluma une cigarette, souffla une bouffée et laissa tomber :

— Elle a sa pension d'invalidité.

— Ça, c'est vrai, renchérit Lydia. Je touche une pension d'invalidité, répéta-t-elle, en lançant un regard de défi à sa cadette.

— Tu sais très bien que cela ne lui suffira pas pour vivre.

Maggie devinait que sa mère s'imaginait déjà à bord d'un luxueux paquebot, entourée d'hommes riches et beaux, qui lui offraient caviar, champagne et autres douceurs. Aussi s'adressa-t-elle directement à sa sœur.

— Tu sais aussi que c'est la raison pour laquelle nous sommes venues vivre ici, quand tante Margaret a légué à maman cette maison. Cela lui permettait d'avoir un toit sans payer de loyer.

— Si nous sommes venues ici, c'est parce qu'on croyait que la maison de tante Margaret était un ranch immense, protesta Noreen d'une voix amère. Comment pouvions-nous savoir qu'elle avait baptisé ce taudis le Triple M ?

Noreen exhala un rond de fumée d'un air rageur.

Maggie retint un sourire. Cela l'amusait plutôt que sa tante ait donné à sa maisonnette le nom d'un vaste ranch. Bien sûr, elle avait été aussi surprise que sa mère et sa sœur en arrivant à Willow Flat et en voyant que le fameux ranch auquel elles avaient tant rêvé se composait en réalité de trois mille mètres carrés de gazon pelé et d'arbustes racornis, en découvrant aussi que pour tout bétail il y avait le chien du voisin, affalé sous le vieux saule qui menaçait de tomber sur le toit du garage au moindre coup de vent, et Max.

Malgré sa déception initiale, Maggie s'était plu à Willow Flat. La maison était à peine confortable, mais elle valait nettement mieux que l'appartement que sa mère louait à Detroit. De plus, il n'y avait pas de loyer à payer. La pension d'invalidité à laquelle Lydia avait droit depuis qu'elle avait fait une mauvaise chute sur son lieu de travail et s'était abîmé le dos devait lui suffire pour vivre, à condition de ne pas dépenser l'argent dans des gadgets et des colifichets stupides, songea Maggie en regardant avec agacement les cartons éparpillés dans le salon.

— Cette maison n'est guère luxueuse, mais au moins elle ne nous coûte rien. Maman a un toit au-dessus de la tête et un peu d'argent pour vivre... C'est ce que j'appelle une certaine sécurité.

— Moi, je veux autre chose qu'un peu de sécurité, rétorqua Noreen d'un ton méprisant. Ce que je veux, c'est profiter de la vie, et maman aussi. Elle est encore jeune... Je serais désolée de la voir s'enterrer vivante dans ce coin paumé, alors qu'elle pourrait mener grand train ailleurs. Je veux qu'elle soit heureuse !

— Figure-toi que moi aussi, je veux la voir heureuse !

— Vraiment ? Eh bien, je n'en suis pas si sûre... Si j'étais toi, je ferais un petit examen de conscience.

Noreen se leva, et la ceinture de son peignoir glissa à terre. Les pans du vêtement s'écartèrent. Avec nonchalance, la jeune femme se pencha pour ramasser la ceinture mais ne prit pas la peine de la renouer. Le peignoir entrouvert formait un cadre soyeux pour son corps splendide. Maggie, qui observait la scène, savait pertinemment que sa sœur faisait exprès d'agir ainsi devant elle. Noreen forçait sur l'impudeur pour la mettre mal à l'aise. Elle tira sur sa cigarette et Maggie croisa son regard provocateur à travers un nuage de fumée bleutée. Un sourire narquois vint aux lèvres de Noreen quand elle la vit rougir et détourner le regard.

En son for intérieur, Maggie maudit son teint si clair qui réagissait au quart de tour et ne lui permettait jamais de dissimuler ses émotions. Elle se maudit également de se conduire de manière aussi ridicule, alors que sa mère ne semblait même pas remarquer la nudité de sa fille aînée.

— Je ne veux pas que maman finisse sa vie dans la misère, affirma Maggie en s'efforçant de garder une voix égale.

— Et moi, je ne veux pas qu'elle finisse sa vie toute seule, rétorqua Noreen. A chacun ses ambitions... Toi, tu te satisfais d'un job minable et de la compagnie d'un chat, mais maman, elle, a besoin d'autre chose.

— Bien sûr que oui ! s'exclama Lydia en lançant un coup d'œil venimeux à Maggie, comme si cette dernière l'obligeait à renoncer à tous les plaisirs de la vie.

Maggie ouvrit la bouche pour protester, mais elle se ravisa. A quoi bon discuter ? De toute façon, le terrain était miné. Noreen, avec ses airs de sainte-nitouche et sa façon d'affirmer qu'elle ne voulait que le bonheur de sa mère, était loin d'être aussi sincère qu'elle le proclamait. Si Lydia vendait la maison, sa fille aînée s'arrangerait pour s'attribuer une bonne part du montant de la transaction. C'était d'ailleurs la seule raison pour laquelle Noreen avait accompagné sa mère jusqu'au Wyoming. Elle était persuadée que l'héritage de tante Margaret consistait en un ranch superbe, et elle s'imaginait entourée d'une bande de cowboys prêts à satisfaire ses moindres caprices. La déception avait été amère, et, depuis, Noreen pressait sa mère d'aller s'installer dans une grande ville. Si, à ce jour, la maison n'avait pas encore été mise en vente, c'était grâce à la détermination et aux arguments pleins de bon sens de Maggie.

Balayant une dernière fois du regard les cartons à moitié déchirés et les feuilles de plastique à bulle qui jonchaient la moquette beige sale, Maggie se demanda pourquoi elle faisait autant d'efforts pour assurer à sa mère une vie décente. Lydia ne lui en était aucunement reconnaissante et, de toute façon, la bataille était perdue d'avance. Sa mère avait dépensé tout l'argent dont elle avait hérité en plus de la maison et, si la toiture s'effondrait pendant l'hiver, eh bien, ce serait à cette gentille Maggie de trouver une solution pour la faire réparer. Comme d'habitude...

— Oh, après tout, fais comme tu veux, murmura-t-elle, soudain lasse de ce genre de discussion.

— J'en ai bien l'intention, dit Lydia d'un ton indigné.

En voyant les lèvres pincées de sa mère, Maggie s'attendait presque à ce qu'elle ajoute en tapant du pied : « Ce n'est pas toi qui commandes ici ! » comme l'aurait fait un enfant.

Noreen entreprit de nouer sa ceinture d'un air ironique tandis que Maggie passait près d'elle pour sortir du salon. Maggie grinça des dents. Elle ne comprendrait jamais pourquoi sa sœur aînée prenait un tel plaisir à la choquer. Pourtant, c'était un petit jeu qui remontait à leur enfance. Peut-être Noreen cherchait-elle à la rendre jalouse ? Non, c'était absurde. Noreen était beaucoup trop belle pour que Maggie songe même à se comparer à elle.

Avec un soupir, la jeune femme referma la porte de sa chambre derrière elle et se trouva face à Max, lové en rond au beau milieu de son lit. Il la fixait de ses grands yeux topaze au fond desquels elle tenta de discerner des traces de sympathie.

Maggie s'approcha pour s'allonger sur le lit. Aussitôt, le chat se redressa et frotta la tête contre son bras en ronronnant.

— Voilà au moins quelqu'un qui est content de me voir, murmura-t-elle, la gorge serrée.

Elle lui gratta l'arrière de la tête, et le ronronnement s'intensifia. Peu à peu, elle sentit la tension quitter ses épaules.

— Tu es bien plus efficace qu'un masseur diplômé, chuchota-t-elle à l'oreille du chat.

Max réagit au compliment en ronronnant encore plus fort et en se mettant sur le dos, l'invitant ainsi à lui caresser le ventre. Maggie s'exécuta avec le sourire. Pourtant, quelque part, tout au fond d'elle-même, la jeune femme ressentait un malaise. Un malaise qui était né quand Noreen lui avait affirmé qu'elle n'avait aucune ambition, et qu'elle se satisfaisait d'un job minable et de la compagnie d'un chat. La remarque était méchante, mais elle avait atteint un but qui n'était pas forcément visé par Noreen. De fait, Maggie y avait réagi de façon plutôt positive.

— Le temps passe, Max. Et moi, je ne bouge pas. Si je ne fais pas un effort pour m'en sortir, je vais finir mes jours exactement comme Noreen l'a dit : seule et misérable, avec un chat pour unique compagnon. Bien sûr, je t'adore, Max, s'empressa d'ajouter Maggie, en grattant le félin sous le menton. Mais il faut bien admettre que nos conversations ressemblent plutôt à des monologues. Et ton niveau culturel se limite à la lecture des étiquettes sur les boîtes de thon. Je ne suis pas sûre que l'on puisse tirer des leçons de philosophie à partir d'une marque de thon. Oh, désolée, je ne voulais vraiment pas te vexer...

Max s'écarta de Maggie et se redressa d'un air digne. Puis il se dirigea vers le haut du lit, où il s'assit et commença à se lécher consciencieusement pour faire un brin de toilette.

Sa maîtresse le fixa sans le voir. Ses pensées étaient ailleurs. Elle avait vingt-quatre ans et l'avenir devant elle, mais elle savait que le temps passait à la vitesse de l'éclair. La preuve, c'est que cela faisait déjà trois ans qu'elle travaillait chez Bill, alors qu'elle avait l'impression que ce dernier l'avait engagée la veille.

Elle s'allongea sur le dos et contempla le plafond. Il y avait une fissure, juste au-dessus d'elle, auréolée d'une large tache d'humidité. « Personne ne rêve de devenir serveuse dans un bar d'une petite ville du Wyoming », songea-t-elle. Ce n'était pas ce métier-là qu'elle avait envisagé, quand elle était sortie de l'école. D'ailleurs, aucun parent ne venait en classe expliquer aux enfants combien le métier de serveur était fascinant. Il n'existait pas de formation professionnelle dans cette branche, et il fallait apprendre sur le tas comment circuler autour des tables sans rien renverser et déposer un plateau devant un client sans lui flanquer le contenu de la bouteille de ketchup sur la chemise. Et surtout, garder le sourire, quoi qu'il arrive, même quand un client décidait de changer sa commande pour la troisième fois. Maggie n'avait jamais vu de spot publicitaire à la télévision vantant le métier de serveur et ses possibilités d'avenir...

Oui, on pouvait être serveuse, mais à condition que ce soit juste un moyen de gagner sa vie, et non un but en soi. Une foule d'acteurs de cinéma, de peintres ou d'écrivains avaient circulé ainsi entre les tables, un plateau à la main et un sourire aux lèvres, pour gagner de quoi se nourrir et se loger en attendant que leur talent soit reconnu.

Mais que se passait-il quand on n'avait pas d'autre talent ? Ni d'autre ambition ? Qu'arrivait-il à ceux qui faisaient ce métier en rêvant vaguement de rencontrer quelqu'un, de fonder un foyer, d'avoir des enfants... Ou bien, plus simplement encore, de prendre des photos, de plus en plus de photos, et peut-être, un jour, d'en publier quelques-unes dans un livre qui n'aurait rien de particulièrement original ou de fascinant, mais qui tenterait de montrer toute la beauté de certains aspects de la nature ?

En fait, ses rêves étaient modestes. Et le comble, c'est qu'elle ne savait même pas par quel bout les prendre pour les réaliser.

⁂

— Tucker est rentré cette nuit, déclara Nathan en étalant du beurre sur un pancake.

Ryan sursauta et faillit renverser la tasse de café qu'il était en train d'emplir. La voix aimable du vieil homme avait de quoi surprendre. L'une des premières règles que Ryan avait apprises, en arrivant au Double L vingt ans plus tôt, était de ne jamais parler à son grand-père tant qu'il n'avait pas avalé sa troisième tasse de café, pour ne pas subir son caractère bourru. Or, ce matin, Nathan n'avait même pas terminé la seconde. Et Ryan était d'autant plus surpris que, depuis son retour, quinze jours auparavant, son grand-père et lui étaient plutôt en froid.

— J'ai entendu du bruit hier soir, en effet, murmura-t-il, encore sous le choc, en reposant avec précaution la cafetière sur la table.

Il tendit la main pour s'emparer du sucrier, mais Nathan l'avait déjà poussé vers lui.

— Tu manges trop de sucre, ça va te pourrir les dents, marmonna le vieil homme avec un sourire, et Ryan hésita une fraction de seconde avant de plonger un troisième morceau dans son café.

Il devait encore dormir, se dit-il. Il rêvait qu'il se trouvait avec son grand-père dans la cuisine et que, derrière la vitre, l'aube se levait. Mais s'il s'agissait d'un rêve, pourquoi portait-il encore ce maudit plâtre autour du bras, qui le gênait dans tous ses mouvements ? Et pourquoi ressentait-il si fort la brûlure qu'avait laissée sur le bout de son doigt le morceau de lard qu'il avait repoussé dans son assiette ?

— Je pensais que Tucker ne serait pas de retour avant la semaine prochaine, dit-il à Nathan.

— Il a vendu le bétail plus vite que prévu. Il a obtenu de bons prix, il est content et moi aussi.

— Parfait.

Ryan versa du sirop d'érable sur une crêpe tout en se disant que c'était bien la première fois que son grand-père arborait un air aussi agréable à cette heure matinale.

— Il a rencontré Shelly Taylor à Los Angeles, poursuivit Nathan en se servant sa troisième tasse de café. Elle est revenue avec lui, et elle a décidé de passer quelque temps dans son ranch. Tu sais que Leland Taylor est mort il y a deux mois ?

Ryan hocha la tête.

— Oui. J'ai été désolé de l'apprendre. C'était quelqu'un de bien, et je sais qu'il était ton ami.

— Notre amitié remontait à plus d'un demi-siècle, murmura Nathan en fixant son assiette.

Il se rappelait leur première rencontre. Il avait dix-huit ans quand le père de Leland avait acheté le ranch voisin du Double L. Leland et lui s'étaient rendus à une soirée dansante et, avant la fin de la soirée, ils étaient tombés tous les deux amoureux de la même jeune fille. Nathan avait flanqué son poing dans l'œil gauche de Leland et ce dernier lui avait cassé le nez en retour. Nathan sourit en revoyant la scène... Quel était le nom de la fille, déjà ? Alice ? Betty ? Peu importait. Elle avait suivi ses parents lorsqu'ils s'étaient installés à Los Angeles quelques mois plus tard, et Leland et Nathan l'avaient vite oubliée. En revanche, après cette mémorable bagarre, les deux jeunes gens étaient devenus amis, et leur amitié ne s'était jamais démentie pendant plus de cinquante ans.

Leland s'était marié sur le tard. Sa femme était morte alors que leur fille unique n'avait que cinq ou six ans. Il ne s'était jamais remarié, et Shelly était devenue pour lui le centre de l'univers. Il avait agrandi son ranch pour elle, afin de le lui léguer. Et Nathan avait fait de même pour Ryan.

Ils avaient parfois rêvé d'unir leurs terres en unissant Shelly et Ryan. Mais ils étaient trop réalistes pour penser un instant qu'ils pourraient manipuler les jeunes gens. Après tout, on n'était plus au Moyen Age... Ils s'étaient donc bornés à souhaiter qu'ils tombent amoureux l'un de l'autre, tout naturellement. A un moment donné, quand

Shelly et Ryan s'apprêtaient à terminer leurs études secondaires, ils avaient même cru que leur rêve allait se réaliser. Tous les éléments n'étaient-ils pas réunis ? Les deux jeunes gens étaient jeunes, séduisants et en bonne santé, pourquoi n'éprouveraient-ils pas une attirance l'un pour l'autre ? D'ailleurs, ils avaient commencé à sortir ensemble... Mais Shelly s'était mis en tête de devenir actrice de cinéma, et Ryan était parti à l'université. Malgré tout, Nathan n'avait pas perdu espoir. Peut-être, se disait-il, peut-être qu'un jour, lorsque tous deux auraient mûri, s'apercevraient-ils alors qu'ils étaient faits pour vivre ensemble...

Mais Ryan était tombé amoureux de Sally McIntyre, et cela, Nathan ne l'avait jamais regretté. Le vieil homme avait toujours apprécié l'énergie et l'enthousiasme de Sally, et quand elle avait épousé Ryan, il l'avait aimée encore davantage en voyant tout le bonheur qu'elle apportait à son petit-fils. Quatre ans s'étaient écoulés depuis son décès, et il était temps, se disait Nathan, que Ryan recommence sa vie, fonde un nouveau foyer et envisage l'avenir. Oui, il était temps qu'il lui donne des arrière-petits-enfants.

Le vieil homme secoua la tête pour chasser la marée montante de ses souvenirs et lança un coup d'œil à son petit-fils, de l'autre côté de la table.

— Shelly a hérité du ranch, bien entendu.

— Leland ne l'aurait jamais laissé à quelqu'un d'autre, renchérit Ryan en découpant sa crêpe avec une certaine maladresse.

Bon sang, il avait hâte de recouvrer l'usage normal de sa main droite ! Chaque fois qu'il tentait de couper sa nourriture, il se débrouillait si mal qu'il avait l'impression d'être un gamin de quatre ans légèrement débile.

— C'est Ray Wellman qui gère la propriété pour elle, indiqua Nathan.

— Normal. Il en est le contremaître depuis toujours.

— Il paraît que Shelly a décidé de s'installer définitivement au ranch, poursuivit Nathan d'un ton neutre. Elle n'a pas réussi à décrocher un premier rôle à Hollywood, et elle n'est plus une enfant. Je suppose qu'elle s'est assagie et qu'elle va bientôt reprendre le ranch à son compte. Ray ne rajeunit pas. Son fils a acheté une petite ferme dans l'Idaho, il a un troupeau et quelques chevaux... Il voudrait que Ray le rejoigne là-bas, pour lui donner un coup de main. J'imagine que Ray finira par y aller. Ce jour-là, Shelly aura besoin de se trouver un partenaire pour l'aider à gérer le ranch.

Un déclic se fit dans le cerveau de Ryan. Il avait enfin compris pourquoi son grand-père se montrait aussi bavard, ce matin. Posant sa tasse de café bien au milieu de la soucoupe, il regarda Nathan droit dans les yeux.

— Non, dit-il posément.

— Quoi, « non » ?

En d'autres circonstances, l'air surpris de Nathan aurait amusé Ryan.

— Ne recommence pas, avec tes idées fumeuses... Si tu as l'intention de fonder une dynastie en nous prenant comme géniteurs, Shelly et moi, tu vas être déçu !

— Je ne comprends pas un mot de ce que tu racontes, grommela Nathan en repoussant son assiette et en se versant une énième tasse de café. Je suis juste en train de bavarder avec toi.

— Ne me prends pas pour un idiot.

Ryan décida d'insister lourdement. Mieux valait crever l'abcès tout de suite. Il n'avait guère l'intention d'ajouter à la longue liste de ses problèmes ceux que les fantasmes de son grand-père risquaient de provoquer.

— Je n'épouserai pas Shelly Taylor. Un point c'est tout.

— Personne ne te le demande, protesta Nathan.

Oubliant qu'il venait de se verser du café, il empoigna la cafetière et fit déborder sa tasse. Impassible, Ryan le regarda éponger le liquide brûlant avec sa serviette de table.

— Je sais que Leland et toi, vous espériez que je tomberais amoureux de Shelly et réciproquement, pour pouvoir réunir vos deux ranches grâce aux liens sacrés du mariage. Désolé, mais ça n'arrivera pas, affirma Ryan.

— Tu me parais bien sûr de toi. Après tout, tu n'as pas vu Shelly depuis des années, dit Nathan de son ton le plus persuasif. Et vous vous entendiez bien, avant son départ. Vous sortiez même ensemble.

— C'était la bagarre du matin au soir. Nous nous entendions comme chien et chat.

— Les gens changent, Ryan, et...

— C'est non.

Le ton de Ryan était définitif. Nathan se leva brusquement, en faisant crisser les pieds de sa chaise sur le dallage. Il prit son assiette vide pour aller la rincer dans l'évier. Puis il la posa sur l'égouttoir et se tourna vers son petit-fils.

— Je vais inviter Shelly à dîner demain soir.

— Bien, articula Ryan en s'efforçant de garder son calme.

— Je compte sur ta présence.

Voyant que le jeune homme s'apprêtait à refuser, Nathan s'empressa d'ajouter :

— Shelly est une amie de la famille. Elle vient de perdre son père. Cela me paraît normal que tu lui présentes tes condoléances et que tu l'assures de ton... amitié.

Bien joué, songea Ryan en grinçant des dents. Comment refuser, maintenant ?

— Je viendrai.

— Parfait.

Nathan soupira imperceptiblement. Il n'était pas assez stupide pour laisser paraître sa satisfaction. Il savait aussi qu'il n'avait pas fait changer d'opinion son petit-fils. Mais qui pouvait prévoir ce qui allait se passer quand Shelly et Ryan seraient mis en présence l'un de l'autre ? De toute façon, il ne s'était pas attendu à ce que Ryan fasse des bonds de joie à l'idée de revoir Shelly, aussi était-il assez content du résultat de sa conversation. Après tout, il avait obtenu ce qu'il souhaitait, se dit-il en prenant son chapeau et en sortant de la cuisine à grands pas.

Ryan le suivit des yeux, puis fixa de nouveau son assiette. Nathan avait réussi à lui couper l'appétit. En entendant son grand-père entamer la conversation de si bon matin, et sur un ton aussi léger, il aurait dû prendre ses jambes à son cou, se dit-il entre agacement et amusement. Finalement, ce fut l'agacement qui l'emporta quand il se rendit compte du pétrin dans lequel son diable de grand-père l'avait mis. Nathan était tenace et, lorsqu'il avait une idée en tête, cela pouvait friser l'obsession. S'il avait décidé que son petit-fils allait épouser Shelly Taylor, il n'hésiterait pas à utiliser les grands moyens pour voir son projet se réaliser. En clair, cela signifiait qu'il allait harceler Ryan du matin au soir et du soir au matin.

Peut-être aurait-il de la chance, se dit Ryan. Peut-être Shelly allait-elle leur annoncer qu'elle s'était secrètement fiancée à un second couteau des films de série B. La nouvelle mettrait fin aux fantasmes de Nathan. Et même si Shelly n'était pas fiancée, il n'y avait aucune raison qu'elle soit enthousiasmée par l'idée de ce mariage. Ryan se souvenait de leur dernière sortie ensemble. A la fin de la soirée, leurs mots les plus tendres avaient été des insultes. Elle l'avait traité de salopard, et l'avait menacé de mettre sa tête à prix s'il se permettait de lui adresser la parole une seule fois de plus.

Le souvenir fit sourire Ryan. Il remontait à plus de quinze ans et il savait que Shelly n'en voulait plus à sa vie. Leurs chemins s'étaient croisés en de rares occasions, et elle s'était montrée plutôt amicale. La dernière fois qu'il l'avait vue, c'était à l'enterrement de Sally. Le sourire de Ryan s'effaça. Le regard vide, il frotta machinalement la base de son annulaire gauche.

Au bout d'un moment, il secoua ses mèches brunes, comme s'il cherchait à se débarrasser physiquement d'images trop lourdes, trop pénibles. Il se leva et son bras plâtré heurta le bord de la table avec un bruit sourd. A quoi bon tenter de contrecarrer les initiatives de son grand-père ? Tôt ou tard, Ryan finirait par céder. Ou par partir. S'il n'avait pas eu ce stupide accident, il aurait pu se trouver à des milliers de kilomètres d'ici, sur le dos d'un cheval fou, à deux doigts de mordre la poussière... Une situation pourtant bien moins risquée que celle qui consistait à affronter les projets dynastiques de Nathan Lassiter.

La jument ne fonçait plus au fond du corral dès qu'elle le voyait s'approcher à moins de dix mètres, se dit Ryan avec optimisme, en l'observant derrière la barrière de bois. C'était un progrès. Evidemment, elle n'avait pas l'air très heureuse de le voir... Pas encore. Décidé à demeurer positif, malgré la façon désastreuse dont avait commencé la journée, Ryan posa son bras plâtré sur la planche la plus haute de la clôture, et son pied botté sur la planche la plus basse. La jument demeura immobile au milieu du corral et lui lança un regard plein de méfiance.

Il ne pouvait pas lui en vouloir. Les cicatrices qui marquaient sa robe prouvaient qu'elle n'avait pas vu le meilleur côté des humains qui l'avaient approchée. Elle avait d'excellents papiers — son père était un champion de niveau national, et certains de ses frères et sœurs avaient été vendus à des prix mirobolants —, mais personne n'avait réussi à la dresser. Son dernier propriétaire avait essayé de la vendre comme monture de rodéo, mais elle ne faisait jamais le gros dos en temps voulu. En fait, elle ne cessait de se cabrer ou de faire des sauts de mouton, mais dès que la sonnette tintait et que le chrono se mettait en marche, elle demeurait immobile, raide comme un piquet au milieu de la piste, avec son cavalier sur le dos. Fou de rage, le propriétaire s'apprêtait à l'emmener à l'abattoir quand Ryan avait décidé, sur un coup de tête, de l'acheter.

— Il paraît que tu te lances dans l'élevage d'une nouvelle race de chevaux. Celle que personne n'arrive à monter et qui ne sert à rien.

Le son familier de cette voix fit sourire Ryan. Il se tourna et croisa le regard de Tucker McIntyre. Tucker était devenu son meilleur ami au cours du premier été qu'il avait passé au Double L. Grand, athlétique, les cheveux aile de corbeau, les yeux noirs et le teint basané, il était plus marqué par le sang indien de sa mère que ses sœurs, à l'exception de Sally. Chaque fois qu'il le voyait, Ryan pensait à sa jeune épouse.

— Tu me connais, Tucker. J'ai toujours eu le goût du risque et l'envie de briser des tabous.

— Ouais... Tu ne te contentes pas de briser des tabous, rétorqua Tucker en lançant un coup d'œil au bras plâtré de son ami.

— C'est vrai, concéda Ryan en riant. Comment vas-tu ?

— Pas mal du tout. Et toi ?

— Je ne me plains pas... Grand-père m'a dit que tu étais allé à Los Angeles. Où sont tes chemises à fleurs et ta planche à voile ?

— Tu confonds avec Hawaii ! Figure-toi que Los Angeles, c'est une grande ville pleine de stars de cinéma.

— Il paraît même que tu en as ramené une avec toi.

Ryan fit la grimace en se remémorant les projets de mariage concoctés par son grand-père.

Tucker hocha la tête.

— Shelly voulait revenir au pays.

Il posa un pied sur la planche la plus basse de la clôture du corral et extirpa de la poche de sa chemisette un paquet de cigarettes.

— Ça n'aurait pas été sympa de la laisser faire de l'auto-stop, ajouta-t-il.

— Elle a l'intention de rester ici pour de bon ? demanda Ryan, les yeux fixés sur la jument.

La bête les regardait toujours avec méfiance, mais elle ne s'était pas encore enfuie au fond du corral. Oui, vraiment elle faisait des progrès, se dit Ryan.

— Je crois bien que oui.

Tucker gratta une allumette sur le talon de sa botte et encadra la flamme de ses paumes tandis qu'il tentait d'allumer sa cigarette malgré le vent. Ryan leva les yeux. Le ciel était d'un bleu pâle, presque transparent, et le soleil brillait. Mais le vent ne cessait de souffler, parfois avec légèreté, comme s'il vous caressait tendrement, parfois avec plus de force, en sifflant comme s'il vous menaçait d'une tempête.

Une bouffée de fumée se mêla aux senteurs de pin. Tucker releva la tête et secoua l'allumette pour l'éteindre.

— J'ai l'impression que Hollywood n'est pas exactement comme l'avait rêvé Shelly, expliqua-t-il. Elle a joué dans des feuilletons télévisés, a fait une apparition dans un film ou deux, et a animé des spots publicitaires, ce qui n'est pas mal pour une débutante. Mais elle avait d'autres ambitions.

— Elle en a toujours eu, commenta Ryan.

Il se souvenait de l'une de ses disputes avec la jeune femme. Elle était si sûre d'elle-même, affirmant qu'elle allait révolutionner l'industrie du cinéma et avoir bientôt l'empreinte de ses pieds et de ses mains sur Sunset Boulevard ! Quand Ryan lui avait suggéré d'avoir plutôt un vrai métier qui lui permette de gagner sa vie en attendant que producteurs et metteurs en scène viennent la supplier de jouer dans leurs films, elle lui avait lancé à la tête une série d'insultes dignes d'un marin en goguette.

— Ça ne sert à rien d'avoir des ambitions modestes, fit observer Tucker.

— Tu as raison. Tu penses que Shelly a décidé d'enfiler les bottes de son père et de diriger le ranch ?

— C'est possible. Elle n'en a pas vraiment parlé, mais on a abordé un peu le sujet. Elle a l'air de vouloir changer de métier.

Tucker haussa ses larges épaules avant de reprendre :

— Son père était malade, ces deux dernières années. C'est Ray Wellman qui a géré l'exploitation, et je suppose qu'il va rester encore un bout de temps. Mais il n'aime pas prendre les décisions tout seul. Il sera content d'avoir Shelly pour assumer les responsabilités à sa place.

Ryan acquiesça d'un hochement de tête. Il était du même avis que Tucker. Le contremaître des Taylor était honnête et travailleur, mais il avait l'étoffe d'un second, et non celle d'un dirigeant. Il ne gérerait pas le ranch pour un patron constamment absent. Si Shelly tenait à le garder, elle avait intérêt à rester sur place.

— Grand-père pense que Ray a l'intention de rejoindre son fils dans l'Idaho un de ces jours.

Tucker haussa les sourcils tandis qu'il réfléchissait.

— C'est probable, dit-il. Son fils est en train d'agrandir sa ferme, il vient d'avoir un deuxième enfant. Il s'est toujours bien entendu avec son père, et Ray aura sans doute envie de se rapprocher de ses petits-enfants.

Le jeune homme aspira puis exhala une bouffée de fumée avant d'ajouter, l'air pensif :

— S'il part, Shelly ne sera pas à la fête. Elle est bien plus intelligente qu'elle ne le laisse croire, mais ça fait plus de dix ans qu'elle n'a pas vu un ranch fonctionner. Je ne suis pas sûre qu'elle puisse se débrouiller toute seule.

— Grand-père voudrait que je l'épouse, déclara calmement Ryan. Et que je gère son ranch.

Il lança un coup d'œil en coin à son ami, guettant sa réaction. Il ne fut pas déçu.

La cigarette coincée entre les lèvres, Tucker inspira sous l'effet de la surprise et avala la fumée de travers. Ryan attendit patiemment qu'il ait fini de tousser.

— Tu veux répéter ? demanda Tucker, quand il put parler de nouveau. J'ai dû mal comprendre.

Ryan se tourna vers lui, un pâle sourire aux lèvres.

— Grand-père a décidé de me faire épouser Shelly. A mon avis, c'est une idée qui lui trotte dans la tête depuis longtemps, et qui a dû aussi trotter dans celle de Leland, car ces deux-là avaient envie d'unir leurs terres... Grand-père a vu dans le retour de Shelly une occasion en or de réaliser enfin ce projet. J'ai eu beau lui dire qu'il n'était pas question que je me marie avec elle, il ne m'a même pas écouté. C'était comme si je parlais à une pierre. Il l'a invitée à dîner demain. A mon avis, il est convaincu que j'aurai envie de me jeter sur elle dès que je la verrai.

Tucker examina le bout incandescent de sa cigarette, l'air impassible.

— Elle est toujours aussi jolie, dit-il enfin.

— Et toujours insupportable, je parie, rétorqua Ryan, dubitatif. C'est la seule personne que j'ai vraiment eu envie d'étrangler, dans ma vie. Et je sais qu'elle a souhaité ma mort plus d'une fois. Quand je pense qu'elle m'a collé un œil au beurre noir le soir du bal de l'école !

— Tiens, c'est vrai... Je l'avais oublié, dit Tucker en riant. Tu as raconté à tout le monde qu'un lapin avait traversé la route juste devant tes phares et que tu avais dû freiner si fort pour l'éviter que tu t'étais cogné contre le rétroviseur !

— Je n'allais quand même pas admettre que ma petite amie m'avait frappé !

— Si tu avouais à ton grand-père que Shelly te fait peur, il annulerait peut-être le dîner, suggéra Tucker, le regard malicieux.

— Pas bête, marmonna Ryan, pensif.

Il ébaucha un sourire quand il vit que son ami se moquait carrément de lui.

— Tu ne prends pas les projets de Nathan au sérieux. Tu as tort.

— Désolé... Je ne peux pas m'empêcher d'imaginer Shelly en train de te flanquer son poing dans la figure !

— Elle est plus forte qu'elle n'en a l'air. Et, en plus, elle m'a eu par surprise, grommela Ryan.

Tucker éclata de rire.

— Dis plutôt qu'elle t'a battu à plate couture, mon pauvre vieux !

Ryan hocha la tête.

— Ouais, lâcha-t-il. Et ça m'a déprimé pendant un bon bout de temps.

Il leva les yeux, rencontra ceux de son ami et finit par sourire.

— Tu te rends compte qu'elle aurait pu me traumatiser à vie ? Mon ego de jeune mâle en a pris un sérieux coup, ce soir-là. En fait, si j'accepte de dîner avec elle demain soir, c'est parce que je sais qu'elle est aussi hostile que moi au projet de mon grand-père.

— C'est probable.

Tucker laissa tomber son mégot et l'écrasa du bout de sa botte de cuir travaillé. Il lança à Ryan un regard taquin.

— D'un autre côté, tu représentes un beau parti. Peut-être qu'elle appréciera l'idée de Nathan, finalement... Celle de réunir vos terres et de bâtir un empire !

Ryan haussa un sourcil.

— Pour cela, il faudrait qu'elle m'épouse. Connaissant Shelly, je suis sûr qu'elle refusera. Pour elle, je ne suis qu'un blanc-bec à qui elle a flanqué une correction, même si cela remonte à des années.

Malgré son ton plein de conviction, Ryan ne croyait pas complètement à ce qu'il avançait. Shelly pouvait avoir changé, et le dîner du lendemain planait alors au-dessus de sa tête comme une menace. Une menace qu'il avait bien l'intention de partager. Il coula un regard en biais vers Tucker.

— Tu es libre, demain soir ?

— Pourquoi ? Tu as besoin de moi pour te protéger, au cas où Shelly voudrait te flanquer encore une fois son poing dans la figure ?

— Je ne suis pas en état de me défendre, rétorqua Ryan en levant son bras plâtré. En fait, si je t'invite, c'est parce que j'espère qu'en présence d'un tiers, mon grand-père se montrera un peu plus subtil dans ses manœuvres d'entremetteur.

— Je n'ai jamais vu Nathan se montrer subtil quand il a un projet en tête, commenta Tucker d'un air désabusé.

Il plongea une main dans sa poche pour récupérer son paquet de cigarettes. Il eut un sourire ironique avant de coincer une cigarette entre ses lèvres.

— Cela m'amusera de te voir t'agiter sur ta chaise chaque fois que ton grand-père ouvrira la bouche.

— Je suis content de savoir que je peux compter sur toi, marmonna Ryan.

— Eh, je suis ton ami, non ?

Le sourire de Tucker s'accentua. Puis il se tourna vers le corral et désigna la jument, qui les observait toujours d'un air peu amène.

— Bon... Revenons aux choses sérieuses. Qu'est-ce que tu comptes faire de cet animal, au juste ?

5.

La clochette accrochée sur la porte d'entrée de l'épicerie principale tinta allègrement quand Ryan pénétra dans le magasin. Les lames mal dégrossies du parquet craquèrent sous ses pas, et l'odeur de cire et de mélasse qui flottait en permanence dans la grande salle rectangulaire divisée par de multiples comptoirs et rayonnages vint lui chatouiller les narines. On pouvait trouver tout et n'importe quoi, sur les étalages : des enveloppes, de la farine, des jouets, des bottes de cow-boy, des armes ou des bonbons... Il y avait même, à côté du rayon des balais et des serpillières, une petite vitrine contenant des bijoux artisanaux en jade — du jade provenant de la région.

Quand Ryan était encore enfant — il devait avoir sept ou huit ans à l'époque —, il était allé avec sa mère chez F.A.O. Schwartz, le magasin de jouets le plus luxueux de New York. Mais ni les peluches soyeuses, ni les robots sophistiqués qui y étaient exposés ne l'avaient autant impressionné que les petites voitures et les Yo-Yo de bois brut vendus en vrac dans les cartons qui jonchaient le plancher de l'épicerie principale de Willow Flat. Il n'avait jamais oublié sa première visite dans le magasin. Son grand-père l'y avait emmené pour lui acheter des vraies bottes de cow-boy, afin de remplacer les boots de cuir fin que sa mère avait mis dans sa valise en prévision de son séjour au ranch. Jamais il n'avait vu une telle diversité de marchandises étalées dans un espace aussi réduit ! Vingt ans plus tard, il regardait encore les rayonnages avec le même émerveillement.

Une statue d'Indien polychrome grandeur nature qui trônait près de la porte avait attiré son attention. Ryan la contemplait quand une voix joyeuse l'interpella.

— Salut, Ryan ! Comment vas-tu, aujourd'hui ?

Il se tourna vers le comptoir pour sourire à la jeune femme rousse et bien en chair qui était assise derrière la caisse, un livre ouvert devant elle.

— Ça va pas mal, Bonnie. Et toi, que deviens-tu ?

Bonnie Rayczek avait un an de moins que lui. Ils avaient fréquenté la même école, bien sûr, puisqu'il n'y en avait qu'une à Willow Flat. Son frère, Bobby, un garçon plutôt petit mais râblé comme un taureau, le précédait alors de deux classes. Un jour où Ryan était sorti avec Bonnie et l'avait raccompagnée chez elle à 5 heures du matin, Bobby, furieux contre lui, n'avait pas hésité à lui ouvrir l'arcade sourcilière d'un coup de poing. Il s'était ensuite excusé, après avoir vérifié l'excuse invoquée par les deux jeunes gens. La vieille voiture de Ryan était effectivement tombée en panne sur le chemin du retour. Il avait juste omis de leur demander ce qu'ils avaient fait pour passer le temps, entre le crépuscule et l'aube, et ni Bonnie ni Ryan n'avaient cherché à donner d'explication.

Mais c'était de l'histoire ancienne, songea Ryan. Bonnie avait épousé Jack Dillard juste après avoir terminé ses études, et lui avait fait quatre enfants en huit ans. Elle travaillait à mi-temps à l'épicerie, qui appartenait à ses parents. Quant à Jack, il était la célébrité du coin. Il écrivait des romans policiers qui se vendaient fort bien dans la région. Le héros en était un informaticien louche, qui savait aussi bien se servir d'un ordinateur que d'un revolver et qui semait la mort sur son passage. Ryan avait lu deux ou trois de ses romans, en sautant les descriptions techniques des logiciels préférés du héros, et en se demandant comment un informaticien passant ses journées en face de son écran pouvait être aussi musclé que Sylvester Stallone, à qui l'auteur le comparait sans cesse.

— Dans quelques heures, je deviendrai celle que j'ai envie d'être tout au fond de moi, répondit Bonnie.

Elle lui fit un sourire éblouissant avant de poursuivre :

— Ma mère va garder les enfants pendant deux jours. Jack m'emmène à Cheyenne pour notre anniversaire de mariage. Deux nuits dans un hôtel de luxe, une douzaine de roses rouges, des repas fins et pas de vaisselle à faire ni de nez à moucher, imagine un peu... Ça va être le paradis ! D'ailleurs, je ne suis pas sûre de revenir.

— Comment t'es-tu débrouillée pour éloigner Jack d'un ordinateur aussi longtemps ? demanda Ryan, intrigué.

Toute la ville savait que Jack, quand il écrivait, oubliait tout ce qui n'était pas son livre : les courses à faire, les enfants à chercher à l'école ou les invitations à dîner.

— Je l'ai menacé de divorcer et de lui laisser la garde des enfants, rétorqua joyeusement Bonnie.

Ryan émit un sifflement.

— Eh bien... Ma Bonnie, c'est une dure !

— C'est comme ça que j'arrive à mes fins, dit-elle en souriant.

Ryan hocha la tête et sourit à son tour.

— C'est quoi, ce truc ? demanda-t-il, les yeux fixés sur la statue polychrome de l'Indien agenouillé devant la porte, des plumes sur la tête et un arc à la main.

Bonnie ricana.

— C'est mon père qui l'a acheté. Je ne sais vraiment pas ce qui lui a pris. Ça pèse au moins deux cents kilos. Je crois qu'il envisage de le mettre dehors, près de la vitrine, pour donner une touche d'exotisme au magasin, comme il dit.

Ryan examina la statue d'un air pensif.

— Au moins, tu n'auras pas à t'inquiéter, personne ne te volera un truc aussi lourd.

— Oh, je donnerais bien un coup de main à celui qui aura envie de l'emporter pour le charger dans son camion, s'exclama Bonnie en riant. Je trouve cette statue moche comme tout.

— D'accord, je viendrai te la dérober un soir... Mais pas avant une quinzaine de jours, à cause de ce maudit plâtre, affirma Ryan.

— J'espère que tu tiendras parole.

Les yeux brillants, Bonnie remua un peu sur son siège pour améliorer le confort de sa position. On était en milieu de semaine, au début de l'après-midi. C'était une heure creuse, car les clients venaient plutôt faire leurs courses dans la matinée ou en fin de journée. De plus, le livre ouvert devant elle l'intéressait bien moins que sa conversation avec Ryan. Aussi se pencha-t-elle légèrement vers lui pour tenter de la prolonger.

— Qu'est-ce que tu vas faire, Ryan ? Tu as l'intention de recommencer les concours de rodéo, quand le médecin t'aura donné le feu vert ?

— Je ne sais pas encore, murmura le jeune homme.

Ce qui n'était pas faux... Quand il était revenu au ranch, il avait pensé y rester pour de bon. Mais les relations tendues qu'il entretenait avec son grand-père, ces derniers temps, le faisaient hésiter. D'une question habile, il changea de sujet.

— Il paraît que ta fille aînée se débrouille pas mal à cheval, dit-il à Bonnie. Ce n'est pas elle qui a remporté le prix du meilleur rodéo des débutants, il y a quelques semaines ?

— Si ! affirma Bonnie, le regard plein de fierté. Marisue est rentrée à la maison avec son trophée. Elle dit qu'elle veut continuer... Jack et moi, on a l'intention de lui offrir un petit cheval pour son anniversaire.

— Si je vois quelque chose de bien pour elle, je te préviendrai aussitôt, promit Ryan.

— Merci.

La clochette tinta derrière eux, et ils se retournèrent d'un même mouvement vers la porte. Le cœur de Ryan fit un petit bond dans sa poitrine quand il reconnut la nouvelle arrivante, qui n'était autre que Maggie Drummond. Il avait pensé à elle toute la semaine, et se trouvait déchiré entre son envie sincère de la revoir et son refus absolu de s'engager. Maggie n'était pas le genre de femme avec qui on peut sortir sans penser au lendemain. La revoir, ce serait s'engager, d'une certaine façon, et Ryan n'était pas prêt à prendre ce risque-là. Mais devant le sourire chaleureux de la jeune femme, il sentit fondre toutes ses bonnes résolutions.

— Salut, Maggie... Comment vas-tu ? lança Bonnie d'un ton amical.

— Très bien. Et toi ?

— Je disais justement à Ryan que ma mère avait accepté de garder les enfants pendant deux jours. Jack et moi, on va célébrer notre anniversaire de mariage à Cheyenne. Et on a bien l'intention de profiter de ce séjour en amoureux pour faire la fête !

— Dans ce cas, n'oublie pas de confisquer à ton mari son ordinateur portable, souligna Maggie.

Comme le reste de la ville, elle savait que Jack était obsédé par son travail.

— Je l'ai pris en otage. Si Jack me parle du roman qu'il est en train d'écrire, ou s'il se plonge dans un journal pour lire les faits divers, je lui ai promis de lâcher notre fils cadet dans son bureau. Timmy est un petit génie de la mécanique, il peut vous mettre n'importe quel appareil en pièces en moins de dix minutes. Le problème, c'est qu'il est incapable de le reconstruire ensuite. J'ai parié avec Jack que ça ne lui prendrait pas plus d'un quart d'heure de détruire son ordinateur et son fax. Avec l'imprimante en plus, ça fera dans les vingt minutes.

— Eh bien... Tu es plus dure que je ne l'imaginais, dit Maggie d'un ton admiratif.

Ryan sourit.

— C'est exactement ce que je lui ai dit.

— Vous vous connaissez, tous les deux ? demanda Bonnie en les regardant tour à tour, l'œil brillant.

— Ryan m'a raccompagnée en ville, il y a quinze jours. Ma voiture était tombée en panne sur une route de campagne, expliqua Maggie.

Elle souriait à Ryan en disant cela. Comme le jour où il l'avait rencontrée, ce dernier ne put s'empêcher de remarquer son incisive un peu de travers, du côté gauche. Un petit détail qu'il trouvait charmant, alors que certains l'auraient considéré comme un défaut.

— Comment va votre voiture ? demanda-t-il.

— Oh, elle roule très bien, depuis qu'on a changé l'embrayage, affirma la jeune femme avec enthousiasme.

— Non, c'est vrai ? On m'avait déjà raconté ce genre d'histoire, mais je ne savais pas s'il fallait y croire...

Il plaisantait, bien sûr, sous son air sérieux. Le rire de Maggie l'enchanta. Elle était rudement mignonne, songea-t-il en souriant d'une oreille à l'autre. Les paroles de Doug lui revinrent alors à la mémoire. D'après lui, Maggie était de ces filles qui incitent un homme à rêver à un foyer bien à lui... Il y avait du vrai là-dedans, mais elle lui suggérait aussi d'autres pensées, se dit Ryan. Oui, il s'imaginait sans peine en train de rire sous la couette avec elle, par un matin gris d'hiver...

— De quoi as-tu besoin, Ryan ?

Le jeune homme tressaillit. Il se rendit compte qu'il était immobile devant Maggie, à lui sourire comme un écolier qui vient d'avoir le coup de foudre pour sa voisine de classe. Il s'arracha au sourire de la jeune femme et croisa aussitôt le regard intrigué de Bonnie, qui attendait sa réponse. Ryan se rappela soudain que Bonnie avait la langue bien pendue. Elle n'était pas méchante, loin de là, mais elle adorait se mêler des affaires des autres, et ne se gênait guère pour spéculer sur la vie privée de ses clients.

— Hmm... Sara a appelé pour passer une commande, ce matin, dit-il en s'efforçant d'adopter un air neutre et d'oublier qu'il venait d'imaginer Maggie sous la couette avec lui. Je suis venu la chercher.

— Oh, je vois... Mais certains produits qu'elle m'a commandés sont dans la livraison que j'attends. Le camion doit passer d'une minute à l'autre. Ça ne t'ennuie pas de patienter un peu ?

— Non, pas de problème.

Ryan esquissa un petit sourire.

— Tant qu'on ne m'a pas enlevé ce maudit plâtre, je suis réduit au rôle de coursier ou de livreur. Je vais me promener en ville et je reviendrai dans une heure, ça te va ?

— Je ne vois pas bien où tu vas te promener, rétorqua Bonnie, pensive.

Elle suivit des yeux la petite silhouette de Maggie, qui était en train de choisir un sandwich parmi ceux qui se trouvaient à l'intérieur d'une vitrine réfrigérée.

— Tu pourrais peut-être aller faire une partie de billard chez Bill, dit-elle. Hé, Maggie, tu travailles aujourd'hui ?

— Non, c'est ma journée de congé.

Maggie s'approcha et déposa près de la caisse un sandwich enveloppé dans du plastique ainsi qu'une canette de soda.

— Je vais pique-niquer dans le parc, déclara-t-elle.

Le parc ? Il fallut quelques secondes à Ryan pour se souvenir du demi-hectare de gazon ponctué d'arbres et d'arbustes qui se situait entre le petit immeuble où était imprimé le journal local et le motel, dans lequel les touristes passaient souvent la nuit avant de partir en randonnée dans les montagnes toutes proches. Dans une région essentiellement constituée de prairies et de forêts, le parc municipal de Willow Flat n'avait pas fait une forte impression sur Ryan.

— Je vais photographier des écureuils et des ratons

laveurs... Il y en a toute une bande, là-bas, poursuivit Maggie de sa voix paisible.

Ce ne fut qu'à ce moment-là que Ryan remarqua le gros sac en épaisse toile noire que la jeune femme portait en bandoulière.

— A propos de photos, intervint Bonnie, les enfants ont adoré celles que tu as prises d'eux avec les chevaux, la dernière fois que tu es venue chez nous.

Elle se tourna vers Ryan.

— Maggie est une vraie pro de la photo, affirma-t-elle d'un ton péremptoire.

— J'ai encore quelques progrès à faire, si j'en crois les lettres de refus que j'ai reçues chaque fois que j'ai envoyé mes photos à un magazine, ajouta Maggie avec un sourire modeste que Ryan jugea fort séduisant. J'en ai toute une collection. Vous en seriez impressionné !

— Je suis sûr que vos photos m'impressionneraient bien plus que ces lettres, répondit Ryan en souriant lui aussi.

Bonnie les regarda tour à tour et une lueur de spéculation s'alluma dans ses yeux bruns.

— Et si vous alliez déjeuner ensemble, tous les deux ? lança-t-elle.

Surpris, ils se tournèrent vers elle. D'un air réjoui, Bonnie prit les articles que Maggie avait déposés sur le comptoir et entreprit d'enregistrer les prix.

— Tu m'as dit que tu allais te promener en ville, Ryan. Autant le faire en bonne compagnie... Et le parc n'est pas loin d'ici.

Ryan réprima un grognement quand il vit la lueur qui brillait au fond des prunelles de Bonnie. Pourquoi diable les gens refusaient-ils de le laisser vivre sa vie, tranquillement et tout seul ? D'abord son grand-père lui annonçait au petit déjeuner qu'il devait épouser Shelly, et maintenant c'était Bonnie qui le poussait dans les bras de Maggie Dummond ! Pourquoi certains hommes avaient-ils le droit de mener leur vie de célibataire comme ils le souhaitaient, sans que les gens de leur entourage viennent mettre leur nez dans leur vie privée, et pas lui ? Il commençait à se sentir piégé, comme un veau récalcitrant que deux chiens dressés viennent encercler pour le pousser vers le reste du troupeau. Il n'avait besoin de personne pour se trouver une compagne si bon lui semblait. Il avait acquis suffisamment d'expérience pour se débrouiller tout seul, merci, songea-t-il avec agacement. Et il se sentait parfaitement capable d'inviter Maggie à sortir avec lui s'il en avait envie.

— Je serai ravie d'aller au parc avec vous, dit Maggie d'une voix timide, comme si elle s'attendait à ce qu'il refuse tout net.

Ryan n'hésita qu'une fraction de seconde. Puisqu'il avait envie de sortir avec elle, pourquoi se priverait-il de cette occasion ?

— Dans ce cas, je vous accompagne. A condition que ma présence ne dérange pas les ratons laveurs, répondit-il.

Il se sentit récompensé du risque qu'il venait de prendre par le sourire éblouissant que lui offrit Maggie.

Ryan laissa sa camionnette dans le parking attenant au magasin. Bonnie lui promit que, dès l'arrivée de la livraison, elle ferait charger les provisions commandées par Sara dans le véhicule.

— Je garderai juste les surgelés dans mon congélateur jusqu'à ton retour. Mais ce n'est pas la peine de te presser, mon grand. Je suis là jusqu'à 5 heures !

D'un œil vif et plein d'intérêt, elle le dévisagea, ainsi que Maggie.

— Merci, Bonnie, dit Ryan.

Il sortit du magasin derrière Maggie. Au moment où il allait franchir la porte, il se retourna et aperçut Bonnie qui décrochait son téléphone tout en les suivant des yeux.

— Elle est très gentille, mais elle a tendance à bavarder, murmura Maggie près de lui.

Baissant les yeux, il vit que la jeune femme avait suivi son regard. A l'évidence, elle avait aussi deviné ses pensées.

— Soyez plus juste à l'égard de Bonnie, déclara-t-il en s'éloignant du magasin. Dites plutôt qu'elle a la langue la mieux pendue de tout le Wyoming ! S'il existait un diplôme de commérage à l'université, elle l'aurait obtenu avec la mention « très bien ».

Maggie rit doucement.

— Bonnie bavarde, c'est vrai, mais elle le fait sans malice.

Ryan soupira.

— Vous avez raison. Mais elle ne peut pas résister à la curiosité et elle adore fourrer son petit nez dans ce qui ne la regarde pas. A l'école, elle était déjà comme ça. Quand on voulait savoir quelque chose sur quelqu'un, il suffisait de le demander à Bonnie. Avec quatre enfants, je croyais qu'elle serait suffisamment occupée et qu'elle n'aurait plus le temps de s'adonner à son loisir favori, mais j'ai l'impression qu'elle est pire qu'avant !

— J'ai entendu dire que les gens se débrouillaient toujours pour avoir le temps de faire ce qu'ils aimaient vraiment, dit Maggie en réprimant un sourire.

— Eh bien, Bonnie vient de nous donner la preuve que c'est vrai, répondit Ryan avec un grand sourire.

En passant, il salua Lee Hardeman, le rédacteur en chef du magazine hebdomadaire *Les Echos de Willow Flat.* Le vieil homme était assis sur un banc au soleil, à quelques mètres de l'imprimerie, et regardait passer les voitures tout en tirant sur sa pipe.

— Salut, Ryan.

— Bonjour, Lee. Comment va Abby ? demanda Ryan en ralentissant le pas.

— Bien, Dieu merci.

Le vieil homme ôta sa pipe de la bouche pour sourire.

— Je lui dirai que tu as demandé de ses nouvelles, ça lui fera plaisir. Bonne journée, fiston.

— A toi aussi, Lee.

— Je suppose que Abby est sa femme, murmura Maggie quand ils se furent un peu éloignés. J'ignorais qu'il était marié, ajouta-t-elle, les sourcils froncés.

— Non, c'est sa mule.

— Pardon ?

Sous l'effet de la surprise, la jeune femme trébucha sur un caillou. Ryan tendit la main et lui saisit le bras juste à temps pour lui éviter de tomber.

— Merci... Mais vous avez bien dit que Abby était... une mule ? demanda-t-elle, les yeux écarquillés.

— Absolument, confirma-t-il.

L'étonnement de Maggie amusait Ryan. Et le contact de sa peau nue contre sa paume le stimulait. Aussi laissa-t-il sa main là où elle était tandis qu'il lui fournissait des explications.

— Lee adore cet animal. Il l'a eue quand elle était à peine sevrée, et il l'a dressée. Elle est aussi familière qu'un chien.

— J'espère que Abby apprécie le fait que vous preniez de ses nouvelles, dit-elle, pince-sans-rire.

— Oh, j'en suis certain. C'est une mule qui a un sens aigu de la politesse.

— Une mule, répéta Maggie en riant malgré elle.

Le son cristallin de son rire, à la fois espiègle et ingénu, combla Ryan de joie. Ce rire-là, il avait envie de l'entendre très souvent, songea-t-il.

— Je me demande vraiment ce que la politesse peut représenter pour un tel animal, murmura Maggie en secouant ses mèches blondes.

— Voilà une question que l'humanité n'a pas fini de se poser, répondit Ryan d'un air grave.

Ils éclatèrent de rire dans un bel ensemble. Quand ils arrivèrent au bout du chemin et qu'ils posèrent les pieds sur l'herbe vert tendre, Ryan relâcha le bras de sa compagne pour la suivre entre les fourrés et Maggie réprima un petit soupir de regret. Ce contact physique lui manquait déjà. Elle en avait apprécié le côté familier, presque intime, et ne put s'empêcher d'imaginer un instant à quel point il serait agréable d'avoir ce genre de contact avec Ryan sur une base plus fréquente, plus habituelle.

Mais à quoi bon entretenir de tels fantasmes, se dit-elle en tirant de son sac fourre-tout un grand rectangle de tissu à carreaux, qu'elle secoua avant de l'étendre sur l'herbe. Elle se laissa tomber sur cette nappe improvisée et s'assit en tailleur. D'un geste gracieux, elle invita Ryan à s'asseoir à son tour.

— Choisissez votre place. C'est un déjeuner sans protocole, dit-elle d'un air malicieux.

Ryan s'agenouilla en face de la jeune femme, et lui sourit.

— Tant mieux. J'avoue que j'étais un peu inquiet, car j'ai oublié de retirer mon smoking chez le teinturier.

En riant, Maggie farfouilla dans son sac pour en extirper les sandwichs et les canettes qu'ils avaient achetés au magasin de Bonnie. Elle les disposa devant eux en faisant tout son possible pour ne pas rester béate d'admiration devant le regard de Ryan, qui était encore plus bleu aujourd'hui que le ciel sans nuages au-dessus de leurs têtes.

L'un des côtés du parc était délimité par un mur assez bas et pas très droit. En fait, on ne pouvait pas vraiment qualifier cet amas pierreux de mur, car il n'y avait même pas de ciment pour faire tenir les pierres entre elles. Il s'agissait simplement de tas de cailloux provenant de l'ancien chantier du motel voisin, que les ouvriers avaient retirés du sol en creusant les fondations et qu'ils avaient jetés là.

La hauteur de ce « mur » était variable. Il pouvait atteindre près de un mètre à certains endroits et à peine cinquante centimètres à d'autres. Sa ligne sinueuse due à ces variations de hauteur faisait penser à un serpent ondulant sur l'herbe, avait décidé Maggie. Au fil des années, le vent incessant avait soufflé sur les pierres une poussière qui s'était logée dans les interstices, et des plantes sauvages avaient commencé à y pousser. En été, les lézards prenaient un bain de soleil au sommet du mur, tandis que les ratons laveurs se cachaient dans les cavités existant entre les plus grosses pierres. Tout un écosystème s'était développé ainsi et Maggie l'observait avec un émerveillement sans cesse renouvelé. Elle passait des heures à photographier la flore et la faune qu'abritait ce semblant de mur. La grâce délicate des fleurs sauvages, dont la floraison ne durait que quelques journées d'été, les lézards furtifs, aux yeux brillant comme du jais, qui paressaient au soleil et ne disparaissaient qu'au moment où éclataient les orages de chaleur, et puis les jeux d'ombre et de lumière quand approchait le crépuscule... Tous ces instants magiques, Maggie tentait de les fixer sur sa pellicule. Mais son sujet préféré, c'étaient les écureuils rayés et, surtout, les ratons laveurs. Leurs petites têtes masquées de noir, leur air concentré tandis qu'ils vaquaient à leurs occupations quotidiennes l'amusaient énormément.

Aujourd'hui, ils étaient plutôt discrets, se dit-elle en les cherchant du regard. Pourtant, elle n'en ressentait aucune déception. Elle se contenterait d'observer les abeilles butinant les fleurs du parterre qu'un habitant de Willow Flat avait planté deux ou trois ans auparavant pour agrémenter la pelouse, et que personne n'avait pris le soin d'entretenir depuis. L'âpreté du climat et surtout la constance du vent avaient durement éprouvé les plantes, mais certaines avaient réussi à survivre, notamment en retournant à leur état sauvage. Si elles étaient moins éclatantes, moins épanouies que des plantes cultivées, Maggie en appréciait les nuances délicates, les fleurs simples, d'autant plus qu'elle savait quelles épreuves elles avaient dû surmonter pour parvenir à éclore malgré tout. Ces fleurs étaient des survivantes, et c'est pour cela que la jeune femme les admirait.

Le regard de Maggie dériva vers la silhouette masculine à demi allongée sous ses yeux. Appuyé sur son bras droit, les jambes étendues devant lui, vêtu d'un T-shirt blanc qui lui moulait le torse et d'un jean délavé, aux bords effrangés, Ryan était beau comme un dieu. Mais il n'y avait pas que cela, se dit la jeune femme en tentant de l'observer sans en avoir l'air. Chaque fois qu'elle lui coulait un regard en douce, une flambée de désir lui montait dans les veines. Ryan dégageait une sorte de magnétisme typiquement mâle, qui l'attirait avec une intensité qu'elle n'avait encore jamais connue. Il semblait exhaler une chaleur, une odeur, qui l'atteignait de plein fouet et stimulait ses sens. Maggie prit brutalement conscience qu'elle avait envie de lui d'une façon presque animale. Pour refouler cette envie, elle essaya de l'examiner d'un œil d'artiste. Et il lui vint aussitôt l'envie de le photographier sous toutes les coutures. Ses mains la démangeaient, ses doigts pianotaient sur le boitier noir de son appareil, tandis qu'elle imaginait la façon dont elle cadrerait son visage et le filtre qu'elle utiliserait pour rendre au mieux son air pensif. Elle se servirait d'une pellicule noir et blanc, songea-t-elle. Cela lui permettrait d'accrocher la lumière, de cerner le contraste entre son menton volontaire, ses pommettes haut placées, et la soie de ses cheveux... D'un autre côté, une pellicule en couleurs rendrait justice à l'indigo de son regard et aux reflets fauves que prenaient ses mèches quand un rayon de soleil les caressait. Elle se mordit la lèvre. Que ce soit en noir et blanc ou en couleurs, Ryan éclaterait sur la pellicule.

Mais accepterait-il de se laisser photographier ? se demanda-t-elle, un brin anxieuse. Et ne prendrait-elle pas un risque en le choisissant comme sujet ? D'habitude, elle éprouvait un lien très fort avec ce qu'elle photographiait, comme si la lentille servait de catalyseur à ses émotions. Elle était attirée par Ryan Lassiter, et elle avait déjà passé trop de temps à penser à lui. Il serait absurde de se concentrer encore davantage sur lui...

Les paupières à demi baissées, Ryan suivait des yeux les changements d'expression de Maggie. A quoi pensait-elle donc ? se demanda-t-il. Alors même qu'il ne la connaissait pas depuis longtemps, il était capable de discerner un certain flou dans son regard, et de savoir que cela indiquait chez elle qu'elle n'était plus très présente... Elle était perdue dans de profondes réflexions, mais lesquelles ? Il profita du moment pour la dévisager à loisir. Elle était encore plus jolie que dans son souvenir, se dit-il en penchant la tête de côté pour mieux l'examiner de profil. Ou peut-être la trouvait-il jolie parce qu'elle l'attirait. Car elle l'attirait indéniablement. Il aimait en particulier sa bouche, petite et charnue, qui semblait faite pour être embrassée, et son menton bien dessiné, légèrement relevé, comme si elle défiait le monde en permanence. Et, bien sûr, ses grands yeux gris, deux superbes miroirs reflétant le moindre de ses sentiments.

Maggie n'était pas juste une jolie femme. Elle avait du charme, ce qui n'était pas si fréquent. Et elle possédait une qualité encore plus rare : elle savait écouter. Elle ne le faisait pas par simple politesse, et elle ne vous donnait pas l'impression d'attendre la fin de votre phrase pour prendre la parole à son tour. Non, elle vous écoutait de façon totale, pas seulement avec ses deux oreilles, mais avec ses yeux et toutes les cellules de son corps. Et pendant qu'elle vous écoutait, elle ne pensait pas à autre chose. Elle entendait vraiment ce que vous étiez en train de lui dire.

Tout ceci représentait un gros risque, songea Ryan en portant une canette à ses lèvres pour avaler une gorgée de Coca, sans quitter des yeux le visage de Maggie. Quand un homme se trouvait avec une femme capable de l'écouter de cette façon-là, il avait tendance à se livrer, et à dire plus qu'il n'en avait l'intention. C'est exactement ce qui lui était arrivé : il s'était mis à lui parler de la jument qu'il avait ramenée, à lui confier ses espoirs de mettre sur pied un petit élevage en se servant de cette jument comme poulinière... Et Maggie avait encouragé ses confidences, elle lui avait posé des questions simples, sans avoir honte de son ignorance en ce qui concernait l'élevage de chevaux destinés au rodéo.

Ces questions, d'autres femmes les lui avaient posées, surtout à l'occasion des concours, mais elles se fichaient royalement des réponses. Ce qui les intéressait, c'était d'attirer son attention afin de pouvoir le séduire et, plus tard, l'inviter à faire un petit tour entre leurs draps. Une technique qui fonctionnait à merveille avec la plupart des cavaliers qu'il connaissait. Jusqu'à présent, Ryan n'avait pas vraiment compris pourquoi elle avait tellement de succès. Maintenant, il le savait. La façon dont Maggie lui posait des questions, d'une voix innocente, merveilleusement féminine, et dont elle écoutait les réponses, comme si elle était suspendue au mouvement de ses lèvres, était très excitante.

Il réprima un sourire ironique. Les hormones et l'ego, songea-t-il. Voilà ce qui menait les hommes. Et l'influence que Maggie Drummond exerçait sur ses hormones et son ego à lui était d'autant plus forte qu'elle ne cherchait ni à tricher, ni à le flatter. L'intérêt que portait la jeune femme à ce qu'il disait était authentique et il trouvait cela infiniment agréable.

— A quoi pensez-vous ? demanda-t-il soudain, pour tenter d'échapper à ses propres réflexions.

Maggie tressaillit. Elle lui lança un regard confus tandis qu'elle se creusait les méninges pour trouver une réponse adéquate. Pas question de lui avouer qu'elle était justement en train de penser à lui, et qu'elle s'inquiétait de l'attirance qu'elle ressentait pour lui. Son regard tomba en arrêt sur la végétation qui envahissait le mur, et elle entrevit la silhouette furtive d'un raton laveur qui gambadait entre les fleurs sauvages.

— Comment appelle-t-on le cri du raton laveur ?

Maggie avait l'art de poser des questions décapantes, se dit Ryan, stupéfait.

Ignorant le regard ahuri de son compagnon, la jeune femme poursuivit :

— Vous savez, il y a des noms pour les cris d'animaux d'une même espèce... Par exemple, on dit que les vaches meuglent, que les chats miaulent...

— ... que les grenouilles coassent et que les corbeaux croassent, compléta Ryan, fier de lui.

— Ça, c'est un peu facile, rétorqua Maggie en faisant la moue. Tout le monde le sait. Mais que font les cochons ?

— Ils grognent et ils crient.

— C'est juste. Et les baleines ? demanda la jeune femme, le regard pétillant.

— Elles chantent.

Elle secoua la tête en retenant un sourire.

— Tout cela me paraît très humain. Vous êtes sûr que vous n'inventez pas ?

Il prit un air vexé.

— Moi ? Jamais de la vie ! Je suis expert en zoologie.

Ravi, il la vit rire doucement.

— Très bien, monsieur l'expert. Puisque vous êtes si fort, dites-moi ce que font les ratons laveurs ?

— Ils bavassent, affirma Ryan avec le plus grand sérieux.

— Ils... bavassent ? répéta Maggie, interloquée.

— Abolument. C'est un terme que l'on n'utilise pas fréquemment, mais ils bavassent, croyez-moi.

Comme pour lui donner raison, deux ratons laveurs surgirent de dessous le mur et s'enfuirent vers la rivière qui bordait le parc, après avoir lancé un regard furtif aux deux jeunes gens.

— Vous voyez ? Ils nous ont fait un clin d'œil. Ils sont d'accord sur le terme de « bavasserie », décréta Ryan, très sûr de lui.

— Va pour bavasser... Et que font les écureuils ? insista-t-elle, l'œil brillant de curiosité.

Le jeune homme n'hésita qu'une demi-seconde avant de répondre d'un ton sentencieux :

— Les écureuils cricouillent.

Le rire cristallin de Maggie se mêla aux chants des oiseaux.

— Bravo, vous avez gagné ! Si ce terme n'existe pas, il faudrait l'inventer.

— Merci, dit modestement Ryan.

Ils échangèrent un sourire, et laissèrent le silence s'installer entre eux.

Ryan s'était adossé au tronc d'un grand arbre. Le feuillage, qui filtrait les rayons de soleil tout en remuant au gré du vent, projetait sur son visage un jeu d'ombre et de lumière, lui donnant un air mystérieux et excitant... Incapable de résister plus longtemps à l'envie qu'elle avait de le photographier, Maggie s'empara de son appareil. Tant pis pour le choix de la pellicule, elle se servirait de ce qu'elle avait sous la main.

— Cela vous ennuie si je prends quelques photos de vous ?

— Vous devez vraiment être en manque ! s'exclama-t-il, les sourcils froncés.

Mais quand elle tourna son objectif vers lui, il s'abstint de protester. Maggie prit tout son temps pour choisir le meilleur cadrage. En gros plan, le visage de Ryan, avec ses yeux rieurs sous ses mèches en désordre, était d'une beauté à couper le souffle. Elle le vit changer d'expression tandis qu'elle bougeait devant lui, à la recherche d'un autre angle, ou d'une luminosité différente. « Voilà une autre façon de le découvrir », se dit-elle en sentant malgré elle que son œil de photographe commençait à être sensiblement influencé par les palpitations de son cœur.

Assis sous son arbre, les genoux relevés, Ryan découvrait lui aussi une nouvelle facette de la personnalité de Maggie. Il admirait la rapidité et l'assurance de ses gestes pourtant minutieux, de même que l'air calme, attentif, avec lequel elle appréciait la distance, la lumière, et tous les éléments qui entraient en jeu dans la composition de sa photo. La technique ne semblait receler aucun secret pour elle. La jeune femme se déplaçait devant lui et autour de lui sans la moindre hésitation, avec une expression des plus concentrées. Ryan remarqua tout à coup que, lorsqu'elle prenait une photo, un petit bout de langue dépassait de ses lèvres roses juste au moment où le déclic se produisait. Une vision charmante qui eut un effet immédiat sur sa libido. Le regard rivé sur la bouche de Maggie, il était en proie à une envie folle de l'embrasser quand l'index de la jeune femme pressa le bouton commandant l'obturateur. Il se demanda si elle lirait le désir dans ses yeux, quand elle développerait la photo. Comprendrait-elle à quel point il avait eu envie d'elle ? Une envie qui lui taraudait les reins depuis un bon moment, d'ailleurs... Il fallait qu'il se concentre sur autre chose.

— Detroit est assez éloigné de Willow Flat, dit-il soudain. Comment se fait-il que vous ayez atterri ici ?

Maggie prit le temps de changer l'objectif de son appareil avant de répondre.

— La tante de ma mère vivait ici, et elle lui a légué sa maison avant de mourir. Ma mère a décidé de l'habiter, du moins pendant un moment. Je... je n'ai jamais eu de très bonnes relations avec ma mère et je me suis dit que cette maison pouvait nous offrir à toutes les deux l'occasion de nous rapprocher. C'est pour cela que je suis venue vivre avec elle à Willow Flat.

Maggie prit une autre photo, puis elle baissa son appareil pour croiser le regard de Ryan sans le truchement de l'objectif. Elle ébaucha un sourire et haussa légèrement les épaules.

— En fait, pour ma mère, la déception a été très forte. Elle pensait que sa tante lui avait légué une grande propriété, ou un ranch. Vous avez vu la maison : elle est en mauvais état, et le terrain est minuscule.

— Et vous ? Vous avez également été déçue ? demanda-t-il.

— Non.

Maggie colla de nouveau son œil au viseur et l'appareil lui dissimula la plus grande partie du visage.

— Non. Moi, j'aime bien la région. Je suis contente d'être ici.

— Mais pas votre mère, murmura-t-il, son intuition en éveil.

— Ni ma mère, ni ma sœur aînée, admit Maggie.

Un déclic annonça à Ryan qu'il venait d'être pris une nouvelle fois en photo.

— Elles n'aiment pas Willow Flat, confia encore la jeune femme, en dévissant l'objectif de son appareil.

Son ton neutre alerta Ryan. Il devinait que la remarque qu'elle venait de faire était encore loin de la vérité.

— Dans ce cas, pourquoi y restent-elles ?

— Eh bien... c'est une question d'argent. Voyez-vous, ma mère travaillait à l'usine, elle faisait un peu de secrétariat... Un jour, elle a pris un ascenseur qui venait d'être réparé et, en sortant, elle a glissé dans une flaque d'huile que l'ouvrier avait oublié de nettoyer avant de partir. Elle est tombée sur le dos et n'a jamais été bien depuis. Elle est considérée comme handicapée et elle touche une allocation mensuelle. Bien sûr, ce n'est pas une fortune, mais ici, la vie est moins chère qu'à Detroit et, en plus, le toit qu'elle a au-dessus de sa tête ne lui coûte rien.

— Je vois, murmura Ryan, pensif. Et votre sœur ? Pourquoi reste-t-elle dans le coin ?

Et pourquoi cherchait-il à en savoir autant sur la famille de Maggie ? se demanda-t-il, surpris de sa propre curiosité. N'avait-il pas décidé de garder ses distances, de ne pas devenir trop intime avec la jeune femme, afin d'éviter qu'elle se fasse des idées ? Mais plus il passait de temps avec Maggie, moins cette décision lui semblait valable. Si seulement il se trouvait en compagnie d'une blonde décolorée aux seins gonflés à la silicone, il n'aurait pas besoin de se forcer pour maintenir leur relation sur un terrain neutre. Les sentiments que Maggie lui inspirait n'avaient rien de neutre. Pire : son intérêt ne se situait pas sur un plan strictement physique. En d'autres termes, s'il avait envie de lui faire l'amour, il avait aussi envie de mieux la connaître.

La situation devenait périlleuse, songea-t-il.

— Je suppose que pour Noreen aussi, c'est une question d'argent, répondit Maggie sans se douter des questions qui agitaient l'esprit de Ryan. Elle travaille comme serveuse à l'Auberge de la Rosée, mais le salaire est plutôt bas. Pour partir, il lui faudrait mettre de l'argent de côté, et quand on est mal payée, il n'est pas facile d'économiser...

Maggie baissa la tête et se mit à ranger avec un soin minutieux ses objectifs dans le grand sac de toile noire. En fait, elle ne savait pas pourquoi Noreen demeurait à Willow Flat. Si elle ne parvenait pas à faire des économies, elle pouvait emprunter la somme nécessaire à son déménagement à l'un de ses nombreux amants. Ou encore persuader l'un d'eux de l'emmener à Los Angeles ou ailleurs... Maggie n'avait aucune idée de la raison pour laquelle Noreen restait dans la petite ville qu'elle qualifiait volontiers de « trou ». Mais comme sa sœur ne faisait jamais rien sans arrière-pensée, elle devinait qu'elle avait sûrement un plan en tête.

— Les relations familiales ne sont jamais simples, murmura Ryan, songeur. Il n'y a que dans certains feuilletons télévisés que l'on voit des familles idéales.

— C'est vrai.

Maggie plaça son dernier objectif dans le sac. Ryan ne croyait pas si bien dire. A sa connaissance, il n'existait pas de famille plus éloignée de la famille idéale que la sienne.

— Et votre père ? demanda Ryan d'une voix douce.

— Il est parti quelques mois après ma naissance. Il n'est jamais revenu.

Elle leva la tête et ébaucha un sourire en croisant le regard bleu de Ryan. Mais son sourire n'éclairait pas ses yeux.

— Il paraît que j'étais un bébé trop bruyant. Je l'ai fait fuir.

Ryan fronça les sourcils. Grands dieux, quel était l'imbécile qui l'avait rendue coupable du départ de son père ? Sa mère, sans doute.

— Cela m'étonnerait, dit-il simplement.

— Oui... Moi aussi, renchérit-elle, mais avec une hésitation dans la voix.

— Pourtant, vous vous sentez coupable, n'est-ce pas ?

De nouveau, Maggie hésita.

— Non... Enfin, pas vraiment...

Elle le vit hausser les sourcils et elle ajouta :

— Ce serait idiot de ma part de ressentir de la culpabilité pour quelque chose qui est arrivé alors que je n'étais qu'un bébé.

— Ce serait complètement idiot, affirma-t-il.

Il sourit en voyant que l'ombre qui voilait le regard gris de Maggie avait disparu. En fait, elle semblait sur le point d'éclater de rire.

— Si jamais l'envie vous prend de changer de métier, il ne faudrait pas que vous vous lanciez dans la psychologie. Je ne pense pas que les psychologues ont le droit de dire à leurs patients qu'ils sont complètement idiots !

— Je n'ai pas dit que vous étiez idiote, Maggie. J'ai dit qu'il faudrait être idiot pour se sentir coupable du départ de son père quand on n'était encore qu'un bébé. D'ailleurs, les hommes ne quittent pas leur foyer parce que l'un des enfants pleure dans son berceau. S'ils s'en vont, c'est qu'ils sont des salauds.

Maggie eut un petit rire.

— C'est votre diagnostic, docteur ?

— Absolument.

Ryan songea soudain à son père, ce qui lui arrivait très rarement. Duncan ne l'avait pas abandonné — du moins, pas officiellement. Mais le résultat était le même. Il était venu au ranch quelques fois, pour de brèves visites dictées par le remords, il lui avait passé des coups de fil à l'occasion de son anniversaire ou de Noël, il lui avait envoyé des cartes postales de l'étranger. Entre l'attitude de ses parents et celle du père de Maggie, la différence était minime. Mais comparé à la jeune femme, Ryan avait eu une chance extraordinaire : il avait été pris en charge par son grand-père. Et d'après l'ombre qu'il avait vue dans le regard de Maggie, celle-ci n'avait pas eu cette chance, même s'il lui restait encore sa mère.

En pensant à son grand-père, Ryan se souvint tout à coup qu'il était censé faire des courses pour le ranch. Pour Sara, plus exactement, en vue du dîner qui aurait lieu ce soir, et au cours duquel Nathan avait décidé de l'offrir sur un plateau d'argent à la belle Shelly Taylor. Ou, à l'inverse, de lui offrir Shelly... De toute façon, le but était le même et, quelle que soit la stratégie choisie par Nathan, Ryan avait des brûlures à l'estomac rien qu'en pensant à ce fameux dîner.

— Il faut que j'aille voir si Bonnie a reçu sa livraison, dit-il avec réticence.

Maggie réprima un petit soupir déçu. Elle aurait voulu que ce déjeuner sur l'herbe ne finisse jamais. Mais Ryan avait raison, ils avaient passé près de deux heures ensemble, et il était temps de reprendre pied dans la réalité.

Elle se leva.

— Et moi, il faut que je rentre à la maison.

Elle n'avait aucune raison valable de rentrer. Rien ni personne ne l'attendait, à l'exception d'un gros chat roux et des voix stéréotypées des héros de feuilletons télévisés qui fascinaient tant sa mère.

— Désolé d'avoir fait fuir les ratons laveurs et les écureuils, dit Ryan en se levant à son tour, avec une grâce presque féline en dépit de son bras plâtré.

Maggie était loin d'être désolée. Elle avait apprécié les moments passés avec lui. Apprécié ? Le mot était faible. Elle les avait adorés, tout simplement.

— Je pense qu'ils n'avaient pas envie qu'on les prenne en photo, répondit-elle d'un ton léger.

— Oh... Vous croyez qu'ils manquent de confiance en eux ?

Le sourire en coin et l'œil espiègle de Ryan donnèrent immédiatement envie à Maggie de récupérer l'appareil qu'elle avait rangé au fond de son sac pour le photographier de nouveau sous tous les angles.

— Il n'y a rien de pire qu'un rongeur timide pour vous gâcher votre journée, ajouta-t-il en s'étirant longuement.

Superbe, se dit Maggie en l'observant à la dérobée. Oui, il était vraiment superbe... La largeur de sa carrure, les muscles de son torse jouant sous le fin coton du T-shirt, le ventre plat souligné par la ceinture de cuir fauve, qu'ornait une large boucle en or et argent massif, sans doute gagnée lors d'un rodéo, lui arrachèrent un petit soupir d'admiration. Son regard dériva vers les jambes longues et solides moulées dans un jean bleu fané, puis remonta lentement pour tomber en arrêt sur la toison que l'on devinait brune sous le blanc du T-shirt. Ses doigts se crispèrent instinctivement, comme si elle sentait contre sa paume cette toison soyeuse, et la tiédeur de la peau qu'elle recouvrait.

Ryan était l'un des hommes les plus beaux qu'elle eût jamais rencontrés, songea Maggie. Rien qu'en l'observant, elle éprouvait un désir qui accélérait son rythme cardiaque. Cet homme l'attirait physiquement, l'excitait sexuellement.

Maggie tressaillit en se rendant compte que Ryan avait cessé de s'étirer. Immobile, les pieds légèrement écartés et les bras pendants, il la contemplait avec intensité. La jeune femme leva les yeux, croisa son regard bleu une fraction de seconde avant de se détourner, les joues cramoisies. Grands dieux, il avait lu dans ses pensées ! Affreusement gênée, elle se pencha pour saisir le grand rectangle de tissu qui leur avait servi de nappe tout en se maudissant intérieurement. Comment avait-elle pu se conduire de façon aussi ridicule, se laissant aller à le dévorer des yeux comme une écolière devant une star de cinéma ? Qu'aurait-elle pu faire de pire, à part se jeter sur lui et tenter de lui voler un baiser ?

Ryan regarda Maggie secouer leur nappe improvisée avec ardeur. Ce n'était pas cette ardeur, à la fois démesurée et inutile, qui étonnait le jeune homme, mais le regard que Maggie lui avait lancé, juste avant de s'attaquer ainsi à ce pauvre bout de tissu. Elle avait eu beau baisser très vite les yeux, il avait eu le temps d'intercepter la lueur de désir qui y brillait. Cette lueur, il lui avait suffi d'une fraction de seconde pour la reconnaître, car ce n'était pas la première fois qu'il la décelait dans les prunelles d'une femme, loin de là... Les rodéos étaient fréquentés par des demoiselles qui n'avaient pas froid aux yeux et qui savaient faire comprendre explicitement leur désir au cavalier qui les émoustillait. Il s'était fait approcher à de nombreuses reprises par ces fanatiques qui avaient parfois l'audace d'exprimer leur envie de façon plutôt primaire. Un jour, dans un bar à Abilene, une femme qui l'avait remarqué avait demandé au serveur de lui porter de sa part un whisky. Et dans le verre de whisky elle avait accroché son soutien-gorge... A Santa Fe, une rousse flamboyante s'était approchée de lui et avait carrément mis la main sur sa braguette, tout en lui soufflant à l'oreille les suggestions les plus osées concernant la manière dont ils pourraient passer ensemble les heures qui suivaient.

Ryan n'avait jamais répondu positivement à ce genre d'avances, qui lui inspiraient un certain dégoût. Dans le cas de la rousse flamboyante, ce n'était pas du dégoût qu'il avait ressenti, mais un embarras épouvantable. Pourtant, il lui avait suffi d'intercepter cette petite lueur dans les grands yeux gris de Maggie pour que monte en lui un désir fulgurant. Jusqu'à présent, il avait pu garder ses distances vis-à-vis d'elle car il se croyait le seul des deux à éprouver de l'attirance. Mais comment allait-il résister à l'envie qu'il avait d'elle, quand elle le regardait de cette façon-là ?

— Laissez cette pauvre nappe tranquille, elle ne vous a rien fait ! lui lança-t-il en désignant le tissu que Maggie secouait comme si sa vie entière en dépendait.

Sans se donner le temps de réfléchir, il s'empara de l'extrémité libre de la nappe, et tira doucement dessus pour forcer Maggie à se rapprocher de lui. Surprise, le regard confus, la jeune femme se laissa faire. Elle aurait pu lâcher le tissu. Ou bien s'éloigner, avant qu'il ne l'attire à lui. Mais il savait, depuis qu'il avait vu son regard embrumé de désir, qu'elle ne le ferait pas. Parce qu'elle avait envie de lui autant qu'il avait envie d'elle.

Il était cinglé, se dit-il en tirant plus fort. Il avait décidé de ne pas s'engager vis-à-vis d'elle — ni d'aucune autre femme, d'ailleurs — et il la connaissait assez maintenant pour savoir qu'un simple baiser, pour Maggie, serait lourd de conséquences. Il était encore temps d'arrêter ce petit jeu qu'il risquait fort de regretter. Il pourrait lui dire qu'il s'agissait d'une plaisanterie, elle lui pardonnerait d'un sourire, et la tension sexuelle qui régnait entre eux s'en trouverait aussitôt allégée. Grands dieux, il n'aurait jamais dû penser au sourire de Maggie, se dit-il en regardant fixement la bouche rose et charnue de la jeune femme. Une bouche bien trop tentante pour qu'il résiste une seconde de plus à l'envie d'y goûter...

Maggie poussa un petit cri de surprise quand Ryan tira le tissu d'un coup sec, lui faisant ainsi perdre l'équilibre. La nappe tomba sur le sol, où elle fut aussitôt oubliée. La jeune femme leva instinctivement les mains pour s'agripper aux épaules de Ryan et leurs regards se croisèrent. Celui de Maggie était désorienté, celui de son compagnon empli d'une détermination farouche. Il glissa les doigts dans la masse blond foncé de son épaisse chevelure pour lui renverser la tête en arrière et se pencha pour prendre ses lèvres.

Maggie ferma les yeux pour mieux savourer le baiser de Ryan. Un baiser qu'elle avait imaginé dès leur première rencontre. Oh, oui, elle l'avait imaginé et visualisé jusqu'à l'obsession, tout en tentant de se convaincre qu'elle n'y aurait jamais droit. Mais rien ne l'avait préparée à la fougue de Ryan, ni au tourbillon de sensations qu'il fit naître en elle. D'un coup, elle sentit son ventre palpiter, ses genoux trembler, et tout son corps vibrer follement. Non, elle n'avait jamais rien ressenti de pareil, et, pourtant, on l'avait déjà embrassée... Mais comment aurait-elle pu se douter qu'un homme, d'une simple pression de ses lèvres contre les siennes, pourrait provoquer un tel raz de marée ?

L'éclat du soleil, le bourdonnement des abeilles butinant

de fleur en fleur, le sourd grondement du moteur d'un camion passant sur la route qui longeait le parc... tout cela s'effaça brusquement de l'univers de Maggie. Désormais, son monde se réduisait à une bulle, dans laquelle se trouvaient Ryan et elle. Ryan surtout, qui se pencha un peu plus vers elle pour approfondir leur baiser. La jeune femme entrouvrit les lèvres afin de mieux l'accueillir et partager avec lui la passion qui se déchaînait en elle.

Ce fut le goût d'orange du soda qu'elle avait bu que Ryan savoura en premier, quand il caressa du bout de la langue la lèvre inférieure de Maggie. Un goût à la fois amer et sucré, qui lui parut incroyablement érotique. Mais toute la personne de Maggie Drummond lui semblait le comble de l'érotisme, à ce moment-là. Oui, tout en elle l'excitait : ses courbes généreuses, l'odeur légère de lavande qui parfumait ses cheveux, la façon dont ses doigts fins s'agrippaient à son T-shirt, comme s'il était, lui, Ryan, le seul élément solide auquel elle pouvait se raccrocher, et puis ces petits soupirs de plaisir qu'elle poussait entre deux baisers...

Maggie sentit que Ryan pressait avec précaution son bras plâtré contre le bas de son dos pour la plaquer davantage contre lui, et elle ne lui opposa aucune résistance. Au contraire, elle fit de son mieux pour ajuster son corps à celui de son compagnon, émerveillée par la façon dont ses courbes de femme épousaient les formes angulaires et viriles, comme les pièces d'un puzzle s'emboîtant au plus juste pour former un tout. Elle aurait voulu se fondre en lui, et oublier dans le cercle de ses bras que le monde extérieur existait.

Quand elle entrouvrit les lèvres pour l'inviter à explorer sa bouche à sa guise, Ryan eut un léger vertige. Au début, il s'était penché vers la jeune femme pour lui donner un léger baiser, du moins était-ce là son intention. Mais il avait trouvé ses lèvres si douces, si fruitées sous les siennes, qu'il n'avait pu résister à la tentation d'y goûter une seconde fois, et la bouche de Maggie s'était ouverte sur une simple pression de sa langue comme une fleur à la chaleur de l'été. Le désir qui l'avait embrasé alors l'avait surpris par sa violence. Et maintenant qu'il tenait plaqué contre le sien le corps de Maggie, qu'il fouillait sa bouche avec une avidité fiévreuse, il se rendait compte à quel point il avait envie d'elle. Il sentit son sexe se durcir et se dit que ce n'était ni l'endroit ni le moment... Ils se trouvaient dans un parc public, n'importe qui pouvait les voir en train de s'embrasser passionnément. Pourtant, au lieu de s'écarter de la jeune femme, il déploya sa main sur sa nuque pour mieux lui tenir la tête en arrière et approfondir encore leur baiser.

Elle était si petite et lui si grand... Loin de le gêner, leur différence de taille l'émouvait. Ses bras longs et musclés semblaient faits pour la protéger et la serrer contre lui, songea-t-il. Et il y avait bien longtemps qu'il n'avait pas autant désiré une femme, bien longtemps qu'il n'avait pas oublié le monde extérieur pour ressentir ce besoin indicible et lancinant de se perdre dans un baiser passionné. Oui, cela faisait des années qu'il n'avait pas éprouvé cette envie, ce désir, cette fièvre. Des années, une éternité peut-être.

Il se souvint brusquement de la dernière fois qu'il avait embrassé une femme de cette façon et la réalité le fit tressaillir. Pendant quelques instants qu'il avait volés au temps, il avait oublié qui était Maggie.

Et qui elle n'était pas.

La jeune femme réprima un petit cri de protestation quand elle sentit que Ryan relâchait son étreinte et s'écartait d'elle. Les hommes qui l'avaient embrassée auparavant ne l'avaient jamais préparée aux sensations exquises qu'elle venait d'éprouver. Des sensations dont elle ne soupçonnait même pas l'existence. Entre les bras de Ryan, elle avait perdu ses repères habituels, effacé le temps et l'espace, chassé toutes les pensées de son esprit. Son corps s'était liquéfié, son cœur avait failli exploser sous la violence du désir. Pourtant, il ne s'agissait que d'un baiser, se dit-elle tandis que Ryan dégageait la main qu'il avait glissée dans sa chevelure et éloignait ses lèvres des siennes. Juste un baiser, se répéta-t-elle en s'obligeant à décrisper un à un ses doigts encore agrippés au T-shirt de son compagnon.

Juste un baiser... Oui, bien sûr. Et le *Titanic* était juste un petit naufrage.

Elle eut le plus grand mal à soulever les paupières — elles lui semblaient si lourdes — pour croiser le regard de Ryan. Un sentiment de satisfaction typiquement féminin l'envahit en voyant que l'indigo de ses yeux avait viré au marine sous l'effet du désir. Ainsi, elle n'était pas la seule à être troublée... Troublée ? Un bien piètre mot pour qualifier le raz de marée qui l'avait submergée, songea-t-elle, secrètement ravie de savoir que Ryan avait succombé au même vertige.

Ryan avait à peine relâché Maggie que, déjà, il voulait la reprendre dans ses bras et la serrer contre lui. L'envie était si forte qu'il dut faire un pas en arrière pour ne pas céder à la tentation. Il n'était pas prêt, se dit-il. Prêt à quoi ? Il préférait l'ignorer, il n'était même pas capable de trouver les mots pour identifier ses sensations. Tout ce qu'il savait, c'est que celles-ci étaient trop fortes, trop intenses. Il refusait de se trouver dans l'œil d'un tel cyclone juste au moment où il s'apprêtait à remettre de l'ordre dans sa vie. Surtout quand le cyclone en question s'appelait Maggie Drummond. Comment pourrait-il résister une seconde fois à la tempête qu'elle déchaînait en lui quand elle se blottissait contre son torse et lui offrait une bouche plus tendre, plus délicate qu'un bouton de rose à peine éclos ?

En silence, il se pencha pour ramasser la nappe tombée à terre et la secoua légèrement avant de la tendre à la jeune femme. Il aurait dû lui dire quelque chose, mais les mots dansaient dans sa tête et se bloquaient au fond de sa gorge. Il l'avait embrassée, mais ce n'était pas un crime, n'est-ce pas ? Il n'était pas de marbre et il avait embrassé d'autres femmes au cours des quatre dernières années. Mais elle était la seule à lui avoir fait un tel effet. Il en tremblait encore...

Il toussota pour s'éclaircir la voix et détourna le regard afin de ne pas voir les lèvres si tentantes de Maggie.

— Je crois que je devrais retourner au magasin. La commande de Sara a dû arriver.

Maggie l'observa de ses grands yeux gris. Ryan demeurait immobile, mais elle devinait que, déjà, son esprit avait fait trois pas en arrière. Elle plia la nappe, la rangea à l'intérieur de son sac, soulagée d'avoir ainsi une excuse pour s'occuper les mains et les yeux. Lorsqu'elle se redressa, elle était parvenue à contrôler ses émotions. Avec un sourire aimable, elle lui dit d'une voix claire :

— Je vous accompagne. J'ai laissé ma voiture dans le parking de l'épicerie.

6.

Ils firent le chemin du retour en silence, ou presque. Maggie se borna à émettre quelques commentaires sur le temps, qui était vraiment très beau et assez chaud pour la saison. Ryan renchérit en affirmant qu'un tel soleil était plutôt rare à cette période de l'année. Puis ils se turent.

Ils retrouvèrent Lee Hardeman toujours assis sur son banc, en train de lire le journal local — ou de faire semblant de le lire. Ryan le salua de nouveau, mais sans mentionner Abby, cette fois. Maggie se demanda pourquoi le vieil homme prenait autant de temps pour sa pause-déjeuner et lança un coup d'œil à sa montre. Quand elle vit la position des aiguilles, ses yeux s'écarquillèrent. Cela faisait tout juste une heure que Ryan et elle étaient passés pour la première fois devant Lee. Une petite heure, mais qui comptait pour dix, tant elle avait été riche en événements. Maggie avait beau se répéter en son for intérieur qu'un baiser, ce n'était pas un cataclysme, elle avait le plus grand mal à le croire. N'en ressentait-elle pas encore les secousses, comme si elle avait été victime d'un tremblement de terre ?

Ryan ralentit le pas en approchant du magasin. La petite voiture bleue de Maggie était garée juste devant. Il la repéra aussitôt, car il l'avait souvent vue en imagination, tandis qu'il repassait dans sa tête le film de sa rencontre avec la jeune femme, en panne sur une route déserte. Comment ? Cela ne faisait que quinze jours qu'il la connaissait ? se dit-il avec étonnement. Il fut encore plus surpris quand il calcula qu'il ne l'avait vue que trois fois en deux semaines. Pour une raison qu'il ne parvenait pas à s'expliquer, il avait l'impression que Maggie faisait partie de sa vie depuis bien plus longtemps.

Il attendit que la jeune femme ouvre la portière pour poser son sac sur le siège du passager. Elle referma la portière et se tourna vers lui en souriant, ce qui fit frémir Ryan. Ce sourire le faisait fondre sur place, et chaque fois qu'il la voyait étirer ainsi les lèvres, il avait la folle envie de les écraser sous les siennes. En se souvenant de la douceur exquise de cette bouche, de sa saveur fruitée, il serra les poings. Il ne devait pas l'embrasser de nouveau, se dit-il, tout en ayant le plus grand mal à se rappeler ce qui l'en empêchait.

— J'ai passé un moment fort agréable, commença Maggie.

Elle rougit en se demandant comment Ryan allait interpréter ce commentaire.

— J'ai surtout aimé le pique-nique, s'empressa-t-elle d'ajouter. Et... le reste, murmura-t-elle, les joues en feu.

— Le pique-nique était très sympathique, confirma Ryan, l'air grave.

Il s'interrompit une seconde.

— Mais c'est « le reste » que j'ai le plus apprécié, dit-il.

Il prit plaisir à la voir rougir de plus belle et à constater que son beau regard gris se troublait.

— Moi aussi, articula-t-elle d'une voix étranglée, les yeux fixés sur sa pomme d'Adam.

Il avait envie de la revoir, et il allait le faire, décida Ryan. Peut-être commettrait-il une erreur, mais il avait toujours considéré qu'une vie sans erreur ressemblait à un repas sans sel. Il avait passé les quatre dernières années à risquer sa vie afin de gagner des boucles de ceinture et juste assez d'argent pour pouvoir participer au rodéo suivant. Le risque qu'il prenait avec Maggie était d'une nature différente, mais il n'était pas plus absurde.

— J'espère que votre commande est arrivée, dit Maggie d'un ton qu'elle s'efforçait de rendre léger.

Ryan se rendit brusquement compte que son silence avait duré trop longtemps.

— Maggie, commença-t-il.

Il voulut lui prendre la main mais se ravisa. Si Bonnie Dillard regardait par la fenêtre qui donnait sur le parking et les voyait se tenir la main en plein jour, au vu et au su de tout le monde, la nouvelle se répandrait comme une traînée de poudre et la moitié du Wyoming parlerait des fiançailles de Ryan Lassiter et de Maggie Drummond avant le crépuscule. Dans l'autre moitié, les commentaires sur la passion torride qu'ils éprouvaient l'un pour l'autre iraient bon train.

« Cette fois, tu as fondu les plombs, Lassiter ! Tu te rends compte que tu l'as embrassée dans un parc public, à l'heure du déjeuner, alors que toute la ville pouvait vous surprendre ? Et maintenant, tu hésites à lui tenir la main ! Voilà qui est intéressant... »

Mortifié, Ryan glissa les pouces sous sa ceinture et se sentit encore plus stupide, surtout avec ce maudit plâtre qui gênait ses mouvements. Depuis quelques minutes, il avait l'impression désagréable d'accumuler les erreurs et les maladresses. D'ailleurs, il lui suffit de croiser le regard étonné et confus de Maggie pour que son impression soit confirmée. Manifestement, elle attendait qu'il finisse sa phrase, ce qui était normal. Le problème, c'était que les rouages de son cerveau semblaient s'être bloqués d'un coup. Il fixait la jeune femme, bouche ouverte, incapable de prononcer un mot à l'exception de son prénom,

Maggie... Cela faisait si longtemps qu'il n'avait pas invité une femme à sortir avec lui ! Il avait oublié les règles du jeu, les mots qu'il faut dire, les gestes qu'il faut faire lors d'un premier rendez-vous. Prenant son courage à deux mains, il se lança.

— Maggie, je voudrais que...

— Maggie ! Quelle bonne surprise !

La voix était familière. Mélodieuse, un peu rauque et très féminine. Maggie lança un regard derrière l'épaule de Ryan. Avant de se retourner, Ryan intercepta dans les yeux gris de sa compagne une expression fugitive, qui disparut avant qu'il ait eu le temps de la déchiffrer.

— Ah, te voilà, Noreen.

Le ton de Maggie était neutre et pas vraiment chaleureux.

— En chair et en os ! En chair, surtout...

Ryan finit par se retourner et ses yeux s'élargirent en apercevant la silhouette qui s'approchait d'eux. Grande — un mètre soixante-dix, au moins —, la jeune femme portait une paire de sandales rouges à talons hauts qui lui donnaient quelques centimètres de plus. Très mince, elle avait pourtant des formes avantageuses, qu'elle avait moulées dans un pantalon collant rouge vif et un petit haut blanc sans manches et très décolleté. Ainsi vêtue, elle semblait nue, ou presque. Le « presque » devint superflu quand elle fut tout près de Ryan et qu'il vit que ses seins se mouvaient librement sous le tissu transparent du caraco. Le savant désordre qui régnait dans sa chevelure d'or pâle, aux reflets argentés, était destiné sans aucun doute à suggérer des pensées sensuelles aux hommes. Comme si elle lisait dans celles de Ryan, Noreen leva la main et la fit glisser dans ses mèches, en un geste qui fit se pointer ses seins nus sous le tissu trop fin. Ryan dut faire un effort pour arracher son regard à cette poitrine si généreusement offerte, et il croisa celui de la jeune femme. Il vit aussitôt qu'elle avait fait exprès de le provoquer et qu'elle était satisfaite d'avoir atteint son but. Elle avait réussi à capter son attention.

— Je croyais que tu travaillais aujourd'hui, dit Maggie. Tu devais remplacer Colleen, non ?

Oh, comme elle détestait la façon dont sa sœur regardait Ryan, avec cette convoitise dans les yeux ! Et la façon dont Ryan réagissait la rendait malade. Il semblait hypnotisé par le symbole sexuel ambulant qu'était Noreen.

— C'est vrai, mais finalement, Colleen a décidé qu'elle n'était pas si malade que cela et elle est venue travailler. J'avais l'intention de rentrer à pied à la maison... Mais puisque tu es là, tu vas pouvoir me raccompagner en voiture.

— Où est la tienne ?

Maggie faisait des efforts désespérés pour garder un ton neutre. Il ne fallait surtout pas que Noreen s'aperçoive à quel point sa présence était inopportune. Si elle le devinait, elle n'hésiterait pas à s'imposer juste pour le plaisir de l'agacer.

— Sur le bas-côté de la route. Je n'ai plus d'essence.

Noreen s'interrompit pour couler un regard en biais vers Ryan. Elle eut un petit rire de gorge.

— Je sais que j'ai l'air de jouer une scène de film, vous savez, la blonde tête en l'air qui tombe en panne d'essence... Mais c'est vrai. Je n'ai pas fait attention à la jauge.

— Ça peut arriver à n'importe qui, marmonna Ryan.

Cette fois, il prit soin de fixer le visage de Noreen, et non la partie de son anatomie qu'elle tentait de mettre en valeur. Il eut l'intuition qu'elle était tout sauf distraite.

— C'est gentil... Mais je me sens idiote, dans ce genre de situation !

Elle fit une moue destinée à attirer l'attention de Ryan

sur ses lèvres, rondes, charnues et fardées du même rouge éclatant que son pantalon. Puis elle eut un sourire éblouissant.

— Puisque Maggie manque à tous ses devoirs, je vais me présenter... Je suis Noreen, sa sœur aînée. En fait, j'ai à peine deux ans de plus qu'elle, ajouta-t-elle avec un nouveau rire de gorge.

Maggie se mordit la lèvre pour ne pas intervenir dans la conversation. Noreen avait en fait sept ans de plus qu'elle, mais il était inutile de chercher à rétablir la vérité. L'expérience lui avait appris qu'il valait mieux ne pas s'opposer à sa sœur en public. Noreen pouvait se montrer particulièrement méchante, dans ces cas-là.

— Voici Ryan Lassiter, finit par articuler Maggie d'un ton poli, afin de terminer les présentations.

Avec un sourire mielleux, Noreen tendit sa main fine à Ryan. Il la prit avec réticence. Dans l'Ouest sauvage, un homme ne serrait pas la main d'une femme, mais Noreen, à la différence de Maggie, semblait l'ignorer.

— Je suis si contente de faire enfin votre connaissance, roucoula-t-elle. Je sais que vous avez eu la gentillesse de reconduire ma sœur en ville, quand sa voiture est tombée en panne, il y a une quinzaine de jours. Je voulais vous remercier, de la part de toute la famille...

— Oh, Maggie m'a déjà remercié, rétorqua Ryan.

Il retira sa main un peu vivement de celle de Noreen. Comment cette femme pouvait-elle être la sœur de Maggie ? se demanda-t-il, stupéfait.

— J'espérais vraiment vous rencontrer un jour ou l'autre, poursuivit Noreen.

Elle plissa les yeux, comme si le soleil la gênait, et fit un pas sur le côté. Comme par hasard, elle se plaça juste devant Maggie, empêchant ainsi sa sœur de participer à la conversation.

— Je voudrais vous offrir un verre, dit-elle. Ce sera

ma façon de vous remercier, ajouta-t-elle en voyant Ryan hausser les sourcils.

— Ce n'est vraiment pas nécessaire, affirma Ryan.

Lucrèce Borgia devait avoir le regard de Noreen Drummond quand elle invitait ses victimes à boire le vin qu'elle avait empoisonné, songea Ryan, mal à l'aise.

— Peut-être, mais cela me ferait plaisir. Tellement plaisir, insista Noreen d'une voix traînante, en passant un doigt sur la bordure en dentelle de son petit haut blanc au décolleté vertigineux, avant d'ajouter sur le ton de la confidence :

— Je travaille à l'Auberge de la Rosée, le soir, surtout. Venez quand vous voulez.

Elle riva son regard sur la bouche de Ryan un bon moment avant de le fixer dans les yeux. Puis elle passa un bout de langue rose sur ses lèvres rouges et baissa encore la voix d'un ton pour répéter :

— Quand vous voulez, Ryan.

— Eh bien, je passerai un jour ou l'autre, mentit Ryan, avec un sourire à peine amical.

Indéniablement, Noreen était belle. Elle le savait, bien sûr, et comment aurait-elle pu l'ignorer ? Les hommes devaient se dévisser le cou sur son passage depuis des années. Son visage était parfait, avec ses pommettes haut placées, ses sourcils à peine arqués, sa bouche bien dessinée et sa lèvre inférieure légèrement gonflée qui invitait aux baisers... Sous les cils noirs et recourbés, ses yeux étaient d'un bleu très pâle, presque transparent. Ryan avait déjà vu des photos d'icebergs qui avaient la même teinte. Et qui dégageaient à peu près la même chaleur, se dit-il avec un frisson.

Elle lui rappelait un vieux souvenir, qu'il croyait avoir oublié. Plusieurs années plus tôt, alors qu'il était encore adolescent, il était parti camper avec Tucker. En explorant un ravin, il s'était trouvé pratiquement nez à nez avec un serpent à sonnette qui prenait un bain de soleil sur une grosse pierre. Le serpent se trouvait trop loin pour pouvoir le mordre, mais assez près pour lui causer la peur de sa vie. Ils s'étaient fixés longuement, les yeux dans les yeux, avant que Ryan ne se ressaisisse et ne sorte du ravin, à reculons cette fois. Il y avait quelque chose, chez Noreen Drummond, qui avait fait surgir dans sa mémoire le souvenir de ce face-à-face.

Ryan lança un coup d'œil à Maggie. Elle avait le regard rivé au bitume, apparemment fascinée par une lézarde que les ans y avaient creusée. Il ne pouvait pas l'inviter à sortir avec lui, pas devant Noreen qui se dressait entre eux et semblait prête à lui tomber dans les bras, pour peu qu'il accepte de les lui ouvrir. Il en serait quitte pour lui parler plus tard, en privé. Cette décision lui fit éprouver à la fois du soulagement et un regret certain. Cela signifiait qu'il était un peu lâche, ou alors complètement fou.

— Il faut absolument que j'aille chercher les produits que Sara a commandés. Si je ne les lui apporte pas dans l'heure qui suit, elle va m'écorcher vif, déclara-t-il.

Il avait hâte de mettre fin à cette scène désagréable.

— Vous n'avez vraiment pas le temps de prendre un verre maintenant ? insista Noreen en se rapprochant encore de lui.

De nouveau, elle se passa la langue sur la lèvre inférieure tout en le regardant. Et, de nouveau, son attitude évoqua à Ryan l'image du serpent qui le fixait en sortant et en rentrant sa langue fourchue dans un va-et-vient rapide, destiné à hypnotiser sa proie avant de la tuer.

— Non. Mais un autre jour, sûrement, répondit-il d'un ton poli.

— Je vous attendrai, roucoula Noreen, les yeux rivés à ses lèvres.

Ryan eut envie de porter la main à sa bouche pour vérifier qu'elle ne l'avait pas mordu.

Il se tourna vers Maggie, mais elle continuait à observer la lézarde dans le bitume comme si sa vie dépendait de son degré de concentration. Comme elle semblait s'obstiner à ne pas vouloir le regarder, il marmonna quelques mots d'excuse avant de s'éclipser tel un voleur vers l'entrée du magasin.

— Eh bien, je suis arrivée juste à temps ! s'exclama Noreen en le suivant des yeux. Ça fait un moment que je cherche à le rencontrer.

Maggie releva enfin la tête, mais se garda bien de lancer un coup d'œil en direction du magasin. Elle ne voulait pas voir Ryan en train de loucher derrière la vitre sur la silhouette de rêve de sa sœur.

Elle ressentit une vive douleur à la main et se rendit compte qu'elle avait la paume crispée sur les clés de sa voiture. Le métal lui avait pratiquement transpercé la peau. Elle s'obligea à respirer à fond et à détendre ses doigts un à un, puis à ouvrir la paume. Pourquoi les hommes avaient-ils tous un gène qui les attirait inexorablement vers des femmes aux jambes interminables, aux hanches étroites et aux petits seins haut placés ? Ce gène-là se trouvait dans leur jean, se dit-elle en se souvenant avec amertume de la façon dont les prunelles de Ryan s'étaient dilatées à la vue du décolleté plongeant de sa sœur. D'un autre côté, tout homme normalement constitué ne pouvait qu'écarquiller les yeux quand une belle fille agitait sous son nez une paire de seins épanouis et à peine voilés.

— Tu es vraiment à pied ? demanda-t-elle à sa sœur.

Cela faisait des années qu'elle avait appris à adopter un ton neutre et à dissimuler ses émotions en présence de son aînée.

Noreen fit une grimace qui était beaucoup moins séduisante que la moue boudeuse qu'elle pratiquait chaque matin devant son miroir.

— Oui. Figure-toi que mon moteur fait un drôle de bruit. Je n'ai pas voulu prendre ma voiture, je ne tiens pas à ce qu'elle me lâche en pleine rue. Dave Lufton m'a promis de jeter un coup d'œil sous le capot ce soir.

Dave était l'un des amants de Noreen. Il avait deux ans de moins qu'elle et travaillait à la coopérative agricole. Vu sa taille imposante — près de deux mètres —, sa carrure impressionnante et son expression vaguement bovine, Maggie se disait qu'il devait manger les céréales et la luzerne destinées à nourrir le bétail. Elle l'avait rencontré une fois ou deux, et l'avait trouvé gentil mais pas très malin. Comme il ne gagnait qu'un salaire modeste, et que sa famille n'était pas plus riche que lui, elle s'était demandé ce que Noreen pouvait bien lui trouver pour accepter de sortir aussi souvent avec lui. Et puis un soir que sa sœur était en veine de confidence, elle avait eu la réponse. Noreen lui avait appris que la nature avait doté Dave d'un organe magnifique, dont il pouvait se servir de manière répétée au cours de la nuit. Depuis ce jour-là, Maggie avait du mal à regarder Dave droit dans les yeux sans éprouver l'envie — digne d'une petite fille curieuse — de les baisser sur la braguette de son jean.

— Je crois que j'ai tapé dans l'œil de Ryan Lassiter, affirma Noreen en se glissant sur le siège du passager. A mon avis, je lui plais beaucoup.

— C'est ça, murmura Maggie.

Elle démarra et fit une marche arrière pour sortir du parking. D'aussi loin que remontent ses souvenirs, il lui semblait que Noreen avait toujours « tapé dans l'œil » des hommes. Elle se mordit la lèvre et changea de vitesse si brutalement que le moteur cala.

— Hé, Maggie, doucement ! s'exclama Noreen.

Quand sa cadette démarra de nouveau, Noreen lui coula un regard en biais.

— Tu ne m'avais pas dit qu'il était si bien bâti, lui reprocha-t-elle.

— Si, je m'en souviens.

— Tu l'avais qualifié de « pas mal », rétorqua Noreen, les sourcils froncés. Il est sexy en diable !

Noreen se passa la langue sur les lèvres d'un air avide.

— Non seulement ce type est superbe, mais en plus sa famille a un argent fou. C'est une occasion en or, et je ne vais sûrement pas la manquer !

Maggie freina pour laisser passer un vieil homme qui s'était mis en tête de traverser la rue sans même lancer un regard à droite ou à gauche. Il avait les jambes si arquées qu'il marchait en chaloupant, comme un marin qui vient de débarquer après un long séjour en mer.

Profitant de cette pause forcée, Maggie lança un coup d'œil à sa sœur aînée.

— La plupart des propriétaires de ranch possèdent des terres et des troupeaux, mais ils n'ont pas un sou sur leur compte en banque, tu sais.

— Oh, ce n'est pas grave... La terre se vend bien, de nos jours, répondit Noreen avec nonchalance. Un ranch aussi vaste que celui des Lassiter doit valoir une fortune. Il y a des gens qui croient qu'on peut transformer le plomb en or... Moi, je te parie que je saurais changer les herbages en diamants et les vaches en billets d'avion de première classe !

En entendant le rire cynique de Noreen, Maggie eut envie de lui donner une gifle. Elle serra un peu plus fort le volant entre ses doigts, en s'efforçant de ne pas souhaiter que ce soit le joli cou de sa sœur qu'elle tente d'étrangler. Heureusement qu'aucun des dix commandements ne vous obligeait à honorer vos frères et sœurs, songeat-elle. Elle avait beau chercher dans le tréfonds de son cœur, elle ne ressentait aucun amour pour Noreen. Et elle ne pourrait jamais en ressentir, même si Dieu Lui-Même lui en donnait l'ordre.

— C'est un ranch qui est dans la famille depuis plusieurs générations, déclara-t-elle d'un ton détaché. Je ne pense pas que Ryan aurait envie de le vendre.

— Ah, tu crois ça ? Pauvre innocente, tu devrais savoir à ton âge qu'un homme peut faire n'importe quoi si tu sais le manipuler. Ou, plutôt, manipuler sa braguette...

Noreen eut un sourire ironique en voyant sa sœur froncer les sourcils.

— Ne me dis pas que je te choque, petite sœur ! poursuivit-elle avec un rire de gorge. Ce sont les choses de la vie. Le chemin qui mène au cœur d'un homme, quand il en a, ne passe pas par son ventre, mais par son bas-ventre. La plupart des mâles que je connais n'ont pas encore compris qu'ils ont deux têtes, l'une au-dessus de la ceinture, l'autre au-dessous. Il te suffit de savoir comment t'adresser à celle-là pour obtenir tout ce que tu veux !

— Le sexe n'est pas la solution à tous les problèmes, dit Maggie d'un ton sévère. Et ne fume pas dans ma voiture, s'il te plaît.

Noreen rangea dans son sac le paquet de cigarettes qu'elle venait d'en extirper.

— Le sexe, ma chère, c'est la clé de tout ce qui peut arriver entre un homme et une femme.

Elle se tourna vers Maggie, le regard brillant de curiosité.

— Je te trouve bien nerveuse... On dirait que tu t'impliques personnellement dans cette histoire, alors qu'elle ne concerne que Ryan et moi !

— Tu dis n'importe quoi, marmonna Maggie avec un haussement d'épaules.

— Dis donc... Tu n'as pas jeté ton dévolu sur Ryan Lassiter, j'espère ?

Le sourire de Noreen se fit encore plus ironique.

— Là, ma pauvre, tu ferais une grave erreur si c'était le cas, ajouta-t-elle. Car c'est moi qui vais l'attraper. Il me suffira de faire un signe pour qu'il me tombe dans les bras. Alors que toi, tu n'es vraiment pas le genre de femme qu'un homme comme lui va remarquer.

Maggie serra les lèvres. Elle préférait se faire arracher la langue plutôt que de dire à sa sœur qu'elle se trompait sur toute la ligne, puisque Ryan l'avait remarquée suffisamment pour l'embrasser, et que ses baisers étaient plutôt fougueux. Pourtant, elle aurait adoré voir la tête que ferait sa sœur en apprenant cela. Noreen savait que Maggie ne mentait jamais, et elle l'aurait cru. Son petit sourire méprisant aurait disparu d'un coup de son joli visage... Mais ces quelques secondes de satisfaction ne valaient pas le prix que Noreen lui ferait payer pour avoir été embrassée par Ryan Lassiter. Car Noreen Drummond faisait toujours payer très cher ses déceptions.

— Cela m'est égal, vois-tu, car je ne porte pas d'intérêt particulier à Ryan Lassiter, déclara Maggie avec calme.

Elle gara sa petite voiture bleue devant le porche de guingois de leur maisonnette avant d'ajouter :

— Mais je pense que ton point de vue sur les hommes est assez limité. Les relations ne se réduisent pas à des rapports sexuels. Le sexe n'est pas tout dans la vie, Noreen.

— C'est vrai, dit Noreen avec un sourire glacial. Il y a aussi l'argent.

Elle ouvrit sa portière et sortit du véhicule. Maggie fit de même. Les deux sœurs échangèrent un regard pardessus le toit de la voiture.

— Je vais te donner un bon conseil, petite sœur, dit Noreen avant de glisser une cigarette entre ses lèvres écarlates.

Elle prit le temps de l'allumer avec un briquet en argent massif, que lui avait donné l'un de ses anciens amants, et d'inhaler la fumée, avant d'ajouter d'un ton tranchant comme une lame de couteau :

— N’essaie pas de revoir Ryan Lassiter.

— C’est un conseil ou une menace ?

— C’est un avis que je te donne pour ton bien.

Noreen entrouvrit les lèvres pour exhaler un filet de fumée bleutée. Elle ébaucha un sourire, mais son regard demeura de glace.

— Si je décide de l’avoir, je l’aurai. Mais si je décide de le laisser filer, n’essaie pas de l’attraper. Tu te rendrais complètement ridicule. Un homme comme lui attend d’une femme des choses que tu serais incapable de lui donner. Crois-en mon expérience.

Noreen se détourna sans attendre de réponse. De sa main droite, Maggie serra la poignée en métal de la portière à s’en faire craquer les jointures tandis qu’elle regardait sa sœur monter les marches du perron. Son jean rouge vif éclaboussa d’une tache de sang les murs blanc sale de la maison avant qu’elle ne s’y engouffre.

— Ryan n’est pas un animal que l’on prend au piège, murmura-t-elle, les yeux fixés sur le battant que Noreen venait de claquer derrière elle.

Lentement, elle s’obligea à détacher ses doigts de la poignée pour ouvrir la porte arrière et récupérer le sac fourre-tout qu’elle avait posé sur la banquette. Son visage s’éclaira quand elle songea aux photos qu’elle avait prises de Ryan Lassiter. Le sac à la main, elle lança un coup d’œil vers la maison, d’un air déterminé qui aurait surpris Noreen si elle avait pu le voir. Ce n’était pas Noreen que Ryan avait embrassée, se dit Maggie. C’était elle, et les baisers qu’il lui avait donnés, elle avait bien l’intention de l’inciter à les renouveler... Et Noreen pouvait aller se faire voir, avec son jean moulant, son caraco transparent et ses lèvres écarlates ! Oui, qu’elle aille au diable, pensa Maggie, furieuse, en claquant la portière avec force.

***

Ryan avait rencontré Shelly Taylor peu de temps après son arrivée au ranch du Double L. Shelly, Ryan et Tucker étaient du même âge, mais c'était sans doute la seule chose que les trois enfants avaient en commun. D'abord, Shelly était une fille, avec un F majuscule. Elle avait beau être née dans un ranch et avoir appris à monter à cheval, elle ne connaissait rien au bétail ni à la terre. La plupart des enfants élevés dans un ranch portaient des jeans, que ce soit à l'école, à la ferme ou même à l'église. Mais Shelly, elle, portait des robes. Dès le matin, elle enfilait des robes roses à volants, ou blanches avec un petit col tout simple, ou bleu pâle avec un gros nœud dans le dos... Ses longs cheveux châtains étaient toujours brillants et bouclés juste ce qu'il fallait, son teint de pêche était velouté à souhait, ses chaussures impeccablement cirées. Et quand elle portait des tennis, elle s'arrangeait pour qu'elles soient d'un blanc immaculé et elle les agrémentait de lacets d'une teinte pastel.

Ryan l'avait détestée au premier coup d'œil. Un sentiment que Shelly lui avait rendu aussitôt.

Comme ils habitaient des ranches voisins, il avait été décidé qu'ils iraient à l'école ensemble. Sara les emmenait le matin, et la gouvernante chargée de s'occuper de Shelly les ramenait l'après-midi. Mais les deux enfants profitaient des heures qu'ils passaient chaque semaine assis côte à côte sur la banquette arrière de la voiture pour se chamailler sans discontinuer. Ryan estimait que Shelly était une poupée Barbie, et Shelly le traitait aimablement de « brute » ou de « cochon ».

Au bout de quelques mois, leurs conflits étaient devenus notoires et les élèves les regardaient souvent se disputer dans la cour de récréation. Un beau jour, en sortant de classe, Ryan eut une vision de rêve. Il allait pouvoir réduire Shelly au silence, du moins pendant quelques instants. L'occasion était trop belle, la tentation trop forte. Il avait plu toute la nuit, et une mare de boue s'était formée dans un coin de la cour de récréation. Juste à côté, Shelly bavardait avec une de ses pimbêches d'amies. Elle arborait fièrement une robe jaune soleil, toute neuve, des socquettes blanches et des tennis blanches ornées de petites fleurs jaunes. Aucun gamin de dix ans normalement constitué n'aurait pu résister à la tentation... L'air de rien, il s'approcha de Shelly, feignit de trébucher en passant près d'elle et la fit tomber dans la boue.

S'il avait eu un brin de bon sens, il aurait pris l'air désolé et se serait excusé de « l'accident » qu'il avait provoqué. Et les choses seraient sans doute rentrées dans l'ordre. Mais Shelly avait l'air si drôle, avec sa robe jaune maculée de boue et ses tennis trempées, qu'il n'avait pu s'empêcher de rire à gorge déployée en se tenant les côtes.

Il l'avait poussée dans la boue sur un coup de tête. Pas un instant il n'avait songé à la façon dont elle réagirait, une fois à terre. Si on le lui avait demandé, il aurait été prêt à parier une paire d'étriers que Shelly allait éclater en larmes ou piquer une crise de nerfs. En proie au fou rire, Ryan ne se rendit pas compte tout de suite de la réaction de son ennemie jurée. Les traits crispés, le visage rouge de colère, mais les yeux secs, la fillette se releva sans verser la moindre larme. Quand elle se campa devant lui, Ryan ne vit que ses cheveux sales, sa robe tachée et ses tennis couvertes de boue, et son fou rire redoubla. Shelly, elle, ne riait pas. Elle avait des traces de terre jusque sur le visage, et un air si déterminé que les enfants autour d'eux s'écartèrent pour se mettre en cercle. Ils sentaient qu'il y avait de la bagarre dans l'air et ne l'auraient ratée pour rien au monde.

Shelly secoua l'eau qui ruisselait le long de sa robe si nette et si bien repassée l'instant d'avant, passa ses doigts boueux dans ses mèches trempées pour les rejeter en arrière, et regarda Ryan droit dans les yeux.

— Tu l'as fait exprès ! l'accusa-t-elle, d'un ton plein de fureur.

— Non... J'ai fait un faux pas, répondit-il, un peu gêné.

Il devinait que ce genre d'excuse ne marcherait pas avec les professeurs, si Shelly décidait d'aller leur raconter ce qui s'était passé. Ni d'ailleurs avec son grand-père. Le père de Shelly était pratiquement le meilleur ami de Nathan, et il risquait de lui toucher deux mots de cette mésaventure. Mais il était trop tard pour faire marche arrière. Il n'avait pas le choix : il devait s'en tenir à la version de « l'accident », même si son fou rire la démentait.

— J'ai trébuché, et je t'ai fait tomber... C'est un accident, affirma-t-il en toute mauvaise foi.

— Menteur... Tu l'as fait exprès, répéta Shelly. Sinon, tu n'aurais pas tant ri !

Elle le fixa, les lèvres serrées, les yeux étincelant de colère.

Cette idiote allait sûrement se plaindre à l'un des professeurs, se dit Ryan. C'était un bébé pleurnichard, comme toutes les filles. Il se mit à ricaner en attendant de voir les larmes couler sur les joues de Shelly. Mais, au lieu de pleurer, la fillette serra ses doigts délicats pour former un poing bien fermé, et l'envoya directement et de toutes ses forces dans l'estomac de Ryan. Elle mit en plein dans le mille.

Ryan ravala son ricanement et poussa une exclamation de surprise mêlée de douleur. Ses lèvres s'arrondirent en un « O » parfait, ses yeux s'écarquillèrent une seconde, puis il se plia en deux sous le coup de la souffrance, le souffle coupé. Il vit une myriade d'étoiles étinceler et, pendant quelques secondes, il sentit que le monde tournoyait autour de lui.

— Tu es méchant, gronda Shelly. Tu n'es qu'un sale petit voyou !

Elle n'en avait pas encore fini avec lui. Elle plaqua ses deux mains sur les épaules de Ryan et le poussa en avant. Encore étourdi, incapable de se retourner, il perdit l'équilibre et tomba la tête la première dans la fameuse flaque. Il ne s'en releva que quelques instants plus tard, couvert de boue de la tête aux pieds. Il se frotta les paupières et chercha Shelly des yeux, mais elle avait disparu. Contrairement à lui, elle n'était pas restée pour se moquer de lui et rire à son tour à gorge déployée. Sa vengeance accomplie, elle lui tournait le dos et marchait vers l'école, la robe maculée mais la tête haute.

Pendant les années qui suivirent, les deux enfants ne s'adressèrent guère la parole. Puis, en terminale, Ryan remarqua tout à coup que, si Shelly portait toujours des robes, celles-ci lui arrivaient désormais à mi-cuisses et révélaient les plus jolies jambes de tout le lycée. A peu près au même moment, Shelly se rendit compte que Ryan avait une carrure d'athlète et des yeux d'un bleu très rare. Toutes les filles de sa classe le trouvaient irrésistible, ce qui était en soi une raison suffisante pour qu'elle accepte de mettre un terme aux hostilités.

Cette année-là, ils sortirent ensemble et passèrent la plupart de leurs soirées à se disputer. S'ils continuèrent à se voir, c'est parce que les amies de Shelly l'enviaient de sortir avec Ryan, et parce que ceux de Ryan étaient prêts à prendre sa place pour tenter de séduire la plus belle fille de l'école. Le couple qu'ils formaient tous les deux aurait pu être parfait... si seulement ils s'étaient aimés, ne serait-ce qu'un tout petit peu.

La dernière fois qu'on les vit ensemble, ce fut au bal qui clôturait la remise des diplômes. Après s'être bagarrés la moitié de la nuit, ils se quittèrent au petit matin pour s'en aller chacun de leur côté, en jurant de ne plus jamais se parler. Ryan s'inscrivit à l'université, et Shelly partit à la conquête de Hollywood. Au fil des années, ils se rencontrèrent en de rares occasions. La distance qui séparait les ranches avait beau être importante dans cette partie du Wyoming, en raison de l'étendue des terres exploitées, le nombre des propriétaires était limité. Ils formaient une petite communauté et se voyaient régulièrement. En raison des liens d'amitié qui unissaient le grand-père de Ryan et le père de Shelly, les deux jeunes gens étaient amenés à se voir de temps à autre. Ils se bornaient alors à se saluer et à échanger quelques mots plus ou moins aimables. La dernière fois qu'ils s'étaient vus, c'était à l'occasion des funérailles de Sally. Shelly la connaissait depuis toujours, ayant été la meilleure amie de sa sœur aînée. Au cours des quatre ans qui s'étaient écoulés depuis l'enterrement, Ryan avait tenté d'effacer de sa mémoire le souvenir de cette horrible journée. Pourtant, il se rappelait vaguement le visage inondé de larmes de Shelly, et sa voix enrouée au moment où elle lui présentait ses condoléances. Malgré son métier d'actrice, il devinait que, ce jour-là, elle n'avait pas joué la comédie.

Comment Shelly aurait-elle soupçonné que c'était à cause du chagrin sincère qu'elle avait manifesté quatre ans plus tôt que Ryan décida de prendre une douche et de passer une chemise propre, afin d'être décent pour le dîner organisé par Nathan ? Après tout, elle était une amie de longue date... Une amie, vraiment ? se demanda Ryan, les sourcils froncés, en se donnant un coup de peigne devant son miroir. Il gardait à la mémoire le coup de poing dans l'estomac qu'elle lui avait flanqué, quand ils avaient dix ans tous les deux. Et l'œil au beurre noir, qui était ensuite passé par toutes les couleurs de l'arc-en-ciel ou presque avant de disparaître... Dans le cas de Shelly, il fallait donner au mot « amitié » le sens le plus large, songea-t-il en boutonnant sa chemise.

Au fond, ce n'était pas de Shelly qu'il devait se méfier, se dit-il, mais plutôt de Nathan. Dans les dispositions où il se trouvait, son grand-père était capable de faire part à Shelly des projets de mariage qu'il nourrissait pour eux deux, tout en lui passant le pain. Ryan enfila sa veste en réprimant un soupir agacé. Puis, tout à coup, son visage s'éclaira et il ébaucha un sourire. Si Shelly n'avait pas changé, la soirée promettait d'être encore plus intéressante que ne l'envisageait son grand-père. Une vision des plus réjouissantes s'imposa à Ryan. Cette fois, ce serait Nathan qui risquait d'avoir un œil au beurre noir, quand il proposerait à Shelly d'épouser son petit-fils !

Ryan sortit de sa chambre en sifflotant. Si Shelly avait le cran d'accomplir ce genre d'exploit, peut-être bien qu'il devrait l'épouser, songea-t-il en descendant l'escalier d'un pas léger pour rejoindre son grand-père dans le salon.

Ryan et Nathan étaient plongés dans la lecture de journaux spécialisés dans l'élevage quand un son strident leur fit relever la tête au même moment. C'était la sonnette qui résonnait dans l'entrée. Ils replièrent leurs journaux d'un même mouvement et, comme Ryan était le plus proche de la porte, ce fut lui qui se leva pour aller ouvrir. Avant de sortir de la pièce, il intercepta une lueur d'excitation dans le regard de son grand-père. Ryan grinça des dents. Ce vieux fou espérait qu'il allait tomber amoureux de Shelly au premier regard. Ou bien qu'il aurait une envie folle de la prendre dans ses bras et de s'enfermer à double tour dans sa chambre avec elle. Pour Nathan, peu importait que l'attirance soit sentimentale ou physique, du moment qu'elle permettait d'atteindre le résultat escompté : la mise en exploitation commune des deux ranches.

En ouvrant la porte, Ryan se rendit compte que son grand-père avait du flair. La jolie fille dont il se souvenait vaguement était devenue une ravissante jeune femme. Elle était vraiment fort séduisante, se dit-il en l'examinant de la tête aux pieds. Ses joues un peu rondes s'étaient creusées avec le temps, ses iris étaient passés du brun au vert clair grâce à des lentilles de contact colorées, ses cheveux châtains étaient striés de fines mèches blond foncé, qui adoucissaient l'ensemble de son visage. Shelly était restée fidèle à ses tenues hyperféminines, observa Ryan avec amusement. Mais au lieu d'une robe à volants, elle portait ce soir une jupe très moulante et très courte. Un bout de tissu noir, assorti à la veste cintrée, qui révélait des jambes superbement galbées, perchées sur des escarpins noirs à talons aiguilles.

— Bonsoir, Ryan.

Elle lui sourit, étirant des lèvres parfaitement dessinées et teintées de framboise, avant de lui tendre une main fine, aux ongles également framboise.

— Je suis contente de te revoir, ajouta-t-elle d'une voix mélodieuse.

— Moi aussi.

Il était sincère en disant cela. Contre sa paume, les doigts de Shelly semblaient fins et délicats. Une sensation de fragilité qui n'avait rien à voir avec celle qu'il avait quand il prenait la main de Maggie, songea-t-il brusquement. Maggie avait des doigts plus courts, plus solides. De sa main émanait une force que Ryan jugeait à la fois émouvante et rassurante... Il dut faire un effort pour cesser de penser à elle et s'obliger à revenir à la femme qui se trouvait devant lui.

— J'ai été désolé d'apprendre la mort de ton père, Shelly. C'était quelqu'un de bien, et il va beaucoup nous manquer.

Le sourire de Shelly trembla sur ses lèvres peintes.

— Merci, Ryan. Tu sais qu'il t'aimait presque comme un fils.

— Ce qui prouve que même quelqu'un de bien peut faire une faute de goût, lança Tucker que ni Ryan, ni Shelly n'avaient entendu arriver.

La présence de son ami soulagea aussitôt Ryan. Comme d'habitude, il pouvait compter sur lui pour venir à son secours en cas de problème avec Shelly. D'aussi loin qu'il se souvenait, Tucker n'avait jamais trahi leur amitié et lui avait toujours donné un coup de pouce quand il le fallait. C'était la raison pour laquelle il avait dû accepter de dîner avec eux ce soir, se dit Ryan, à la fois amusé et reconnaissant. A deux, ils seraient plus à même de neutraliser les projets grandioses de Nathan.

— Bonsoir, Tucker.

Les traits de Shelly se crispèrent légèrement et son regard brilla d'un éclat soudain en fixant le nouveau venu. Ryan la dévisagea avec étonnement, mais il n'eut pas le temps de déceler l'émotion qui luisait dans les prunelles de la jeune femme avant qu'elle ne détourne les yeux.

— Ravi de te revoir, Shelly, répondit Tucker avec un sourire éblouissant. Surtout après tout ce temps.

— Deux jours exactement, rétorqua-t-elle.

Le ton poli, un peu sec, de la jeune femme contrastait avec la rougeur diffuse qui colorait ses joues.

— C'est bien ce que je pensais. Deux jours, ça fait une éternité pour moi... Ton sourire m'a manqué, Shelly.

L'étonnement de Ryan augmenta. Primo, Shelly ne souriait absolument pas. Secundo, le commentaire de Tucker était étrange. Pourtant, il n'avait pas l'air de plaisanter, songea Ryan en observant l'air impassible et le regard insondable de son ami. Heureusement, la voix rauque et un brin agacée de Nathan rompit le silence qui venait de tomber entre les trois jeunes gens.

— Quand vous aurez terminé vos messes basses dans l'entrée, venez donc me rejoindre dans le salon !

— Avec plaisir, dit aussitôt Shelly.

La jeune femme se dirigea vers le grand-père de Ryan d'un pas pressé, et le staccato de ses talons aiguilles qui résonnait sur le dallage de l'entrée fut vite étouffé par les tapis ornant le plancher du salon. Elle semblait rudement contente d'aller voir Nathan, se dit Ryan. Ou rudement soulagée d'échapper au regard intense de Tucker.

Il lança un coup d'œil à son ami en haussant les sourcils d'un air interrogateur. Tucker eut un sourire énigmatique et secoua la tête. Ryan le connaissait suffisamment pour comprendre qu'il n'avait guère l'intention de lui expliquer la cause de la tension qui régnait entre Shelly et lui. Tucker n'était pas du genre bavard, et il savait garder un secret comme personne. A l'école déjà, chacun se confiait à Tucker McIntyre sans courir le risque que son secret se transforme en rumeur. Ryan avait toujours admiré la discrétion de son ami, mais ce soir, pour une fois, il aurait eu envie que Tucker se montre un peu plus bavard et lui explique ce qui se passait entre la belle Shelly et lui.

Voilà qu'il raisonnait comme Bonnie Dillard, songea-t-il avec effroi. Il glissa la main gauche dans ses cheveux et tenta de repousser maladroitement une mèche en arrière. Il était temps qu'il se débarrasse de ce maudit plâtre et qu'il se remette à travailler sérieusement s'il ne voulait pas se retrouver derrière le comptoir de Bonnie à échanger des confidences pour tuer le temps entre deux clients ! Il eut un frisson en imaginant Bonnie lui glisser à l'oreille de sa voix traînante les derniers cancans sur la vie privée ou les problèmes professionnels des gens qu'elle connaissait. Et à Willow Flat, Bonnie connaissait tout le monde.

— Tu es en train de prendre racine ? grommela Nathan en passant la tête par la porte entrebâillée du salon.

Le vieil homme fronça ses sourcils en broussaille et

lança un regard agacé à Ryan. Pourquoi diable ce garçon restait-il immobile dans l'entrée, les yeux dans le vague ? Il avait l'air d'une statue de cire, bon sang... Alors que Tucker, lui, avait rejoint Shelly et lui servait avec empressement un verre d'eau gazeuse avec une rondelle de citron. C'était à Ryan de lui verser cette eau que Sara avait achetée tout exprès pour Shelly, et qui avait un goût de médicament pour le foie ! Grands dieux, ce garçon était-il donc devenu stupide, à force de tomber de cheval au cours des rodéos ? Il fallait qu'il soit aveugle pour ne pas être ébloui par la beauté de Shelly ! Quel homme refuserait d'avoir dans son lit une fille aussi superbe ? Ce n'était pas une mocheté que Nathan lui demandait d'épouser, il avait dû s'en rendre compte, tout de même...

Le vieil homme entendit derrière lui Shelly éclater de rire. Elle s'amusait d'une plaisanterie que Tucker venait de faire, et cela agaça encore davantage Nathan.

— Hé, je te parle ! Tu es sourd ou quoi ? gronda-t-il.

Ryan tressaillit, comme si la voix tonitruante de son grand-père venait de le tirer d'une transe profonde. Il cligna les paupières et secoua la tête.

— Quoi ? Oh, excuse-moi... Je pensais à autre chose.

— Eh bien tu ferais mieux de penser à notre invitée de ce soir !

Nathan baissa la voix comme Ryan s'approchait.

— Au cas où tu ne l'aurais pas remarqué, il y a une très belle fille dans le salon et elle est venue pour te voir. De plus, c'est une amie de la famille...

— Et n'oublions pas qu'elle est la propriétaire du ranch voisin que tu aimerais bien annexer, murmura Ryan en passant près de son grand-père pour entrer dans la vaste pièce.

Nathan le suivit des yeux, partagé entre la colère et la frustration. Ryan se trompait lourdement... Ce n'était pas un ranch de plus qu'il souhaitait, mais un nouveau départ dans la vie pour son petit-fils ! Ryan ne trouverait jamais le bonheur et la paix tant qu'il continuerait à fuir ses démons. Ne voyait-il pas que Shelly pouvait l'aider à reconstruire sa vie ? Elle était une amie d'enfance, elle le connaissait par cœur, cela devrait lui faciliter les choses... Ryan n'avait plus qu'à tomber amoureux d'elle. Il suffisait qu'il y mette un peu de bonne volonté.

Comme d'habitude, Sara avait préparé un dîner simple et copieux. Elle avait mis le couvert et était rentrée chez elle en laissant mijoter le repas sur la cuisinière à tout petit feu. Ryan et Tucker étaient censés assurer le service. Puisque Shelly était une amie de la famille et une habituée de la cuisine style western, Sara ne s'était pas lancée dans la préparation de plats sophistiqués. Au ranch, les hommes passaient leurs journées à mater des veaux récalcitrants et à réparer des kilomètres de clôtures, ce qui leur faisait brûler un nombre impressionnant de calories. Aussi le dîner, ce soir, consistait-il en un *chili con carne* servi avec des pommes de terre et du maïs doux. Il y avait aussi une salade, spécialement destinée à Shelly, et des petits pains chauds, faits d'un mélange de céréales dont Sara gardait la recette secrète. Et puis, bien sûr, une tarte aux pommes.

Ryan lança un coup d'œil à Shelly quand il plaça sous ses yeux le panier contenant une montagne de petits pains, et fut amusé de voir son air stupéfait devant ce qui semblait devoir nourrir toute une armée.

— Vous n'êtes pas habitués à ce genre de cuisine, en Californie ? demanda Tucker, en feignant un air innocent.

— Non, pas vraiment, reconnut Shelly. Mais ça sent rudement bon !

— Désolé, ils n'avaient pas de noix de cajou, à l'épicerie de Willow Flat, intervint Ryan. Sara voulait en acheter pour toi. Elle a lu quelque part que c'était la grande mode, en Californie. Bonnie Dillard a passé des coups de fil partout, il ne restait pas une grappe de noix chez les grossistes.

— On ne dit pas une grappe de noix, rectifia Tucker.

— Si, j'en suis sûr, affirma Ryan. Même qu'un jour, j'en ai vu des grappes de noix... Y en avait plein partout dans une épicerie de luxe, ajouta-t-il en s'amusant à adopter un accent traînant et une grammaire approximative.

— Et moi je te dis que les noix ne forment pas de grappes, insista Tucker avec obstination. D'ailleurs, ce ne sont pas des noix de cajou que mangent les Californiens en ce moment, mais de la noix de muscade, ce qui n'a rien à voir. Ils en mettent partout, y compris dans les desserts !

Il lança un coup d'œil à Shelly, en quête d'une approbation.

— En fait, ce n'est pas vraiment de la noix de muscade. On appelle cela de l'aragula et c'est une sorte d'épice... J'ignore si on la trouve en grappes à l'état naturel, indiqua la jeune femme avec diplomatie.

— Je me fiche de ce que c'est, du moment que Sara n'en a pas mis dans les plats, grommela Nathan d'un ton péremptoire.

— Je pense que tu n'as rien à craindre, grand-père. Elle a eu beau chercher, elle n'a pas trouvé une seule « aragula » en ville, qu'elle soit morte ou vivante, en grappes ou en feuilles.

— Alors, c'est parfait. Passe-moi le pain, Ryan. Et bon appétit à tous !

Le regard de Ryan croisa celui de Shelly tandis qu'il passait la corbeille de pain à Nathan. Il fut surpris de déceler du rire dans les prunelles vertes de la jeune femme. A l'école, Shelly était connue pour n'avoir aucun sens de l'humour. Mais cela faisait des années qu'il ne l'avait pas côtoyée. Des années qui, pour lui, équivalaient à une éternité. Dieu sait qu'il avait changé, pendant tout ce temps. Et s'il avait changé, pourquoi Shelly n'en aurait-elle pas fait autant ?

Après le dîner, qui s'avéra gai et animé, les quatre convives revinrent dans le salon pour boire du café et des liqueurs. Shelly alimenta la conversation en racontant des anecdotes sur sa vie d'actrice à Hollywood.

— Le film dans lequel je devais tourner était un mélange de *Robin des bois* et de *Crin Blanc*, le tout se passant au Pérou, au siècle dernier. Je jouais l'héroïne, mais je dois avouer que c'était de la figuration par rapport au rôle qu'avait le cheval !

En disant cela, Shelly avait un petit sourire désabusé.

— Et pourquoi le tournage devait-il avoir lieu au Pérou ? demanda Tucker.

Il versa du whisky dans un verre empli de glaçons, qu'il tendit à Nathan.

Finalement, la soirée ne s'était pas si mal passée, se dit Ryan, installé dans l'un des confortables fauteuils de cuir, en écoutant d'une oreille distraite la conversation qui se déroulait entre Shelly et Tucker. La jeune femme possédait un répertoire varié d'histoires cocasses sur les acteurs, et elle n'hésitait pas à se moquer d'elle-même, ce qui prouvait à quel point elle avait changé. La Shelly qu'il avait à la mémoire ne riait jamais d'elle-même, et ne supportait pas que les autres le fassent.

Il étouffa un bâillement tout en attendant que son café refroidisse dans la tasse qu'il tenait de la main gauche. Dans la cheminée, le feu brûlait, mais c'était surtout pour créer une atmosphère conviviale. En réalité, la température était assez clémente. Derrière Ryan, une grosse lampe de cuivre jetait une lumière dorée qui mettait en valeur la patine des boiseries tout en laissant dans l'ombre les marques d'usure des sièges de cuir. Ryan réprima un second bâillement. Il n'aurait pas dû manger une autre part de tarte, se dit-il, soudain envahi par une douce léthargie.

— Le metteur en scène voulait absolument filmer toute l'équipe en train de galoper dans la pampa, répondit Shelly.

Elle prit la tasse de café que Tucker lui tendait et ajouta :

— Il voulait que ce soit la première scène, il disait que ça mettrait tout de suite le spectateur dans l'ambiance.

L'air perplexe, Nathan fronça les sourcils.

— Je croyais que la pampa se trouvait en Argentine, observa-t-il.

— Vous avez raison ! s'exclama Shelly en riant. Et Freddy, le metteur en scène, nous a fait une crise de nerfs quand il a découvert qu'il n'était pas dans le bon pays ! Il nous a fallu beaucoup de tact pour lui faire comprendre qu'on n'avait pas déménagé la pampa du Pérou en Argentine juste pour l'embêter !

— Et alors, que s'est-il passé ? Il a changé le script ? demanda Tucker en se versant un cognac dans un verre ballon.

— Tu plaisantes ? rétorqua Shelly. Nous parlons de Hollywood, mon cher. C'est un royaume où les vedettes peuvent faire tous leurs caprices. Si un metteur en scène décide que la pampa se trouve au Pérou, eh bien... elle va s'y trouver ! De toute façon, les scènes n'ont pas été tournées au Pérou, ni même en Amérique latine. Le budget ne nous le permettait pas. En fait, on a planté les décors dans un endroit qui se trouve au nord de Los Angeles, à une heure de voiture environ.

— Hmm... Je vois. On m'a toujours dit que la région au nord de Los Angeles et la pampa argentine — ou péruvienne se ressemblent comme deux gouttes d'eau, affirma Tucker avec le plus grand sérieux.

— C'est ce que pensait Freddy, renchérit Shelly en ébauchant un sourire. Le pauvre, il était convaincu qu'il allait tourner une nouvelle version de *Danse avec les loups* et obtenir un oscar ! Si seulement il avait mis autant de soin et d'énergie à superviser le montage de son film qu'il en a mis à écrire son discours pour la remise des oscars, il serait peut-être parvenu à donner un fil conducteur à l'intrigue. Le problème, c'est que, quand le film est sorti, personne n'a compris de quoi il s'agissait, pas même lui. Inutile d'ajouter qu'il a été retiré des salles vite fait. Je crois qu'on peut le trouver en vidéo dans certaines boutiques...

— Tu as dû te sentir frustrée, dit Tucker, les yeux rivés sur le ravissant visage de Shelly.

Il s'était adossé à l'un des piliers de la cheminée et tournait son verre de cognac avec délicatesse entre ses doigts solides. Le rougeoiement des flammes donnait une nuance dorée à l'alcool.

— La première qualité d'un acteur, c'est de pouvoir se sentir frustré sans en faire tout un plat, déclara la jeune femme, avec un léger haussement d'épaules. Quand on débute dans ce métier, il faut de la patience et de la tolérance, sinon on pète les plombs. On passe le plus clair de son temps à attendre que quelqu'un veuille bien s'occuper de vous, comme la coiffeuse, la maquilleuse ou l'habilleuse, ou bien vous dise ce que vous devez faire, comme le metteur en scène. Les acteurs sont loin de mener la vie fantastique que le public leur prête !

Le ton désabusé de Shelly trouva un écho en Ryan.

Apparemment, la jeune femme avait perdu pas mal de ses illusions sur le petit monde de Hollywood, et la vie n'avait pas été à la hauteur de ses rêves. Mais y avait-il quelqu'un, sur terre, qui était parvenu à mener la vie dont il avait rêvé sans devoir renoncer à quoi que ce soit, sans la moindre déception ? Ryan en doutait, les yeux dans le vague, en se frottant machinalement du pouce l'annulaire gauche, là où son alliance avait laissé une trace qui lui semblait aussi indélébile que la blessure de la perte de Sally. Il fit un effort pour écouter ce que disait Shelly et ne pas s'échapper de nouveau dans ses pensées. Une phrase qu'il avait lue autrefois lui revint à la mémoire. « La vie, c'est ce qui se passe pendant que vous êtes occupé à penser à autre chose », disait-elle en substance.

— Shelly, quels sont tes projets, maintenant ? demanda tout à coup Nathan.

Le vieil homme s'était montré assez peu loquace après le dîner, laissant Tucker et Shelly parler entre eux. Sa voix sèche et grave claqua comme un coup de fouet aux tympans de Ryan, et le sortit de sa douce léthargie. La soirée s'était si bien passée jusqu'à présent, l'atmosphère était si détendue, que Ryan en avait oublié les préoccupations dynastiques de son grand-père.

— Eh bien, je n'en ai pas pour l'instant, répondit Shelly. En tant qu'actrice, je suis entre deux rôles, ce qui signifie en termes clairs que je suis au chômage.

Elle s'interrompit pour avaler une gorgée de café.

— En fait, je crois que je suis décidée à rester au ranch, dit-elle très vite. Je commence à devenir un peu âgée pour jouer les starlettes à Hollywood, ajouta-t-elle avec un petit rire qui n'allait pas jusqu'à ses yeux. Et puis le ranch ne va pas fonctionner tout seul et je n'ai pas l'intention de le vendre.

Un frisson parcourut le dos de Ryan quand il aperçut

l'air enchanté de son grand-père. Si seulement Shelly avait été au courant de ce qui se tramait dans le cerveau du vieil homme, elle aurait pris ses jambes à son cou et filé sans demander son reste.

— Ray s'en est bien occupé, observa Nathan en couvant la jeune femme du regard tel un chat qui s'apprête à bondir sur une souris.

— Oh, oui, je n'ai pas à me plaindre.

Shelly émit un petit soupir et reposa sa tasse sur le guéridon placé près de son fauteuil. Puis elle croisa les jambes, ce qui fit remonter de quelques centimètres stratégiques son bout de jupe noire. Les trois hommes présents dans la pièce remarquèrent pour la énième fois de la soirée qu'elle avait vraiment des jambes magnifiques. Ryan fut sans doute le seul que cette constatation laissa de marbre.

— Après le décès de mon père, j'ai cru que Ray continuerait à gérer le ranch pour moi. Mais il m'a dit qu'il avait l'intention de prendre sa retraite et d'aller vivre auprès de son fils et de ses petits-enfants, dans l'Idaho.

Ryan décida d'ignorer le coup d'œil complice que son grand-père lui adressa.

— Je suis sûr qu'il restera là jusqu'à ce que tu trouves quelqu'un pour le remplacer, affirma Ryan, en articulant ses mots avec soin de façon que son grand-père les entende sans problème.

— Je l'espère bien, dit Shelly avec un soupir. Mais je n'en suis pas aussi sûre que toi. En fait, Ray n'a pas très envie de travailler pour une femme, et il n'est pas le seul dans son cas. Les hommes sont plutôt machos, par ici. Et puis, c'est lui qui m'a mise en selle sur mon premier poney, quand j'avais cinq ans... Ça ne doit pas l'aider à me considérer comme son patron, maintenant.

— A mon avis, la meilleure solution, c'est que tu te maries, intervint Nathan d'une voix ferme.

Ryan se mordit la lèvre en constatant que son grand-père avait décidé d'abandonner la subtilité pour se lancer dans une approche plus directe.

— Ce n'est pas facile pour une femme de diriger un ranch... D'ailleurs, ce n'est facile pour personne, quand on est seul, s'empressa-t-il d'ajouter pour demeurer dans les normes du « politiquement correct » et ne pas se faire traiter de macho à son tour. Le meilleur conseil que je puisse te donner, Shelly, c'est de te trouver un bon mari. Un type honnête et travailleur, et qui connaisse le métier.

Les glaçons s'entrechoquèrent dans son verre quand il l'agita en direction de son petit-fils.

— Prends Ryan, par exemple... Ce serait un bon parti pour toi. Il a été élevé dans un ranch, et il est libre comme l'air !

Ryan courba le dos et ferma les yeux une seconde. Non, ce n'était pas possible, son grand-père n'avait pas fait ça... Jamais il ne l'en aurait cru capable, mais il fallait reconnaître qu'en vieillissant, Nathan devenait de plus en plus imprévisible. Et de moins en moins subtil. Quand Ryan souleva les paupières, hésitant entre l'envie de se mettre en colère et celle de rire à gorge déployée, il croisa le regard de Shelly. Lui qui aurait parié son meilleur lasso qu'elle allait réagir avec fureur, il fut surpris de constater son calme. En fait, la jeune femme semblait plus étonnée que furieuse. Il lui fit un sourire désolé, assorti d'un léger haussement d'épaules, l'air de dire qu'il n'était pas responsable de la conduite de Nathan. Elle se mit à rire doucement et hocha la tête.

— Je me souviendrai de votre remarque si je décide un jour de me marier, dit-elle au vieil homme.

Nathan ouvrait la bouche quand Tucker s'empressa d'intervenir dans la conversation en posant une question incongrue sur l'un des acteurs avec lesquels Shelly avait travaillé, et dont elle avait mentionné le nom quelques instants auparavant. La discussion se concentra de nouveau sur le cinéma, et l'éventualité d'un mariage entre Shelly et Ryan fut laissée de côté. Ce dernier remercia mentalement son meilleur ami de l'avoir tiré, une fois de plus, d'un mauvais pas.

Quand Shelly se leva une demi-heure plus tard, en indiquant qu'elle devait rentrer car Ray l'obligeait à se lever tôt pour faire le tour du ranch tous les matins, Ryan en éprouva un immense soulagement. Si la jeune femme était aussi intelligente qu'elle en donnait l'impression, elle garderait ses distances et ne reviendrait pas de sitôt au ranch. Nathan avait besoin d'un peu de temps pour se remettre de sa crise de démence temporaire et pour oublier à jamais ses projets absurdes.

— Je dois me coucher tôt, déclara Shelly en prenant congé. Ray frappe à ma porte dès 6 heures du matin. Il a toujours une question à aborder ou un animal à me montrer, qui ne souffre aucun retard. Je sais que demain, par exemple, il doit m'emmener voir un taureau qu'il a l'intention de me faire acheter pour apporter un peu de sang nouveau au troupeau. Tout ce que j'espère, c'est qu'il ne va pas m'expliquer en détail le patrimoine génétique de nos veaux avant que je n'aie bu ma troisième tasse de café ! Il adore parler, surtout à l'aube.

— Ce qu'il aime, c'est que quelqu'un l'écoute, dit paisiblement Tucker. Ray a toujours été bavard, mais je crois que cette tendance s'est aggravée depuis qu'il vit tout seul. Je vais aller me coucher, moi aussi. Je te raccompagne jusqu'à ta voiture, proposa-t-il en se levant à son tour.

Tucker dormait dans l'un des bâtiments du ranch, entre la maison principale et celle dans laquelle logeaient ses parents.

Nathan lança un regard noir à son petit-fils. Ryan n'eut aucun mal à comprendre le message qu'il lui transmettait.

Le vieil homme lui reprochait de ne pas escorter Shelly jusqu'à son véhicule et de la laisser en compagnie de Tucker. Il décida d'ignorer le message, et se leva pour saluer la jeune femme avant qu'elle ne disparaisse dans la nuit avec son meilleur ami.

— Tu aurais pu parler avec elle, grands dieux ! gronda Nathan, dès qu'ils furent seuls.

— De quoi ?

— De tout, de n'importe quoi ! C'est à peine si Shelly a entendu le son de ta voix, ce soir !

— Je suppose que je n'avais pas grand-chose à lui dire, rétorqua Ryan en rassemblant les tasses vides.

— Tu aurais au moins pu lui faire un compliment, non ?

— C'est vrai qu'elle est très belle, admit Ryan d'un ton neutre.

— Ah, tu vois ! Je te l'avais bien dit.

— Où veux-tu en venir, grand-père ?

— Bon sang, Ryan, est-ce qu'elle te plaît, au moins ?

Ryan prit les tasses vides qu'il avait empilées et se tourna avec calme vers son grand-père. Il était fatigué, un début de migraine lui battait dans les tempes et une démangeaison s'était installée sous le plâtre qui lui couvrait l'avant-bras, une forme de torture raffinée qui lui mettait les nerfs à vif. Un moment, il faillit céder à la colère et lancer à la tête du vieil homme la pile de tasses, avant de filer s'enfermer dans sa chambre. Mais il se ressaisit rapidement, car il devinait que ce n'était pas par plaisir que son grand-père se conduisait ainsi. Il savait que si Nathan le pressait tant de se marier, c'était pour le voir heureux et pas seulement pour qu'il assure une descendance capable de régner sur deux ranches à la fois.

— Nous ne sommes plus au Moyen Age, tu sais. Tu ne peux pas m'obliger à me marier, dit-il lentement.

— Je ne te demande pas d'épouser Shelly, répondit

Nathan, oubliant que c'était exactement ce qu'il avait fait. Mais tu pourrais au moins sortir avec elle. Après tout, tu n'as pas de petite amie, pour l'instant, n'est-ce pas ?

— Justement, il ne t'est jamais venu à l'esprit que, si je n'en ai pas, c'est parce que je n'ai pas envie d'en avoir ? rétorqua Ryan.

Aussitôt, il fronça les sourcils. Il mentait et il le savait. Il n'avait cessé de penser à Maggie toute la soirée. Il regrettait de ne pas lui avoir dit qu'il voulait la revoir. Jusqu'à présent, il n'avait jamais hésité à inviter une femme à sortir avec lui s'il en avait envie. Il fallait avouer que, à l'exception de Sally, les femmes avec lesquelles il avait eu une relation lui étaient parfaitement indifférentes. Et maintenant, Maggie était devenue l'autre exception qui confirmait la règle. Il s'intéressait à elle, et cela le préoccupait beaucoup.

— Je vais poser les tasses sur l'évier et je file me coucher. Je te verrai demain matin, grand-père. Bonne nuit.

Ryan s'éclipsa de la pièce avant que Nathan ait eu le temps de lui répondre. Il n'avait aucune envie de poursuivre une discussion qui se révélerait stérile dans tous les cas.

Nathan s'était conduit de façon désagréable, mais la soirée aurait pu être pire, se dit-il en grimpant deux par deux les marches de l'escalier jusqu'à l'étage des chambres. Sara aurait pu saupoudrer d'aragula tous les plats. Ou Shelly aurait pu lui flanquer son poing dans la figure, comme au bon vieux temps. Dans l'ensemble, il n'avait pas à se plaindre.

— Je n'ai pas besoin d'être raccompagnée, déclara Shelly tandis que Tucker refermait la porte de la maison derrière eux. Je peux très bien marcher jusqu'à ma voiture toute seule.

Le jeune homme haussa les épaules.

— Je vais par là, de toute façon.

Tucker s'arrêta pour extraire un paquet de cigarettes de sa poche. Il en sortit une, qu'il glissa entre ses lèvres. Quand il l'alluma, il vit que Shelly, malgré la remarque qu'elle venait de faire, s'était immobilisée et l'attendait. Il vit aussi que le clair de lune argentait ses mèches blond pâle et donnait du mystère à ses grands yeux. Avec ses talons aiguilles, elle était à peine plus petite que lui, ce qui mettait sa bouche au niveau qui convenait s'il lui prenait l'envie de l'embrasser, se dit-il aussi.

Il plissa les yeux en tirant une bouffée, secoua l'allumette pour l'éteindre et la lança avec désinvolture dans l'un des vastes bacs à fleurs vides qui encadraient le porche. Il n'avait jamais vu dans l'un de ces bacs autre chose que de la poussière ou des mégots. Mais sa mère lui avait raconté que la femme de Nathan Lassiter avait la main verte et que ses fleurs étaient les plus belles de la région. De son vivant, les visiteurs s'extasiaient chaque année en les voyant s'épanouir entre le printemps et la fin de l'été.

— Tu m'accompagnes jusqu'à la voiture, ou bien tu as changé d'avis et tu préfères rester ici pour fumer ? demanda Shelly avec impatience.

— Eh bien j'avais l'intention de faire un peu les deux, rétorqua Tucker d'un air pensif.

Il rit doucement quand il la vit exhaler un petit soupir agacé et se diriger d'un pas pressé vers l'endroit prévu pour garer les véhicules, à quelques mètres du porche. Un sourire amusé aux lèvres, il allongea le pas pour la rattraper.

Porté par la brise, le parfum de Shelly lui chatouilla les narines. Des effluves sensuels, chaleureux, avec une note musquée qui le fit penser à un interlude sexuel torride. C'était certainement le but que visaient les créateurs de ce genre de parfum, et cela l'irrita de constater qu'il avait eu la réaction escomptée. Cette odeur avait sur lui le même effet que le bout de tissu noir qui couvrait les cuisses de Shelly. En voyant la minijupe, il avait eu envie de glisser ses mains dessous et de...

— Oh !

Shelly venait de trébucher sur l'un des cailloux qui ponctuaient l'allée ici et là. Le bras de Tucker lui enlaça aussitôt la taille, et la jeune femme se retrouva le dos plaqué contre le torse solide de son compagnon. Tucker resserra son étreinte pour mieux sentir le corps mince et souple de Shelly contre le sien, sa peau si douce et les battements précipités de son cœur. A la faveur d'un rayon de lune, il intercepta l'éclat de son regard quand elle tourna la tête vers lui et se demanda ce qu'il aurait pu y déceler, si elle ne l'avait pas baissée aussitôt. Il écarta les doigts pour mieux savourer la tiédeur de sa chair à travers le fin tissu de son chemisier. Une fraction de seconde, il eut l'impression qu'elle s'arrêtait de respirer et que son corps se liquéfiait sous la pression de ses mains. Puis elle lui couvrit les mains de ses paumes et l'obligea à desserrer son étreinte. Dès qu'il le fit, elle s'éloigna d'un pas.

— Merci, murmura-t-elle dans un souffle.

— Tout le plaisir fut pour moi, chuchota-t-il.

Il comprit que sa remarque l'agaçait et en fut enchanté.

Ils marchèrent en silence jusqu'à un coupé sport, d'un noir brillant. Shelly ouvrit son minuscule sac à main pour y chercher ses clés.

— C'est gentil de m'avoir raccompagnée, déclara-t-elle poliment.

— On dirait que Nathan a des projets qui vous concernent, Ryan et toi.

Tucker serra les lèvres. La remarque lui avait échappé et il en était le premier surpris.

— Je ne vois pas à quoi tu fais allusion, rétorqua Shelly d'un ton sec.

— Bien sûr que si.

Tucker écrasa du bout de sa botte le mégot incandescent de sa cigarette.

— Nathan n'a pas témoigné d'une grande subtilité quand il t'a suggéré de regarder du côté de Ryan, au cas où tu chercherais un mari.

— Qu'est-ce que cela peut te faire ?

Les sourcils froncés, Shelly ouvrit la portière et se glissa derrière, comme s'il s'agissait d'un bouclier qui pourrait la protéger de Tucker, le cas échéant.

— Pas grand-chose, admit le jeune homme avec un léger haussement d'épaules. Mais, étant donné les relations que vous avez eues dans le passé, je m'attendais à ce que tu bondisses sur Nathan et que tu le menaces de l'étrangler quand il a parlé ouvertement de la possibilité d'un mariage entre Ryan et toi.

Shelly releva le menton.

— Figure-toi que Ryan et moi, on a eu de vrais moments de complicité, à une époque.

— C'était avant que tu lui fasses un œil au beurre noir, ou après ? demanda Tucker avec curiosité.

Il entendit la jeune femme grincer des dents et se prépara à se baisser pour éviter le coup de poing qu'elle pouvait être tentée de lui donner, à lui aussi. Mais elle avait changé... Il attendit, le temps qu'elle parvienne à se maîtriser.

— Il est inutile de te répondre, articula-t-elle d'une voix glaciale. Tu es trop obtus pour comprendre quoi que ce soit aux sentiments d'une femme.

— Et Ryan ? Tu crois qu'il comprendrait, si tu prenais la peine de lui expliquer ? rétorqua-t-il, narquois.

— Franchement, je perds mon temps avec toi, Tucker, marmonna-t-elle entre ses dents. Tu es l'homme le plus odieux du monde. Je n'en connais pas de plus irritant !

— Eh bien, au moins je suis content que tu me considères comme quelqu'un de spécial, dit-il en souriant.

Avec un ricanement frustré, elle se glissa derrière le volant et claqua sa portière. Quand elle démarra, Tucker se mit prudemment sur le côté. Vu le caractère de Shelly, il n'aurait pas été étonné qu'elle essaie de l'écraser... Mais l'âge avait dû l'adoucir, ou alors elle n'avait pas envie de prendre le risque d'endommager sa carrosserie, se dit-il en voyant qu'au lieu de foncer droit sur lui, elle décrivait un large cercle autour du semblant de pelouse qui ornait la cour avant d'en sortir pour emprunter le chemin menant hors du ranch.

Tucker glissa une cigarette entre ses lèvres tout en suivant des yeux la progression du petit coupé. Il fit craquer une allumette sur le talon de sa botte et alluma sa cigarette en entourant la flamme de ses paumes. Quand il exhala sa première bouffée, il leva la tête et plissa les yeux pour apercevoir les dernières lueurs des phares du véhicule qui emportait Shelly vers son ranch.

Il secoua la tête, un pâle sourire aux lèvres. Si Ryan comptait sur Shelly pour l'aider à contrecarrer les projets de son grand-père, il avait tout faux.

7.

Il y a des jours où on ferait mieux de ne pas se lever, songea Maggie. Quand elle s'était réveillée ce matin, elle avait trouvé une souris morte sur le coin de son oreiller. Un cadeau de Max, qui attendait qu'elle le félicite, l'œil fier et la queue en panache. La vue du petit cadavre aurait dû lui faire comprendre qu'il valait mieux qu'elle rabatte son drap sur sa tête et qu'elle prenne un jour de congé. Au lieu de cela, Maggie avait poussé un cri perçant et bondi à bas de son lit comme un diable hors de sa boîte. Une fois debout, elle s'était remise de sa frayeur et avait accompli les gestes rituels du matin, sans se rendre compte que la journée ne pouvait aller que de mal en pis.

Pourtant, outre la souris, son ange gardien lui avait donné quelques avertissements supplémentaires. Ainsi, quand elle avait laissé tomber son sèche-cheveux dans son lavabo plein d'eau, elle aurait pu décider d'arrêter là les frais et de rester chez elle. Mais elle n'en avait fait qu'à sa tête. Après avoir débranché l'appareil, elle l'avait retiré de l'eau pour le jeter à la poubelle, tout en marmonnant qu'il était vieux de toute façon, et qu'en plus, elle avait eu de la chance qu'il ne soit pas en marche quand il avait fait le plongeon.

Dix minutes plus tard, le ciel lui avait fait un autre signe. Maggie avait failli s'étrangler en avalant le lait qu'elle avait répandu sur ses céréales sans se rendre compte qu'il avait tourné. Le goût était infect, les céréales gâchées... Pourtant, au lieu de comprendre que, décidément, les astres ne lui étaient pas favorables, la jeune femme avait croqué dans une pomme en guise de petit déjeuner et s'était rendue à son travail, comme s'il s'agissait d'un jour normal.

Et là, elle avait commis une erreur monumentale.

Il ne s'agissait ni de catastrophes en série, ni d'un tremblement de terre, se dit Maggie quelques heures plus tard. En fait, rien n'allait vraiment mal, mais rien n'allait bien non plus. Le samedi chez Bill était une journée très animée et ce samedi ne faisait pas exception à la règle. D'habitude, Bill ouvrait la porte du bar à 7 heures du matin. Un quart d'heure plus tard, la femme qui devait travailler avec Maggie appela pour prévenir que son petit dernier avait passé une nuit blanche à cause d'une grippe intestinale, et qu'elle attendait que le médecin vienne l'examiner avant de décider si elle pouvait le laisser seul pour venir travailler. A 9 heures, Maggie avait l'impression qu'elle avait tracé un chemin sur le dallage entre la salle et la cuisine à force de passer les commandes et de prendre les plateaux.

Aux fermiers des exploitations locales s'étaient joints les routiers qui transportaient des marchandises vers le nord, dans le Montana ou l'Idaho, ou bien vers le sud, dans le Colorado, ainsi que les touristes qui partaient camper dans les montagnes que l'on apercevait depuis la baie vitrée du bar. Apparemment, ils s'étaient tous donné le mot pour venir chez Bill, ce matin-là. Chacun avait une destination précise et voulait absolument prendre un solide petit déjeuner le plus vite possible avant de se mettre en route.

Avec des gestes d'automate, Maggie versait du café,

apportait la crème et le sucre, et prenait les commandes que les clients lui débitaient d'une voix pressée : des œufs sur le plat ou des œufs brouillés, avec ou sans bacon, des toasts avec un supplément de beurre, des saucisses avec ou sans pommes de terre, du lard bien frit avec une poignée de piments arrache-gueule, de ceux que Bill cachait dans un placard pour les garder pour lui... La jeune femme hochait la tête, souriait, griffonnait sur son bloc quand elle le pouvait, ou alors elle tentait désespérément de se souvenir de qui voulait quoi sans trop se tromper, et, après avoir passé les commandes en cuisine, elle revenait verser le café, apporter la crème et le sucre...

Vers 10 heures, Bill s'aperçut qu'il n'y avait plus de sucre, justement. Il y eut une brève dispute entre Bill et le cuisinier, qui était en fait son frère, et qui était censé gérer les provisions. Pour préserver les relations entre les deux frères, l'un des clients proposa d'aller chercher quelques kilos de sucre à l'épicerie principale. A peine la paix était-elle revenue dans l'établissement que Maggie laissa tomber une cafetière. Etant donné la façon dont sa journée avait commencé, la jeune femme fut presque surprise de constater que le café était tiède et qu'il ne lui avait pas brûlé les pieds au troisième degré. De même, elle fut agréablement étonnée de voir qu'elle ne s'était coupé qu'un doigt en ramassant les morceaux de verre éparpillés sur le sol.

La matinée s'écoula ainsi, chaque heure apportant son lot d'incidents. Après l'épisode de la cafetière, il y eut celui de la salière, dont un enfant malicieux avait dévissé le couvercle, et qu'un client avait secoué avec énergie sur ses œufs brouillés, les recouvrant ainsi d'une couche aussi épaisse qu'immangeable. Puis ce fut le tiroir de la caisse qui se referma brutalement, et qui refusa de s'ouvrir de nouveau. A la fin de la matinée, Bill, son frère et Maggie furent obligés de constater qu'ils n'avaient jamais subi autant d'ennuis en si peu de temps. Rien ne semblait aller comme il le fallait.

Quand Maggie eut enfin l'occasion de souffler, il était près de 2 heures de l'après-midi. Elle poussa un profond soupir de soulagement en s'asseyant sur l'un des tabourets alignés devant le bar. De l'autre côté du comptoir, Bill était en train de téléphoner. Au fond de la grande salle, Walter et Ernie disputaient une partie de billard. Aucune main ne se levait pour l'appeler et demander un supplément de café ou l'addition. Il restait encore deux ou trois tables à débarrasser, mais cela pouvait attendre, se dit la jeune femme en se massant discrètement les mollets.

La voix aiguë d'une chanteuse s'élevait du juke-box. D'après les paroles de la chanson, le monde était un manège qui tournait rond et les gens avaient tous un cœur gonflé d'amour et une vie placée sous le signe de la chance... Avec un soupir, Maggie songea qu'elle aimerait bien avoir un peu de chance, elle aussi, et un cœur gonflé d'amour. Pour le moment, la seule partie gonflée de son anatomie était ses pieds.

— Le camion qui devait nous livrer a cassé un essieu sur la route, pas loin de Casper, annonça Bill après avoir raccroché.

Il roula son fauteuil pour se placer face à Maggie.

— Ils m'ont prévenu qu'ils ne pouvaient pas m'envoyer une autre livraison avant lundi. Tu crois qu'il va y avoir la révolution, si je n'ai plus de bière ce soir ?

— Etant donné la façon dont la matinée s'est déroulée, j'ai tendance à penser que tu risques l'émeute, que tu aies de la bière ou non !

Elle le remercia d'un sourire quand il posa un verre de Coca-Cola glacé devant elle. Elle en but quelques gorgées, ravie de sentir le liquide froid et pétillant glisser le long de sa gorge asséchée. Puis elle reposa son verre, prit un air grave et le fixa droit dans les yeux.

— Est-ce que tu crois aux présages, Bill ?

L'homme haussa les sourcils.

— Aux présages ? répéta-t-il, surpris par la question et par le sérieux avec lequel Maggie la lui avait posée. J'avoue que je n'en sais rien. Je n'y ai jamais pensé, vois-tu. Pourquoi ?

— Max, mon chat, a déposé une souris morte sur mon oreiller, ce matin, répondit-elle d'un ton lugubre. Je crois bien que c'était un signe. Un avertissement, si tu préfères... Quand une journée commence ainsi, elle ne donne rien de bon.

— En tout cas, c'est ce qu'a dû se dire la souris juste avant d'être croquée par ton chat, rétorqua Bill en souriant.

Maggie éclata de rire.

— Tu as raison.

Plaisanter avec Bill lui faisait du bien. Tandis qu'elle sirotait le reste de sa boisson, elle sentait la tension disparaître peu à peu de son dos et de ses épaules. Elle avait encore la nuque raide, les pieds endoloris et un léger mal de tête, mais rien qui vaille vraiment la peine d'avaler un cachet d'aspirine.

Bill retira le paquet de cigarettes qu'il dissimulait au fond d'un tiroir, sous le bar, et en alluma une. Il avait décidé de ne pas en fumer plus de cinq par jour, et il ne dépassait pas ce chiffre. Dans le juke-box, la voix sirupeuse d'un crooner roucoulait à présent à qui voulait l'entendre que la solitude était ce qu'il y avait de pire dans la vie. Ce devait être Walter qui avait glissé une pièce dans la machine pour écouter ce disque, songea Bill. Walter avait croisé ce chanteur une bonne vingtaine d'années plus tôt, et personne en ville n'avait échappé à l'histoire de cette rencontre, que Walter avait enjolivée au fil des ans.

Bill lança un coup d'œil à Maggie qui fixait rêveusement les glaçons au fond de son verre, et se demanda s'il devait lui parler ou non. En général, sa règle de conduite était claire : il n'interférait jamais dans la vie d'autrui. Son expérience lui avait prouvé très souvent qu'en voulant donner des conseils à ses semblables, on finit par créer plus de problèmes qu'on n'en résout. D'un autre côté, il s'était pris d'affection pour la jeune femme, et il ne voulait pas la voir souffrir. D'où son hésitation.

Il exhala un joli rond de fumée bleutée et décida de se lancer à l'eau.

— Burt Miller est venu ici, hier après-midi.

— Ah, oui ? Comment va-t-il ? Il souffre d'arthrose, je crois, dit Maggie. C'est ce qu'il m'a confié la dernière fois que je l'ai vu ici.

— Il a l'air d'aller mieux, répondit Bill en tapotant le bout de sa cigarette sur le bord du cendrier. Il paraît que tu lui as conseillé de marcher un peu plus.

Maggie hocha la tête.

— C'est vrai. J'avais lu un article sur le traitement de l'arthrose dans un magazine spécialisé.

Elle plia et déplia ses orteils à l'intérieur de ses tennis. Oh, si seulement elle pouvait se mettre pieds nus, juste un quart d'heure !

— Figure-toi que Burt a suivi ton conseil, reprit Bill lentement, comme s'il choisissait ses mots avec soin. Il a décidé de se promener tous les jours dans le parc. C'est là qu'il t'a vue, avec Ryan Lassiter.

Les orteils de Maggie s'immobilisèrent dans ses tennis. D'après le ton de Bill, Burt Miller ne les avait pas vus au moment où ils étaient assis sur l'herbe en train de manger des sandwichs.

— Oh, vraiment ? murmura-t-elle, tout en sentant une rougeur intense lui monter aux joues.

— Tu vas sans doute me dire que cela ne me regarde pas, poursuivit Bill, embarrassé.

Il regrettait d'avoir abordé le sujet. Cette histoire ne concernait que Maggie et Ryan et il n'avait aucune raison de s'en mêler. Mais la jeune femme avait un cœur d'or. Comment n'aurait-il pas eu envie de la protéger? Elle consacrait tant de temps à s'occuper des autres qu'il était presque sûr qu'elle n'en avait plus pour s'occuper d'elle-même.

— Je ne te dirai jamais une chose pareille! protesta-t-elle en tendant la main au-dessus du comptoir pour la poser un instant sur celle de Bill.

— Tu as peut-être tort, marmonna-t-il. En tout cas, si je t'en parle, c'est que je ne veux pas qu'on te fasse du mal, Maggie. Ryan est quelqu'un de bien, je te l'ai déjà dit. Mais il a un passé qui pèse lourd. Une femme a intérêt à s'en souvenir avant d'en tomber amoureuse.

— Je ne suis pas amoureuse de Ryan.

Devant l'air sceptique de Bill, Maggie reprit en rougissant :

— Il n'y a rien de sérieux entre nous, je t'assure. En fait, nous nous étions rencontrés par hasard à l'épicerie principale, ce jour-là. Et ensuite, nous sommes allés nous promener dans le parc.

— D'après ce que Burt m'a raconté, vous n'avez pas fait que vous promener, dans ce fameux parc...

Il leva la main pour l'empêcher de l'interrompre.

— Je sais que je ne devrais pas me mêler de cette histoire, Maggie. Tu n'as pas à me donner d'explication, ni à moi, ni à d'autres. Mon seul souci, c'est ton bonheur. C'est ce qui m'a décidé à te parler.

— Je sais, Bill. Et je te remercie de penser à moi...

Maggie s'interrompit. L'un des clients venait de l'appeler par son prénom. Se retournant pour lancer un coup d'œil vers le fond de la salle, elle vit l'homme qui lui faisait signe de lui apporter du café en agitant sa tasse vide.

Elle réprima un petit soupir et se laissa glisser du tabouret.

— Excuse-moi, Bill... Le devoir m'appelle! dit-elle à mi-voix.

Au fond, elle n'était pas mécontente de cette interruption. Elle en éprouvait même un certain soulagement, songea-t-elle tout en s'emparant d'une cafetière pleine. Elle se dirigea vers le client qui l'avait appelée pour lui remplir sa tasse, et en profita pour resservir le client de la table voisine. A quoi bon discuter de sa relation avec Ryan, alors qu'elle se demandait encore s'ils en avaient une ? Cela faisait plus de trois jours qu'ils s'étaient retrouvés à ce fameux pique-nique, et il ne lui avait pas donné de nouvelles depuis. Pas une visite, pas un coup de fil. Ce silence la blessait, mais il n'était pas question de l'admettre devant Bill. Une seule chose la réconfortait : Ryan n'avait pas décidé de la laisser tomber au profit de Noreen, car elle savait qu'il n'avait pas non plus appelé sa sœur. Cette dernière aurait été trop contente de s'en vanter si cela avait été le cas.

Le carillon de la porte tinta, et Maggie lança un coup d'œil plein d'espoir derrière elle. Son cœur se serra quand elle constata que ce n'était pas Ryan qui pénétrait dans la salle. En fait, c'était Virgile Mortenson, qui s'avança tout droit vers sa table habituelle. Avec un profond soupir, il se laissa tomber sur la chaise placée devant. Il avait sa tête des mauvais jours, se dit-elle en le dévisageant avec un brin d'inquiétude. Cela faisait plusieurs jours qu'il n'était pas venu chez Bill, et elle s'était mise à espérer malgré elle qu'il était en train de réfléchir à l'absurdité de sa conduite. N'était-il pas absurde, en effet, de se détruire en avalant des verres de whisky à la chaîne ? Non, c'était elle qui était stupide, pensa Maggie. Comment avait-elle pu croire que Virgile pouvait se débarrasser aussi aisément du problème qui le minait ?

L'air préoccupé, elle s'approcha de lui.

— Bonjour, Virgile. Comment allez-vous ? Ça fait un moment qu'on ne vous a pas vu ici.

Il lui jeta un coup d'œil et détourna les yeux, comme s'il ne supportait pas de voir son reflet dans le regard d'autrui.

— Salut, Maggie. J'étais parti quelques jours. Je suis allé voir ma sœur, à Casper.

— Oh... Je ne savais pas que vous aviez de la famille à Casper, commenta la jeune femme.

— Je n'ai que ma sœur.

Il chiffonna d'un geste nerveux le coin d'une serviette en papier.

— Elle est un peu plus âgée que moi. En fait, c'est elle qui m'a élevé, plus ou moins.

— Vous devez être très proches, tous les deux.

Virgile haussa les épaules. De nouveau, il regarda la jeune femme et se détourna.

— On l'était, marmonna-t-il. Ça faisait un bail qu'on ne s'était pas vus.

— Elle a dû être contente que vous lui rendiez visite, alors.

C'était la conversation la plus longue qu'elle ait jamais eue avec Virgile, se dit Maggie, secrètement ravie. Elle était sûre que l'homme ne l'avait pas entamée par désœuvrement... Quand Virgile parlait, ce qui était fort rare, c'est qu'il avait quelque chose à dire.

— Hum... Elle m'a traité d'imbécile, admit brusquement Virgile. Elle m'a dit que je ne valais pas un clou !

Maggie le dévisagea avec stupéfaction et demeura muette quelques secondes. Elle se creusa les méninges pour trouver une phrase appropriée à la situation.

— Ce n'est peut-être pas ce qu'elle voulait dire, murmura-t-elle prudemment. Votre sœur doit s'inquiéter pour vous et...

— Y a pas de quoi s'inquiéter, l'interrompit Virgile de sa voix rocailleuse.

Il leva les yeux, intercepta le regard sceptique de la jeune femme et eut l'air gêné.

— Après tout, j'ai du travail et un toit, non ? grommela-t-il.

— C'est vrai. Mais votre sœur doit penser qu'il existe autre chose, dans la vie, que le logement et le boulot.

— Possible.

La serviette en papier se déchira en deux et Virgile en contempla les morceaux avec surprise, avant de lancer un coup d'œil en biais à Maggie. Son air embarrassé fit sourire la jeune femme. Elle tendit la main pour récupérer les restes de la serviette.

— Excusez-moi, murmura-t-il en les lui remettant.

— Vous voulez que je vous apporte à manger, ou bien vous préférez vous attaquer à la nappe ? demanda-t-elle, l'œil rieur.

— Je voudrais un hamburger.

Le sourire de Maggie s'élargit.

— Pas trop cuit, avec des frites, je suppose. Et que voulez-vous boire ?

— De l'eau.

Maggie dissimula sa satisfaction en plaisantant.

— Pas de lait, vous êtes sûr ?

Une légère rougeur envahit les joues fraîchement rasées de Virgile. Il sourit, et son air malicieux donna à Maggie un aperçu de l'homme qu'il avait été.

— Juste de l'eau, répéta-t-il.

La jeune femme hocha la tête et s'éloigna de la table, le sourire aux lèvres. Elle savait bien que Virgile avait été alcoolique pendant trop longtemps pour être guéri d'un coup de baguette magique, mais il semblait avoir enfin pris conscience de son problème. Et ça, c'était déjà un miracle.

Le gravier crissa sous les pneus de la petite voiture bleue de Maggie quand elle se gara devant la maison. Elle coupa le moteur, posa la nuque sur l'appuie-tête et ferma les yeux pour mieux goûter le silence environnant. Il était 3 heures de l'après-midi, et elle avait deux jours de congé... Si, pendant quarante-huit heures, elle n'entendait personne réclamer une tasse de café ou des œufs au lard, si elle n'avait pas une table à débarrasser, ni un plateau à apporter à un client pressé, eh bien ce serait le paradis, se dit-elle.

Poussant un profond soupir de bien-être, Maggie souleva les paupières. Des rayons de soleil filtraient à travers les nuages qui s'étaient amoncelés au-dessus des cimes, dans le lointain. D'après la météo, il devait pleuvoir aujourd'hui. Maggie espérait que les premières gouttes ne tomberaient pas avant la soirée, car elle s'était promis de passer les heures suivantes en compagnie de son appareil de photo. Bill lui avait indiqué un petit chemin peu fréquenté qui menait à une forêt de pins, à flanc de montagne, dans laquelle vivaient des animaux sauvages. Elle se réjouissait à l'idée de prendre en photo des bestioles un peu plus impressionnantes que les ratons laveurs du parc municipal.

L'image des ratons laveurs raviva aussitôt le souvenir de leur pique-nique. Avec détermination, elle chassa de son esprit le visage du jeune homme. Ryan Lassiter et ses baisers fougueux provoquaient chez elle une émotion telle qu'elle préférait ne pas y penser pour le moment.

Maggie saisit la poignée et ouvrit la portière avec plus de force qu'il n'était nécessaire. Non, elle ne penserait ni à Ryan, ni à Virgile, ni à ses pieds gonflés une seconde de plus, décida-t-elle. Pour une fois, elle allait se détendre et se faire plaisir. Elle rentrait à la maison pour se changer et prendre son matériel de photo, avant de mettre le cap sur les montagnes. La lumière était superbe... Si seulement le temps pouvait tenir jusqu'à ce soir, ce serait parfait. La journée se terminerait mieux qu'elle n'avait commencé, songea la jeune femme en grimpant les trois marches du perron.

Quand elle pénétra dans l'entrée, elle eut un sentiment

de malaise. C'était à cause du silence, songea-t-elle aussitôt. Un silence anormal, à cette heure-ci. D'habitude, la télévision était toujours allumée dans le salon et on en entendait le bruit résonner dans tout le rez-de-chaussée. Lydia ne l'éteignait même pas lorsqu'elle sortait pour faire une course ou se rendre chez le coiffeur, car elle détestait rentrer dans une maison silencieuse. En fait, elle ne l'éteignait que le soir, au moment d'aller se coucher, et elle allumait alors la petite télévision qui se trouvait dans sa chambre.

La curiosité fit dévier les pas de Maggie vers le salon. Par la porte entrebâillée, elle entendit des rires étouffés. Depuis le seuil, elle aperçut sa mère assise sur le bord du canapé qui fixait des documents étalés sur la table basse devant elle en pouffant derrière sa main. Vautrée dans l'un des deux gros fauteuils recouverts d'un velours marron usé jusqu'à la corde, vêtue d'un sweat-shirt dont l'encolure très large dénudait l'une de ses épaules et d'un jean ultra-moulant, Noreen exhalait des ronds de fumée bleutée tout en considérant sa mère d'un œil indulgent.

— Oh, regarde... Ils disent qu'on danse tous les soirs sur le pont au clair de lune ! s'exclama Lydia d'une voix que l'excitation rendait suraiguë. Moi qui adore danser !

— Il faudra que tu t'achètes une robe longue, légère et ample, le genre de truc qui s'enroule autour des jambes de ton cavalier quand tu danses... Ça plaît beaucoup aux hommes.

Lydia eut un rire de petite fille.

— Oh, oui, tu as raison. Je vais m'acheter une robe en mousseline rose !

— D'accord pour le rose, dit Noreen en souriant.

Elle aperçut Maggie qui les observait depuis le seuil et ses yeux bleu pâle étincelèrent.

— Tiens, tiens... Regarde, maman. On a de la visite !

— Maggie, murmura Lydia, qui se leva aussitôt pour se

placer entre sa fille cadette et la table basse, comme pour dissimuler les prospectus qui étaient étalés dessus. Ça fait longtemps que tu es là ? demanda-t-elle d'un air inquiet.

— Non, je viens d'arriver, répondit paisiblement Maggie en s'avançant.

Elle lança un coup d'œil aux prospectus en couleurs, par-dessus l'épaule de sa mère, et ébaucha un sourire.

— Qu'est-ce qui se passe ? Tu as l'air tout excitée, dit-elle.

— C'est parce qu'elle vient d'avoir de bonnes nouvelles, intervint Noreen avec un sourire en coin.

— Des nouvelles ? répéta Maggie en dévisageant sa mère.

Lydia lança un regard confus à sa fille aînée, puis revint à sa cadette et se mit à bredouiller, l'air éperdu.

— Eh bien, je... En fait, il faut que...

— Maman a mis la maison en vente.

Ces mots résonnèrent dans la pièce avec la sécheresse d'un claquement de fouet. Noreen se pencha pour faire tomber la cendre de sa cigarette dans le cendrier en métal posé au bord de la table basse. Puis elle regarda Maggie avec une lueur de défi dans les yeux.

— Une fois la maison vendue, maman utilisera l'argent pour louer un appartement à Los Angeles, s'acheter une garde-robe et partir en croisière. Quand elle reviendra, elle aura mis la main sur un type bourré de fric, qui pourra l'entretenir correctement jusqu'à la fin de ses jours.

— Voilà, c'est ça ! Noreen a raison, c'est exactement ce que je vais faire, affirma Lydia.

Soulagée d'entendre son aînée se charger d'expliquer la situation à Maggie, elle se redressa d'un coup et fixa à son tour sa cadette, la défiant de ses yeux outrageusement fardés.

— Et que se passera-t-il si maman ne met pas la main sur ce richissime inconnu ? Tu peux me dire comment maman se débrouillera pour vivre, à ce moment-là? demanda Maggie en s'adressant à sa sœur.

Noreen exhala une bouffée de fumée et haussa les épaules.

— Qui ne risque rien n'a rien, lâcha-t-elle d'un ton méprisant. Et je suis sûre que maman pourra harponner un veux crétin aux poches pleines rien qu'en levant le petit doigt.

— Eh... Pas trop vieux quand même, protesta Lydia avec un petit rire.

Noreen hocha la tête en souriant.

— T'as raison, maman. Pas trop vieux... Il te suffira d'une nouvelle coiffure et de quelques jolies robes pour les avoir tous à tes pieds, affirma-t-elle.

— Et je suppose que, pendant que tu l'aideras à se choisir de jolies robes, tu t'en achèteras quelques-unes par la même occasion — avec l'argent de maman, bien entendu. Et tu renfloueras ton compte en banque, de surcroît, commenta froidement Maggie.

Le sourire de Noreen se fit narquois.

— Pourquoi pas? C'est une bonne idée que tu me donnes là, je n'y avais pas pensé, dit-elle en ricanant. Si maman veut me faire un cadeau, je ne vais pas refuser.

— Oh, oui, c'est une bonne idée, répéta Lydia. Bien sûr que je vais lui faire un cadeau! C'est ma fille, non?

« Moi aussi, je suis ta fille », pensa Maggie, le cœur serré. Mais à quoi bon le lui rappeler? Les mâchoires crispées, elle attendit que disparaisse la douleur qu'elle ressentait chaque fois que sa mère lui prouvait clairement, en paroles ou en actes, qu'elle comptait pour du beurre à côté de Noreen.

Surprise, elle s'aperçut que sa souffrance s'était atténuée. Il ne s'agissait plus que d'un petit pincement au cœur, pas davantage.

Maggie lança un regard étonné à sa mère et à sa sœur.

Elle se sentait tout à coup dans la peau d'un observateur en train de les contempler de l'autre côté d'une barrière. Pendant des années, elle avait essayé de traverser cette barrière pour rejoindre Lydia et Noreen. Et, brusquement, Maggie comprit qu'elle avait été la seule à faire tous les efforts, et son point de vue changea. Elle abandonnait la partie. Lassée d'avoir déployé toute cette bonne volonté qui n'avait servi à rien, elle se décidait à jeter l'éponge.

Lydia se pencha vers la table basse, saisit un prospectus et l'agita sous le nez de Maggie.

— C'est ma maison, après tout. Je peux la vendre et faire ce que je veux avec l'argent, déclara-t-elle d'un ton plein d'arrogance.

Maggie la dévisagea longuement. Sous le maquillage outrancier, elle décela les traits fins de la jolie femme que Lydia avait été. Impassible, elle passa en revue les cheveux décolorés qui tiraient sur le jaune poussin, les yeux soulignés d'un trait de crayon noir qui durcissait le regard, les cils agglomérés en paquets sous l'excédent de Rimmel, les pommettes rougies par un blush de mauvaise qualité. Quant aux lèvres de Lydia, peintes en rouge vif, elles s'incurvaient en une moue de petite fille, ridicule à son âge. Maggie s'arracha à la contemplation de ce masque qu'était devenu le visage de sa mère et lança un coup d'œil à Noreen. Assise sur son fauteuil, l'œil brillant de malice et l'air narquois, sa sœur aînée attendait avec impatience la dispute qui semblait sur le point d'éclater.

Eh bien elle allait être déçue, songea Maggie. Car ce serait le calme plat. En son for intérieur, elle ne ressentait plus rien, pas même ce léger pincement au cœur. Comme si on venait de lui ôter un voile des yeux, elle voyait tout à coup, avec une clarté éblouissante, la nature avide et l'esprit superficiel de sa sœur, le rôle de victime dans lequel se complaisait sa mère et son refus de s'assumer, et elle n'avait plus envie de s'impliquer dans leurs intrigues juste pour leur plaire. Un formidable soulagement envahit Maggie. Elle avait enfin compris que seul un lien de sang l'unissait à ces deux femmes, et que cela ne suffisait pas pour former une vraie famille. Elle avait fait tout ce qu'elle avait pu pour aimer sa mère et sa sœur et en être aimée. Mais, de leur côté, ni Lydia, ni Noreen n'avaient manifesté de bonne volonté. Devant l'échec de leurs relations, mieux valait se retirer, se dit Maggie. Désormais, elle était libre. Elle n'avait plus à faire d'efforts, ni à se culpabiliser. Elle eut l'impression, pour la première fois depuis de longues années, de respirer à pleins poumons une bouffée d'air frais, et cela lui donna un léger vertige.

— Tu as raison, articula-t-elle d'une voix tranquille.

Elle contempla une dernière fois sa mère, sans amour et sans haine.

— C'est ta maison, c'est ton argent... Fais-en ce que tu veux. Je vais me chercher un appartement, et je déménagerai dès que je le pourrai.

Juste avant de se détourner, elle eut la satisfaction d'apercevoir l'air stupéfait de sa sœur. Mais ce sentiment ne dura guère, car ce qu'éprouvait Noreen n'avait plus aucune importance. Maggie sortit donc de la pièce sans attendre sa réaction.

L'esprit vide, elle se dirigea vers sa chambre pour y prendre son matériel photographique. Elle savait bien, au fond d'elle-même, qu'elle devrait réfléchir à sa nouvelle situation et prendre des décisions. Mais, pour l'instant, elle souhaitait partir loin de cette maison au plus vite.

Son fourre-tout noir en bandoulière, elle traversa l'entrée et entendit la voix de sa mère qui l'appelait depuis le salon. Lydia semblait bouleversée et Maggie fut vaguement amusée de constater qu'en acceptant sans discuter les projets de sa mère, elle avait provoqué plus d'affolement que si elle s'y était opposée. Lydia se tut, sans doute pour écouter les pas de sa fille cadette qui résonnaient sur le carrelage, mais Maggie se dirigea de pied ferme vers la porte de la maison. Elle ne ralentit pas sa marche ni ne se retourna. Juste avant de sortir, elle prit son sac qu'elle avait posé sur la console en arrivant, un quart d'heure auparavant. Ce quart d'heure avait changé sa vie, songea-t-elle en fermant la porte derrière elle.

Une fois dans la voiture, elle ne démarra pas tout de suite. Les mains sur le volant, elle contempla à travers le pare-brise les cimes bleutées des montagnes qui s'étendaient à l'infini. Elle avait le regard flou, l'esprit confus, et ressentait une immense lassitude. Elle tourna enfin la clé de contact. En commençant à rouler, Maggie se dit qu'elle venait de tourner une page du grand livre de sa vie. Elle n'était pas vraiment pressée de savoir ce que la page suivante lui réservait.

Ryan poussa la porte du bar de Bill et s'immobilisa quelques secondes, le temps que ses yeux s'adaptent à l'atmosphère tamisée de la salle. A l'extérieur, le soleil de cette fin d'après-midi perçait encore les nuages assombris qui annonçaient un orage imminent et diffusait une lumière intense sur les collines au pied des montagnes, jetant des ombres étranges sur les pins accrochés à leurs flancs.

— Salut, Ryan ! lança Bill en apercevant la silhouette du jeune homme à l'entrée du bar.

Il fit tourner les roues de son fauteuil pour s'approcher du comptoir et décharger le plateau qu'il tenait en équilibre précaire sur ses genoux.

— Salut, Bill... Tu vas bien ? répondit Ryan, tout en prenant place sur l'un des tabourets alignés devant le bar.

Il regarda Bill disposer méthodiquement les verres sur les étagères qu'il avait aménagées lui-même afin que toute la vaisselle soit à sa hauteur et qu'il puisse servir les clients sans avoir à demander de l'aide.

— Je vais mieux que ce matin, en tout cas. Si tu veux savoir, on a enchaîné catastrophe sur catastrophe depuis l'ouverture.

Les yeux clos, Bill pencha la tête à droite, puis à gauche, pour détendre sa nuque. Quand il souleva les paupières, son regard tomba en arrêt sur le bras droit de Ryan.

— Eh bien... Tu l'as enfin enlevé, ce fameux plâtre !

— On me l'a retiré ce matin.

Ryan leva le bras, le plia et fronça les sourcils. Il était impatient de retrouver ses muscles d'avant. Mais pour cela, il lui fallait encore attendre quelques mois, lui avait dit le médecin.

— Tu veux qu'on s'affronte, tous les deux ? Une petite partie de bras de fer, proposa Bill, l'œil malicieux.

— Non merci, pas aujourd'hui ! J'ai l'impression d'être aussi faible qu'un nouveau-né. Je parie qu'une gamine de six ans réussirait à me battre en cinq secondes chrono ! dit Ryan en riant.

Bill hocha la tête et posa un grand verre de Coca glacé devant le jeune homme.

— Tu vas reprendre la route et recommencer les concours de rodéo ? demanda-t-il, l'air soudain sérieux.

Ryan demeura pensif tandis que Bill s'emparait d'un autre plateau de verres et se mettait à les ranger avec sa minutie coutumière. Le tintement des verres couvrit quelques instants la voix assourdie du chanteur qui provenait de la radio allumée dans la cuisine.

— Je n'en sais rien, répondit finalement Ryan en fixant le liquide brunâtre et pétillant qu'il s'apprêtait à boire.

Il releva la tête et croisa le regard attentif de Bill.

— En fait, je n'en avais pas l'intention, avoua-t-il. Mais maintenant, j'hésite... Est-ce que le rodéo te manque, Bill ? osa-t-il enfin demander.

Surpris par la question, Bill haussa ses épais sourcils poivre et sel. Il posa le plateau sur le comptoir et crispa les mains sur les bras métalliques de son fauteuil roulant.

— Non, affirma-t-il. En tout cas, cela ne me manque plus depuis longtemps. Mais au début, ça a été dur.

Il y eut un petit silence.

— Après mon accident, reprit Bill d'une voix sourde, j'ai cru devenir fou. Ce n'était pas à cause de ce truc, dit-il en tapotant du plat de la main l'acier de son fauteuil. Non, c'était à cause des taureaux. Ils me manquaient autant que mes jambes, ou presque...

Les yeux dans ceux de Ryan, il ébaucha un sourire.

— Toi, au moins, tu peux comprendre, n'est-ce pas ? Je ne me suis jamais senti aussi heureux que quand j'essayais de tenir plus de vingt secondes sur ces montagnes de chair et de muscles en furie !

Ryan hocha la tête.

— J'ai toujours pensé que les plus cinglés des cavaliers de rodéo, c'étaient ceux qui montaient les taureaux, marmonna-t-il avec un clin d'œil à l'adresse de Bill.

Grands dieux, comme il le comprenait ! Il avait ressenti la même poussée d'adrénaline sur le dos des chevaux déchaînés. Ces quelques secondes sur la piste comptaient bien plus que des heures ou des jours... Ces instants précieux, pendant lesquels le cavalier se sentait seul au monde avec sa monture tant il était concentré, il ne les oublierait jamais. Ce n'étaient pas les cris et les applaudissements de la foule qui lui manqueraient le plus, mais les sensations fortes, puissantes qu'il avait eues en selle. Pourtant, il savait que le rodéo ne lui suffisait plus. Il avait besoin d'autre chose, désormais.

— Tu ne regrettes rien ? demanda-t-il encore, d'une voix adoucie.

— Tu veux dire... à propos de ça ?

Bill désigna le bras de son fauteuil et secoua la tête.

— Non... Enfin, disons que j'assume mon handicap. J'ai eu une vie formidable avant d'atterrir ici, et, depuis que j'y suis, je fais un métier que j'aime, alors tu vois, je n'ai pas à me plaindre. Mon corps est coincé sur ce fauteuil, mais dans ma tête, je suis libre. C'est ça qui compte, crois-moi. Et puis on ne peut pas être cavalier de rodéo toute sa vie.

— C'est vrai.

Ryan fixa d'un air absent les bouteilles alignées dans un ordre impeccable sur une étagère, derrière le comptoir. Pourquoi la situation était-elle devenue si compliquée? Quand il s'était retrouvé allongé sur un lit, au service des urgences de l'hôpital, attendant qu'un interne veuille bien lui plâtrer le bras, il avait pris sa décision sans se poser trop de questions. L'avenir lui semblait si simple... Il allait rentrer chez lui, au ranch, pour y travailler. Point final.

Rien n'avait marché comme il l'espérait. Depuis son retour, les relations entre son grand-père et lui étaient plutôt froides. Et les hostilités risquaient de s'aggraver s'il ne réussissait pas à ôter de la tête du vieil homme l'idée de ce mariage avec Shelly Taylor. Nathan ne cessait de faire allusion à cette union, avec une subtilité qui laissait beaucoup à désirer. Par ailleurs, le projet d'élevage de chevaux que Ryan caressait était en train de tourner court. La poulinière qu'il avait choisie — ou plutôt qu'il avait achetée pour lui épargner une mort certaine dans quelque abattoir — couchait les oreilles et faisait marche arrière dans le corral dès qu'il voulait l'approcher. Une fois adossée à la barrière, elle le fixait d'un œil mauvais comme s'il était le diable incarné.

Il avait toujours la solution d'acheter une ferme bien à lui, se dit Ryan en réprimant un soupir. Son compte en banque était bien garni, grâce aux sommes qu'y avaient déposées ses parents au fil des années, pour se donner bonne conscience. Il n'avait encore jamais touché à cet argent, dont il ignorait d'ailleurs le montant exact. Mais il était sûr que cela pourrait constituer un apport en capital, le moment venu. Une petite ferme dans le Montana, voilà qui réglerait d'un coup tous ses problèmes, songea-t-il.

L'ennui, c'est qu'il n'avait aucune envie d'habiter dans le Montana. Et qu'il ne voulait pas d'une petite ferme bien à lui. Il considérait le ranch du Double L comme son foyer, et il entendait y vivre et y travailler. C'est là qu'il avait l'intention de démarrer son fameux élevage, que sa poulinière soit d'accord ou pas. Et un jour, peut-être, il y logerait sa propre famille...

Son grand-père avait raison sur un point, il devait bien l'admettre : il était temps de lâcher prise, d'abandonner le passé où il était, et de se tourner vers l'avenir. Un avenir qu'il allait construire lui-même, sans laisser la possibilité à Nathan d'y mettre son grain de sel. Surtout en ce qui concernait le choix de sa future épouse.

— Maggie n'est pas là, dit Bill tout à coup.

Ryan tressaillit. Il venait de se rendre compte qu'à mesure que se déroulait le fil de ses pensées, son regard s'était tourné vers la porte de la cuisine, comme s'il s'attendait à voir Maggie en sortir d'un moment à l'autre. Pourtant, il avait remarqué avant d'entrer dans le bar que sa petite voiture bleue ne se trouvait pas sur le parking.

— Et alors ? grommela-t-il, agacé de constater que Bill avait deviné sans peine la raison pour laquelle il était venu. Qu'est-ce qui te fait croire que je la cherche ?

— Mon petit doigt. Il me souffle que ce serait logique, après l'après-midi torride que vous avez passé dans le parc municipal, la semaine dernière.

— Il n'y avait rien de « torride » ! On a juste piqueniqué, et je l'ai embrassée... Est-ce que les gens de Willow Flat n'ont rien de mieux à faire que s'espionner les uns les autres ? ajouta-t-il en fronçant les sourcils.

— Quand on est dans un endroit public, au beau milieu de la journée, et qu'on embrasse une fille, il faut s'attendre à ce que quelqu'un le remarque, rétorqua Bill, impassible.

Ryan dut admettre que le raisonnement était logique, même si cela ne lui plaisait guère. Il avala quelques gorgées de son Coca et garda un silence boudeur. Bill rangea le plateau vide sous le comptoir avant de prendre un paquet de cigarettes. Il en alluma une, la deuxième de la journée, et en savoura le goût légèrement âcre tout en observant Ryan derrière un nuage de fumée. Puis il reprit la parole.

— Tu as des projets, en ce qui concerne Maggie ?

Ryan haussa les sourcils et lui lança un regard stupéfait.

— Hé... Tu me demandes quelles sont mes intentions, c'est ça ?

— C'est ça, approuva Bill, toujours impassible. Je l'aime bien, cette petite. Elle s'occupe tellement des autres qu'elle n'a pas le temps de s'occuper d'elle-même. Et ce n'est pas sa famille qui va l'aider.

— J'ai rencontré sa sœur, murmura Ryan en se souvenant des yeux glacés de Noreen et de ses vêtements trop moulants.

— Une vraie garce, ricana Bill. Elle a travaillé ici quelque temps. Je ne me choque pas facilement, mais j'avoue que je l'ai été en la voyant rentrer chez elle avec un homme différent chaque soir. Comme je tiens à la réputation de mon bar, je l'ai flanquée à la porte.

Il s'interrompit, tira sur sa cigarette et souffla un rond de fumée parfait avant d'ajouter :

— C'est curieux, mais je suis sûr que cette fille est un glaçon, sous son air aguicheur. A mon avis, c'est le fric qui l'intéresse, pas le sexe. Elle a plumé plus d'un cow-boy, par ici. Si elle avait un brin d'honnêteté, elle cesserait de travailler comme serveuse, et elle passerait des petites annonces dans les rubriques spécialisées. Son vrai métier, c'est la prostitution.

Bill s'interrompit de nouveau et tapota le bout de sa cigarette sur le bord du cendrier.

— La mère, je la connais aussi, dit-il pensivement. Mais je ne l'ai vue qu'une fois, car elle ne sort presque jamais de chez elle. Elle ressemble à Bette Davis, à la fin de sa carrière. Trop oxygénée, trop maquillée, mal habillée.

Il secoua la tête avec une moue de dégoût.

— Ces deux-là font la paire, si tu veux mon avis. Elles ne méritent pas Maggie, qui est honnête, travailleuse, généreuse... Je n'arrive pas à comprendre comment elle peut faire partie de la famille, tellement elle est différente !

— La famille, c'est souvent difficile à comprendre, murmura Ryan en baissant les yeux et en fixant le vernis acajou du comptoir. Mais pour répondre à ta question, dit-il en soutenant le regard de Bill, c'est non. Je n'ai pas de projets particuliers en ce qui concerne Maggie. Et tu n'as pas à te mêler de ma vie privée.

— Tu as sans doute raison, fiston. Mais je n'ai pas envie que tu fasses souffrir cette fille, vois-tu. Elle n'est pas du genre à avoir des relations sans lendemain. Elle est plutôt fleur bleue, et je parierais mon stock de bière qu'elle rêve du prince charmant qui lui offrira une maisonnette, avec...

— ... une cheminée et des rideaux à fleurs, intervint Ryan en se souvenant de ce que Doug lui avait dit, quand ils avaient rencontré Maggie en panne sur la route.

— Exactement.

Le ton paisible de Bill contrastait avec l'air nerveux qu'affichait à présent Ryan.

Le jeune homme avala d'un trait le reste de son verre, et le reposa sur le comptoir avec un peu trop de force.

— Je te remercie de m'avoir prévenu, dit-il, narquois.

— Ce n'est pas un avertissement que je t'ai donné, répliqua Bill, toujours aussi calme. Car ce que je viens de te dire, tu le savais déjà. Je voulais juste que tu t'en souviennes.

Il prit le billet que Ryan avait posé près de son verre et le lui tendit.

— C'est la maison qui te l'offre, fiston. Pour te remercier de ne pas m'avoir flanqué ton poing sur le nez quand j'ai décidé de le fourrer dans tes affaires.

Un lent sourire étira les lèvres de Ryan. L'air plus détendu, il hocha la tête et remit le billet dans la poche de son jean.

— Tu es plus costaud que tu n'en as l'air. Je crois que tu serais encore capable de me donner une correction, dit-il à Bill.

Ce dernier sourit à son tour.

— Comme au bon vieux temps, Ryan.

Ils échangèrent un regard complice. Puis Ryan se laissa glisser de son tabouret. Il s'apprêtait à partir quand Bill dit à mi-voix, comme s'il se parlait à lui-même :

— J'ai indiqué à Maggie le petit chemin qui va vers la forêt de pins, près de Bartleson Creek. Elle voulait profiter de la lumière pour prendre des photos d'animaux avant que l'orage n'éclate.

Il tira sur sa cigarette, exhala un rond de fumée.

— Je dis ça au cas où ça intéresserait quelqu'un, marmonna-t-il d'un ton détaché.

— C'est ça. Au cas où..., répéta Ryan, l'œil soudain brillant.

Il salua Bill d'un geste de la main et sortit du bar d'un pas pressé.

Le temps avait changé pendant qu'il discutait à l'intérieur avec Bill. Ryan regarda vers l'horizon et vit que les nuages avaient pris le pas sur le soleil. Le vent s'était levé et il sentit des gouttes de pluie lui tomber sur le nez. Dans le lointain, le tonnerre s'était mis à gronder. En cette saison, les orages étaient fréquents, et ils disparaissaient aussi vite qu'ils s'étaient annoncés. Certains donnaient de la pluie, d'autres se contentaient de zébrer le ciel d'éclairs et de faire entendre des grondements avant de cesser subitement. Celui qui venait d'éclater semblait appartenir à la première catégorie, car la pluie tombait de plus en plus dru.

Ryan s'engouffra dans sa jeep et démarra en trombe. Si Maggie était effectivement partie se promener dans la montagne, elle risquait gros, se dit-il en faisant crisser les pneus de son véhicule tandis qu'il négociait un virage en épingle à cheveux. Cela ne faisait que trois ans qu'elle vivait dans la région, et elle ignorait sans doute à quel point les orages pouvaient être violents dans cette partie du Wyoming. Les inondations qu'ils provoquaient étaient aussi subites que dangereuses. Quand elles se produisaient, les eaux pouvaient couper les routes et emporter les véhicules dans leurs flots tourbillonnants...

« C'est ça, et n'oublions pas les invasions de sauterelles, qui pourraient aussi lui détruire sa voiture en moins d'une heure », se dit-il. A quoi bon se duper lui-même ? S'il roulait aussi vite sur la route en lacet, ce n'était pas parce qu'il croyait Maggie en danger. Il était impatient de la revoir, tout simplement.

L'impatience de Ryan s'était transformée en un sentiment d'autodérision quand il quitta la route pour emprunter l'étroit chemin de terre qui aboutissait au pied de la montagne. C'était l'itinéraire que Bill avait conseillé à Maggie. La pluie avait redoublé d'intensité et les éclairs se succédaient dans le ciel d'encre, suivis aussitôt par des coups de tonnerre. Il était évident que, devant la violence de l'orage, Maggie avait dû rebrousser chemin. Elle devait se trouver chez elle, bien au chaud, et si elle apprenait que Ryan était en train de braver les intempéries pour tenter de la retrouver dans la montagne, elle le jugerait sans doute stupide... Ne la connaissait-il pas suffisamment maintenant pour savoir qu'elle avait un solide bon sens et qu'elle ne s'amuserait pas à se promener dans les bois par un temps pareil ?

Il était venu pour rien, se dit-il, en donnant un coup de volant pour éviter l'un des nombreux nids-de-poule qui faisaient grincer les amortisseurs fatigués de sa vieille jeep. Et si la pluie continuait de tomber aussi dru, c'était lui qui allait finir par être embourbé. Ou bien le chemin serait coupé par une inondation, et il devrait marcher des kilomètres pour revenir à Willow Flat, glacé jusqu'aux os dans des vêtements trempés. Et, là, il aurait l'air fin...

Dès qu'il en aurait la possibilité, il ferait demi-tour, décida-t-il. Il avait intérêt à repartir aussi vite qu'il était venu. C'est ce que Maggie avait dû faire au moment où l'orage avait éclaté.

Parvenu au sommet d'une colline, Ryan chercha des yeux un endroit assez large pour sa manœuvre. Son regard tomba en arrêt sur une petite voiture bleue garée entre deux pins. Partagé entre le soulagement et l'angoisse, Ryan s'arrêta à côté du véhicule qui lui était devenu si familier, sans se soucier du fait qu'il bloquait ainsi le passage. Qui serait assez fou pour venir jusqu'ici par un temps pareil ? se dit-il. Il ouvrit sa vitre embuée pour tenter d'apercevoir Maggie, tant il était sûr qu'elle s'était réfugiée dans sa voiture pour se mettre à l'abri de la pluie. Il eut un pincement au cœur en constatant que le siège du conducteur était vide. A moins de posséder du matériel de plongée, il ne voyait pas comment elle pouvait prendre des photos sous cette pluie torrentielle. Perplexe, il examina plus attentivement le véhicule et s'aperçut que l'un des pneus arrière était crevé. C'est alors qu'il entrevit, derrière un rideau de pluie, une petite silhouette recroquevillée assise sur une grosse pierre, à deux mètres de la voiture. Ses yeux s'élargirent sous l'effet de la surprise.

Il serra son frein à main et bondit hors de la jeep. Aussitôt, il eut l'impression de s'être placé sous une douche car il sentit l'eau le tremper de la tête aux pieds en quelques secondes. Il se précipita vers Maggie, qui demeura immobile et le regarda s'approcher d'un air morne.

— Maggie ! Que se passe-t-il ?

Voyant qu'elle ne bougeait pas, il se pencha pour passer les mains sur ses épaules et ses bras afin de s'assurer qu'elle n'avait rien de cassé.

— Vous êtes blessée ? insista-t-il avec inquiétude.

Elle cligna les paupières. Etaient-ce des gouttes de pluie qui perlaient à ses cils, ou bien des larmes ? se demanda-t-il, étonné par la tristesse qui voilait son regard gris. Jamais il ne lui avait vu cet air lointain d'enfant perdu.

— J'ai un pneu crevé, murmura-t-elle enfin.

— Je sais. Je l'ai vu. Mais pourquoi ne vous êtes-vous pas réfugiée à l'intérieur de la voiture, en attendant que la pluie cesse ?

— Je n'ai pas réussi à dévisser les boulons, poursuivit-elle comme si elle ne l'avait pas entendu. Je sais changer un pneu, mais je n'ai pas pu dévisser ces maudits boulons, répéta-t-elle.

Sa voix saccadée confirma les soupçons de Ryan. La jeune femme avait pleuré.

— Ce n'est pas grave, Maggie. Venez, allons nous mettre à l'abri.

Il lui prit un bras avec douceur, pour l'inviter à se lever. Quand elle fut debout, il lui enlaça les épaules et l'entraîna vers la jeep.

— Les portes de la voiture sont fermées à clé, et la clé est à l'intérieur, dit-elle d'un ton haché. Non seulement je n'ai pas pu changer mon pneu, mais en plus j'ai laissé la clé dans la voiture. Et, après, il a commencé à pleuvoir...

Elle se mit à sangloter doucement. Connaissant son tempérament, il savait qu'en temps normal, elle aurait pu prendre avec humour une telle série d'incidents. Ce n'était sûrement pas une histoire banale de pneu crevé qui avait pu la plonger dans un tel désespoir. Apparemment, ses nerfs avaient lâché.

— Il faut vous mettre au sec, Maggie, dit-il avec compassion. Ensuite, je m'occuperai de votre voiture.

Il ouvrit la portière de la jeep, lui prit le coude pour l'aider à grimper à l'intérieur du véhicule.

Maggie se glissa derrière le volant et se poussa jusqu'au bout de la banquette pour laisser à Ryan la place de s'installer.

— Je vais tout mouiller, murmura-t-elle, l'air désolé.

Ryan referma la portière et ôta son blouson trempé. A l'arrière de la jeep, les sièges avaient été retirés depuis longtemps, de façon à agrandir le coffre.

— Ne vous inquiétez pas, elle en a vu d'autres, la rassura-t-il.

Il posa son blouson sur une vieille couverture qui était roulée dans le coffre, farfouilla un instant parmi les monceaux d'affaires diverses qui s'y trouvaient et finit par trouver ce qu'il cherchait : une chemise d'homme en épais coton, passablement usée, et une serviette-éponge qui semblait relativement propre.

Il tendit la serviette à Maggie.

— Tenez... prenez-la pour vous sécher.

Pendant que la jeune femme s'essuyait le cou et les bras, il se détourna pour renifler discrètement la chemise qu'il avait extirpée du tas de vêtements qui traînaient en permanence dans le coffre. Elle sentait un peu la poussière, mais elle semblait en bon état, à l'exception des manches trouées au coude et du col déchiré... Vu les circonstances, il se dit que Maggie serait plutôt contente de la porter, car elle était sèche et chaude.

De son côté, Maggie se frottait la tête avec énergie, une occupation qui la soulageait car, ainsi, elle n'avait à soutenir ni la conversation ni le regard scrutateur de son compagnon. Ces quelques instants lui étaient précieux si elle voulait se calmer l'esprit et tenter de remettre un peu d'ordre dans ses idées. Car celles-ci étaient plutôt confuses, songea-t-elle. Elle se souvenait vaguement d'avoir vu de l'extérieur, à travers la vitre de sa voiture, son trousseau de clés se balancer au gré des rafales de vent qui secouaient le véhicule. C'est à ce moment-là que la pluie avait redoublé de violence. Elle n'en avait pas été étonnée. La pluie était la suite logique de la longue série d'incidents qui avaient jalonné sa journée depuis qu'elle avait ouvert un œil ce matin pour apercevoir une souris morte sur le coin de son oreiller. Des incidents dont le point culminant avait été la scène qui s'était déroulée dans le salon, quand elle était passée chez elle pour récupérer son matériel de photo. Là, elle avait brutalement pris conscience que sa mère et sa sœur, c'est-à-dire ses parents les plus proches — et sa seule famille, en fait — étaient des femmes vaines, intéressées et superficielles, dont elle n'aurait jamais recherché la compagnie si elle n'avait pas été unie à elles par un lien biologique.

Des larmes perlèrent à ses paupières tandis qu'elle pensait à la solitude qu'elle allait connaître désormais, et elle renifla le plus discrètement possible. Ryan devait déjà croire qu'elle était cinglée, il était inutile de le dégoûter davantage en se mouchant dans sa chemise... Elle ferma les yeux pour mieux refouler ses pleurs et recommença à se frotter la tête avec vigueur.

— — Arrêtez... Vous allez finir par devenir chauve !

La main de Ryan se posa sur la sienne et l'obligea à s'immobiliser. Avec douceur, il tira sur la serviette pour la lui retirer des doigts. La petite main de Maggie se crispa instinctivement sur le tissu-éponge rose fané avant de le relâcher. Ryan laissa tomber la serviette entre eux, sur le siège. Puis il leva le bras, prit le menton de la jeune femme entre deux doigts pour tourner son visage vers lui et l'obliger à le regarder.

Elle aurait dû fermer les yeux, se dit-elle. C'est ce que font les enfants quand ils ont peur. Ils croient que, s'ils ne peuvent pas voir, on ne peut pas les voir non plus. Elle aurait pu aussi baisser la tête et la dissimuler sous la serviette, comme les autruches qui se cachent la tête dans le sable quand elles se sentent menacées. Mais, en son for intérieur, elle savait que, tôt ou tard, il lui faudrait croiser le regard de Ryan.

Avec un soupir, elle souleva les paupières et plongea directement dans deux lacs bleus, deux saphirs de l'eau la plus pure. Son soupir ne s'exhala pas de ses lèvres, car la vision lui coupa le souffle.

Ryan avait les joues ombrées par une barbe naissante, qui accentuait encore la virilité de ses traits. Les paumes de Maggie la démangeaient tant elle avait envie de lui caresser le visage, de sentir la rugosité de sa barbe sur sa peau, de passer les doigts dans les mèches folles et humides qui lui retombaient sur le front pour les repousser en arrière. Il était plus que beau, se dit-elle, le cœur battant la chamade. Il était la séduction même. Et elle, elle devait ressembler à un chat qu'on vient de retirer de l'eau, songea-t-elle avec horreur. Que pouvait-il penser d'elle, avec ses yeux gonflés de larmes, auréolés du mascara qui avait dû couler de ses cils, ses cheveux en champ de bataille et son nez rougi par le froid et le vent ?

— J'ai l'impression que vous avez passé une mauvaise journée, murmura Ryan.

La compassion qui émanait de ces paroles émut Maggie. Elle faillit éclater de nouveau en sanglots.

— Ça a commencé ce matin, expliqua-t-elle d'une voix étranglée. Il y avait une souris morte sur mon oreiller. Et après, ça a été de mal en pis.

— Une souris morte ? répéta Ryan, stupéfait.

Elle hocha la tête. Elle sentait que ses mèches raidies

par l'humidité formaient des épis agglomérés au sommet de son crâne.

— Ensuite, j'ai fait tomber mon sèche-cheveux dans le lavabo plein d'eau, le lait avait un goût ignoble, Michelle a téléphoné pour dire à Bill qu'elle ne pouvait pas venir travailler, j'ai renversé une cafetière pleine, les clients voulaient tous passer leur commande en même temps, débita-t-elle d'une traite.

Son souffle était saccadé et les larmes ruisselaient sur ses joues, mais elle ne pouvait plus s'arrêter de parler.

— Virgile est venu, il a dit qu'il avait vu sa sœur... Il m'a parlé longtemps, et j'ai cru qu'il allait mieux, mais il m'a demandé de lui apporter un whisky à la fin... Je sais que je ne suis pas responsable de lui, mais quand je le vois boire, ça me rend malade...

Elle prit d'une main tremblante le mouchoir que Ryan venait d'extraire de la poche de son jean et s'essuya les yeux avant de poursuivre d'une voix hachée :

— Quand je suis rentrée chez moi, ma mère m'a dit qu'elle mettait la maison en vente... Elle veut partir en croisière... Elle croit qu'elle va mettre la main sur un vieux crétin plein aux as et qu'il l'entretiendra jusqu'à la fin de ses jours... Bien sûr, Noreen l'encourage dans ses projets. Mais c'est pour lui prendre de l'argent, et ma mère finira sur la paille. Et... et en plus, j'ai compris qu'elle ne m'aimait pas. Elle ne m'a jamais aimée, malgré tous mes efforts.

Maggie se mit à sangloter. Ryan voulut la serrer contre lui, mais elle résista. Il fallait qu'elle parle encore, qu'elle libère tout ce chagrin qui montait comme une vague trop forte, trop intense et qui menaçait de lui faire exploser le cœur.

— J'ai passé toutes ces années à essayer de lui plaire, je voulais tellement qu'elle m'aime ! Mais elle n'aimait que Noreen, et je ne le voyais même pas. Maintenant, ça m'est égal... Je lui ai dit que j'allais déménager. Elle peut vendre sa maison et aller s'installer ailleurs avec Noreen... Je ne chercherai plus jamais à changer pour qu'elle m'aime, ça ne sert à rien !

Maggie se rendait bien compte que sa voix frisait l'aigu, mais rien ne pouvait endiguer le flot de ses paroles.

— Je vais avoir vingt-quatre ans, et je n'ai pas d'ambition... Mais je ne veux pas rester serveuse toute ma vie !

La gorge nouée par les sanglots, sa voix s'étrangla d'un coup et elle enfouit son visage dans le grand mouchoir à carreaux de Ryan.

Abasourdi par ce déluge de mots, le jeune homme la fixa un long moment tout en se creusant les méninges. Que pouvait-il faire ? Que pouvait-il dire, pour la consoler ?

— Je me demande où on achète des pièges pour attraper des vieux crétins pleins aux as, dit-il enfin d'un ton léger. Vous croyez que votre mère va en trouver au supermarché du coin ?

Quand il vit Maggie s'immobiliser entre deux sanglots, il sut que sa plaisanterie avait été utile. Elle leva la tête pour le regarder. Puis elle laissa échapper un petit soupir et ébaucha un sourire.

— Excusez-moi, je me suis conduite comme une imbécile. Mais la journée a été difficile et mes nerfs ont craqué.

— Je ne voudrais pas me montrer indiscret, mais comment une souris morte a-t-elle pu atterrir sur votre oreiller ? Vous pensez qu'elle venait vous dire bonjour et qu'elle a eu une crise cardiaque ?

Le sourire de Maggie s'accentua.

— Non... C'était un cadeau de Max.

Ryan haussa les sourcils et elle s'empressa d'ajouter :

— Max est mon chat.

— Ah, je vois... Il voulait vous apporter le petit déjeuner au lit !

Enchanté, il entendit le rire léger de Maggie. Il remercia

en son for intérieur tous les saints du paradis tant il était content qu'elle se soit arrêtée de pleurer. Si on lui donnait à choisir entre subir les larmes d'une femme et affronter un taureau furieux, il préférait la seconde option, et de loin. Combien de fois avait-il vu sa mère pleurer, dans le seul but d'obtenir ce qu'elle voulait ? Elle se servait de ses larmes à volonté pour manipuler les gens et satisfaire ses caprices. A dix ans, au moment où il était venu vivre chez son grand-père, il était devenu indifférent aux pleurs de sa mère. Sally, elle, ne pleurait pas souvent. Mais quand cela lui arrivait, elle versait plus souvent des larmes de colère que de chagrin. Une fois la crise passée, elle oubliait aussitôt la raison de ses pleurs et son sourire éclatant revenait sur ses lèvres comme un rayon de soleil après la pluie.

Il regarda Maggie, attendri. Elle luttait contre son envie de pleurer comme si ses larmes étaient des ennemis qu'elle devait vaincre à tout prix. Elle avait le tempérament d'un vaillant petit soldat, se dit-il. Elle devait considérer le fait de pleurer comme une faiblesse à laquelle il ne fallait pas céder. Voilà pourquoi elle passait si facilement des larmes au rire, même si ce rire était encore tremblant comme un convalescent après une longue maladie.

Il la vit se tamponner les yeux avec le mouchoir qu'il lui avait prêté, puis le passer consciencieusement sur ses paupières, pour tenter de réparer le dommage qu'avait pu faire à son maquillage l'effet conjugué des pleurs et de la pluie.

— Je dois avoir l'air d'un raton laveur, murmura-t-elle, un peu gênée.

Il pencha la tête pour l'examiner longuement.

— Il y a une certaine ressemblance, c'est vrai.

La sincérité de son commentaire fit rire de nouveau la jeune femme.

— Tenez... Enfilez cette chemise. Elle vous tiendra chaud, dit Ryan.

Il l'aida à passer les bras dans les manches beaucoup

trop longues, puis à les rouler pour qu'elle puisse au moins se servir de ses mains. Malheureusement, il ne pouvait pas rétrécir le vêtement qui était assez large pour habiller quelqu'un ayant deux fois la corpulence de Maggie. Quand il vit la jeune femme ainsi vêtue, il ne put retenir un sourire amusé. Ses cheveux retombaient en boucles folles tout autour de son visage, ses yeux étaient cernés de noir à cause du mascara qui avait coulé, et elle semblait frêle et menue dans cette chemise trop grande. Elle ressemblait à une orpheline jouant le rôle de l'héroïne dans un vieux film en noir et blanc. Il ne manquait plus que son tortionnaire, celui qui lisse ses moustaches et ricane en la regardant.

Ryan récupéra le mouchoir que Maggie tenait à la main.

— Ne bougez pas, dit-il.

Avec une extrême douceur, il passa le tissu sous les paupières inférieures de la jeune femme pour ôter les dernières traces de Rimmel.

— Mais... on vous a retiré votre plâtre ! s'exclama-t-elle en prenant soudain conscience que ses mouvements avaient changé. Ça remonte à quand ?

— Ce matin.

Il s'écarta pour dévisager sa compagne d'un œil critique.

— C'est beaucoup mieux, déclara-t-il.

— Merci, dit-elle en souriant.

Elle tendit la main pour frôler le bras de Ryan, celui qui avait été plâtré.

— Ça fait mal ?

— Non. Mais je me sens tout drôle... Comme si j'avais le bras d'un nouveau-né. Je n'ai plus aucun muscle ! Il me faudra quelques mois avant de pouvoir m'en servir comme avant. Mais j'ai l'habitude, ce n'est pas la première fois que je me casse un membre.

— Vous devez être content de ne plus avoir ce plâtre, quand même.

— Et comment ! J'avoue qu'il ne me manquera pas.

— Ça, j'en suis sûre, murmura Maggie.

Epuisée par les émotions de ces dernières heures, elle se cala contre le dossier, ferma les yeux et écouta la pluie tambouriner sur le toit de la jeep. Elle percevait, sous ses paupières closes, la lumière fulgurante des éclairs qui se succédaient à une cadence de plus en plus rapide. Les coups de tonnerre résonnaient juste après dans le ciel d'encre.

— L'orage se rapproche, dit la jeune femme à mi-voix, comme si elle se parlait à elle-même.

Ce soir, ou demain, elle allait se sentir affreusement embarrassée de la façon dont elle venait de se conduire. Si, à un moment donné, Ryan avait songé à sortir avec elle, l'idée ne lui effleurerait même plus l'esprit, pensa-t-elle. Oh, oui, elle allait regretter d'avoir craqué devant lui, et de lui avoir raconté entre deux sanglots ses problèmes stupides, d'une voix qui frisait l'hystérie. Mais pour l'instant, elle appréciait sa présence à son côté et lui était reconnaissante de la compassion qu'il avait manifestée avec tant de spontanéité. Demain, elle aurait tout le temps d'éprouver des regrets.

Avec effort, elle darda sur lui un regard que ses paupières rougies faisaient paraître encore plus gris.

— Pourquoi êtes-vous venu ici, Ryan ?

— Bill m'a dit que vous deviez vous promener dans les parages pour prendre des photos.

Il avait fait tout ce trajet parce qu'il avait envie de la revoir... La surprise était agréable et Maggie prit le temps de la savourer, d'autant plus que cela s'ajouterait aux regrets qu'elle s'attendait à éprouver dans quelques heures.

— J'ai rencontré une biche avec son faon, dit-elle, la voix assourdie par les pleurs et la fatigue. J'ai pris de jolies photos du couple.

— Tant mieux.

Ryan lui prit la main et lui caressa les doigts d'un air distrait.

— Le Wyoming vous plaît, n'est-ce pas ? lui demanda-t-il soudain. Vous aimez la région ?

— Beaucoup.

A vrai dire, ce qui lui plaisait surtout, c'était la façon dont Ryan lui caressait la main. Elle fit un effort pour se concentrer sur leur conversation.

— Je crois que je ne pourrai jamais plus vivre en ville, affirma-t-elle.

Il glissa ses doigts entre ceux de Maggie, relâcha son étreinte, puis la resserra. Elle tourna la tête de côté pour le regarder. Les sourcils froncés, il fixait leurs doigts entrelacés d'un air absorbé. Elle se demanda ce qu'il pouvait bien penser, mais s'abstint de lui poser la question. Elle craignait de ne pas apprécier la réponse.

Ryan leva brusquement la tête et la regarda droit dans les yeux.

— Aimez-vous jouer à la roulette, Maggie ? Ou aux jeux de hasard ? Vous savez, quand on mise tout ce qu'on a sans savoir si on va gagner ou non ?

La jeune femme le fixa d'un air confus. De quoi parlait-il ? Voulait-il jouer aux cartes maintenant, sur la banquette de la voiture ?

— Eh bien, je ne suis encore jamais allée au casino, répondit-elle après une hésitation. J'ai joué au poker une fois ou deux, mais je n'ai jamais pu faire une partie complète car je n'arrive pas à retenir les règles du jeu.

Il secoua ses mèches avec impatience et resserra son étreinte autour de la petite main.

— Vous êtes déjà allée à Las Vegas ?

Il y avait, dans ses yeux bleus et son sourire, quelque chose de téméraire, songea-t-elle. Comme un appel à l'aventure ou une incitation à l'imprudence. Mais, au lieu de se méfier, elle ébaucha un sourire.

— Non, jamais, admit-elle d'une voix faible.

Plus elle regardait l'étrange lueur qui s'était allumée dans les prunelles de Ryan, plus elle écoutait les questions bizarres qu'il lui posait, et plus elle avait l'impression de jouer dans un film dont on avait oublié de lui donner le script.

— Vous êtes d'accord pour y aller avec moi ? Tout de suite ? demanda-t-il, avec cette lueur dans le regard qui fascinait tant Maggie.

— Tout de suite ? répéta-t-elle, ahurie. Mais... pourquoi ?

Il la dévisagea un instant avant de lui demander d'un air grave :

— A votre avis, pour quelle raison les gens vont-ils à Las Vegas ?

— Je... je ne sais pas. Pour jouer au casino ? Pour aller au spectacle ?

Ryan eut un rire léger. Puis il saisit l'autre main de Maggie et l'obligea à se redresser et à se tourner vers lui, de façon qu'ils se trouvent face à face.

— Non. Pour se marier, Maggie. Les gens vont à Las Vegas pour se marier.

— C'est ce qu'on m'a dit, c'est vrai, admit-elle d'un ton prudent.

Peut-être le médecin avait-il drogué Ryan avant de lui ôter son plâtre, ce matin ? L'un de ces médicaments avait sans doute l'effet d'une bombe à retardement, ce qui expliquerait l'étrange discours qu'il lui tenait depuis un moment.

— Allons-y, chuchota-t-il, l'œil brillant. Partons pour Las Vegas.

— Pour quoi faire ?

Elle avait posé la question d'une voix étranglée. Le comportement de Ryan lui était devenu totalement incompréhensible.

— Pour nous marier.

Devant l'air ahuri de la jeune femme, il eut un petit sourire en coin. Puis il plongea les yeux dans les siens et fit sa demande d'un ton solennel.

— Voulez-vous m'épouser, Maggie Drummond ?

8.

Ce devait être le surmenage, se dit Maggie. La journée avait été longue et difficile, voire catastrophique, et la fatigue avait provoqué un court-circuit dans son cerveau. Ses nerfs avaient lâché, ses neurones avaient grillé, et elle était victime d'une hallucination... Ou bien c'était l'orage. La foudre l'avait frappée et tuée sans qu'elle s'en rende compte. Elle faisait une expérience mystique, du genre « la vie après la mort ».

Un détail la dérangeait, cependant... C'était la chemise en coton, trop large et déchirée aux coudes, qu'elle portait. Normalement, elle aurait dû être vêtue d'une longue tunique immaculée, ou de quelque chose d'approchant. Il lui était difficile de croire qu'elle vivait une expérience ésotérique, vêtue comme un épouvantail.

— Maggie ?

Ryan lui serra les mains et elle tressaillit. Avec effort, elle tenta de se concentrer sur le visage qu'elle avait devant les yeux. La vision était loin d'être désagréable... Des hallucinations semblables, elle voulait bien en avoir tous les jours, songea-t-elle. Non seulement Ryan Lassiter était l'homme le plus séduisant qu'elle ait connu, mais en plus il la demandait en mariage. Franchement, l'expérience était plaisante. Elle entendit la voix du jeune homme, vibrante, insistante.

— Maggie, je sais que ma proposition doit vous paraître un peu bizarre, mais...

Elle partit d'un rire hystérique.

— Bizarre ? Le mot est faible !

Elle dégagea l'une de ses mains et la passa dans ses cheveux, pour les repousser en arrière. Les boucles encore humides qui lui retombaient sur le front l'empêchaient de voir avec précision le visage de Ryan.

— Moi, je dirais plutôt que c'est une idée complètement folle ! Pour ne pas dire absurde, ridicule, idiote, loufoque...

Elle s'interrompit en remarquant l'air grave de Ryan. Les battements de son cœur s'accélérèrent tandis qu'elle se rendait compte, peu à peu, qu'il venait de la demander en mariage.

— Oh, mon Dieu... C'est sérieux, n'est-ce pas ? murmura-t-elle, abasourdie.

— Tout ce qu'il y a de plus sérieux, affirma-t-il.

Si son sourire était légèrement embarrassé, son regard ne l'était pas. Il n'avait pas du tout l'air de quelqu'un qui vient de perdre l'esprit.

— Mais je ne... Enfin, nous ne... Ce n'est pas...

Incapable de formuler une phrase entière, Maggie se tut et tenta de se ressaisir en prenant une profonde inspiration. Elle posa la main sur son cœur dans l'espoir de ralentir la cadence de ses battements.

— Oh, Ryan... Pourquoi ? chuchota-t-elle.

Bonne question, se dit Ryan. Il aurait été content de pouvoir y répondre avec une certaine clarté. Le problème, c'est qu'il ignorait encore pourquoi il lui avait proposé de l'épouser. L'idée lui en était venue d'un coup et, sur le moment, elle lui avait semblé tout à fait appropriée. En fait, ce n'était pas son cerveau qui le poussait à agir, mais son instinct, son intuition... et, peut-être, un brin de folie. Dans l'immédiat, il ne savait que dire à Maggie. Il lui prit la main en se creusant les méninges. Comme il était à court d'inspiration, il décida de jouer la carte de la lâcheté et de lui retourner la question.

— Pourquoi pas ?

— Pourquoi pas ? répéta Maggie d'une voix aiguë. Mais c'est impossible, et pour toutes les raisons du monde ! D'abord nous nous connaissons à peine. Et puis, c'est de la folie pure. Les gens normaux ne se précipitent pas à Las Vegas pour se marier sur un coup de tête !

— Oh, si. Ça arrive tous les jours, rétorqua paisiblement Ryan.

— C'est ça... Et ils se précipitent à Reno six semaines plus tard, pour divorcer cette fois.

Maggie se tut. Il aurait fallu qu'elle dégage sa main de celle de Ryan... Elle était quasiment certaine qu'une femme n'était pas censée tenir la main de l'homme dont elle était en train de refuser la demande en mariage. L'ennui, c'est que les paumes de Ryan étaient à la fois rugueuses et chaudes, que ses doigts étaient solides autour des siens. Elle éprouvait des sensations bouleversantes. Elle frissonnait de froid, elle tremblait de faiblesse. Si elle avait froid, c'était sûrement à cause de l'humidité, car la pluie tombait encore en martelant le toit de la jeep, mais si elle se sentait aussi faible, aussi vulnérable, c'était parce qu'elle commençait à écouter la voix de son cœur au lieu d'entendre celle de la raison.

Ryan Lassiter lui avait proposé de l'épouser. Il était assis en chair et en os juste à côté d'elle, et la fixait, en attendant qu'elle veuille bien lui confirmer qu'elle allait devenir sa femme. Et elle était en train de lui dire non ? Voilà ce que son cœur ne pouvait admettre.

— Nous ne sommes encore jamais sortis ensemble, murmura-t-elle d'un ton plaintif.

— Mais je viens de vous inviter, n'est-ce pas ? Je viens de vous demander de m'accompagner à Las Vegas, et je vous prie de bien vouloir dîner avec moi avant de nous marier. On aura peut-être même le temps d'aller au cinéma, si vous voulez.

Devant le regard de chiot plein d'espoir qu'il lui lança, Maggie étouffa un fou rire.

— Un dîner, un spectacle et un mariage... Voilà le programme de notre première sortie ensemble ! C'est plutôt chargé, non ?

Ryan baissa les yeux sur la main de la jeune femme pour dissimuler l'émotion qu'il avait l'impression d'être le seul à ressentir.

— Vous savez, Maggie, tous les mariages qui sont célébrés à Las Vegas ne se terminent pas automatiquement par un divorce.

— Et quand on est en contact avec des enfants qui ont la varicelle, on ne l'attrape pas forcément, rétorqua-t-elle sur un ton vif. Mais on court plus de risques que les autres de tomber malade.

Ryan eut un sourire amusé.

— Vous voulez dire que, pour vous, le mariage est une sorte de maladie ?

— Non, pas du tout !

La jeune femme secoua la tête et fit un effort pour se concentrer et mettre un peu d'ordre dans ses pensées. Le lent va-et-vient de la paume de Ryan sur sa main ne lui rendait pas la tâche facile.

— Je n'ai rien contre le mariage, absolument rien. D'ailleurs, je voudrais me marier un jour, pour fonder un foyer et y élever mes enfants.

— Dans une agréable maison, avec des rideaux à fleurs et une cheminée, murmura Ryan en réprimant un sourire.

— C'est un peu ça, admit Maggie. Evidemment, à notre époque, ce n'est pas le genre de projet que je devrais faire. Si j'étais une femme moderne, je devrais plutôt filer en Bosnie et photographier des scènes de guerre atroces en vue d'obtenir le prix Pulitzer... Mais je n'ai pas cette ambition. Ce que j'aime photographier, c'est la nature, la beauté. Et je me fiche comme d'une guigne de savoir si mes photos vont changer le monde ou non.

Elle eut un petit rire désabusé.

— Pour dire toute la vérité, je me fiche aussi de savoir si mes photos paraîtront un jour dans un magazine. J'aime en prendre, c'est tout.

— Il n'y a pas de mal à ça. Non, vraiment, il n'y a pas de mal à vouloir se marier et avoir des enfants.

Ryan déglutit avec peine. Il venait de prendre conscience que c'était exactement ce qu'il souhaitait, lui aussi.

Son grand-père avait raison, quand il l'accusait d'avoir fui pendant ces quatre dernières années. Et il n'avait pas tort de dire qu'il était temps pour lui de songer à se remarier.

Là où il se trompait, c'était sur le choix de sa future compagne. Ryan n'avait aucune intention d'épouser Shelly Taylor, même si elle était d'accord. Shelly avait beau avoir des jambes magnifiques et un visage de madone, elle le laissait de marbre. Alors que Maggie, avec ses cheveux qui bouclaient dans tous les sens, ses yeux rougis par les larmes et sa drôle de petite incisive de travers, suscitait en lui une émotion, une envie, un besoin... Une sensation forte, logée au creux de son plexus, à laquelle il ne voulait pas — pas pour l'instant, en tout cas — donner un nom. En revanche, il était prêt à prendre tous les risques pour continuer à la ressentir. Mais comment allait-il parvenir à persuader Maggie de prendre les mêmes risques et d'accepter de l'épouser ?

Lentement, il fit glisser sa paume vers le poignet de la jeune femme, et sentit son pouls s'accélérer sous la peau satinée.

— Il y a une petite maison sur les terres du ranch, pas très loin de la maison principale. Elle a déjà une cheminée. Après notre mariage, nous pourrions nous y installer. Vous choisirez des rideaux à fleurs pour les suspendre aux fenêtres. Et la deuxième salle de bains pourrait être transformée en chambre noire.

— Ryan...

Maggie ferma les yeux une seconde, pour se concentrer

sur ce qui lui restait de bon sens. Elle ne pouvait pas accepter la proposition de Ryan. Ce serait véritablement une folie, qu'ils regretteraient tous les deux.

— Je n'arrive pas à croire que vous êtes sérieux, finit-elle par dire. D'ailleurs, vous ne m'avez pas donné une seule raison valable pour laquelle nous devrions...

— ... nous marier, acheva le jeune homme pour elle, en voyant qu'elle ne parvenait pas à prononcer les mots.

— D'ailleurs, nous ne sommes même pas amoureux l'un de l'autre, ajouta-t-elle d'un ton neutre.

— Mais le courant passe, entre nous. C'est un bon début.

Maggie eut un petit pincement au cœur. Puisqu'elle était en plein rêve, elle aurait aimé qu'il lui fasse une vraie déclaration d'amour, et qu'il lui dise qu'il avait eu le coup de foudre au premier regard... Réprimant un soupir, elle fit mine de lui retirer sa main mais ne protesta pas quand il resserra son étreinte au lieu de la relâcher.

— Ce n'est pas une raison suffisante pour se marier, affirma-t-elle.

— Non ? Moi, je crois que si...

Il glissa sa main libre sous la chevelure de Maggie et déploya ses doigts autour de sa nuque pour la maintenir immobile tandis qu'il se penchait vers ses lèvres. Elle n'aurait pas bougé de toute façon, se dit Maggie en fermant les yeux pour mieux accueillir son baiser. Depuis leur fameux pique-nique dans le parc municipal, elle n'avait cessé d'espérer qu'il l'embrasserait de nouveau.

Les lèvres de Ryan effleurèrent les siennes, s'éloignèrent, revinrent pour les caresser de nouveau. Il répéta ce manège à plusieurs reprises, comme s'il découvrait chaque fois un goût nouveau à sa bouche, une saveur rare, exotique, qui semblait l'enchanter de plus en plus. Grands dieux, qu'il avait eu envie de ce baiser ! Comment avait-il pu croire un instant qu'il oublierait la moiteur sucrée de sa bouche, la tiédeur et la volupté de son corps, la chaleur contagieuse de son sourire ? Il huma avec délices la fragrance subtile, à peine perceptible, qu'exhalaient sa peau et sa chevelure. Une odeur de rose et de pomme verte, qui lui allaient mieux que n'importe quel « parfum » sophistiqué. Les traits tendus, il prit conscience qu'il la voulait avec une intensité si forte qu'elle lui faisait peur. Voilà pourquoi il l'avait évitée, admit-il en son for intérieur. Oui, il avait tout fait pour que son chemin ne croise pas celui de la jeune femme, ces derniers jours. Il lui était si difficile de reconnaître qu'elle lui manquait, qu'il avait envie et surtout besoin d'elle, et que, chaque fois qu'il la voyait, une émotion l'envahissait et menaçait de le submerger... Une émotion dont il refusait de savoir le nom.

S'il ne voulait pas la nommer, il ne pouvait cependant en nier l'existence, car elle était bien là, cette émotion qui lui gonflait le cœur, assortie d'un désir presque sauvage tant il était ardent. Sa chair réclamait celle de Maggie, et ce n'était certes pas le moment d'analyser les causes et les conséquences de cette pulsion impétueuse. Le désir qu'il éprouvait ne suivait aucune logique, aucun raisonnement. Il voulait Maggie maintenant, et il savait qu'il la voudrait encore et encore... Cette jeune femme devait faire partie de sa vie, c'était inéluctable.

Voilà pourquoi il l'avait demandée en mariage. Il se rendait compte que ce n'était pas raisonnable, mais son désir était tel qu'il ne laissait aucune place à la raison. Et il ferait tout pour que Maggie accepte de l'épouser.

Les doigts dans les cheveux de la jeune femme, il lui maintint la nuque de sa large paume tandis qu'il se penchait de nouveau vers elle. Cette fois, il l'embrassa sans tendresse. La passion qu'il n'avait cessé de refouler le submergea d'un coup et il plongea dans sa bouche avec une avidité presque violente. Nullement effarouchée, Maggie se cambra un peu plus pour mieux s'offrir. Quand il lui prit les lèvres en conquérant, exigeant une reddition immédiate, elle se soumit sans condition.

Le baiser qu'il lui donna alors enflamma Maggie tout entière. Un long frémissement sensuel la parcourut de la tête aux pieds, et elle poussa un petit gémissement de plaisir. Elle leva les mains pour enlacer la nuque de son compagnon et leurs langues se mêlèrent en un ballet érotique. L'orage qui grondait à l'extérieur comme une manifestation des forces déchaînées de la nature n'était rien en comparaison du torrent de sensations qui se libéraient en elle et menaçaient à tout moment de l'emporter dans leur tourbillon.

L'avait-on déjà embrassée ? Elle commençait à en douter. En tout cas, aucun homme ne lui avait pris la bouche avec cette fougue, cette avidité, comme si elle était une source d'eau pure dans le désert, permettant à un pèlerin assoiffé de se désaltérer. Jamais personne ne lui avait fait éprouver cette sensation merveilleuse d'être désirée follement, éperdument. Avec un petit cri rauque, elle se laissa aller contre Ryan, et, jetant aux ornières tout semblant de contrôle, elle s'abandonna à lui.

Cet abandon fit chavirer la maîtrise qu'avait encore Ryan sur ses sens. Consumé par le désir lancinant qui lui taraudait les reins, il oublia qu'il devait encore persuader Maggie de l'épouser. Plus rien ne comptait que cette envie de l'étreindre, de l'embrasser, de se fondre en elle... Il lui semblait qu'il ne pourrait jamais étancher la soif qu'il avait d'elle. Fébrilement, il enveloppa un sein d'une main et maudit les épaisseurs de tissu qui l'empêchaient de sentir sous sa paume le grain de sa peau. Maggie émit un gémissement sourd qui le mit au supplice, tant il désirait la toucher, la caresser, et sentir palpiter sa chair entre ses doigts impatients.

Il voulut glisser les mains sous le coton du chemisier mais le mouvement lui fit heurter le volant du coude. A la deuxième tentative, ce fut son genou qui se cogna contre le levier de vitesse. Il poussa un grognement furieux. Cela faisait bien longtemps qu'il n'avait pas tenté de séduire une fille sur la banquette d'un véhicule, et il avait perdu la souplesse de ses vingt ans.

Abominablement frustré, il s'arracha aux lèvres de Maggie.

Le front contre celui de la jeune femme, il prit un moment pour récupérer son souffle et un brin de contrôle.

— Si je continue, je risque de me retrouver le corps tout entier dans le plâtre, murmura-t-il.

Avec un pâle sourire, elle souleva les paupières. Quand Ryan vit son regard assombri par le désir, il eut envie d'oublier toute prudence pour la serrer de nouveau dans ses bras. Et, cette fois, rien ne l'arrêterait, songea-t-il en frémissant d'excitation. Ni le volant, ni le frein à main... Il était à deux doigts de lui reprendre les lèvres quand une pensée l'arrêta. Etait-ce vraiment un interlude torride qu'il désirait avec Maggie ? Ou bien voulait-il plus, beaucoup plus ?

Il dut faire un effort surhumain pour s'écarter de ce corps tant convoité et se redresser.

— Viens avec moi à Las Vegas, Maggie. Prends le risque, ne réfléchis surtout pas. C'est comme au jeu, tu paries et tu gagnes, ou tu perds.

Presque effrayée par la force du désir qui la faisait encore trembler, Maggie s'efforça de dissiper le voile qui obscurcissait sa pensée. Elle détourna les yeux pour ne pas être aspirée par les deux lacs d'un bleu intense qui la fixaient et lança un coup d'œil à travers la vitre du véhicule. Un rideau de pluie l'empêchait de voir au-delà, ce qui rendait l'espace confiné à l'intérieur de la vieille jeep encore plus intime. Tout à coup, c'était comme s'ils se trouvaient seuls tous les deux, dans un univers qui n'appartenait qu'à eux.

— Si seulement nous nous connaissions mieux, dit-elle dans un soupir.

Ryan repoussa d'un geste tendre les mèches qui retombaient sur le front moite de la jeune femme.

— Nous ferons connaissance après notre mariage, affirma-t-il avec douceur.

Il laissa ses doigts dériver le long de sa joue pour lui caresser le bord de l'oreille.

— Maggie, je t'en prie... Fais le pari, prends ce risque avec moi, insista-t-il d'une voix veloutée.

Maggie se sentait faiblir de minute en minute. Pourtant, il lui fallait réfléchir, et vite. Ryan ne lui avait pas dit qu'il l'aimait, il ne lui avait pas non plus promis qu'il ferait son bonheur. Il lui avait parlé simplement d'une maisonnette, d'une cheminée et d'une chambre noire. Etaient-ce des motifs suffisants pour inciter une femme raisonnable à oublier toute notion de bon sens ?

Inutile de se leurrer... Le seul motif valable qui la ferait fléchir mesurait un bon mètre quatre-vingt-dix et se trouvait assis juste à côté d'elle. Elle était tombée sous le charme de son regard bleu dès leur première rencontre, et, depuis, elle n'avait cessé de penser à lui. Jour et nuit, il hantait ses fantasmes et ses rêves. Et voilà que, tout à coup, il lui offrait de les concrétiser en lui demandant de l'épouser. Mais, dans ses rêves, Maggie entendait Ryan lui parler d'amour et lui offrir un bonheur sans nuage.

Or ce qu'il lui offrait maintenant, c'était de plonger les yeux bandés dans une mer infestée de requins. Ou quelque chose du même genre.

— Prends le risque, répéta le jeune homme, comme s'il l'avait entendue penser tout haut.

Il faufila ses doigts à l'intérieur de la manche trop large de la chemise que portait Maggie et lui caressa l'avant-bras.

— Il faut accepter de jouer si on veut pouvoir gagner, lui susurra-t-il à l'oreille.

Quand elle était encore enfant, Maggie avait entendu sa mère se poser certaines questions à propos de la religion. Elle l'avait surtout vue flirter avec un peintre en bâtiment, qui était extrêmement croyant. A l'époque, elle était trop jeune pour faire le lien entre les préoccupations religieuses de sa mère et son penchant pour le peintre en bâtiment. Elle se rappelait que Lydia avait brusquement décidé d'emmener ses filles à l'église tous les dimanches. Maggie se souvenait de l'odeur de moisi qui lui chatouillait les narines et la faisait parfois éternuer tandis qu'elle écoutait le jeune pasteur parler avec véhémence de son sujet favori : les péchés de la chair et la saleté de l'argent qu'une femme touchait en les commettant. Maggie rentrait alors chez elle avec la vague impression que le péché s'assortissait d'un salaire que l'on versait à des femmes — un peu comme l'argent que recevait sa mère quand elle travaillait comme serveuse dans un bar le soir.

Au bout de quelques mois, le peintre était rentré chez lui en Georgie, pour y retrouver sa femme et ses quatre enfants. Lydia avait alors décidé que la religion, ce n'était pas son truc, finalement. Elle avait cessé de se rendre à l'église, tout en regrettant cette occasion hebdomadaire de mettre une jolie robe. Et Maggie s'était retrouvée de nouveau libre de faire ce qu'elle voulait le dimanche matin.

Voilà que, près de vingt ans plus tard, et à des milliers de kilomètres de cette petite église de Detroit, Maggie se souvenait tout à coup de ce jeune pasteur qui prêchait avec tant de fougue et ne cessait d'avertir les enfants qui l'écoutaient d'une oreille distraite que le diable vous prenait toujours par surprise, car il ne se montrait jamais tel qu'on l'attendait. Il adoptait une apparence agréable, se glissait près de vous et vous susurrait à l'oreille toutes sortes de tentations d'une voix mielleuse...

C'était exactement ce que faisait Ryan en ce moment. Elle secoua légèrement la tête pour chasser la vision du jeune homme, affublé de deux cornes et de pieds fourchus.

— Nous ne pouvons pas nous enfuir à Las Vegas, déclara-t-elle.

— Pourquoi pas ?

Elle aurait pu lui citer des dizaines de bonnes raisons, mais la façon dont il lui souriait lui fit oublier d'un coup les plus importantes. Elle ne put lui donner que la plus lamentable des excuses.

— A cause des vêtements. On ne peut pas se marier en jean et en chemisette.

— Nous achèterons tout ce qu'il nous faut en arrivant, lui promit-il.

Il porta la petite main de Maggie à ses lèvres et y posa un long baiser.

— Et... et ma voiture ? insista-t-elle, tout en sentant que sa raison donnait des signes de faiblesse. Je ne peux pas la laisser ici !

— Je vais téléphoner au ranch et demander que l'on envoie quelqu'un pour la dépanner pendant ton absence.

— C'est impossible. Les clés sont à l'intérieur.

Elle frémit de la tête aux pieds tandis que Ryan s'amusait à lui taquiner de la langue le bout des doigts.

— Ils ne pourront pas essayer de la mettre en marche sans la clé de contact, murmura-t-elle d'une voix à peine audible.

— L'un des ouvriers du ranch a été condamné pour vol de voitures, autrefois. Je suis certain qu'il saura se débrouiller pour entrer dans la tienne.

— Oh.

Il avait réponse à tout. Et, en plus, il savait embrasser comme personne. Maggie ferma les yeux tandis que Ryan posait les lèvres au centre de sa paume. Elle n'allait pas encore lui résister bien longtemps.

— C'est de la folie quand même, dit-elle d'un ton qu'elle essaya — en vain — de rendre ferme.

— Et alors ? La folie, c'est amusant.

— Il ne s'agit pas de s'amuser, Ryan. Il s'agit de se marier.

Maggie ouvrit les yeux et le regretta aussitôt. Ryan était

tout près d'elle, et elle courait le risque de se noyer dans le grand bleu de ses prunelles.

— Le mariage peut être amusant, insista-t-il avec douceur.

Il leva la main droite, celle dont les mouvements n'étaient plus gênés par le plâtre, pour lui caresser la joue.

— Allez, Maggie... Accepte de faire ce pari avec moi.

Il n'était pas question qu'elle accepte. Tant pis si elle sentait son corps fondre littéralement sous le regard de Ryan, son esprit restait ferme. Ce projet était déraisonnable et elle n'y adhérerait pas. Elle n'était peut-être pas d'une beauté éblouissante, et elle ne possédait pas de génie particulier, mais la nature l'avait dotée d'un solide bon sens. Elle n'était pas le genre de femme à filer à Las Vegas pour épouser un homme qu'elle connaissait à peine. Elle voulait un mariage fondé sur des bases stables, fiables, lui garantissant une vie de couple longue et heureuse. Voilà pourquoi elle n'épouserait pas Ryan Lassiter, même s'il était la séduction incarnée. Armée de tout son courage, Maggie s'apprêta à résister à la tentation.

La petite chapelle du Bonheur Eternel, dont s'occupait Duvall Avery, se situait dans une rue donnant sur le boulevard principal de Las Vegas. Si le métier de Duvall était de célébrer les mariages, son passe-temps consistait à mettre au point des imitations d'Elvis Presley. Du reste, il n'était pas le seul. Une bonne dizaine de sosies du King officiaient à Las Vegas, et les couples qui souhaitaient que la cérémonie soit accomplie par un ersatz d'Elvis avaient l'embarras du choix. Mais Duvall Avery était le meilleur — du moins le prétendait-il. Selon ses propres termes, lorsqu'il chantait *Love Me Tender*, il aurait fait pleurer la propre mère d'Elvis. Et elle l'aurait pris pour son fils si elle avait écouté sa version de *In the Ghetto*, tant l'imitation était parfaite.

Si l'on pouvait rêver à Elvis en écoutant Duvall chanter, en revanche il ne fallait surtout pas le voir. Petit, épais, il était presque aussi large que haut et se déplaçait avec une certaine lourdeur. Quand il lui avoua sa passion pour le King, Maggie ne put l'imaginer dans un costume pailleté et moulant sans réprimer un fou rire.

— N'importe quel abruti croit qu'il peut imiter Elvis, grommela-t-il en ouvrant la porte de la chapelle. Les gens pensent qu'ils n'ont qu'à se teindre les cheveux en noir et à marcher en se déhanchant... Certains parviennent à imiter un peu sa voix. Mais ces idiots ne comprennent pas que pour se rapprocher d'Elvis, il faut entrer en communion avec lui, et non se contenter d'étirer les lèvres et de s'éponger le front avec une écharpe de soie ! Oui, il faut communiquer avec l'âme d'Elvis pour réussir à capter un peu de sa magie, affirma-t-il en sortant un briquet pour allumer les bougies qui étaient disposées un peu partout dans la petite pièce.

Duvall se plaça devant l'autel et se tourna vers Maggie et Ryan.

— Si vous voulez que votre mariage soit célébré par Elvis, il va falloir que vous attendiez un petit moment, le temps que je mette mon costume et que je médite pour entrer en communion avec lui. Evidemment, c'est la formule de luxe et cela vous coûtera un peu plus cher, mais je vous promets que les couples que j'ai mariés de cette façon ont adoré la cérémonie. Ils la trouvaient tellement romantique ! L'un de mes clients l'a tellement appréciée qu'il m'a demandé d'incarner Elvis pour chacun de ses trois mariages.

Ryan coula un regard vers Maggie. Elle semblait fascinée par le néon pourpre qui dessinait le profil du King sur le mur, à gauche de l'autel, et elle avait perdu le fil de la conversation. Sur le mur de droite, il y avait le portrait en pied d'Elvis. Il était vêtu d'une combinaison blanche ornée de paillettes, qui se détachait sur fond de velours noir. Ryan poussa un soupir soulagé quand il se rendit compte que derrière l'autel il n'y avait qu'un bouquet de fleurs artificielles. Il n'aurait pas supporté de se marier devant une statue polychrome d'Elvis.

Il était clair qu'il avait commis une erreur en demandant au chauffeur de taxi qu'ils avaient hélé à l'aéroport de les conduire à sa chapelle favorite. Mais, à sa décharge, rien dans l'aspect du chauffeur ne dénotait qu'il était un fanatique d'Elvis. Il devait toucher une commission. Ou bien faire partie de la famille de Duvall Avery.

Ryan se tourna vers Maggie en se demandant s'il valait mieux choisir un autre endroit pour célébrer leur mariage. La jeune femme s'était arrachée à la contemplation du profil en néon pourpre et semblait maintenant hypnotisée par le portrait grandeur nature du King. Les sourcils froncés, les yeux écarquillés, elle le fixait d'un air horrifié, comme si elle s'attendait à ce qu'il lui lance à la figure le foulard qu'il portait autour du cou.

— Nous sommes pressés, déclara Ryan à Duvall. Et puis je dois vous avouer que nous préférons les Pink Floyd, ajouta-t-il en voyant que son interlocuteur s'apprêtait à prendre la parole, apparemment pour le convaincre d'opter pour l'animation Elvis.

Brusquement, Ryan prit conscience qu'il ignorait tout des goûts musicaux de Maggie. En fait, il ne savait à peu près rien de la jeune femme, alors qu'il allait se marier avec elle dans quelques minutes. Pourtant, son ignorance ne le troublait guère. Il aurait tout le temps d'apprendre à la connaître après le mariage, se dit-il. Contre toute logique, il était convaincu qu'il s'entendrait avec elle.

— Les Pink Floyd, répéta Duvall d'un ton légèrement méprisant.

Il regarda Ryan un instant, puis haussa les épaules.

— Après tout, c'est votre affaire, lâcha-t-il.

Ryan ébaucha un sourire et prit la main de Maggie. Elle avait les doigts glacés. Il les serra fermement dans sa paume, en un geste qu'il espérait réconfortant.

— Nous pouvons commencer? demanda-t-il à Duvall d'un ton impatient.

— A votre service.

Duvall se frotta un instant les mains en regardant pensivement le jeune couple.

— Je ne peux pas célébrer de mariage sans un fond musical, annonça-t-il, l'air grave. Et je ne possède aucun disque des Pink Floyd. En revanche, j'ai tous ceux d'Elvis. Généralement, les gens choisissent *Love Me Tender*. La chanson s'accorde très bien avec l'atmosphère de la pièce et la lueur des bougies, c'est tout ce qu'il y a de romantique... Un jour, j'ai eu un client qui m'a demandé de jouer *Jailhouse Rock*, vous savez, cette chanson qui parle de la prison. En fait, c'était un repris de justice, qui venait de sortir de prison et qui prétendait s'appeler John Smith. Je suis sûr que c'était un nom d'emprunt, mais ses papiers d'identité semblaient authentiques. Après la cérémonie, il était si ému qu'il en avait les larmes aux yeux. Il m'a dit que ce qui l'avait le plus touché, c'était la voix d'Elvis et cette chanson qu'il avait si souvent écoutée en prison. Je ne l'ai pas revu, donc je suppose qu'il est encore marié...

L'homme était intarissable ! Ryan sentit la petite main de Maggie trembler dans la sienne. Il la dévisagea avec inquiétude, en espérant que le stress n'avait pas eu raison de ses nerfs. Grands dieux, il ne fallait pas qu'elle craque avant que le mariage soit célébré ! Il avait eu du mal à la persuader de l'épouser, et elle ne lui dirait pas oui deux fois de suite, il en était certain. Quand il croisa son regard, il se rendit compte avec stupéfaction — et un immense soulagement — que ce n'étaient pas les pleurs qui la faisaient trembler, mais le rire qu'elle réprimait de son mieux. Il lui sourit et resserra l'étreinte de ses doigts autour des siens.

— Nous avons choisi, affirma-t-il. Ce sera *Love Me Tender*.

Duvall hocha la tête d'un air approbateur.

— C'est vraiment la chanson qui convient, vous ne le regretterez pas, vous allez voir.

Il se dirigea vers les rayonnages sur lesquels étaient rangés des dizaines de Compact Disc et en prit un, qu'il glissa dans la fente d'une machine en plastique noir. Puis il s'empara d'une télécommande et la posa sur l'autel.

— Vous êtes prêts ? demanda-t-il, l'œil brillant, au jeune couple qui se tenait devant lui, les doigts enlacés.

La question résonnait encore aux tympans de Maggie quand elle sortit de la chapelle une demi-heure plus tard au bras de Ryan. Elle aurait dû répondre non, mais maintenant, il était trop tard. Trop tard pour retirer le certificat de mariage de la poche de la veste de Ryan — une veste qu'ils avaient achetée à la hâte, dans l'une des boutiques de l'hôtel. Trop tard pour ôter de son doigt l'alliance qui y brillait. Trop tard pour prétendre que son mariage n'avait jamais été célébré et qu'elle était encore célibataire...

— On aurait dû se méfier en voyant la statue, dit Ryan.

Il tourna la tête et lança un dernier coup d'œil à la maison peinte en rose et ornée de frises rococo en stuc.

Suivant son regard, Maggie contempla quelques secondes la statue d'Elvis en plâtre multicolore qui les fixait derrière l'une des vitres avec un sourire figé. Elle eut un frisson.

— Je ne pourrai plus jamais entendre cette chanson sans penser à cet endroit, murmura Ryan.

Maggie n'avait pas besoin de lui demander de quelle chanson il s'agissait. Duvall avait passé et repassé *Love Me Tender* sans interruption pendant toute la durée de la cérémonie. Dès que l'air se terminait, il appuyait sur un bouton de la télécommande posée à sa portée et Elvis se remettait aussitôt à roucouler. Satisfait, Duvall reprenait la cérémonie, comme s'il ne pouvait pas procéder à l'échange des vœux sans avoir la voix de son idole en fond sonore. Si le moment n'avait pas été aussi solennel, Maggie aurait pleuré de rire. Mais pour l'instant, elle était loin d'avoir envie de rire. Et il lui semblait que, si elle se mettait à pleurer, elle ne pourrait plus jamais s'arrêter.

— Je crois bien que j'ai fait mauvaise impression sur Duvall, déclara Ryan. Il doit penser que je suis d'une avarice sordide parce que j'ai refusé de payer le tarif de la formule de luxe. Mais j'avais peur de faire des cauchemars si je le voyais accomplir la cérémonie déguisé en King.

Un sourire flotta sur les lèvres de Maggie. Une vision qui soulagea Ryan, car il voyait bien que la jeune femme frôlait la crise de nerfs. En fait, elle lui avait semblé si nerveuse pendant toute la cérémonie qu'il avait craint de la voir refuser de l'épouser, quand Duvall avait demandé leur consentement aux futurs époux.

— Peut-être que si je lui avais demandé de jouer une chanson moins connue, il m'aurait davantage considéré, dit Ryan, songeur.

Le sourire de Maggie s'accentua.

— Il aurait fini par croire que tu connaissais le répertoire d'Elvis sur le bout des doigts.

— Et je suis sûr que je l'aurais regretté ! Il aurait été capable de nous prendre pour des fans, et il aurait enfilé un costume de scène, moulant et pailleté, en croyant nous faire plaisir !

Cette fois, Maggie se mit à rire.

— Je ne peux pas l'imaginer en costume de scène. Il n'a vraiment pas le physique !

— Pourtant, il doit bien en porter un quand il fait des imitations du King, affirma Ryan.

Il dévisagea Maggie.

— Si on allait dîner ? J'avoue que les émotions m'ont creusé. J'ai une faim de loup.

Il lui prit la main avec tant de naturel que la nervosité de Maggie disparut comme par enchantement.

— Moi aussi, j'ai faim, admit-elle.

Surprise, elle se rendit compte que c'était vrai. Jusque-là, son estomac était si noué qu'elle n'éprouvait plus la moindre sensation. Mais maintenant que la cérémonie était terminée et que les dés étaient jetés, elle ressentait un creux que le sandwich passablement frais avalé dans l'avion n'avait pu combler.

— Viens... Nous allons bien trouver un restaurant, sur le boulevard.

Il l'entraîna, et Maggie ne songea pas à retirer sa main de la sienne. Ils étaient mariés, ne cessait-elle de se répéter, sans parvenir à le croire. Une sorte d'engourdissement l'avait envahie et rien ne lui semblait vraiment réel autour d'elle. Elle avait l'impression de flotter dans un univers ouaté, où tout bougeait au ralenti. La tiédeur de la nuit, l'éclat des néons, la main de Ryan dans la sienne, le bruit de ses pas résonnant sur le bitume... Tout cela n'était qu'un rêve. L'ennui, c'est que la douleur que lui causaient ses escarpins tout neufs tenait plutôt du cauchemar. Ses chaussures la firent penser au reste de sa tenue. Elle se tourna vers Ryan.

— Au fait, je ne t'ai pas remercié pour cette robe, dit-elle en lançant un coup d'œil au vêtement qu'elle portait. Elle est très jolie.

La boutique, au rez-de-chaussée de l'hôtel où ils étaient descendus, regorgeait de tenues « parfaites pour un mariage, et que l'on pouvait porter après », selon les termes de la vendeuse qui connaissait bien le genre de sa clientèle. Maggie ayant refusé avec énergie la robe en satin crème au bustier rebrodé de perles qu'elle lui présentait, la vendeuse était revenue à la charge avec une demi-douzaine de modèles plus ou moins habillés. Maggie s'était décidée pour une tenue simple mais élégante, composée d'un fourreau droit sans manches, de soie ivoire, dont l'ourlet lui frôlait le genou, et d'une veste courte, agrémentée d'un col officier et de manches trois quarts. Pendant que Ryan allait choisir les alliances — il tenait à l'effet de surprise —, elle s'était rendue chez le coiffeur de l'hôtel. Apparemment doué pour comprendre les goûts de ses clientes, ce dernier lui avait épargné le chignon traditionnel, se contentant de coiffer simplement sa superbe chevelure en une masse de boucles qui lui retombaient souplement sur les épaules. Puis, en guise de cadeau de mariage, il lui avait offert une séance de maquillage.

— Je suis content qu'elle te plaise, répondit Ryan. Tu es très belle, tu sais.

— Oh... Merci.

Il vit dans son magnifique regard gris qu'elle ne croyait pas au compliment qu'il venait de lui faire. Il faillit le réitérer, mais se ravisa. Chaque chose en son temps, décida-t-il. Il avait toute la vie pour convaincre Maggie qu'elle était ravissante. Toute la vie... La pensée le fit sourire. L'idée de passer le reste de ses jours avec Maggie lui convenait parfaitement.

— Je ne savais pas que tu connaissais aussi bien la ville, dit-elle en le voyant se diriger à travers la foule sans la moindre hésitation.

— Je suis venu ici en décembre dernier, pour le Grand Prix. Il y avait tellement de monde qu'on aurait cru qu'un géant avait donné un coup de pied dans une fourmilière...

— C'était le Grand Prix de quoi ?

Ryan lança un regard surpris à sa compagne.

— De rodéo, bien sûr !

— Excuse-moi, murmura Maggie d'une voix si timide que cela le fit sourire.

— Bon, je laisse passer pour cette fois, dit-il sur un ton bourru, les sourcils froncés. Mais il va falloir parfaire ton éducation. Il y a certaines choses que l'épouse d'un cowboy ne peut se permettre d'ignorer.

Un éclair amusé passa dans les yeux bleus de Ryan quand il sentit Maggie tressaillir. Ce devait être le mot « épouse » qui la faisait réagir ainsi. Il s'arrêta devant un immeuble moderne, éclairé par une série de néons clignotants.

— C'est un casino, expliqua-t-il. On peut y dîner. Ensuite, on ira jouer avec les machines à sous... Je sens que je vais gagner, ce soir.

Encore sous le choc, Maggie suivit son « époux » sans opposer la moindre résistance. Ryan venait de confirmer d'un mot leur engagement, et cela lui faisait un drôle d'effet. D'un pas mécanique, elle pénétra à sa suite dans l'univers bruyant, coloré et artificiel des casinos qui faisaient la réputation de Las Vegas.

— J'ai gagné ! Oh, je n'arrive pas à le croire !

— Pourtant, c'est vrai.

Ryan fit un sourire éblouissant à Maggie et la poussa en douceur vers l'un des ascenseurs de l'hôtel. Ce devait être la cinquantième fois — au moins — en une demi-heure — au plus — que la jeune femme répétait cette phrase.

— Plus de cinq cents dollars ! s'exclama-t-elle en lançant un coup d'œil à Ryan pour confirmation.

Il s'exécuta bien volontiers.

— Cinq cents dollars et des poussières, renchérit-il avec un hochement de tête, avant d'appuyer sur le bouton de leur étage.

Les portes se rejoignirent sans bruit pour se refermer et l'ascenseur s'éleva sans à-coup.

— Moi qui ne gagne jamais rien, murmura Maggie, l'air incrédule.

— Mais cette fois, tu as gagné.

L'expression émerveillée de la jeune femme l'enchantait. De la main, il repoussa l'une des boucles qui lui retombaient sur le front et il lui sourit.

— Dommage que tu aies arrêté de jouer. Je suis prêt à parier que si tu avais continué, tu aurais ruiné le casino avant l'aube !

Maggie se redressa et leva bien haut son petit menton.

— Tu peux te moquer de moi, déclara-t-elle d'un ton digne. Mais toi, tu n'as pas gagné une seule fois !

— On a dû t'apprendre que la vanité était un vilain péché, non ?

— L'envie aussi, rétorqua Maggie en le regardant droit dans les yeux.

L'ascenseur s'arrêta, les portes s'ouvrirent et deux couples en tenue de soirée pénétrèrent dans la cabine. Ryan et Maggie se reculèrent pour leur faire de la place. L'un des nouveaux arrivants pressa sur le bouton correspondant à l'étage le plus élevé, celui de la terrasse. C'était là que se trouvait le restaurant de l'hôtel, avec vue sur la ville. L'une des femmes confia à sa voisine qu'elle avait l'intention de commander un filet mignon aux champignons, et un sorbet à la pomme verte.

Ils allaient dîner, se dit Maggie. Elle ignorait l'heure, mais elle devinait qu'il était près de minuit. Ce devait être ainsi à Las Vegas. La frontière entre veille et sommeil, entre jour et nuit était oblitérée par les néons allumés en permanence et le fracas métallique des machines à sous. Partout, des gens apparemment sains d'esprit passaient des heures à manipuler ces maudites machines en espérant aligner trois dessins similaires. Ou bien ils tentaient de lancer un défi au destin en posant des cartes sur une table.

Et d'autres personnes, apparemment normales elles aussi, allaient se marier devant l'un des innombrables sosies d'Elvis Presley, alors qu'elles se connaissaient à peine...

L'ascenseur fit un nouvel arrêt. Les portes s'ouvrirent, et Ryan prit la main de Maggie pour l'entraîner hors de la cabine. Ils longèrent un large couloir tapissé d'une moquette épaisse qui étouffait le bruit de leurs pas.

Elle s'était bien amusée, songea Maggie, non sans éprouver une certaine surprise devant cette constatation. Ryan s'était efforcé de garder un ton léger et d'avoir une conversation amusante pendant le dîner. Il avait même réussi à lui faire avaler un cocktail de crevettes et la moitié d'une omelette aux truffes avant qu'elle ne se souvienne qu'elle était trop nerveuse pour manger quoi que ce soit.

Après le dîner, il lui avait montré les divers jeux du casino, ces jeux d'argent et de hasard qui étaient la raison d'être de Las Vegas. C'était la première fois qu'elle venait dans cette ville, la première fois aussi qu'elle jouait à ce genre de jeux, et elle était restée fascinée un bon moment par le chaos organisé qui s'étalait sous ses yeux. La forêt de machines à sous était peuplée par d'innombrables clients aux yeux brillants, aux mains agiles. Ils venaient de tous les coins du pays, vêtus d'un smoking, d'une robe longue, ou bien en shorts et chemises à fleurs, les pieds chaussés d'escarpins à talons aiguilles ou de sandales en plastique... Quelle que soit leur tenue, ils avaient tous en commun cet étrange regard hypnotisé, quand ils se concentraient sur l'écran situé devant eux en poussant des pièces, avec des gestes de robots, dans la fente de la machine.

— C'est incroyable... On dirait qu'ils suivent un rituel. Ou qu'ils offrent un sacrifice à un dieu, avait-elle observé.

Ryan avait ri.

— C'est le dieu de la chance qu'ils adorent. Viens... Nous allons sacrifier quelques pièces pour honorer ce dieu, nous aussi.

Il l'avait entraînée dans le dédale des machines à sous.

— Je suis nulle à ces jeux-là, Ryan ! Je ne gagne jamais aux cartes, ni à la loterie, ni aux jeux de hasard. En fait, je n'ai guère de chance.

— La chance est fonction de l'état d'esprit dans lequel on se trouve, avait affirmé Ryan. Et puis on ne peut pas aller à Las Vegas sans glisser des pièces dans l'une de ces machines. Je crois bien que la loi nous y oblige !

Il avait pris de la monnaie dans sa poche et avait commencé à l'insérer méthodiquement dans l'une des machines à sous...

Maggie sourit en songeant à la scène. En quelques minutes, elle s'était laissé hypnotiser à son tour par le jeu. Elle ne pensait même plus à gagner. Comme un automate bien programmé, elle continuait à alimenter de pièces la machine pour le seul plaisir de regarder les petits dessins tourner à toute allure sur l'écran. Quand elle avait gagné, elle avait failli pousser des cris de Sioux tant elle était excitée. Et c'est avec une immense satisfaction qu'elle avait rangé la liasse de billets dans son petit sac de soie ivoire. Cinq cents dollars, ce n'était pas la fortune, mais ce n'était pas non plus une somme négligeable. Avec ce pactole, elle allait pouvoir régler une partie des réparations de la toiture. Sauf qu'elle n'avait plus de toiture à réparer, se dit-elle tout à coup. Elle n'avait même plus de toit du tout. En quelques heures, elle avait perdu son foyer, sa famille... Et elle avait gagné un mari et cinq cents dollars.

La réalité qu'elle avait mise de côté depuis que Ryan l'avait demandée en mariage reprit ses droits avec la puissance d'un train lancé sur elle à pleine vitesse. Ryan avait veillé à ne jamais lui laisser le temps de réfléchir pendant la soirée. Et elle n'avait même pas été tentée de le faire. Mais les heures avaient passé et le voile qui avait enveloppé son cerveau commençait à se déchirer. Les derniers lambeaux disparurent d'un coup quand Ryan, qu'elle avait suivi aveuglément jusque-là, s'arrêta devant une porte et sortit une clé de sa poche.

C'était leur chambre. Une vague d'appréhension submergea Maggie.

En fait, il s'agissait d'une suite spacieuse, qu'ils avaient partagée quelques instants en début de soirée, le temps de se changer avant d'aller se marier. Pendant qu'elle enfilait son ensemble de soie ivoire, Maggie n'avait pas pensé un seul instant à ce qui allait se passer après le mariage. Cela pouvait sembler absurde, mais ce qui l'avait préoccupée, à ce moment-là, c'était de savoir si elle avait encore toute sa tête ou si elle était en train de devenir folle. Dans le premier cas, elle ne comprenait pas comment elle avait pu accepter la proposition de Ryan, et surtout elle ne voyait pas ce qui l'empêchait de lui dire qu'elle avait changé d'avis. Et puis elle avait fini par admettre que, de toute façon, sensée ou démente, les dés étaient jetés. Elle allait épouser Ryan. Ensuite, elle pourrait toujours se faire soigner à l'asile.

A ceci près que, maintenant qu'elle était mariée, ce n'était pas vers l'asile que son époux l'entraînait, mais dans une suite nuptiale. Une suite qui, malgré son vaste salon et son immense chambre, lui semblait bien trop petite pour deux personnes.

Voyant que Ryan se débattait avec la serrure, elle songea que la chance était peut-être encore de son côté et qu'ils allaient passer la nuit dans le couloir. Son fol espoir s'envola quand la porte s'ouvrit et que Ryan s'effaça pour lui permettre d'entrer.

La femme de chambre avait laissé une lampe allumée dans le salon. La lumière jetait un halo doré sur la surface vernie de la table basse et éclairait en douceur le canapé recouvert de velours bleu pâle et les motifs sophistiqués du tapis oriental. Cette ambiance feutrée et luxueuse semblait à Maggie plus inquiétante que celle des bas-fonds de Calcutta.

— Maggie ?

Elle sursauta. Puis elle tourna la tête vers son compagnon, les yeux élargis par l'effroi.

— Que se passe-t-il ? lui demanda-t-il avec douceur. Tu ne veux pas entrer ? La suite ne te plaît pas ?

— Si, bien sûr...

Effarée, elle se rendit compte qu'elle se tenait immobile sur le seuil de la pièce. Les doigts agrippés sur le petit sac qu'elle tenait devant elle comme un bouclier, elle s'obligea à faire un pas, puis deux... Dans son dos, elle sentait les moindres mouvements de Ryan. Elle l'entendit fermer la porte d'un tour de clé, et le déclic indiquant que la serrure était verrouillée résonna à ses tympans comme le fracas du canon.

Le silence s'installa soudain dans la pièce.

Ils étaient seuls. Pour la première fois depuis que Ryan l'avait entraînée vers l'avion qui devait les emmener à Las Vegas, ils se retrouvaient en tête à tête. La panique s'empara de Maggie.

Ryan posa la clé sur la table basse et se tourna vers la jeune femme. Il avait l'impression qu'elle se sentait dans l'antichambre de l'enfer, avec ses escarpins collés à la moquette, son sac plaqué contre la poitrine et son air aussi rigide qu'une statue de marbre. Mais la lumière créait des reflets d'or cuivré sur sa chevelure, et éclairait doucement ses courbes si féminines, mises en valeur par la soie chatoyante de sa robe. Elle était ravissante, et elle était à lui. Oui, à lui, se dit-il, surpris par cette pensée machiste et la satisfaction qu'il en retirait.

Elle était à lui... Mais il lui fallait l'amadouer s'il voulait faire disparaître de ses traits son air de biche affolée.

— Veux-tu que je commande un souper ? Tu dois avoir faim, dit-il gentiment.

Elle secoua la tête.

— Non, merci.

Sa voix était à peine audible. Elle avait la gorge si nouée qu'elle semblait incapable d'avaler une gorgée d'eau.

Feignant un flegme qu'il était loin de ressentir, Ryan desserra sa cravate.

— J'ai toujours détesté en porter, marmonna-t-il. Je ne comprends pas comment on peut en mettre une tous les matins !

— Je suppose qu'on finit par s'habituer. On s'habitue à tout, ajouta Maggie dans un souffle.

« Sauf au mariage, » songea-t-elle. Elle déglutit avec peine. Non, elle ne pourrait jamais s'habituer à l'idée qu'elle avait épousé Ryan.

Elle le regarda ôter sa veste et la poser sur le dos d'une chaise, avec sa cravate, puis défaire les deux premiers boutons de sa chemise. Elle retint son souffle. Il était trop grand, trop fort, trop puissant... Comment pourrait-elle lui résister s'il décidait de la soumettre ? Il pouvait faire d'elle ce qu'il souhaitait. Elle aurait beau crier, appeler, qui l'entendrait derrière ces murs épais ?

« Là, tu débloques, Maggie, se dit-elle. Ryan ne te fera aucun mal, tu le sais. » Et elle s'obligea à inspirer profondément pour tenter de se calmer. Non, Ryan ne lui ferait jamais de mal. Elle avait beau le connaître depuis peu de temps, elle devinait qu'il était bon, juste, honnête. Il ne la blesserait pas, du moins pas physiquement. Il risquait juste de lui briser le cœur, sans même s'en rendre compte.

— Tu es vraiment très belle, dans cette lumière.

Malgré le ton velouté, la voix de Ryan la fit tressaillir. Elle lui lança un coup d'œil furtif, pour détourner aussitôt le regard quand elle décela le désir qui luisait dans les yeux bleus de son mari.

— Merci, murmura-t-elle.

Elle posa son sac sur le bras du canapé, se frotta les paumes. Elles étaient moites.

— C'est une très belle suite, dit-elle en regardant nerveusement autour d'elle. J'aime beaucoup les nuances qu'ils ont choisies pour la décorer : tous ces bleus et ces gris, avec des touches de couleurs plus vives, ça donne une certaine personnalité à la pièce. Je me demande si chaque suite a son propre décor ou si elles sont toutes semblables... En fait, c'est la première fois que je vais dans un hôtel de cette classe. Je ne connais que les chambres de motel, et leur décoration est très monotone. D'ailleurs, elles ne sont même pas décorées. Oh, regarde cette vue !

Consciente de parler pour ne rien dire, Maggie se dirigea vers la large baie vitrée, qui se trouvait comme par hasard tout au fond de la pièce. Elle tira le rideau et colla son front à la vitre, en fixant sans les voir les néons qui illuminaient les rues comme des bougies un sapin de Noël.

— C'est incroyable... Quand je pense que cette ville se trouve en plein désert !

Elle allait parler jusqu'à l'asphyxie, se dit-elle, l'estomac noué. Il ne fallait surtout pas qu'elle s'arrête car, alors, ce serait le silence et elle devrait affronter la nuit. Sa nuit de noces.

Aussi reprit-elle, d'une voix de plus en plus hachée :

— Bien sûr, on voit que la végétation manque d'eau, car elle n'est pas très verdoyante. D'un autre côté, il y a tellement de gens qu'il doit y avoir de la pollution et ce n'est pas bon pour les arbres. En fait, j'ignorais que Las Vegas était une si grande ville. A ton avis, il y a combien d'habitants ? Des millions, n'est-ce pas ?

— Je peux appeler le concierge et lui demander de faire monter un guide, si tu veux.

Maggie cligna des paupières. Elle se rendait compte du ridicule de son comportement.

— Excuse-moi. Je dis n'importe quoi. Tu dois penser que je suis un peu cinglée.

— Non, je trouve plutôt que tu ressembles à l'une de ces charmantes hôtesses qui font visiter la ville à des touristes, répondit-il avec un sourire.

Ce sourire fut la goutte d'eau qui fit déborder le vase. Maggie secoua la tête d'un air lamentable.

— Oh, Ryan, je ne peux pas...

— De quoi parles-tu ?

Avec un soupir, elle se tourna de nouveau vers la fenêtre et regarda le scintillement des néons d'un air absent.

— Je ne peux pas coucher avec toi, ce soir.

Il y eut un petit silence.

— Bien, dit-il, très calme. C'est toi qui décides. Je ne veux pas que tu fasses quoi que ce soit qui te déplaise.

— Je sais que c'est notre nuit de noces, reprit-elle comme si elle ne l'avait pas entendu. Les couples dorment ensemble, après leur mariage. Mais moi, je ne peux pas.

— Tu es sûre ? Il te suffirait de fermer les yeux et de penser à Dieu et à ta patrie.

La remarque était si étonnante, dans la bouche de Ryan, qu'elle se tourna vers lui, les yeux écarquillés.

— Qu'est-ce que tu as dit ?

— Ça ne prendrait pas longtemps, je te le promets, poursuivit-il d'un ton léger. Je me dépêcherais.

— Tu te... dépêcherais ? répéta-t-elle, ahurie.

— C'est normal, chérie. Ce serait un tel sacrifice pour toi !

— Mais non, ce n'est pas... Oh ! Tu plaisantes, c'est ça ?

Malgré l'air abasourdi de Maggie, il répondit avec le plus grand sérieux :

— Pas du tout, je t'assure.

Il se mit à loucher avec une horrible grimace et Maggie éclata de rire en dépit de sa nervosité. Ryan rit à son tour, heureux de la voir enfin se détendre. Il aurait préféré la voir se jeter sur lui pour l'embrasser, en proie à un désir impétueux, mais tout valait mieux que l'affolement qu'il avait lu dans son regard, quelques instants auparavant, ou le bavardage incessant auquel elle l'avait soumis.

— Tu m'as fait marcher ! s'exclama-t-elle en riant encore.

Elle se sentait beaucoup mieux, tout à coup. Ryan ne l'impressionnait plus autant que tout à l'heure, et la peur l'avait quittée. L'épuisement, en revanche, la gagnait. Avec un profond soupir, Maggie se passa les doigts dans les cheveux, dérangeant ainsi les boucles savamment ordonnées par le coiffeur.

— Je suis désolée, Ryan. C'est absurde, mais... mais il

s'est passé tant de choses, aujourd'hui ! J'ai l'impression d'avoir fait des tours et des tours de manège sur des montagnes russes, et j'ai la tête qui tourne. Tu comprends ?

— Tout à fait, l'assura-t-il, en réprimant avec énergie la partie de son anatomie qui refusait de comprendre.

Il avait tellement envie d'elle, se dit-il. Il la voulait, tout de suite. Toute la nuit.

Son instinct lui soufflait qu'il saurait bien la faire changer d'avis, s'il le souhaitait. Il se souvenait de la façon dont elle avait répondu à ses baisers, dont elle s'était accrochée à ses épaules et s'était plaquée contre lui, dans la jeep. Oh, oui, il saurait la persuader... Mais devant la nervosité de ses gestes, la timidité de son regard et la pâleur de ses joues, sa conscience lui suggérait de la laisser seule, ce soir.

Il espérait qu'elle apprécierait sa noblesse d'âme à sa juste valeur.

Il se pencha et lui effleura le front de ses lèvres.

— Dors bien.

— Merci de te montrer aussi compréhensif, murmura-t-elle.

En même temps, elle ressentait un petit pincement au cœur. Une sorte de déception de voir Ryan abandonner si vite la partie. Il aurait pu insister, un tout petit peu. Ou bien essayer de la convaincre, en employant de tendres arguments... Mais peut-être ne la désirait-il plus autant ? Peut-être regrettait-il déjà de l'avoir épousée ?

Et peut-être que son imagination débridée lui faisait imaginer le pire, se dit-elle. Elle était trop fatiguée pour réfléchir. Après lui avoir souhaité à son tour une bonne nuit, elle se dirigea vers la porte qui menait à la chambre. Sur le seuil, elle s'arrêta, le temps de lui faire un dernier sourire.

— A demain matin, dit Ryan en lui rendant son sourire.

Un sourire qui se transforma en grimace dès que Maggie eut refermé la porte derrière elle. Il s'adossa au mur, ferma les yeux, poussa un profond soupir. Il n'avait jamais mesuré à quel point il était dur de se montrer noble. Là, juste de l'autre côté du mur, se trouvait une femme ravissante, dotée d'une sensualité à fleur de peau, et qui était son épouse depuis quelques heures. Cette nuit était celle de leurs noces, et il la désirait comme un fou.

Pourtant, ce n'était pas dans les bras de sa femme qu'il allait passer les prochaines heures. Ce serait sous le jet glacé d'une douche.

à quel point il était dur de se montrer noble. Là, juste de l'autre côté du mur, se trouvait une femme ravissante, douée d'une sensualité à fleur de peau, et qui était son épouse depuis quelques heures. Cette nuit était celle de leurs noces, et il la désirait comme un fou.

Pourtant, ce n'était pas dans les bras de sa femme qu'il allait passer les prochaines heures. Ce serait sous le jet [illegible] d'une douche.

9.

La petite ville de Willow Flat sommeillait sous un soleil de plomb. A l'exception de deux camionnettes garées devant l'Auberge de la Rosée, à la périphérie de la ville, et de quelques véhicules dont les carrosseries le plus souvent cabossées et poussiéreuses ponctuaient la rue principale, Willow Flat donnait l'impression d'être vide. Ou endormie.

— Tout est pareil, murmura Maggie d'une voix étonnée.

— Cela me paraît normal, non? rétorqua Ryan en lui lançant un coup d'œil intrigué.

Maggie haussa les épaules.

— Bien sûr que c'est normal... Mais ma vie à moi a tellement changé que je m'attendais naïvement à ce que la ville ait changé aussi. Ça me semble presque bizarre de retrouver les choses comme elles étaient avant mon départ.

— Il faut reconnaître que tu n'es pas partie très longtemps.

— Je sais.

L'idée qu'il avait suffi de vingt-quatre heures et des poussières pour bouleverser sa vie de fond en comble lui donnait le vertige.

A travers la vitre de la jeep, elle aperçut Lee Hardeman

qui fumait sa pipe, assis sur le banc près de l'immeuble du journal local. Il agita la main en voyant passer le véhicule, et Ryan leva la sienne en guise de salut. Une camionnette blanche était garée devant l'épicerie principale. A l'intérieur, un gros chien jaune aboyait en regardant Bonnie Dillard balayer son bout de trottoir. Bonnie leva la tête dès qu'elle entendit le bruit du moteur de la jeep et agita automatiquement la main. Mais elle suspendit son geste et ouvrit la bouche toute grande quand elle se rendit compte que Ryan était en compagnie de Maggie.

— Tu crois qu'ils sont déjà au courant? demanda Maggie à Ryan, en songeant nerveusement à toutes les rumeurs que Bonnie était capable de faire circuler dans la ville d'ici à ce soir.

— S'ils ne le sont pas, la pancarte accrochée derrière la voiture va leur annoncer la nouvelle. J'ai écrit dessus « nouveaux mariés » au feutre rouge, et j'ai dessiné un gros cœur à côté.

— Quoi?

Ryan éclata de rire en voyant l'expression horrifiée de sa compagne.

— Tu marches à tous les coups, Maggie! Je plaisantais, voyons. Et pour répondre à ta question, je dirais qu'à moins que Duvall soit en fait un journaliste envoyé par *Les Echos de Willow Flat*, personne ne sait encore que nous sommes mariés. Mais ils l'apprendront vite. Je n'ai pas l'intention de garder notre mariage secret.

— Non... Non, bien sûr.

Maggie espérait que son ton était plus déterminé que son esprit. Elle ne souhaitait pas garder le secret, elle non plus. En même temps, elle ne tenait pas à ce que les gens l'apprennent. Du moins, pas avant qu'elle ait eu le temps de s'adapter à sa nouvelle situation. Ce qui lui prendrait entre cinq et dix ans, au mieux.

— Je me sens mal à l'aise, murmura-t-elle.

Elle lutta contre l'envie de baisser la tête et de se recroqueviller sur son siège.

— Ça doit être à cause de l'étiquette que j'ai épinglée dans ton dos. Il y a un dessin représentant une mariée en robe blanche.

Maggie ébaucha un pâle sourire. Ryan ne devait pas juger son comportement très logique. Mais rien de ce qu'elle avait fait au cours des deux derniers jours n'était logique. Finalement, elle observait une certaine cohérence dans toute cette folie.

Ryan bifurqua pour emprunter la rue dans laquelle se trouvait la maison de la mère de Maggie. Du coin de l'œil, il vit la jeune femme faire tourner nerveusement son alliance flambant neuve autour de son annulaire. Maggie avait beau savoir que la petite maison à la façade lézardée et au porche de guingois n'était plus son foyer, qu'elle avait pris la décision d'en déménager avant de se précipiter à Las Vegas et d'épouser Ryan, il lui semblait étrange d'y revenir en coup de vent, juste pour prendre quelques affaires, et pour faire part de son mariage au passage.

— Tu n'as pas besoin de m'accompagner, dit-elle à Ryan, au moment où ce dernier garait la jeep devant le porche.

A quelques mètres de là, le gros chien noir du voisin se redressa pour pousser un grondement, suivi d'un aboiement, puis il reposa la tête sur ses pattes, avec l'air satisfait d'avoir accompli son devoir.

— Maggie, nous venons de nous marier. Il est normal que tu me présentes à ta mère. Elle est ma belle-mère, maintenant, rétorqua Ryan d'un ton décidé.

Il coupa le moteur et se tourna vers sa compagne.

— Elle risque d'être très bouleversée ? Et ta sœur aussi ? C'est pour cela que tu ne veux pas que je vienne avec toi ?

Le mot « bouleversée » était faible, se dit Maggie en pensant à la réaction que la nouvelle de son mariage allait sans doute susciter chez Lydia et chez Noreen. Lydia ne verserait sûrement pas des larmes de joie en apprenant que sa fille cadette s'était mariée à Las Vegas — elle risquait plutôt de piquer une crise de nerfs. Quant à Noreen...

— Non, elles ne seront pas bouleversées.

« Ahuries, furieuses, hystériques »... Voilà les qualificatifs qu'elle aurait utilisés. Pour Noreen, elle aurait même ajouté « jalouse, folle de rage et capable de tuer pour se venger ».

— Dans ce cas, tout ira bien. Je vais t'accompagner, tu me présenteras à ta mère, et tu iras prendre tes affaires. Ensuite, tu me suivras jusqu'au ranch. Regarde, Tucker a tenu parole. Il m'avait promis de se débrouiller pour déposer ta voiture devant chez toi, et il l'a fait.

En effet, la petite voiture bleue de Maggie était garée à quelques mètres de la maison, et semblait attendre sa propriétaire.

— Tucker... C'est lui l'ancien voleur de voiture ? demanda Maggie.

Ryan sourit.

— Non, l'expert c'est Reggie, l'un de nos journaliers. Tucker, lui, n'a jamais rien volé de sa vie.

Ryan sortit de la jeep et en fit le tour pour ouvrir la portière du passager.

— Viens, dit-il à Maggie en lui tendant la main pour l'aider à descendre. Nous allons affronter la tempête ensemble !

Elle aurait affronté avec joie toutes les tempêtes du monde si cela avait pu lui épargner ce face-à-face tant redouté avec sa mère et sa sœur. Mais Ryan avait raison, elle n'avait guère le choix. Elle était mariée.

A pas lents, elle se dirigea vers la maisonnette. Les

condamnés à mort devaient avoir l'air aussi lugubre quand ils marchaient vers la potence, se dit-elle. Rassemblant son courage, elle leva la tête et se creusa les méninges pour faire une remarque amusante, ou légère... En vain. L'esprit vide, elle était incapable d'articuler le moindre mot.

Quand elle se rendit compte que la voiture de Noreen n'était pas garée devant la maison, elle fut soulagée. Sa sœur devait travailler jusqu'à ce soir à l'Auberge de la Rosée, du moins Maggie l'espérait-elle. Une pensée subite la fit tressaillir. Si Ryan tenait tant à l'accompagner, était-ce parce qu'il voulait voir Noreen, justement ?

Elle lui lança un coup d'œil.

— La voiture de Noreen n'est pas là, annonça-t-elle brusquement. Je suppose que ma sœur est à son travail.

— Aucune importance. Nous nous sommes déjà rencontrés, répondit Ryan d'un ton paisible.

Maggie hocha la tête en affectant une certaine nonchalance, comme s'il venait d'exprimer à voix haute ce qu'elle pensait tout bas. D'ailleurs, Ryan était un être logique, raisonnable. S'il avait voulu conquérir le cœur de Noreen — ou son corps —, il n'aurait pas choisi d'épouser sa sœur cadette pour parvenir à son objectif. C'était une stratégie absurde. Par ailleurs, la logique tenait peu de place dans la conduite de Ryan ces derniers temps. Sinon, il ne serait pas là, à son côté, avec une alliance brillant à son annulaire gauche.

La télévision était en marche, comme d'habitude, découvrit Maggie en ouvrant la porte. Des rires et des exclamations joyeuses fusaient chaque fois que le présentateur terminait une phrase. Il s'agissait d'une émission du style *La Roue de la Fortune* ou *Millionnaire d'un jour*. En entendant ces rires stéréotypés, Maggie songea que, si elle n'avait pas déjà décidé de déménager, elle l'aurait fait, mariée ou non, dans le seul but de fuir le bavardage artificiel et incessant de la télévision. En fait, ce n'étaient pas les yeux bleus et le sourire charmeur de Ryan qui l'avaient conquise, c'était l'espoir de ne plus jamais entendre les voix de Vanna, de Sally ou de Bob, les présentateurs favoris de Lydia.

— Ma mère doit regarder la télévision, dit-elle à Ryan, comme s'il s'agissait d'un événement tout à fait inhabituel. Elle aime suivre certains feuilletons.

Maggie se mordit la lèvre. C'était un euphémisme, songea-t-elle. Elle aurait pu aussi bien préciser qu'Imelda Marcos avait tendance à collectionner les paires de chaussures.

— Ils sont des millions à le faire, répliqua Ryan avec un sourire, tout en se demandant pourquoi Maggie avait l'air si tendu.

Peut-être n'aurait-il pas dû insister pour rencontrer sa mère aujourd'hui. Il pensait que c'était la moindre des politesses. Mais étant donné la façon dont il avait mené son mariage tambour battant, il était un peu trop tard pour s'inquiéter des conventions. Quand il avait proposé à Maggie de la conduire chez elle pour l'aider à récupérer ses affaires, il avait jugé normal d'aller se présenter à sa nouvelle belle-mère. Voilà au moins une démarche simple, directe et logique, qu'il pouvait accomplir dans les formes ! Maintenant, il avait des doutes. Maggie, blême, les yeux élargis par l'appréhension, semblait sur le point de s'évanouir.

Serait-il aussi anxieux dans une heure ou deux, quand il irait annoncer la nouvelle de son mariage à son grand-père ? se demanda Ryan, perplexe.

Figée devant la porte du salon, aussi immobile qu'une statue, Maggie avait un air désespéré. Elle imaginait sa mère vautrée dans le canapé, vêtue d'un sweat-shirt délavé et d'un pantalon informe, une canette de Coca à portée de main et le regard fasciné par le petit écran, sur lequel elle voyait les scènes défiler les unes après les autres sans se rendre compte que la vie réelle continuait sans elle, à l'extérieur de la maisonnette. Les sourcils froncés, Maggie tenta d'imaginer comment sa mère allait réagir à la nouvelle qu'elle s'apprêtait à lui annoncer. Nul doute qu'elle serait étonnée. Puis incrédule. Ce ne serait pas la soudaineté de l'événement qui la surprendrait le plus, mais le fait qu'un homme séduisant et riche ait pu s'intéresser à sa fille cadette, au point de la demander en mariage.

Maggie sentit son estomac chavirer lentement vers ses talons. Elle avait l'habitude des remarques désagréables de sa mère, mais elle ne voulait pas que Lydia l'humilie devant Ryan. Brusquement, elle eut envie de demander à Ryan de partir et de l'attendre au ranch. Elle pourrait alors se glisser sans bruit dans sa chambre, rassembler ses affaires et les jeter pêle-mêle dans un sac de voyage, puis filer vers sa voiture sans même que Lydia s'en rende compte. Le projet était si tentant qu'elle faillit le mettre à exécution. Mais elle se ravisa à contrecœur. S'enfuir de chez elle comme un voleur dans la nuit, cela ne correspondait pas à l'idée qu'elle se faisait d'un comportement d'adulte.

De plus, un obstacle majeur contrecarrait son envie de fuir. En effet, Maggie ignorait où se trouvaient les clés de sa voiture. Tucker avait dû les donner à Lydia, et sa mère avait pu les ranger n'importe où. Pour le savoir, Maggie n'avait d'autre choix que de demander le renseignement.

La jeune femme inspira une grande bouffée d'air avant de pousser la porte et de pénétrer dans le salon. Ryan lui emboîta le pas. La pièce était plongée dans une semi-obscurité, car les rideaux épais étaient tirés pour permettre à Lydia de mieux se concentrer sur les images qui défilaient devant ses yeux. Comme Maggie l'avait prévu, sa mère était à demi allongée sur le canapé, le visage tourné vers l'écran, et regardait avec émerveillement une jeune femme trop mince et trop blonde, dotée d'une bouche de mérou et de seins rebondis, gonflés comme des ballons, qui se trémoussait dans une robe très courte et décolletée jusqu'au nombril en poussant des exclamations d'une voix aiguë de petite fille. Face à elle, le présentateur gardait un calme olympien et tentait de placer un mot entre deux cris hystériques de son invitée.

— Maman ?

Maggie dut s'y reprendre à deux fois avant d'obtenir une réaction de la part de sa mère.

— Maman ? répéta-t-elle, d'une voix plus forte.

Lydia sursauta, comme si on venait de la tirer d'un rêve, mais elle ne se retourna pas pour autant. Les yeux toujours rivés au petit écran, elle répondit sur un ton neutre :

— Oui, Maggie ?

— Maman, il faut que je te parle et...

— Je n'ai pas du tout apprécié le message que tu as laissé sur le répondeur. Tu me préviens que tu t'absentes un jour ou deux, comme ça, au dernier moment... Je trouve que tu exagères !

Lydia avait parlé d'un trait, d'une voix coupante, sans perdre des yeux la blonde oxygénée qui s'était approchée du présentateur et lui agitait ses seins siliconés sous le nez.

— Tu n'as même pas dit où tu allais. Tu n'as pas pris la peine de laisser un numéro de téléphone, au cas où on aurait besoin de toi, poursuivit sa mère, d'un ton plein de reproche.

— Je ne pensais pas que tu aurais besoin de moi, murmura Maggie.

En fait, elle était surprise de constater que sa mère avait remarqué son absence. Lydia était tellement absorbée par elle-même ou par ce qui se passait sur le petit écran qu'elle ne s'occupait guère de son entourage. Surtout s'il s'agissait de sa fille cadette, songea Maggie.

L'émission de jeu fut remplacée par un spot publicitaire pour un médicament destiné à soigner le rhume des foins. Une série d'éternuements résonna dans le salon, puis un homme en blouse blanche apparut sur l'écran, l'air grave, et s'adressa aux téléspectateurs pour leur demander s'ils faisaient partie des millions d'Américains souffrant d'allergie. Son ton inquisiteur était des plus désagréables.

Lydia se détourna enfin de la télévision, le temps d'attraper la télécommande posée sur la table basse et de presser un bouton pour baisser le son de quelques décibels.

— Noreen a vu Bob Hesslewhite, annonça-t-elle à Maggie. Elle lui a demandé de s'activer un peu, pour la vente de la maison.

Elle leva la tête vers sa fille et plissa les yeux pour tenter de la distinguer dans la pénombre.

— Bob dit que le marché n'est pas très bon en ce moment. Qui voudrait s'installer dans ce trou perdu, je te le demande ? Il a dit aussi que si on voulait la vendre plus vite, il faudrait repeindre la façade et arranger...

La vision de Lydia s'était adaptée à la faible luminosité et elle aperçut enfin la silhouette qui se tenait derrière sa fille. Elle s'interrompit, la bouche entrouverte, le regard stupéfait.

— Oh... Je ne savais pas que tu étais venue avec quelqu'un, Maggie !

— Maman, je te présente Ryan Lassiter. Ryan, voici Lydia Drummond. Ma mère, ajouta-t-elle à mi-voix.

Elle n'aurait jamais pensé qu'elle présenterait un jour son mari à sa mère d'une façon aussi froide, aussi guindée. Mais comment faire autrement, avec la pelote d'épingles qui s'était coincée dans sa gorge et son cœur qui battait la chamade ?

— Lassiter ? répéta Lydia en se levant enfin du canapé. Vous êtes de la famille des propriétaires du Double L ?

Maggie savait que, dans le cerveau de sa mère, les rouages s'étaient mis à tourner à toute vitesse. Et que, si l'éclairage avait été plus fort, Ryan aurait pu déceler dans ses prunelles une lueur d'avidité.

— Oui, je suis le petit-fils de Nathan Lassiter, répondit Ryan d'un ton aimable. Je suis heureux de vous rencontrer, madame Drummond.

Lydia leva une main aux ongles peints en rouge foncé pour mettre un peu d'ordre dans ses cheveux frisés.

— Je n'attendais pas de visite, voyez-vous. Je suis désolée. Je dois être horrible, ajouta-t-elle avec une moue qui était la copie de celle que faisait Noreen quand elle allait à la pêche aux compliments.

Lydia plissa le front en se demandant si elle s'était maquillée ce matin... Elle était presque sûre de l'avoir fait, mais elle avait du mal à se souvenir du reflet que lui avait renvoyé le miroir. Elle lança un regard de reproche à Maggie.

— Tu aurais pu me prévenir que nous allions avoir un invité. Franchement, Maggie, ce serait plus poli de ta part si tu me passais un coup de fil avant d'amener quelqu'un à la maison.

— Excuse-moi, maman, mais je...

— Vous êtes parfaite, madame Drummond, intervint Ryan avec un sourire qui aurait fait fondre un iceberg au milieu de la banquise. C'est moi le coupable. J'ai demandé à Maggie si je pouvais l'accompagner, et je ne lui ai pas laissé le temps de dire non. J'avais très envie de vous rencontrer, voyez-vous.

Le sourire de Ryan était contagieux. De plus, Lydia n'avait jamais pu résister à un compliment, surtout quand il était formulé par un homme jeune, séduisant et riche. Elle s'adoucit aussitôt et fit même un sourire en retour.

— Merci. C'est gentil, roucoula-t-elle en levant le menton et en dévisageant Ryan sous ses cils épaissis par le Rimmel.

— Pourquoi vouliez-vous tellement me voir ? ajouta-t-elle avec coquetterie.

— Eh bien...

Ryan espérait qu'il n'allait pas regretter cette visite impulsive, quand il vit Lydia émettre un petit rire de gorge et poser une main sur sa hanche, en se campant devant lui. Bill lui avait décrit la mère de Maggie comme une femme ressemblant à Bette Davis dans ses vieux jours. Il avait raison, d'une certaine manière. Il avait juste omis de préciser qu'il s'agissait d'une caricature plutôt que d'une ressemblance.

— Maman, il faut que je te parle.

— Vraiment ? demanda Lydia, l'air absent, les yeux rivés sur Ryan.

Son regard calculateur, métallique comme un tiroir-caisse, mettait le jeune homme de plus en plus mal à l'aise.

— Je suis désolée, mais Noreen n'est pas là, dit Lydia tout à coup.

Elle avait passé en revue toutes les raisons pour lesquelles Ryan Lassiter avait pu s'aventurer chez elle, et n'en avait retenu qu'une, la seule qui lui paraissait plausible : il était venu pour voir Noreen. Les hommes tombaient aux pieds de sa fille aînée comme des mouches. Ils avaient tous le béguin pour elle, songea Lydia avec une certaine fierté mêlée d'un zeste d'envie. A une époque, c'était d'elle qu'ils tombaient amoureux. Le temps avait passé trop vite, sa jeunesse s'était flétrie trop tôt. Un pli amer marqua sa bouche.

— Je sais qu'elle n'est pas là, rétorqua Ryan. Mais je ne...

— Vous la trouverez à l'Auberge de la Rosée. Elle y travaille en ce moment, indiqua Lydia.

Ryan se dandina d'un pied sur l'autre, en hésitant. Il aurait dû écouter Maggie, cela lui aurait épargné cette rencontre qui commençait à devenir gênante. Lydia, avec ses frisettes décolorées et son maquillage ridicule, n'avait rien de commun avec Maggie. Comment pouvait-elle être sa mère ?

— En fait, madame Drummond, je suis venu pour...

— Ryan et moi nous sommes allés à Las Vegas hier. Pour nous marier.

D'un ton nerveux, mais décidé, Maggie venait de mettre fin au malentendu. Elle n'avait aucune envie de voir sa mère persuader Ryan que, s'il était venu jusqu'ici, c'était pour voir Noreen.

Le silence tomba dans la pièce. Avec une certaine appréhension, Ryan et Maggie attendirent que le cerveau de Lydia ait enregistré les paroles qui venaient d'être prononcées. La réaction de cette dernière ne tarda pas, et elle fut plutôt comique. Ses yeux bleu pâle, dont Noreen avait hérité, se dilatèrent de façon impressionnante, et sa bouche s'ouvrit toute grande.

— A Las Vegas ? Pour... pour..., balbutia-t-elle, sous le choc.

— Pour nous marier, insista Maggie en se demandant si le simple fait de répéter les mots pouvait les rendre plus crédibles.

— Mais... mais... je ne savais pas que... que vous vous connaissiez assez bien pour... pour vous marier, protesta Lydia d'une voix hachée.

Son regard stupéfait alla de Maggie à Ryan, puis de Ryan à Maggie.

— Certaines personnes se reconnaissent au premier coup d'œil, affirma Ryan en glissant un bras autour de la taille de Maggie. Ils n'ont pas besoin de réfléchir longtemps pour prendre la décision de vivre ensemble.

Voilà qui était bien dit, songea Maggie. Ils étaient du

reste un parfait exemple de ce qu'avançait Ryan. Ils avaient foncé tête baissée dans le mariage sans se connaître vraiment, et sans réfléchir une seconde.

— Eh bien... Je suppose que vous avez raison, marmonna Lydia.

Elle lança un coup d'œil autour d'elle, comme si elle cherchait à s'assurer que tout, dans le salon, était encore dans son état normal malgré le cataclysme qu'elle venait de ressentir.

— Voulez-vous... voulez-vous boire quelque chose? demanda-t-elle.

Elle se pencha pour récupérer la canette de Coca vide qui se trouvait sur la table basse et regarda Ryan d'un air hébété. Un instant, Maggie crut que sa mère allait la proposer au jeune homme. Mais Lydia la serra entre ses mains et poursuivit, d'une voix faible, presque plaintive :

— Je peux vous offrir du Coca, du lait, du jus d'orange...

Elle fronça les sourcils.

— Non, je crois qu'il n'y a plus de jus d'orange, murmura-t-elle.

— Merci, mais je n'ai pas soif, déclara Ryan.

Il commençait à se rendre compte que sa nouvelle belle-mère était un peu décalée. Au bout de dix minutes d'une conversation plutôt laborieuse, il décida qu'elle était carrément cinglée. Oh, elle n'était pas folle furieuse, ne grimpait pas aux rideaux, ne sautait pas sur les meubles, ne hurlait pas des absurdités, ne parlait pas à des êtres invisibles qu'elle seule pouvait discerner... Non, Lydia Drummond avait le cerveau atteint, mais elle était du genre tranquille. Ses yeux ne cessaient jamais de bouger, passant de Maggie à Ryan, puis de Ryan au petit écran sur lequel ils s'attardaient avant de recommencer leur manège. Si elle avait baissé le son, elle avait gardé l'image. Et, dès que Ryan ne s'adressait pas directement à elle, Lydia détournait le regard et tentait de capter ce qui se passait à la télévision.

Ryan avait cru qu'elle allait le bombarder de questions. Il s'était attendu à ce qu'elle lui demande pourquoi ils s'étaient mariés à Las Vegas, où ils avaient l'intention d'installer leur foyer, et quel était le métier exact qu'il exerçait. Le genre de questions que toute mère et belle-mère poserait à un jeune couple. Lydia, elle, n'avait rien demandé. En fait, elle ne l'avait pas interrogé une seule fois.

Elle déclara simplement qu'elle était très surprise de ce mariage — à trois reprises au moins. Elle leur raconta qu'elle avait gagné une fois deux cents dollars dans l'un des casinos de Las Vegas. Elle se rappela à haute voix qu'elle n'était pas retournée à Atlantic City depuis des lustres et dit à Ryan qu'on lui avait beaucoup parlé de l'endroit depuis, qu'il était apparemment devenu beaucoup plus agréable qu'avant. Puis elle s'inquiéta de savoir si Ryan avait déjà vu *La Roue de la Fortune,* qui était l'une de ses émissions de jeux préférées. Le jeune homme dut admettre qu'il ne l'avait jamais regardée. L'aveu excita beaucoup Lydia, qui entreprit aussitôt de lui expliquer les règles du jeu, et de louer la beauté de Vanna, la présentatrice, dont elle admirait particulièrement la garde-robe.

— Vous savez, elle s'arrange pour être bien habillée, même quand elle est enceinte, affirma Lydia en froissant le bord de son chandail bleu entre ses doigts minces et nerveux. Il y a peu de femmes qui savent s'habiller et rester jolies quand elles attendent un bébé, poursuivit-elle, sur le ton de la confidence. Moi, j'ai eu de la chance... Je suis restée très mince, et on voyait à peine que j'étais enceinte quand j'attendais Noreen. Malheureusement, pour Maggie, j'ai pris un peu plus de poids.

Elle se tourna vers Maggie d'un air réprobateur, et se

dérida soudain, comme si elle venait de comprendre la situation.

— Ah... Tu es enceinte, n'est-ce pas ?

Ryan, qui enlaçait toujours la taille de Maggie, sentit la jeune femme sursauter en entendant la remarque de sa mère. Il la vit rougir, puis pâlir. Le commentaire l'avait étonné, lui aussi, mais ce qui le surprit le plus, c'est que l'idée lui plaisait beaucoup. En fait, il serait rudement content que Maggie attende un enfant de lui, songea-t-il, troublé.

— Non, grommela Maggie.

La perplexité qui se refléta sur les traits de sa mère ne fit qu'aggraver son humiliation. Elle n'avait pas besoin d'une boule de cristal pour deviner que Lydia ne pouvait imaginer un instant que Ryan l'avait épousée parce qu'il était amoureux.

— Il vaut mieux que j'aille faire mes bagages, dit la jeune femme en se levant brusquement.

Ryan, qui s'était assis sur le bras du fauteuil dans lequel elle avait pris place, l'imita aussitôt. Maggie fit de son mieux pour éviter de croiser son regard. Elle refusait de voir dans ses yeux la question qu'il devait se poser, celle qu'elle avait lue dans ceux de sa mère : pourquoi diable l'avait-il épousée ?

— Tu as besoin de moi ? demanda-t-il gentiment. Je peux t'attendre et t'aider à porter tes affaires dans ta voiture.

— Non, merci. Je n'emporte que des vêtements et des babioles. Rien de bien lourd.

Elle ne tenait pas à ce que Ryan s'attarde cinq minutes de plus dans la maison et ne l'y aurait pas encouragé même si elle devait en contrepartie porter des tonnes de bagages sur le dos... S'il prolongeait la conversation avec Lydia pendant qu'elle rassemblait ses affaires dans sa chambre, il risquait de demander le divorce avant ce soir.

Ryan ne protesta pas. Il était impatient d'arriver au ranch. Il lui fallait prendre de l'avance sur Maggie pour parler à son grand-père. S'il ignorait comment Nathan réagirait à l'annonce de son mariage, il savait déjà que sa réaction n'aurait rien à voir avec celle de Lydia. Nathan avait toute sa tête, une solide logique et ne bredouillait jamais. Malgré tout, Ryan voulait s'assurer qu'il ne dirait rien qui pût bouleverser Maggie.

— Alors, à tout à l'heure, dit-il.

Il se pencha pour l'embrasser. Juste avant que ses lèvres ne se posent sur celles de sa femme, il entrevit l'étonnement dans son regard gris. Ryan prit son temps pour savourer le goût de ses lèvres qui frémissaient sous les siennes. Les yeux mi-clos, il huma le parfum vanillé qu'exhalait la chevelure de Maggie. C'était celui du shampooing de leur hôtel. Il le savait, car il avait utilisé le même ce matin. Etrangement, l'idée qu'ils se soient servis du même shampooing lui parut excitante. Et si l'odeur d'un simple produit de toilette parvenait à l'exciter, c'était parce qu'il avait passé sa nuit de noces tout seul dans son lit, en compagnie de la télévision et de la bible posée sur sa table de chevet.

Il s'arracha aux lèvres de Maggie en réprimant un soupir de regret et de frustration. Quand il aperçut la douceur et la tendresse qui rayonnaient sur le visage de la jeune femme, il faillit lui reprendre la bouche avec fougue. Si seulement ils étaient seuls... Il lança un coup d'œil en direction de Lydia avec le fol espoir qu'elle eût disparu entre-temps comme par enchantement. Mais non... La mère de Maggie les observait sans vergogne, l'air plus hagard que jamais.

Ryan se redressa tout à fait.

— J'ai été heureux de vous rencontrer, madame Drummond.

Il s'était efforcé de mettre un brin de sincérité dans sa voix.

— Oui.

La réponse laconique de Lydia le laissa sur sa faim. Cela signifiait-il que Lydia pensait, elle aussi, qu'il devait être heureux de l'avoir rencontrée ? Ou bien qu'elle était contente d'avoir eu sa visite ?

Décidément, sa belle-mère avait une araignée au plafond. Une grosse, très grosse araignée.

Nathan repoussa d'un geste agacé la pile de papiers, de factures et de formulaires en tout genre qui s'amoncelaient sur son bureau, et jura tout bas. Il détestait s'occuper des déclarations fiscales, des feuilles de salaire, et de la paperasserie que ne cessait de lui envoyer l'administration. Pour lui, l'enfer devait consister à s'asseoir derrière un bureau et à remplir des heures, des jours, des mois et des années durant des piles interminables de questionnaires et de déclarations. Quand sa femme, la merveilleuse Mary Beth, vivait encore, c'était elle qui se chargeait de remplir et d'envoyer les documents concernant la gestion du ranch. Depuis sa mort, plus de trente ans auparavant, Nathan avait pris la relève. Ce qui signifiait qu'il passait des heures à gribouiller des chiffres et des mots sur des formulaires tout en débitant un répertoire de jurons de plus en plus variés.

A son retour de l'université, Ryan avait commencé à le décharger des tâches administratives et comptables. Il s'en occupait efficacement et Nathan en avait ressenti un soulagement immense. Mais après le décès de Sally, Ryan avait pris la route pour suivre le circuit des rodéos, lui laissant de nouveau le soin de s'acquitter de ces corvées. Son petit-fils l'en déchargeait parfois, quand il revenait au ranch, mais ses séjours étaient rares et brefs.

Le vieil homme devait admettre qu'au fil des années, il aurait pu passer progressivement la main à une secrétaire, mais c'était compter sans son entêtement. Il voulait prouver à Ryan qu'il pouvait se débrouiller tout seul et qu'il n'avait besoin de personne pour gérer son ranch. Surtout pas d'un gamin passant son temps sur la route, et assez fou pour risquer sa vie sur le dos d'un cheval furieux, dans le seul but de gagner une boucle de ceinture en or !

Avec un grincement de dents, Nathan lança un regard irrité à l'ordinateur qui trônait sur son bureau, à demi enfoui sous la paperasse. Ce gadget prenait la moitié de la place, et lui était aussi utile qu'une ancre de bateau, se dit-il. Il s'était laissé influencer par Ryan et l'avait acheté sur ses conseils quelques mois auparavant. Ryan avait installé les programmes nécessaires, lui avait montré comment s'en servir, et puis il était parti, une fois de plus. Après son départ, Nathan avait dû reconnaître que, s'il avait acheté ce maudit ordinateur, c'était dans le secret espoir de garder Ryan un peu plus longtemps au ranch.

— Quel idiot je fais, grommela-t-il à mi-voix. Je vieillis et je deviens sénile, voilà la vérité.

Il avait fait exprès d'oublier la façon dont il était censé utiliser le matériel informatique et tous les conseils de Ryan à ce sujet. Le mode d'emploi devait traîner quelque part, au fond d'un tiroir, mais il n'avait aucune intention de le rechercher. Et maintenant, chaque fois qu'il s'asseyait à son bureau, il devait affronter l'écran éteint de cet engin aussi cher qu'inutile.

Les traits crispés, Nathan se leva et repoussa sa chaise d'un geste brusque. Il faisait plus frais, aujourd'hui, et l'air était humide. La pluie s'annonçait, s'il se fiait au baromètre que constituaient ses douleurs articulaires. Le vieil homme étendit la main, allongea ses doigts, puis les replia et fit la grimace. La souffrance qu'il éprouvait lui fit penser qu'il était temps pour lui de mettre de l'ordre dans sa vie, dans son ranch aussi, et de songer à ce que deviendrait celui-ci après sa mort.

Les sourcils froncés, l'air soucieux, il contempla un instant le portrait de Quintin et de Marilee Lassiter qui surplombait la cheminée. Ces deux-là s'étaient battus pour acquérir les terres du Double L et pour les mettre en valeur. Le fruit de leur labeur s'était transmis de génération en génération, et Nathan n'avait pas l'intention d'être le dernier Lassiter à vivre dans ce ranch.

Il fallait qu'il parle à Ryan. Il était grand temps que le jeune homme assume ses responsabilités. Certes Ryan n'avait pas apprécié que son grand-père s'amuse à jouer les entremetteurs et lui offre Shelly sur un plateau d'argent. Mais, avec le temps, il se rendrait à l'idée de ce mariage, qui n'était pas si mauvaise. Shelly était très belle, et maintenant qu'elle avait abandonné ses projets hollywoodiens, elle était prête à s'installer et à fonder une famille. Après tout, n'était-ce pas un signe du destin que Ryan se soit cassé le bras au cours d'un rodéo et qu'il soit rentré au ranch le temps de sa convalescence, juste au moment où Shelly décidait de revenir au pays ? Ces deux-là étaient faits l'un pour l'autre, Nathan en était sûr — ou presque.

Les sourcils du vieil homme se froncèrent à se toucher quand il pensa aux derniers faits et gestes de son petit-fils. Il était parti Dieu sait où — à supposer que Dieu lui-même fût au courant — comme ça, sur un coup de tête, sans même revenir au ranch pour y prendre des affaires. Il avait juste passé un coup de fil à Tucker pour le prévenir qu'il serait de retour dans un jour ou deux. Il lui avait demandé par la même occasion d'aller dépanner la voiture d'une femme, quelque part au pied de la montagne, et n'avait pas jugé bon de donner des explications. Du moins, Tucker n'en avait-il rien dit. McIntyre était un rude gaillard, aussi muet qu'une carpe. En général, Nathan admirait sa discrétion. Sauf quand elle concernait les agissements de son petit-fils.

Perdu dans ses pensées, il regardait d'un œil vague les prairies qui s'étendaient à l'infini derrière la vitre quand il entendit que l'on frappait à la porte. Trois coups légers, qui pourtant le firent tressaillir car il n'avait pas perçu le bruit de pas qui s'approchaient. Encore une preuve supplémentaire qu'il n'allait pas en rajeunissant, se dit-il, énervé. Il se retourna et lança un regard mauvais à la porte qui s'ouvrait doucement.

— Qu'y a-t-il ? aboya Nathan.

Quand il vit la tête de Ryan passer par l'entrebâillement, sa mauvaise humeur s'aggrava. Il n'avait même pas entendu le bruit du moteur de la jeep dans la cour ! A ce train-là, il risquait de devenir sourd dans les prochains mois.

— Tu as une minute ? demanda Ryan.

— Ah, te voilà, toi ! gronda Nathan.

Le ton n'était guère accueillant, mais il en fallait plus à Ryan pour se laisser démonter.

— Oui, me voilà.

Il pénétra dans la pièce et referma la porte derrière lui. Ryan se rendait compte qu'il était aussi nerveux qu'un adolescent sur le point d'avouer qu'il venait de démolir la voiture qu'on lui avait prêtée pour la soirée.

— Il faut que je te parle, annonça-t-il.

— Eh bien, c'est tant mieux, car moi aussi j'ai deux mots à te dire, grommela Nathan.

Il était soulagé de revoir son petit-fils au ranch, car il avait craint que Ryan ne revienne pas du tout cette fois-ci, après être parti de façon aussi subite. Pourtant, il se serait fait arracher la langue plutôt que d'admettre ses appréhensions. En même temps, Nathan était las de jouer ainsi à cache-cache avec le jeune homme. Il ne voulait plus tourner autour du pot. Soit Ryan faisait partie du ranch, soit il débarrassait le plancher. A lui de choisir.

Incapable d'aborder le sujet de front en gardant son

calme, Nathan passa à l'attaque à l'aide d'arguments ridicules.

— Figure-toi que le ranch n'est pas un hôtel, Ryan! fulmina-t-il. J'en ai assez de tes va-et-vient incessants, j'en ai assez que tu nous laisses sur les bras une jument qui mange comme quatre et qui ne fait rien de la journée! C'est une exploitation, ici. Tu as sûrement oublié ce que cela veut dire, mais dans un ranch, tout le monde gagne son pain à la sueur de son front! Il n'est pas question que tu continues à...

— Je me suis marié hier, grand-père.

La phrase, énoncée d'une voix tranquille, interrompit d'un coup le discours furieux de Nathan. Il se tut, fixa Ryan un instant, bouche bée, les bras ballants.

Les idées dansaient la sarabande dans son cerveau. Les points d'interrogation s'y amoncelaient, si nombreux qu'il se trouvait incapable de formuler une question correcte.

Ryan retint un sourire de triomphe. C'était sans doute enfantin, mais il était vraiment content d'avoir cloué le bec à son grand-père, pour une fois. Et il prenait plaisir à contempler l'air stupéfait et incrédule qui avait remplacé la mine courroucée de Nathan.

— Tu peux répéter? articula enfin le vieil homme, d'une voix assourdie.

Discrètement, il glissa une main derrière lui et s'agrippa au rebord du bureau contre lequel il s'était adossé. Il espérait qu'il avait mal entendu, même si cela devait renforcer l'impression qu'il avait de devenir dur d'oreille.

— Je me suis marié hier. A Las Vegas.

Nathan hocha lentement la tête, pour se donner le temps de se remettre du choc que lui causait la nouvelle.

— C'est bien ce que j'avais cru entendre. Je la connais? demanda-t-il, la voix plus claire. Je sais qu'il ne s'agit pas de Shelly, car je l'ai appelée ce matin pour l'inviter à dîner demain soir. Je suppose qu'elle aurait fait allusion à votre mariage, si tu l'avais épousée hier. Alors, qui est-ce ?

En entendant le nom de Shelly, Ryan grinça des dents.

— Elle s'appelle Maggie Drummond, elle vient de Detroit, et elle s'est installée dans le coin il y a trois ans, environ.

— Tu la fréquentes depuis longtemps, j'imagine, dit Nathan en scrutant le visage de son petit-fils.

Il aurait pu lui répondre par l'affirmative, se dit Ryan. Cela leur aurait épargné une discussion orageuse, tout en aidant son grand-père à accepter la nouvelle avec une certaine philosophie. Mais la vérité éclaterait un jour ou l'autre. En outre, il n'était plus un enfant obligé de mentir pour dissimuler la bêtise qu'il a commise.

— Pas vraiment. Doug et moi, on l'a rencontrée sur la route, le jour de mon retour ici. Elle était en panne et on l'a ramenée en ville, déclara Ryan en défiant le vieil homme du regard.

Il glissa les pouces sous sa ceinture de cuir et attendit que l'orage éclate.

— Tu es allé à Las Vegas pour épouser une femme que tu ne connais que depuis quelques semaines ? articula Nathan d'un ton rageur.

Sous le coup de la colère, une rougeur diffuse envahit le cou et les joues du vieil homme.

— C'est exactement ce que j'ai fait.

Ryan n'avait aucune intention de s'expliquer davantage. D'ailleurs, même s'il l'avait souhaité, il n'aurait pas su quoi dire.

— Et tu l'as fait exprès, n'est-ce pas ? Juste pour m'embêter, gronda Nathan.

— Bien sûr que non ! Tu me crois idiot, ou quoi ?

— C'est ce que je suis en train de me demander, rétorqua le vieil homme. Tu viens d'admettre que tu connaissais à peine la femme que tu as épousée. Ce n'est pas un signe d'intelligence !

— Je n'ai pas dit que je la connaissais à peine.

— Oh, c'est vrai, ricana Nathan... Tu l'as rencontrée il y a trois longues semaines. C'est un délai amplement suffisant pour décider de passer le reste de ses jours avec une femme !

— Parfois, il faut peu de temps pour connaître quelqu'un, protesta Ryan.

Le vieil homme balaya l'objection du revers de la main.

— Dis-moi... C'est parce que je t'ai proposé d'épouser Shelly que tu t'es empressé de te marier avec la première venue ? Ou bien c'est pour me prouver que tu es assez adulte et raisonnable pour prendre part à la gestion du ranch ? demanda Nathan avec ironie.

Tandis qu'il attendait la réponse, ses doigts serraient si fort le rebord de la table derrière lui que ses jointures en étaient devenues blanches.

Les muscles tendus comme la corde d'un arc japonais, Ryan se dirigea vers la fenêtre et contempla le paysage en essayant de se calmer. Le ciel était sombre, mais quelques rayons de soleil parvenaient à percer les nuages gris chargés de pluie pour déverser une lumière brillante sur les toits des bâtiments de la propriété. Avec ses granges, ses hangars, ses écuries, ses ateliers et ses maisons d'habitation, le Double L possédait plus de bâtisses que certaines petites villes qu'il avait traversées en se rendant à des concours de rodéo.

Sur la gauche, Ryan apercevait le toit de la maison où vivaient maintenant les McIntyre. Elle était restée la même, comme en témoignaient ses murs en rondins qui avaient pris une teinte grise avec le temps, et son plancher usé par les pas de plusieurs générations de Lassiter avant eux. La maison principale, qu'il habitait avec Nathan, avait été construite bien plus tard.

Ce domaine, c'était toute sa vie, pensa Ryan, le cœur serré. C'était le seul foyer qu'il eût jamais connu. Il aurait fait n'importe quoi pour y rester. Sauf se marier. S'il venait d'épouser Maggie, ce n'était pas pour rassurer son grand-père, ni pour lui montrer qu'il avait fait une croix sur sa vie de cow-boy de rodéo et qu'il était décidé à s'installer pour de bon. En fait, il ignorait encore ce qui l'avait poussé à se marier. Ou peut-être n'était-il pas prêt à en admettre la raison. Tout ce qu'il savait, c'est que ce mariage n'avait rien à voir avec le ranch.

Il s'écarta de la fenêtre et se tourna vers Nathan.

— J'ai épousé Maggie parce que j'en avais envie. Je ne l'ai pas fait pour que tu cesses de me harceler à propos de Shelly, ni pour te convaincre que j'avais mûri. Je voulais me marier avec elle, voilà tout.

« Voilà tout », songea Nathan, intrigué. Ryan n'avait pas dit qu'il aimait Maggie, et il comptait réfléchir plus tard à cette omission. Pour l'instant, il avait d'autres chats à fouetter. Le vieil homme s'obligea à relâcher son étreinte sur le bois de la table et il enfouit les doigts dans ses cheveux gris. Grands dieux, il se sentait aussi vieux que ses soixante-quatorze ans ! Et voilà que Ryan lui annonçait son mariage éclair à Las Vegas ! Cela n'augurait rien de bon en ce qui concernait la jeune mariée. Quel genre de femme avait-il bien pu épouser ?

— Drummond, murmura Nathan en cherchant dans ses souvenirs ce que ce nom pouvait lui rappeler. Voyons, est-ce qu'il n'y a pas une serveuse qui porte ce nom-là, à l'Auberge de la Rosée ?

— C'est la sœur de Maggie, acquiesça Ryan.

Il serra les dents en songeant à sa rencontre avec Noreen, et à ce que Bill lui en avait dit. Il était probable que son grand-père avait entendu les rumeurs qui couraient à son sujet, lui aussi.

— Maggie travaille pour Bill Martin, indiqua-t-il.

Nathan réfléchit un instant, puis hocha la tête.

— Une petite, plutôt blonde, avec de grands yeux gris, c'est ça ?

— C'est ça.

Le vieil homme fronça ses épais sourcils.

— Je ne sais pas quelle vie elle mène ; en revanche, j'ai entendu parler de sa sœur. Si elle est comme...

— Maggie ne lui ressemble pas. Ni physiquement, ni moralement, intervint Ryan.

Il fut le premier surpris par la violente bouffée de colère qui l'avait envahi en entendant la suggestion implicite de son grand-père. Prêt à défendre Maggie, il se campa devant Nathan les jambes écartées, les poings serrés au fond de ses poches.

— Si tu as quelque chose contre la famille de Maggie, c'est à moi que tu dois le dire. Parce que si tu te permets d'insulter ma femme, je partirai d'ici avec elle si vite que tu n'auras pas le temps de comprendre ce qui se passe.

Nathan haussa les sourcils, tant il était étonné par le ton véhément de Ryan et son empressement à défendre Maggie. Son petit-fils semblait capable de mettre ses menaces à exécution et, contre toute attente, cette attitude le réjouissait grandement. Cela faisait une éternité qu'il n'avait pas vu Ryan éprouver tant d'émotion, que ce soit à propos d'un cheval ou d'une femme. Voilà qui était nouveau.

— Est-ce que tu m'as bien compris, grand-père ?

Nathan hocha lentement la tête.

— Oui.

Il ne savait pas du tout ce qu'il était censé comprendre, mais il voulait bien tout ce que voulait Ryan tant il était heureux de le voir sortir enfin de sa coquille.

— Parfait.

Ryan remua les épaules et la nuque pour se détendre. Le pire était derrière lui, désormais. Il avait annoncé la nouvelle et son grand-père n'avait pas succombé à un infarctus. En fait, Nathan avait pris l'annonce de son mariage avec plus de calme qu'il ne l'aurait pensé. Certes il n'avait pas poussé des cris de joie ni ne s'était jeté dans ses bras pour le féliciter, mais il n'avait pas piqué non plus une de ces colères monumentales dont il avait le secret. En gros, leur entretien était plutôt positif. Jusque-là, du moins.

Ryan se passa les doigts dans les cheveux et tenta de mettre de l'ordre dans ses pensées.

— Maggie va arriver d'une minute à l'autre, avec ses affaires. J'aimerais m'installer avec elle dans le chalet de tante Grace, si tu n'y vois pas d'inconvénient.

— Comment ? Tu as l'intention de vivre là-dedans ?

Nathan allait de surprise en surprise. Après leur mariage, Ryan et Sally s'étaient installés dans la maison principale, et avaient cohabité avec lui.

Le chalet de tante Grace n'avait rien d'un chalet et tante Grace était morte depuis longtemps. Un demi-siècle, environ. Elle était la sœur aînée du père de Nathan. Elle ne s'était jamais mariée, et son frère lui avait fait construire une petite maison sur les terres du ranch, à quelques centaines de mètres de la maison principale. Grace y avait vécu pendant une quarantaine d'années, passant son temps à s'occuper de ses roses, à cultiver son potager, à entretenir une correspondance avec une foule d'amis et de relations habitant à l'étranger, et à élever une demi-douzaine de chats. Nathan, qui l'avait connue quand il était enfant, se souvenait d'une femme petite et ronde, active et dynamique, bavarde comme une pie et doté d'un rire tonitruant.

Après sa mort, le potager était devenu un terrain en friche, la plupart des roses avaient succombé à la froidure de l'hiver ou à la sécheresse de l'été, les chats étaient partis se nourrir ailleurs, mais la petite maison avait été soigneusement entretenue car elle servait à loger de la famille ou des amis quand cela s'avérait nécessaire.

Ryan haussa les épaules devant l'air ébahi de son grand-père.

— C'est un bâtiment qu'on n'utilise presque plus, dit-il d'un ton détaché.

En fait, Ryan avait longuement réfléchi à l'endroit où il voulait s'établir avec Maggie. Ils avaient besoin d'intimité, tous les deux. Du moins, tant que leur vie de couple n'avait pas atteint sa vitesse de croisière. Or, pour l'instant, leur union n'était même pas consommée...

— Maggie adore la photographie, et il y a un petit cabinet de toilette dans la maison de tante Grace, qui pourrait facilement être transformé en chambre noire, affirma-t-il comme s'il s'agissait d'un argument décisif.

Nathan s'abstint de lui faire observer qu'il y avait quatre salles de bains dans la maison principale, et que l'une d'elles pourrait tout aussi facilement servir de chambre noire. Il devinait que Ryan était loin de lui avoir raconté toute la vérité à propos de son mariage. Mais il percevait aussi la sincérité qui l'animait quand il en parlait. Le jeune homme tenait manifestement à cette union, et Nathan était impatient de connaître celle qui avait réussi à faire battre de nouveau le cœur de son petit-fils. Il était encore plus curieux de voir le couple qu'il formait avec la jeune Maggie Drummond.

Pendant des années, il avait bien cru que personne au monde ne saurait plus abattre les remparts dont s'était entouré Ryan et le faire sortir de sa tour d'ivoire. Si Maggie Drummond avait réussi cet exploit, c'était une magicienne qu'il voulait à tout prix rencontrer.

10.

Assise devant la table de la cuisine, Maggie fixait d'un œil absent les motifs du papier peint sur le mur qui lui faisait face. Son regard dévia vers un rectangle plus foncé, qui prouvait qu'une gravure ou un tableau avait été suspendu là, des années auparavant. Quel genre de gravure avait pu choisir une vieille dame férue de jardinage et d'échanges épistolaires pour orner sa cuisine ? se demanda-t-elle. Sans doute une nature morte, un dessin représentant une citrouille et un encrier, par exemple. Ou bien un gros bouquet mêlant des roses, des fanes de carottes et des stylos...

Elle secoua la tête dans l'espoir de chasser les images délirantes qui dansaient la sarabande dans son pauvre cerveau. Du moins, dans ce qui en restait.

Elle lança un coup d'œil vers la fenêtre, placée au-dessus de l'évier. La pluie battait derrière la vitre, et le soleil s'était couché, plongeant le paysage dans la pénombre. Maggie avait l'impression d'être coupée du reste du monde, dans cette petite cuisine sombre. La seule note claire provenait de la fumée qui s'échappait de la tasse qu'elle serrait entre ses mains.

Il était à peine 9 heures du soir, songea-t-elle. Douze heures s'étaient écoulées depuis qu'elle s'était réveillée dans une chambre d'hôtel à Las Vegas. Douze heures si riches en événements qu'elles constituaient une véritable tranche de vie. Quelque part entre la chambre d'hôtel à Las Vegas et la cuisine de la petite maison située dans le ranch du Double L, Maggie avait tourné une page et changé d'existence. Il y avait eu le voyage en avion, pendant lequel elle s'était répété comme un mantra qu'elle s'appelait désormais Maggie Drummond-Lassiter, puis le déménagement de ses affaires et les adieux à sa mère, qui persistait à ne pas croire que l'héritier du Double L ait pu s'intéresser suffisamment à sa fille cadette pour l'épouser. Ensuite, la voiture chargée de tout ce qu'elle possédait au monde, et la route jusqu'au ranch. C'était pendant le trajet qu'elle s'était enfin rendu compte de ce qu'elle avait fait et que ses nerfs avaient craqué.

En passant sous l'arche de bois qui marquait l'entrée du ranch du Double L, Maggie était convaincue que son salut dépendait de la vitesse avec laquelle elle réussirait à faire demi-tour et à rebrousser chemin. Elle ôterait l'alliance de son annulaire, ouvrirait légèrement la fenêtre, juste assez pour tendre l'anneau à Ryan. Elle dirait à son nouvel et futur ex-époux que non, décidément, elle ne parvenait pas à s'imaginer mariée avec lui, et elle repartirait sur les chapeaux de roues.

Son projet tomba à l'eau au moment où elle pénétra dans la cour autour de laquelle étaient alignés les principaux bâtiments du ranch. Ryan l'y attendait de pied ferme, comme s'il avait deviné les pensées qui agitaient sa jeune femme. Dès qu'elle le vit marcher à grands pas vers sa voiture, dès que ses yeux se posèrent sur son corps tout en muscles et qu'elle croisa son regard bleu, au fond duquel elle crut deviner un sourire, Maggie comprit qu'elle était piégée.

Au diable ses peurs et ses angoisses, se dit-elle. Puisque son destin avait basculé, elle allait assurer jusqu'au bout, avec la témérité des innocents. Ou des parieurs invétérés.

La scène de la rencontre avec le grand-père de Ryan devait rester à jamais gravée dans sa mémoire. Maggie frissonna en songeant au vieil homme grand et maigre, qui l'avait fixée un long moment quand elle lui avait été présentée. Il avait les yeux bleus, un ton plus clair que ceux de son petit-fils, mais un regard beaucoup plus perçant. Un vrai rayon laser, qui semblait la fouiller jusqu'au tréfonds de l'âme. Durant les présentations, elle n'avait pas dit un mot, pas fait un geste tant elle était nerveuse. A l'heure actuelle, il devait maudire Ryan en pensant qu'il avait épousé une sourde muette, ou une sombre idiote. Ou une femme qui était les deux à la fois. Jamais il ne se douterait que, si Maggie était restée coite, c'était parce qu'il l'avait terriblement impressionnée.

Nathan avait été poli envers elle, et même assez aimable. S'il ne s'était montré ni expansif, ni chaleureux, ce devait être dû à son tempérament plutôt qu'aux circonstances. Comment Maggie pourrait-elle en vouloir au vieil homme de l'avoir observée avec une certaine méfiance ? Comme tout le monde — y compris elle-même —, il devait se demander pourquoi son unique petit-fils avait voulu l'épouser.

En revanche, il avait eu la décence de ne pas lui demander si elle était enceinte. Maggie se crispa en songeant à la question de sa mère. Lydia l'avait d'ailleurs réitérée quand elle l'avait rejointe dans sa chambre pour la regarder boucler ses bagages. Sa mère ne parvenait pas à se faire à l'idée que Ryan Lassiter s'était marié avec elle de son plein gré. Mais elle pouvait comprendre qu'il s'était senti obligé de l'épouser parce qu'elle attendait son enfant. Quand Lydia répéta cet argument pour la troisième fois en dix minutes, Maggie sentit que ses nerfs la lâchaient.

— Franchement, maman, est-ce qu'il t'est impossible d'imaginer qu'un homme séduisant ait envie de m'épouser ? avait-elle demandé, les mains posées sur le bord de sa valise, en se tournant vers sa mère.

Lydia cligna les paupières. C'était la première fois que sa cadette lui parlait aussi sèchement.

Elle tortilla le bord de son chandail avant d'expliquer d'une voix plaintive :

— Je ne voulais pas te vexer, Maggie. Mais c'est si brutal, cette fugue à Las Vegas, et ce mariage... Et puis je sais qu'il a rencontré Noreen et...

— Et, après l'avoir vue, il ne pouvait que me considérer comme une mocheté ! C'est ce que tu penses, n'est-ce pas ?

— Non, non, pas du tout... Mais Noreen m'a dit qu'elle avait senti le courant passer entre elle et lui, et que...

— Eh bien, elle s'est trompée, intervint Maggie d'une voix tranchante.

Si elle avait répondu si fermement, c'était autant pour se persuader elle-même que pour couper court aux objections de Lydia. Mais, devant l'air sceptique de sa mère, ses doutes étaient revenus au galop.

Les commentaires de Lydia n'auraient pas dû l'affecter, songea Maggie. Elle avait l'habitude de les entendre. Toute petite, elle s'était rendu compte que Noreen était la seule qui comptait aux yeux de leur mère. Et malgré tous les efforts qu'elle avait faits pour lui plaire, l'opinion de Lydia n'avait pas changé d'un iota. Lassée, Maggie avait abandonné l'espoir de remonter dans son estime. Pourtant, la souffrance, l'humiliation étaient toujours là, dans son cœur. Des heures après avoir entendu l'une de ses remarques aussi cruelles qu'inconscientes, Maggie en sentait encore la brûlure dans sa poitrine. Souffrirait-elle jusqu'à la fin de ses jours de savoir qu'elle ne serait jamais assez intelligente ni assez jolie pour que sa mère accepte enfin de l'aimer ?

A cette pensée, Maggie sentit les larmes lui piquer les yeux. C'était la fatigue qui la rendait si émotive, se dit-elle en les refoulant, décidée à ne plus jamais pleurer à cause de sa mère. En quittant la maison, cet après-midi, ses affaires sous le bras, elle avait abandonné cette lutte stérile qui l'obligeait à être toujours plus aimable, plus gentille, plus attentionnée dans le vain et secret espoir d'établir une relation complice avec Lydia. Depuis quelques heures, Maggie avait coupé le cordon ombilical, elle était libre de toute attache familiale et elle n'en ressentait ni culpabilité, ni regrets. Du moins, rien qu'elle ne puisse assumer.

Maggie soupira. Tant d'événéments étaient intervenus ces deux derniers jours qu'elle en avait le vertige. Pour se réconforter, elle porta sa tasse à ses lèvres. Un murmure de satisfaction lui échappa quand elle sentit la première gorgée lui couler dans la gorge. Les yeux mi-clos, les lèvres étirées en un sourire comblé, elle but le thé à petites gorgées lentes pour mieux le savourer.

C'est ainsi que Ryan la découvrit lorsqu'il pénétra dans la pièce. Les paupières baissées, un sourire léger et sensuel flottant sur les lèvres, et les joues avivées par la chaleur de la boisson. Il s'immobilisa, en proie à un désir aussi violent que fulgurant. Maggie avait l'air d'une femme après l'amour — ou en train de songer à la nuit torride qu'elle allait passer. Une nuit qu'il souhaitait éperdument partager avec elle, tout en devinant que tout ce qu'il pouvait lui offrir en ce moment ne la comblerait pas autant que cette tasse de thé.

Les yeux toujours mi-clos, la jeune femme leva la tasse pour la poser contre sa joue. Son sourire s'accentua quand elle la fit rouler doucement sur sa peau, puis la pressa contre son front pour apaiser la douleur qui commençait à lui marteler les tempes. Un soupir de bien-être passa par ses lèvres entrouvertes. La bouche sèche, Ryan la fixa d'un œil plein de convoitise tandis qu'il sentait son jean rétrécir de deux tailles au moins. De quel charme usait donc Maggie pour qu'il la désire au point de devenir dur comme du bois dès qu'il se trouvait près d'elle ? Voilà qu'il s'apprêtait à être jaloux d'une banale tasse de thé !

Agacé, il se dit qu'il aurait bien donné la moitié du ranch pour qu'elle lui fasse ce qu'elle faisait à cette maudite tasse ! Pourquoi ne le caressait-elle pas comme elle caressait cette vulgaire porcelaine ornée de fleurettes bleues et roses ?

Il devinait déjà que la nuit allait être longue, et les douches de plus en plus glacées. Il faudrait être une brute pour attirer dans son lit une femme qui semblait aussi fragile qu'une fleur prête à s'envoler au vent. Un instant, Ryan regretta le bon vieux temps où l'on n'aurait jamais qualifié un homme de « sensible » sans une certaine dérision. Mais on n'était plus à l'âge de pierre, et il était censé se montrer tendre et compréhensif envers sa femme, même si cela lui en coûtait. Le mariage était une relation à long terme, et il pouvait bien attendre un jour ou deux avant de faire l'amour à sa femme... Mais, pour l'instant, il payait ce délai au prix fort.

Jamais il ne se serait douté qu'en se comportant en gentilhomme, il éprouverait un tel inconfort physique.

— Maggie, dit-il à mi-voix.

Malgré la douceur du ton, Maggie fit un bond de carpe sur son siège. Elle ouvrit tout grands les yeux et Ryan décela aussitôt de l'anxiété dans son regard gris. Combien de temps faudrait-il pour l'apprivoiser et pour qu'elle s'habitue à le voir près d'elle ?

— Oh, Ryan...

La culpabilité envahit la jeune femme. Des milliers de tâches l'attendaient — laver la cuisine, ranger la vaisselle, faire la liste des provisions à acheter... Essayer de retrouver la tête qu'elle avait perdue depuis deux jours.

— Je... j'étais juste...

— C'est du thé ? demanda paisiblement Ryan.

Il voyait bien que Maggie s'apprêtait à se justifier alors qu'elle n'avait pas à le faire. Elle était libre de s'organiser comme elle le souhaitait, et il voulait qu'elle le comprenne.

— Oui.

— Il en reste ?

— J'ai encore des sachets, et je peux faire chauffer de l'eau...

Avant qu'elle ait pu se lever, Ryan s'était déjà approché de la cuisinière. Il tourna le bouton qui commandait la plaque sur laquelle se trouvait encore la bouilloire.

— Je peux me débrouiller tout seul, dit-il gentiment en lui posant une main sur l'épaule. Je ne suis pas un cordon-bleu, mais je sais préparer du thé ou du café.

Il demeura un moment derrière elle, les mains sur ses épaules, dont il sentait les muscles crispés sous ses paumes. Derrière la fenêtre de la cuisine, la pluie tombait dru. Le martèlement des gouttes sur les vitres, le sifflement de la bouilloire sur la cuisinière donnaient à leur tête-à-tête un petit air domestique, familier, qui agit comme un baume apaisant sur les nerfs à vif de la jeune femme.

— J'ignorais que les cow-boys buvaient du thé, observa-t-elle d'un ton presque détendu.

Avec un sourire, Ryan se détourna pour prendre la bouilloire et un bol, puis il s'assit face à Maggie.

— Nous ne sommes pas censés en boire, dit-il en plongeant un sachet dans le bol qu'il avait empli d'eau bouillante.

Il leva la tête et affirma le plus sérieusement du monde :

— Nous autres cow-boys, nous ne buvons que du café assez fort pour décaper les murs de cette maison. Mais j'ai passé deux mois sur la route avec un Anglais qui montait des taureaux. C'est lui qui m'a initié au thé. J'en bois de temps en temps, quand je suis sûr qu'il n'y a pas d'autre cow-boy dans les environs. Si l'un deux savait que je suis un buveur de tisane, ma réputation serait fichue. Tu as intérêt à garder le secret, Maggie.

La jeune femme affecta un air solennel.

— Je jure de l'emporter avec moi dans la tombe.

Ryan lui sourit.

— Très bien. Maintenant, ma vie est entre tes mains. Il suffirait d'un mot de ta part pour me détruire. Je serais rejeté du CNC — le Club national des Cow-boys, expliqua-t-il, en la voyant hausser les sourcils.

— C'est celui qui vend le manuel et les bagues phosphorescentes ?

Elle sourit à son tour en se souvenant de sa rencontre avec Ryan et Doug, et de leur joyeuse conversation pendant qu'ils roulaient vers Willow Flat.

— C'est celui-là.

Ryan retira le sachet de son bol, dont l'eau avait pris une teinte rouge sombre. Il le posa dans le cendrier posé sur la table. Il attira ensuite le sucrier à lui et versa une cuillerée de sucre dans son thé, puis une autre, et encore une autre, sous le regard amusé de Maggie.

— Tu veux encore un peu de thé avec ton sucre ? lui demanda-t-elle d'un ton poli.

Il secoua la tête.

— Le sucre fait ressortir l'arôme du thé, déclara-t-il avec sérieux.

— Le sucre est mauvais pour la santé, protesta-t-elle vivement.

— C'est ça... Et le thé est une boisson bourrée de vitamines et de sels minéraux !

La jeune femme hésita.

— D'accord, admit-elle avec réticence. Le thé tel que nous le buvons n'est peut-être pas ce qu'il y a de plus sain. Il y en a même qui prétendent qu'il contient des colorants artificiels...

Elle porta sa tasse à ses lèvres pour tenter de dissimuler son sourire. Elle ne se sentait plus aussi crispée que tout à l'heure. En fait, elle était tellement dépassée par les événements qu'elle finissait par oublier que l'homme qu'elle avait épousé lui plaisait beaucoup. Infiniment, même.

Ryan fut soulagé quand il entrevit le sourire de Maggie. L'appréhension et la nervosité qu'elle manifestait en sa présence lui donnaient la désagréable impression d'être une sorte de Barbe Bleue qui prenait plaisir à torturer ses femmes successives avant de les étrangler et de jeter leur corps au fond des oubliettes de son château.

La pensée le fit s'agiter sur sa chaise. Il n'était pas Barbe Bleue, mais il y avait effectivement un cadavre entre Maggie et lui. Celui de Sally.

Il remua de nouveau sur son siège. A plusieurs reprises, il avait essayé d'expliquer à Maggie qu'il était veuf et de lui parler de Sally. Il avait fait une tentative dans l'avion qui les emmenait à Las Vegas, mais l'hôtesse les avait interrompus en venant s'assurer qu'ils avaient bien attaché leur ceinture de sécurité, et ensuite ils avaient abordé un autre sujet. En se rendant à la chapelle, il avait voulu évoquer la question mais le chauffeur de taxi les écoutait avec tant d'avidité qu'il avait renoncé. Aujourd'hui encore, avant de rencontrer la mère de Maggie, il avait décidé de profiter du trajet entre l'aéroport et Willow Flat pour tout lui raconter. Mais au moment où il ouvrait la bouche, la jeune femme, qui n'avait pas desserré les dents depuis qu'ils avaient débarqué de l'avion, avait décrit tout à coup certaines photos qu'elle aimerait prendre pendant l'été. Il avait été si soulagé de la voir se détendre un peu qu'il avait préféré reporter son aveu.

L'histoire de son précédent mariage n'était pas essentielle pour le couple qu'ils allaient former, se dit-il pour se rassurer. Ce n'était pas non plus un secret. Si Maggie et lui s'étaient mariés de façon plus conventionnelle, s'ils étaient sortis ensemble pendant quelques mois pour apprendre à mieux se connaître, il aurait eu le temps de lui parler de Sally bien avant le jour de leurs noces. Mais la façon dont ils s'étaient mariés n'avait rien de conventionnel et, pour éviter de compliquer davantage la situation, il avait intérêt à parler, et vite.

Le silence régnait dans la cuisine. A la dérobée, il lança un coup d'œil à Maggie. Elle fixait le fond de sa tasse comme si elle tentait d'y lire son avenir. C'était le moment ou jamais, décida-t-il. Il toussota.

— Max ! s'exclama doucement Maggie, en tournant son regard vers la porte.

L'intonation chaleureuse de sa voix, la tendresse qui flottait dans son sourire faillirent rendre Ryan jaloux comme un tigre du minuscule félin qui venait de se faufiler dans la cuisine par la porte entrebâillée.

— Il est en train d'explorer son nouveau terrain de jeux. J'ai l'impression qu'il va s'y adapter très vite, commenta Maggie avec plus d'animation que Ryan ne lui en avait vu de toute la soirée.

— Cela signifie que je dois m'attendre à découvrir une souris morte sur le coin de mon oreiller, en me réveillant demain matin ? demanda-t-il en lançant un regard méfiant au chat.

Max s'assit devant lui, l'air superbement indifférent, et le contempla un instant de ses yeux topaze. Puis il lui tourna le dos et entreprit de faire sa toilette du soir avec beaucoup de minutie.

— Je ne pense pas qu'il soit d'humeur à faire une partie de chasse, cette nuit, répondit Maggie.

La jeune femme se leva pour prendre l'une des boîtes

en carton contenant des croquettes pour chat qu'elle avait rangées près de l'évier.

— En fait, dit-elle en se retournant, la boîte à la main, Max n'a pas apprécié son voyage en voiture.

La vérité était plus brutale. Non seulement le chat avait fait des bonds sauvages dans la petite voiture bleue, manquant plusieurs fois de causer un accident en atterrissant sur le volant, mais il avait aussi poussé des miaulements aigus et incessants qui résonnaient encore dans les tympans de Maggie. Elle aurait dû l'enfermer dans une cage et se mettre des boules de coton dans les oreilles pour faire le trajet jusqu'au ranch, mais, croyant connaître Max, elle était persuadée qu'il ne bougerait pas d'un poil.

— Pourquoi me regarde-t-il comme ça? demanda Ryan, de plus en plus méfiant.

Sa toilette achevée, le chat était revenu s'asseoir devant lui et le fixait d'un air concentré.

— Oh... C'est parce qu'il est curieux.

— Ah, oui ? Tu ne lui as pas encore dit que la curiosité est un très vilain défaut ? marmonna Ryan entre deux gorgées de thé tiède.

Ryan savait qu'il était ridicule de se sentir mal à l'aise sous le regard d'un gros matou apparemment inoffensif, mais ces prunelles figées, ces yeux qui ne cillaient jamais finissaient par le troubler.

— Max ! appela Maggie. Arrête de taquiner ce pauvre Ryan et viens manger ton dîner !

Elle se pencha pour déposer sur le carrelage une soucoupe emplie de croquettes. Comme le chat demeurait immobile devant Ryan, elle agita légèrement le paquet. En entendant le bruit des croquettes qui s'entrechoquaient à l'intérieur du carton, Max s'arracha enfin à sa contemplation. Il prit son temps pour s'étirer avant de se diriger paisiblement vers sa gamelle.

Pendant qu'il mangeait, Maggie saisit la tasse qu'elle

avait laissée sur la table et la mit dans l'évier pour la laver. Dehors, la pluie tombait encore avec un bruit monotone, persistant, formant un écran et les coupant du monde extérieur. Il pleuvait aussi, quand il lui avait proposé de l'épouser, songea Maggie. A ce moment-là, elle avait éprouvé la même sensation que maintenant : ils étaient dans une bulle, un cocon, isolés des autres habitants de la planète par cet écran liquide.

Elle entendit Ryan bouger derrière elle. Brusquement, elle prit conscience qu'ils se trouvaient seuls dans cette maison qui, avec un peu de chance, deviendrait leur foyer, l'endroit où ils fonderaient une famille. Ils étaient seuls et la nuit était tombée. Leur nuit de noces. La veille, Ryan lui était apparu comme un étranger, ou presque. Depuis, elle avait eu quelques heures pour se forger des souvenirs. Ce soir, par exemple, elle se rappelait que, quand il souriait, ses yeux se plissaient juste avant que ses lèvres ne s'incurvent.

Elle tourna le robinet, plaça sa tasse dessous. Derrière elle, Ryan remua de nouveau. Maggie sentit son rythme cardiaque s'accélérer. Cette fois, ce n'était pas seulement la nervosité qui provoquait cet effet. Elle ressentait également de l'impatience car elle anticipait ce qui allait suivre.

D'un geste machinal, elle porta la main à ses cheveux qu'elle avait rassemblés en une sorte de queue-de-cheval, une coiffure idéale pour déménager des cartons mais pas vraiment romantique pour une soirée en tête à tête avec Ryan. Quant à ses vêtements — un jean et un chemisier blanc aux manches retroussées jusqu'au coude —, ils ne la mettaient guère en valeur et n'avaient rien de sexy.

Si elle prenait une douche, se lavait les cheveux, se massait le corps avec une crème hydratante et parfumée, et enfilait une chemise de nuit en mousseline transparente, avec un décolleté plongeant, elle pourrait peut-être...

Une chemise de nuit ? Mais elle n'en possédait aucune ! Maggie passa mentalement en revue sa garde-robe. Sa lingerie était des plus succinctes : du coton, gris ou blanc, des formes simples, pas de dentelle ni de frou-frou. Pour dormir, elle portait un pyjama, long en hiver et court en été. Où diable allait-elle dénicher quelque chose d'arachnéen, de sensuel, ou de simplement féminin ? Les sourcils froncés, elle agita fébrilement sa tasse sous le jet d'eau. Quel genre de mariée se glissait entre les draps, le soir de ses noces, vêtue d'un pyjama de coton à carreaux bleus et blancs ?

— A mon avis, elle doit être propre.

Maggie était tellement absorbée dans ses pensées qu'elle n'avait pas entendu Ryan se lever et s'approcher d'elle. Sa voix, à quelques centimètres de son oreille, la fit sursauter, et elle poussa une exclamation de surprise.

— Désolé. Je ne voulais pas te faire peur.

Ryan passa à son tour son bol sous le jet d'eau et le posa à côté de l'évier. S'il avait inconsciemment espéré un signe de sa part, indiquant qu'elle souhaitait qu'il la prenne dans ses bras et qu'il la serre avec fougue contre lui, il en était pour ses frais. Il ne l'avait même pas frôlée et elle avait fait un bond en arrière comme s'il l'avait touchée avec un fil électrique de forte puissance. Il lui fallait donc abandonner le fantasme qu'il avait eu de retirer l'élastique qui maintenait ses mèches en queue-de-cheval pour voir son abondante chevelure retomber en vagues soyeuses sur ses épaules. Ensuite, il aurait pu y glisser les doigts, lui tirer légèrement la tête et se pencher pour...

— Ce n'est pas grave. Je ne savais pas que tu te trouvais là.

Maggie émit un petit rire nerveux et pressa sa paume sur son cœur. Il battait beaucoup trop vite.

— Je ne voulais pas dire ça... Je sais que tu es là, bien sûr, mais j'ignorais que tu avais changé de place. Enfin, je ne savais pas que tu t'étais levé, tu comprends ?

Elle se serait giflée, tant elle avait débité d'idioties en quelques secondes.

— Maggie.

Ryan attendit que la jeune femme veuille bien détacher son regard du point invisible qu'elle fixait par-dessus son épaule gauche pour croiser enfin le sien.

— Tu n'as pas besoin de t'inquiéter, dit-il très doucement.

— Pourquoi ? murmura-t-elle, les sourcils froncés.

Voyons, qu'avait-elle oublié, encore ? Devait-elle s'inquiéter de ne pas savoir de quoi elle devrait s'inquiéter alors que Ryan, lui, le savait ? Une telle confusion régnait dans son esprit qu'elle eut l'horrible impression d'être sur le point de sombrer dans la folie.

— Je t'ai dit hier soir que nous n'avons pas à nous presser, reprit Ryan, toujours avec douceur. Je peux très bien m'installer dans la petite chambre d'amis.

« Et j'ai intérêt à apprendre le charme des douches froides, » ajouta-t-il silencieusement.

Maggie lui lança un regard stupéfait. Chaque fois qu'elle tentait de s'ajuster à une situation, une nouvelle arrivait qui venait se superposer à la première. Ainsi, elle s'apprêtait à partager son lit avec Ryan, et voilà qu'il lui proposait de faire chambre à part ! Son premier élan fut de lui dire qu'il n'avait pas besoin d'aller s'installer ailleurs que dans leur chambre. Mais un doute la saisit. Et s'il préférait qu'il en soit ainsi ? S'il souhaitait dormir seul, parce qu'il regrettait déjà, après vingt-quatre heures de mariage, de l'avoir épousée ? S'il venait de prendre conscience qu'il ne la désirait plus ? Peut-être se mordait-il les doigts d'avoir foncé tête baissée à Las Vegas, et voulait-il obtenir l'annulation le plus vite possible ? Mais à qui devait-on s'adresser pour obtenir une annulation ? se demanda Maggie avec affolement. Au pape ? Non, le pape, c'était pour les catholiques. Il y avait sûrement une autre instance pour les protestants.

Maggie se pinça les lèvres et tenta de freiner son imagination débordante. Si elle s'en tenait strictement aux faits, Ryan ne faisait que mettre à exécution ce qu'il lui avait promis. Il s'efforçait de ne pas la brusquer et d'aller à son rythme. En fait, il devait attendre un signe de sa part, un indice... Mais, pour le satisfaire, elle aurait dû être quelqu'un de très différent, se dit Maggie. Il lui aurait fallu de la confiance en elle, et beaucoup plus d'expérience dans le domaine sentimental qu'elle n'en possédait. Elle se sentait si naïve, si maladroite, qu'elle ne savait comment faire comprendre à Ryan qu'elle appréciait beaucoup sa discrétion, mais qu'elle aurait préféré qu'il se glisse dans son lit, ce soir. Et qu'il lui fasse l'amour jusqu'au petit matin.

Malheureusement, elle n'oserait jamais faire les premiers pas. Elle n'était que la gentille et pudique petite Maggie Drummond. Ou bien était-elle Maggie Lassiter, maintenant ?

— Quel est mon nom ?

Pendant qu'elle réfléchissait, l'esprit de Ryan avait suivi des chemins moins tortueux que celui qu'empruntaient les pensées de Maggie. Ses yeux s'attardaient tout à loisir sur les courbes de sa femme, admirant leur rondeur et leur générosité. Il imaginait avec délices le goût qu'auraient ses lèvres sous les siennes, la chaleur qui émanerait de son corps quand il la prendrait dans ses bras, et la douceur voluptueuse de ses seins quand il glisserait ses mains sous le chemisier pour les envelopper de ses paumes. Il entendait déjà son soupir, il la sentait se plaquer contre lui, il voyait le désir assombrir ses prunelles grises. C'est à ce moment-là qu'il la soulèverait et qu'il l'emporterait vers leur chambre, à grands pas pressés, et qu'il...

L'intonation désolée de Maggie le tira de ses fantasmes avant même qu'il ait pu comprendre le sens de sa phrase.

— Quoi ?
— Mon nom...
Elle repoussa d'un geste fébrile une mèche de cheveux échappée de sa queue-de-cheval et qui lui retombait sur la joue.
— Je ne sais plus comment je m'appelle, maintenant.
— Maggie ? suggéra Ryan d'un ton prudent.
Il commençait à se demander si elle n'avait pas fondu les plombs, après la tension nerveuse de ces dernières heures.
Elle avait dû l'entendre penser tout haut, car elle ébaucha un pâle sourire, comme pour le rassurer.
— Pas ce nom-là. L'autre, dit-elle. Est-ce Lassiter, ou bien Drummond ? Je ne sais pas si je dois changer de nom. Nous n'en avons jamais discuté.
Elle poussa un profond soupir et repoussa de nouveau sa mèche folle. La fatigue l'avait envahie, engourdissant ses membres et ses neurones, au point qu'elle éprouvait à présent de la reconnaissance envers Ryan d'avoir repoussé encore une fois leur nuit de noces.
— Je crois que nous n'avons pas discuté de grand-chose, en fait. Nous n'avons pas eu le temps, murmura-t-elle, l'air désolé.
— C'est vrai, admit Ryan.
Il se sentait coupable de ne pas avoir évoqué son premier mariage. Il le ferait dès demain, se promit-il. Ce soir, ce n'était vraiment pas le moment d'aborder le sujet. Maggie semblait épuisée et elle risquait de s'irriter pour un rien.
— Qu'est-ce que tu préfères, toi, pour le nom ? Tu souhaites en changer ? demanda-t-il en la dévisageant.
Il mourait d'envie de la presser d'en changer, bien sûr. C'était sa femme, elle devait porter son nom. « Chassez le naturel, il revient au galop », songea-t-il avec ironie. Sous le vernis de l'homme du XXIe siècle se dissimulait le

mâle de l'âge de pierre, qui avait besoin de marquer de son signe son territoire et ses possessions.

— Je n'en sais rien, répondit Maggie.

D'une main nerveuse, elle rejeta sa mèche en arrière, puis, agacée, elle ôta carrément l'élastique qui retenait sa chevelure. Celle-ci se déploya aussitôt en une cascade d'or sombre qui retomba sur ses épaules. Ryan déglutit avec peine. Au diable les manières de gentilhomme, se dit-il, en tendant instinctivement les mains vers les cheveux de Maggie. Grands dieux, cela faisait des heures qu'il avait envie d'y glisser les doigts !

— Je ne sais plus rien du tout, répéta la jeune femme en secouant doucement la tête.

La tristesse qu'il décelait dans sa voix, sa mine défaite et son regard d'enfant perdu eurent raison des appétits physiques de Ryan. Alors qu'elles n'étaient plus qu'à quelques centimètres de la chevelure tant convoitée, il laissa retomber ses mains et les fourra à l'intérieur des poches de son jean.

Comment aurait-il pu insister pour faire l'amour à une femme dont les yeux étaient soulignés de cernes sombres, qui rendaient par contraste son teint encore plus pâle ? Jamais il n'avait vu Maggie aussi fragile. Il devait lui accorder du temps, beaucoup de temps. Ils avaient la vie devant eux, alors quelques jours de plus ou de moins...

Cette fois, Maggie n'avait pas lu dans ses pensées, sinon elle se serait sentie mieux sur-le-champ.

Et si elle avait deviné que Ryan était tout près de l'allonger sur la table de la cuisine pour la faire sienne, son moral serait remonté en flèche. Ignorant tout des envies de son mari, elle se contenta de lui souhaiter bonne nuit d'un ton las et de s'éclipser. En se dirigeant vers sa chambre, elle ne pouvait s'empêcher de penser qu'elle aurait préféré que Ryan se montre un peu moins attentionné et un peu plus cru. Il aurait pu au moins lui dire qu'il la désirait, sans forcément joindre le geste à la parole.

Inconscient de la frustration de sa femme, Ryan la suivit des yeux tout en se répétant qu'il lui fallait être patient. La patience devait être la vertu principale d'un gentilhomme, se dit-il. Une vertu qui n'était pas son fort. Le regard absent, il contempla un instant Max qui se léchait soigneusement une patte après l'autre. Quelle serait sa récompense, pour avoir cultivé cette vertu cardinale ? Il espérait qu'elle serait à la hauteur de ses efforts. Pour l'instant, tout ce qu'il avait, c'était une très désagréable sensation de brûlure sous la ceinture.

Le bruit de la douche se fit entendre au premier étage. La plomberie était ancienne, pour ne pas dire antique, dans la maison de tante Grace. Mais Ryan mesurait soudain à quel point de vieux tuyaux en cuivre pouvaient devenir sensuels quand ils se mettaient à siffler et à grincer. Les yeux clos, il ne put réprimer un gémissement sourd en imaginant, en couleurs et en trois dimensions, Maggie nue sous le jet d'eau.

Il rouvrit les yeux en vitesse. Un jour ou deux, pas plus, décida-t-il. Au-delà de ce délai, la vertu se transformerait en torture, et la compassion deviendrait du masochisme, ce qui était malsain et se rapprochait davantage du vice.

Il avait beau savoir qu'il avait passé l'âge auquel on a du mal à contrôler ses hormones, et que ces quelques jours d'attente avant de consommer son union lui paraîtraient insignifiants dans cinquante ans, il n'était pas de marbre.

La preuve, c'est qu'il ne pourrait jamais s'habituer à ces maudites douches glacées.

⁂

— Alors, Maggie... Ta nouvelle vie te convient ? demanda Bonnie, tout en commençant à taper sur sa caisse enregistreuse les prix des produits que la jeune femme avait déposés sur le comptoir.

— Oui, très bien.

Maggie mit pêle-mêle les marchandises dans son Caddie. Elle se demandait si elle n'allait pas se décider un jour à rouler une heure de plus pour effectuer ses achats dans un supermarché, de sorte à éviter les sempiternels discours de Bonnie. C'était la troisième fois qu'elle venait faire ses courses dans l'épicerie principale depuis son mariage, et la troisième fois qu'elle devait répondre à l'interrogatoire serré de la commerçante.

— Ça fait quoi ? Deux semaines, non ?

Bonnie avait le don de poser ses questions d'un ton neutre, l'air de ne pas y toucher. Mais son regard aigu, quand elle dévisageait Maggie, démentait son détachement apparent.

— Oui, c'est ça.

« Deux semaines, trois jours et une dizaine d'heures, pour être précis. Mais en amour, on ne compte pas, n'est-ce pas ? » se dit Maggie avec un brin d'amertume.

— J'ai failli avoir une syncope, quand on m'a annoncé la nouvelle de votre mariage à Las Vegas !

Bonnie secoua la tête en riant, et pressa d'un doigt ferme les touches correspondant aux prix des bananes et des boîtes de sauce tomate.

— Je crois qu'on a surpris tout le monde, renchérit Maggie.

« Y compris nous-mêmes », acheva-t-elle en silence.

— Mais vous allez bien ensemble, tous les deux, poursuivit Bonnie. Et puis j'ai tout de suite vu que Ryan s'intéressait à toi, quand tu l'as rencontré ici, avant de partir en pique-nique avec lui. Tu t'en souviens ?

— Hmm...

Maggie sourit en hochant la tête. Ce léger murmure,

accompagné du sourire adéquat, suffisait à Bonnie pour poursuivre avec bonheur son semblant de dialogue. Quant à Maggie, comment aurait-elle pu oublier ce fameux pique-nique, à l'occasion duquel Ryan l'avait embrassée pour la première fois ? Depuis, ses baisers s'étaient faits plutôt rares. Maggie lança un sac de pommes dans son Caddie avec un peu trop de force.

— Vous vous êtes bien fichus de nous, quand même, continua l'intarissable Bonnie. Qui aurait pu soupçonner que vous sortiez ensemble ? Moi-même je l'ignorais, et il y a peu de choses qui se passent dans cette ville à mon insu ! s'exclama-t-elle avec fierté.

— Nous aimons la discrétion, murmura Maggie.

Combien de fois avait-elle répété ces phrases, depuis son mariage ? Elle avait eu l'impression, au cours de ces quinze derniers jours, que des foules entières se déplaçaient et se rendaient chez Bill juste pour le plaisir de lui poser des questions, toujours les mêmes. D'innombrables clients commandaient une bière ou un café et la regardaient, fascinés, servir les boissons, tout en exprimant leur étonnement de la savoir mariée à Ryan Lassiter alors que personne ne s'était douté de leurs fiançailles. Ils seraient encore plus surpris d'apprendre qu'il n'y avait pas eu de fiançailles, songeait Maggie en retenant un sourire, avant de verser le café dans leurs tasses. Et que leur mariage n'existait que sur du papier. Lassée de leur curiosité, elle s'était demandé si elle n'allait pas faire imprimer sur tous ses T-shirts l'inscription suivante : « Oui, Ryan Lassiter m'a épousée, et non, je ne sais pas pourquoi ! »

Avec un soupir exaspéré, elle posa une barquette en plastique contenant des tranches de bacon sur le comptoir, près de la caisse.

Bonnie, quant à elle, poursuivait son monologue tout en entrant les prix d'un fromage et de deux paquets de biscuits dans sa caisse enregistreuse.

— Tu n'arrêtes pas de me surprendre, d'ailleurs. Je n'aurais jamais cru que tu travaillerais encore chez Bill, après ton mariage ! Je pensais que tu démissionnerais et que tu te consacrerais à la photo. Ce n'est pas comme si vous aviez besoin de deux salaires, Ryan et toi. Les Lassiter ont toujours su gérer leur fortune, ils ont de quoi te faire vivre !

— La plupart des femmes travaillent, de nos jours, répondit distraitement Maggie.

En fait, si elle avait refusé de quitter son travail quand Ryan le lui avait proposé, c'est parce qu'il représentait sa bouée de sauvetage. Elle s'y accrochait désespérément, car elle avait perdu ses autres repères. Son emploi était la seule donnée stable dans le tourbillon qu'était devenue sa vie.

— C'est vrai. Mais je ne comprendrai jamais comment une femme arrive à s'épanouir en tapant du matin au soir sur un clavier d'ordinateur ou sur une caisse enregistreuse ! Evidemment, quand on a une passion, comme celle que tu portes à la photo, c'est différent. Si tu veux mon avis, tu as intérêt à en faire maintenant. Après, ce sera trop tard. Il y aura les enfants, et ton travail à la maison t'occupera à plein temps, crois-moi !

Bonnie lança un coup d'œil à Maggie.

— Ryan et toi, vous voulez avoir des enfants tout de suite ?

Maggie se demanda s'il s'agissait là d'une façon subtile, pour Bonnie, de savoir si elle était enceinte, ce qui expliquerait que Ryan l'ait épousée. Mais quand elle croisa le regard de la commerçante, elle n'y décela qu'une curiosité amicale, et un brin d'amusement. Grands dieux, personne ne l'avait prévenue que le mariage risquait de la rendre paranoïaque ! se dit-elle, en se mordillant nerveusement la lèvre inférieure.

Elle s'efforça de sourire et de prendre un ton léger pour répondre :

— Nous n'avons encore rien décidé.

— Ma chère, Jack et moi nous n'avions pas encore décidé d'avoir des enfants quand je me suis trouvée enceinte du numéro trois ! s'exclama Bonnie en riant. Parfois, c'est la nature qui prend les décisions pour vous !

Oui, eh bien, pour Ryan et elle, la nature avait intérêt à faire des miracles, pensa Maggie, tout en tendant sa carte de crédit à Bonnie. Car si elle se souvenait correctement de ses leçons de biologie, la procréation humaine exigeait des relations sexuelles entre un partenaire mâle et un partenaire femelle. Et pour l'instant, son mariage était un mariage blanc.

— Je pense que nous avons tout le temps d'y réfléchir, murmura-t-elle.

Maggie préférait ne pas s'imaginer avec une ribambelle d'enfants ressemblant à Ryan. L'idée était tellement séduisante qu'elle sentit l'émotion lui nouer la gorge. Elle toussota et lança un regard aux trois kilos de pommes qu'elle venait de ranger dans le Caddie.

— Tu n'aurais pas une bonne recette de tarte aux pommes, par hasard ?

Elle avait posé la question pour changer de sujet. Le rire tonitruant de Bonnie la fit tressaillir.

— La dernière fois que j'ai fait une tarte, j'ai dû la donner aux chèvres. Figure-toi qu'elles ont refusé de la manger, alors qu'elles sont capables d'avaler n'importe quoi ! D'ailleurs, j'ai un aveu à te faire : quand on s'est mariés, Jack a fait ajouter une ligne au texte des vœux que nous devions réciter. C'était la promesse de ne jamais le forcer à manger un gâteau fait de mes mains !

— Oh, Bonnie... Je suis sûre que tu exagères, protesta Maggie en riant à son tour.

— Pas du tout.

Bonnie tendit un sac plein de provisions à la jeune femme et entreprit d'en remplir un autre.

— Mes propres enfants m'ont suppliée de ne plus jamais leur faire des cookies, expliqua-t-elle à la jeune femme qui l'écoutait avec stupéfaction. Alors, si tu veux une recette de tarte aux pommes, ce n'est pas à moi qu'il faut la demander ! En revanche, je les mange sans problème, ajouta-t-elle en tapotant ses hanches rondes.

Elle dévisagea Maggie d'un regard aigu.

— Tu as l'intention de faire des gâteaux pour séduire Ryan ? Tu as peut-être raison... On dit que pour atteindre le cœur d'un homme, il faut passer par son estomac. Toi, tu as déjà conquis son cœur, mais ce n'est pas une raison pour ne pas conquérir aussi son estomac, acheva-t-elle en partant d'un rire contagieux.

Maggie secoua la tête avec un sourire.

— En fait, ce n'est pas pour Ryan que je veux faire un peu de cuisine.

S'il suffisait d'une tarte aux pommes pour conquérir le cœur de son mari, elle en aurait cuit dix par jour depuis leur mariage !

— Nous devons dîner avec son grand-père ce soir, et j'ai promis à Sara de lui apporter le dessert. Nathan a invité une amie de la famille. Une certaine Shirley Taylor. Elle devait déjà venir il y a deux semaines, mais Nathan a reporté le dîner à cause de notre mariage.

— Shelly, rectifia Bonnie. Elle s'appelle Shelly Taylor. Son père et Nathan étaient de grands amis. Shelly est partie pour Hollywood juste après avoir terminé ses études au lycée. On pensait tous qu'elle y ferait une carrière de star, elle était si belle ! Je suis rudement surprise de savoir qu'elle en est revenue pour s'installer dans le ranch familial, après la mort de son père.

La bouche de Maggie forma un « o » parfait tant son étonnement était grand.

— C'est une actrice ?

Ryan ne lui avait rien dit à propos de leur invitée. Et

comme c'était Nathan qui avait organisé ce dîner, Maggie en avait déduit qu'il s'agissait de l'une de ses amies. Une dame âgée, pour laquelle il éprouverait certains sentiments, s'était-elle imaginée, avec son côté fleur bleue.

— Elle doit l'être, affirma Bonnie, mais je ne l'ai jamais vue jouer dans un film. Il faut dire que je vais au cinéma trois ou quatre fois par an, et que je ne regarde la télévision que le dimanche. Je l'ai peut-être loupée.

Bonnie tendit le dernier sac en papier à Maggie et s'accouda au comptoir d'un air pensif.

— Je ne l'ai pas revue depuis son retour. D'après ce qu'on m'a dit, elle est toujours aussi belle. C'était la plus jolie fille du lycée, et de loin.

Maggie se torturait les méninges pour remplacer l'image d'une femme d'un certain âge, amie de Nathan, par celle d'une jeune star hollywoodienne et amie de Ryan, probablement.

— Elle était dans ta classe ? demanda-t-elle, intriguée.

— Non, elle avait un an ou deux de plus que moi. Elle était dans celle de Ryan. En fait, ils formaient un joli couple, tous les deux...

Bonnie s'interrompit, car elle venait de se rappeler à qui elle s'adressait. Elle rougit légèrement sous son bronzage.

— Mais ça, c'était il y a des siècles, s'empressa-t-elle d'ajouter avec embarras.

— Je suppose que Ryan devait avoir des tas de petites amies plus jolies les unes que les autres, au lycée, commenta Maggie d'un ton détaché.

— Oh, oui ! s'exclama Bonnie, soulagée de voir que sa cliente ne s'était pas vexée de sa remarque. D'ailleurs, il est sorti avec Shelly toute l'année de la terminale. Avec le recul, je crois bien que ce qui les maintenait ensemble, c'était le regard des autres. Il était beau comme un camion, elle était bien fichue, tout le monde les admirait. Et puis Nathan et le père de Shelly étaient derrière eux.

— Mais pourquoi ?

Ravie d'avoir l'occasion de bavarder, Bonnie s'assit sur le tabouret placé derrière son comptoir, pour être plus à l'aise. Il n'y avait pas d'autre client dans le magasin, et Maggie était un interlocuteur idéal car elle savait écouter. Et puis, c'était de l'histoire ancienne qu'elle lui racontait, et il n'y avait pas de mal à ça.

— Nathan Lassiter et Leland Taylor étaient des amis intimes. Leland s'était marié sur le tard, et Shelly était sa fille unique. Quand il est mort, elle a hérité du ranch, avec ses bâtiments, ses terres et son bétail. Tu sais que le ranch des Taylor est voisin du Double L et que leurs prairies se touchent.

Non, elle l'ignorait, songea Maggie. Tout comme elle ignorait qui étaient les amis de Nathan ou de Ryan, et quelles étaient les limites du ranch dans lequel elle vivait maintenant.

— Quand Ryan est venu vivre chez son grand-père, reprit Bonnie sans attendre la réponse de Maggie, il a naturellement commencé par jouer avec Shelly, sa petite voisine. C'est en voyant grandir les deux enfants que Nathan et Leland ont formé le projet de les marier un jour. L'idée, c'était de réunir aussi les deux ranches. J'avoue que je n'ai jamais su si Ryan et Shelly se sont aimés à un moment donné. Ils sortaient ensemble, mais il paraît qu'ils se disputaient souvent. Un jour, Shelly est partie pour la Californie, et...

La sonnerie stridente du téléphone interrompit Bonnie au milieu de sa phrase. Elle fronça les sourcils en maudissant l'appareil.

— C'est malin ! On ne m'a pas appelée de la matinée, et voilà que ce truc se met à sonner quand je suis occupée !

— Il vaut mieux que tu répondes. J'allais partir de toute façon, lui répondit Maggie.

Ce coup de fil intempestif la soulageait, finalement. Elle n'était pas sûre d'avoir envie d'en entendre davantage sur le passé amoureux de Ryan. C'était d'autant plus déprimant qu'elle n'avait pas de relation amoureuse avec lui, alors qu'ils étaient bel et bien mariés.

— Bonne chance pour ta tarte aux pommes, lui lança Bonnie avec un clin d'œil, avant de s'emparer du téléphone.

Maggie sortit en poussant le Caddie vers sa voiture, qu'elle avait garée juste devant l'épicerie. Si cela continuait ainsi, elle allait arrêter de faire ses courses chez Bonnie. Elle ne supporterait pas un nouvel interrogatoire, ni d'autres commentaires sur son mariage et sa vie privée ou celle de Ryan. Mais dans ce cas, elle serait aussi obligée d'abandonner son emploi chez Bill, et elle ne pourrait plus se promener nulle part, car tous les gens qu'elle rencontrait depuis quinze jours ne lui parlaient que de cela. A croire que leur couple était devenu la principale curiosité de Willow Flat.

— J'ai l'impression d'être la femme à barbe qu'on va voir au cirque, marmonna Maggie en empilant les sacs dans le coffre de sa petite voiture.

Elle le ferma avec un claquement sec. Puis elle s'engouffra dans son véhicule, dont elle claqua également la portière. Une fois au volant, elle tourna la clé de contact mais ne démarra pas tout de suite. Une méchante migraine était en train de se déclarer, elle en sentait déjà la brûlure derrière ses tempes. Ces derniers temps, elle avait été sujette à divers maux de ce genre. Elle avait envie de poser le front sur le volant et de rester ainsi, immobile dans sa voiture, aveugle à ce qui se passait autour d'elle, jusqu'à ce que les pièces du puzzle de sa vie se remettent en place. L'ennui, c'est que le parking de l'épicerie principale n'était pas l'endroit le plus discret pour succomber à une dépression nerveuse. Avec un soupir, Maggie démarra.

La route qui menait au ranch du Double L lui était devenue suffisamment familière au cours des quinze derniers jours pour qu'elle puisse l'emprunter sans avoir à se concentrer sur son itinéraire. Cela lui laissait le loisir de penser à autre chose. A une seule chose, en fait, toujours la même : son mariage. Ou, plutôt, ce qu'il pourrait être si sa relation avec Ryan n'était pas au point mort.

Cela faisait plus de deux semaines qu'elle vivait avec lui, et il ne l'avait pas embrassée une seule fois. Au début, elle avait cru qu'il freinait sa libido par égard pour elle. Et si elle préférait déjà qu'il ne freine rien du tout, elle appréciait néanmoins sa patience. Mais, au fil des jours — et surtout des nuits —, elle s'était dit que la situation l'arrangeait peut-être, finalement. Jamais il n'avait proposé de faire chambre commune. Désormais, songeait-elle, il fallait se résoudre à l'évidence : elle n'intéressait plus Ryan.

Pourtant, il l'avait désirée. Une femme sait déceler le désir dans le regard d'un homme, et Ryan avait eu ce regard-là quand il lui avait proposé de l'épouser. Quand ils s'étaient mis à l'abri de l'orage dans la vieille jeep, il l'avait contemplée avec une envie, une convoitise évidentes. L'ardeur avec laquelle il l'avait embrassée en était une autre preuve. Et s'il avait insisté un tant soit peu, elle se serait donnée à lui sur la banquette de cuir déchiré. Le souvenir de leurs baisers passionnés la faisait encore rougir, mais elle savait, au fond d'elle-même, qu'elle n'aurait pas émis la moindre protestation s'il l'avait faite sienne cet après-midi-là.

Pourquoi n'avait-il pas insisté ? Pourquoi avait-il interrompu leurs étreintes, alors qu'il voyait qu'elle était consentante ? Et surtout, pourquoi l'avait-il demandée en mariage ? Là, il n'avait pas hésité à insister, et même à la harceler. Et maintenant qu'ils étaient mariés, pourquoi acceptait-il de vivre avec elle comme frère et sœur ?

Tous ces points d'interrogation se bousculaient dans le cerveau de Maggie depuis deux semaines, et elle avait beau agiter ses neurones dans tous les sens, elle ne parvenait pas à trouver de réponses plausibles.

Sa relation avec Ryan n'avait plus rien de fougueux ni de passionné. Ils se montraient polis et aimables l'un envers l'autre, rien de plus, rien de moins.

Au ranch, le travail commençait tôt. Elle l'avait appris à ses dépens dès le premier jour. Ce matin-là, c'était l'arôme du café qui l'avait réveillée. Le soleil n'était pas encore levé que Ryan se trouvait déjà dans la cuisine. Quand elle l'y rejoignit, après être passée sous la douche et avoir enfilé ses vêtements à la hâte, il avait préparé le petit déjeuner. D'un sourire et de quelques mots gentils, son nouveau mari avait fait disparaître toutes les appréhensions qu'avait éveillées en elle la perspective de ce premier tête-à-tête matinal avec lui. Après s'être enquis de la façon dont elle préférait ses œufs — sur le plat, brouillés ou en omelette —, il lui avait tendu un jus d'orange et ils avaient commencé à plaisanter. A la fin de leur repas, Maggie se sentait tellement à l'aise avec lui qu'elle s'était laissée aller à croire qu'ils pourraient s'entendre, après tout. Et peut-être former un couple qui tienne la route. Son espoir secret avait été déçu quand Ryan était parti sans l'embrasser.

Il avait besoin de temps, avait-elle songé. Tous les couples devaient passer par une période d'adaptation plus ou moins longue. Le leur avait brûlé les étapes et il aurait sans doute besoin de plus de temps que les autres pour se cimenter.

Distraite par ses pensées, Maggie prit un virage un peu brutalement et tourna le volant pour redresser la voiture. Puis elle emprunta le chemin poussiéreux qui menait au ranch, et dont elle connaissait maintenant les moindres cahots. Rassurée, elle reprit le cours de ses réflexions.

Malheureusement, l'adaptation n'avait pas l'air de se faire, entre Ryan et elle. Quand elle se réveillait, il avait déjà quitté la maison pour aller travailler. Le soir, leur conversation avait du mal à s'amorcer. Elle se limitait à l'échange de quelques phrases banales, concernant la météo, la vente du bétail ou les travaux prévus pour rénover la maison. Sitôt le dîner terminé, Ryan s'enfermait dans la petite pièce qui lui servait de bureau, ou bien il sortait pour vérifier si tout allait bien dans les écuries.

Bref, il faisait de son mieux pour l'éviter. Mais pourquoi ? Voilà une question qu'elle n'avait pas fini de se poser, se dit Maggie en poussant un profond soupir. Regrettait-il de l'avoir épousée ? Ou bien pensait-il qu'elle regrettait leur mariage ? Si elle s'efforçait de réfléchir positivement, elle se demandait s'il n'attendait pas tout simplement qu'elle fasse le premier pas. A cette pensée, elle émit un petit rire sans joie. Si Ryan voulait une femme qui ait un brin d'expérience dans l'art de la séduction, il allait être déçu.

En passant devant une boutique de lingerie, elle avait été tentée d'acheter une chemise de nuit transparente, avec plus de dentelle que de tissu et un décolleté jusqu'au nombril. Avec une tenue aussi sexy et quelques gouttes d'un parfum évoquant clairement l'odeur musquée du sexe, elle serait parée pour séduire Ryan. Mais elle avait vite abandonné son projet. A quoi bon rêver ? La chemise de nuit en question n'était pas faite pour une femme petite et ronde, et la plupart des parfums la faisaient éternuer, ce qui n'était guère romantique. Il lui avait suffi de s'imaginer un instant vêtue d'une mousseline transparente et une boîte de mouchoirs en papier à la main pour éclater de rire. Avec ses hanches larges et ses fesses rebondies, son nez rouge et ses yeux larmoyants, elle aurait l'air d'une saucisse déguisée et atteinte d'allergie par-dessus le marché. Comment Ryan serait-il séduit ?

Quant à elle, elle devait perdre l'esprit pour avoir été capable d'imaginer une scène pareille ! Un sourire ironique flottant encore sur les lèvres, Maggie se gara devant la petite maison de tante Grace. Puisque les tenues et les parfums sexy n'avaient aucune chance de faire leur effet avec elle, il ne lui restait qu'une option : elle devait parler à Ryan. Il fallait qu'elle l'interroge sur ce qu'il attendait de leur mariage. Ils étaient adultes tous les deux, ils devaient être capables d'aborder le sujet avec calme, non ?

Non. C'était impossible. Comment pourrait-elle s'asseoir dans le salon avec Ryan, le regarder droit dans les yeux et lui demander paisiblement pourquoi ils ne dormaient pas dans le même lit ? C'était le genre de question qu'elle aurait pu poser si elle avait été capable de porter avec grâce la chemise de nuit aguichante et de se parfumer au musc sans éternuer aussitôt.

Exaspérée, elle coupa le moteur, sortit de la voiture, claqua la portière et ouvrit son coffre pour décharger les provisions. Tous ces fantasmes ne l'empêcheraient pas d'aller faire sa tarte aux pommes.

Les bras chargés de sacs en papier brun, elle ouvrit le portail de bois en poussant du pied l'un des battants et emprunta la petite allée qui menait jusqu'au porche de la maison. Après avoir mis la tarte au four, elle allait prendre une douche, enfiler une robe et dîner avec une actrice. Cette jeune femme qui était très belle, fort probablement grande et mince, et habituée à séduire les hommes, avait été la petite amie de Ryan. Et comme si cela ne suffisait pas à gâcher sa soirée, Maggie avait dans l'idée que Shelly Taylor avait sans doute couché avec Ryan, alors qu'elle-même, sa propre femme, ne pouvait pas en dire autant.

La situation devait changer, décida-t-elle en s'efforçant de tourner la clenche de la porte de la maisonnette sans faire tomber ses provisions. Elle réussit à l'ouvrir, et son moral remonta légèrement tandis que Max sortait du salon pour trotter vers elle. Il se frotta à ses jambes en poussant des miaulements aigus.

— Oui, j'ai acheté tes croquettes préférées, Max. Trois boîtes, pour être exacte. Je te les montrerai tout à l'heure, si tu ne me crois pas, annonça Maggie en souriant.

Comme chaque fois qu'elle le voyait, Max faisait tomber sa tension d'un coup et apaisait ses nerfs à vif. Un chat n'avait pas de raisonnement tortueux, il se faisait comprendre d'un regard ou d'un miaulement et agissait sans arrière-pensée, ce qui était fort reposant. Elle n'avait pas à s'efforcer de deviner un sens caché derrière chacun de ses actes. Il lui suffisait de le nourrir, de lui fournir un coussin confortable pour qu'il puisse s'y rouler en boule et dormir, et de lui gratter le ventre et le sommet du crâne de temps en temps, et Max la fixait d'un regard adorateur en ronronnant de bonheur. Quel dommage que les relations humaines ne soient pas aussi simples !

— On ne peut plus continuer comme ça, Ryan et moi, confia-t-elle au chat en posant ses sacs sur la table de la cuisine.

Pendant qu'elle rangeait ses achats, Max émit des miaulements mêlés de ronrons. Maggie préférait penser qu'il entretenait ainsi une sorte de dialogue, et non qu'il l'exhortait à ouvrir tout de suite l'un des paquets de croquettes.

— Je ne peux pas laisser le « statu quo » s'éterniser, tu comprends ?

Elle sortit une soucoupe en plastique bleu d'un placard. Max se mit sur son arrière-train et miaula de façon plus aiguë.

— Je suis sa femme, après tout. Et je suis quelqu'un de pragmatique et de raisonnable. Je dois être capable de lui parler sans m'énerver. Il faut simplement que je lui demande pourquoi il m'a épousée. Et s'il me répond qu'il le regrette et qu'il ne veut plus de moi, eh bien...

La voix de Maggie s'étrangla. Le paquet de croquettes pour chat dans une main, la soucoupe bleue dans l'autre, la jeune femme fixa Max d'un air affolé. Elle venait d'imaginer ce qu'elle ressentirait si Ryan lui disait qu'il ne voulait plus d'elle en la regardant droit dans les yeux. Le chat attendit poliment quelques secondes avant de pousser un miaulement inquiet, ce qui tira Maggie de ses pensées lugubres. Avec des gestes d'automate, elle versa des croquettes dans la soucoupe et posa le tout sur le sol au grand soulagement de Max.

Maggie s'effondra sur une chaise en regardant son chat manger avec appétit. Peut-être serait-il préférable de ne pas prendre d'initiative et de laisser la situation telle qu'elle était, du moins pendant encore un moment, se dit-elle.

Le dîner auquel il était convié ce soir l'ennuyait à mourir, songea Ryan. Il avait autant envie d'y aller que de se rendre chez le dentiste pour se faire extraire une dent sans anesthésie. S'il avait pu trouver un prétexte pour y échapper, il en aurait informé son grand-père sur-le-champ, sans le moindre sentiment de culpabilité. Mais ce fameux dîner avait déjà été reporté une fois à cause de son mariage éclair à Las Vegas, et Nathan le lui avait reproché. Shelly était à la fois une voisine et une amie de la famille, il était de leur devoir de l'aider alors qu'elle se trouvait en difficulté. Nathan n'avait pas hésité à mettre les points sur les i et à rappeler à Ryan ses responsabilités envers son amie d'enfance. Le comble, c'est que le vieil homme avait raison, se dit Ryan avec une certaine résignation.

Il détestait ce genre de dîner. C'était d'ailleurs pour

éviter ces obligations plus ou moins mondaines qu'il avait pris la route, après la mort de Sally. Du moins, était-ce l'un des arguments qu'il avait fournis à son grand-père. Entre cavaliers de rodéo, les relations étaient simples. On partageait l'addition au McDonald's du coin, et on se relayait au volant pour permettre à ceux qui voyageaient avec vous de faire une sieste. Evidemment, il n'allait pas reprendre la route juste pour échapper à ce maudit dîner ! Un léger sourire étira ses lèvres tandis qu'il se passait les doigts dans ses mèches encore humides après la douche. Il avait maintenant tout ce qu'il souhaitait pour s'installer pour de bon dans le ranch. En tout cas, il avait en main toutes les pièces du puzzle : les terres, les amis, son grand-père qui représentait sa seule famille, et Maggie.

Son sourire s'effaça aussitôt de ses lèvres et il fronça les sourcils. Maggie... Elle était la pièce maîtresse de son puzzle, mais il ne parvenait pas à l'intégrer dans le tableau. Pourtant, c'était celle qui lui importait le plus, même s'il ne tenait pas pour l'instant à mettre un nom sur les sentiments qu'elle lui inspirait.

Mais, avec Maggie, les relations étaient au point mort. Il avait tenté de s'adapter et de communiquer, mais ses efforts n'avaient donné aucun résultat, alors qu'ils s'étaient montrés efficaces avec son grand-père. Le vieil homme semblait moins irritable, et les rapports entre eux deux étaient nettement moins tendus. Deux jours plus tôt, Ryan lui avait proposé de remettre en marche l'ordinateur et de saisir les factures qui s'entassaient sur son bureau pour les faire entrer dans le programme de comptabilité, et Nathan avait accepté aussitôt. Il n'avait même pas formulé de critique ni de commentaire plus ou moins désagréable, ce qui était une première.

Son mariage avec Maggie avait accompli ce que Ryan seul n'avait pu réussir. En effet, plus que tout autre argument, ce simple certificat avait convaincu Nathan que son petit-fils songeait vraiment à s'installer au ranch pour de bon. D'un autre côté, ce bout de papier portant la signature de Maggie et la sienne était en train de lui faire perdre la tête.

Ryan s'assit au bord du lit étroit dans lequel il dormait depuis plus de deux semaines, maintenant, pour enfiler ses chaussettes. Quand il avait épousé Maggie, il ne s'était pas posé de question. Il sentait, sans la moindre hésitation, qu'elle était la femme qu'il lui fallait. Pourquoi diable étaient-ils en train de se séparer peu à peu, au lieu de se rejoindre ?

Il y a deux semaines, il ignorait ce qu'il attendait de ce mariage éclair. En fait, il n'avait pas eu le temps d'y penser vraiment, tant il avait précipité les événements. Mais il savait au moins une chose : il n'avait sûrement pas voulu se retrouver seul dans son lit. Cela faisait quinze jours qu'il dormait dans un lit si court que ses pieds en dépassaient, et si étroit qu'il pouvait à peine se retourner, tandis que Maggie — sa femme — dormait seule dans une autre chambre.

La situation devenait absurde. Il n'était pas question que son couple s'y enlise indéfiniment.

Ryan se leva et prit une chemise propre dans le petit placard recouvert d'un papier à fleurs. En tirant la chemise vers lui, il fit tomber le cintre, qu'il ne se donna pas la peine de ramasser. Il enfila le vêtement avec des gestes saccadés. C'était sa faute. Tout était sa faute. Il avait harcelé Maggie jusqu'à ce qu'elle accepte de l'épouser. Quatre heures plus tard, leur mariage était célébré. C'est à ce moment-là seulement qu'il avait eu sa crise de conscience et avait pris la décision stupide de se conduire en gentilhomme. Il avait voulu lui laisser le temps de s'habituer à être sa femme, et voilà où cela les avait menés : dans deux chambres séparées.

Combien de temps devait-il encore lui accorder et l'attendre, dans cette petite pièce tapissée d'un papier à fleurs ? « Tu l'attendras jusqu'à ce que tu aies le courage de lui raconter ton histoire avec Sally », lui répondit la voix de sa conscience. Ryan fit la grimace. Ce n'était pas du courage qu'il lui fallait trouver, mais plutôt l'occasion adéquate pour lui parler, songea-t-il. Cependant il n'était pas dupe. Le prétexte était ridicule.

Les sourcils froncés, Ryan s'approcha du miroir et contempla son reflet sans le voir tant ses pensées absorbaient son attention. Ce n'étaient pas les occasions qui lui avaient manqué, mais les mots. Comment allait-il trouver les mots justes pour expliquer à celle qu'il venait d'épouser qu'elle était en fait sa deuxième femme et non la première comme elle pouvait le supposer ? Normalement, il aurait dû lui faire cet aveu bien avant que leur mariage soit célébré. Mais la façon dont il s'y était pris pour épouser Maggie n'avait rien de normal.

Deux semaines... Oui, cela faisait plus de deux semaines qu'ils étaient devenus mari et femme devant la loi, et qu'ils faisaient chambre à part. Chaque nuit, il l'imaginait dans son lit, les cheveux étalés autour de son petit visage. Il se demandait ce qu'elle portait pour dormir — chemise de nuit ou pyjama — et combien de temps il lui faudrait pour la déshabiller. Voilà quinze jours que le désir le taraudait et le consumait, et qu'il étouffait de frustration sous les douches glacées. C'était à devenir fou.

— Nous sommes mariés, bon sang, marmonna-t-il en boutonnant fébrilement sa chemise.

Si seulement elle n'avait pas l'air aussi paisible ! A croire qu'elle était satisfaite de cet arrangement et que la situation lui convenait tout à fait. Comme si, contrairement à lui, elle n'avait pas envie que leur mariage soit consommé, ni qu'elle forme un vrai couple avec son époux.

Sur un signe d'elle, il l'aurait prise dans ses bras et embrassée à perdre haleine. Lorsqu'ils étaient ensemble — ce qui devenait de plus en plus rare —, elle se montrait aimable, amicale même. S'il avait cherché à l'avoir pour amie, il l'aurait trouvé parfaite. Mais c'était pour femme qu'il la voulait ! Ryan lança un coup d'œil irrité à son reflet dans le miroir accroché à la porte du placard. Oui, il voulait Maggie.

Ils avaient besoin de se parler, tous les deux, et vite. N'était-ce pas en communiquant que les couples étaient censés résoudre leurs problèmes ? En mettant à plat leurs différends, en discutant de leurs projets respectifs, le plus calmement et le plus rationnellement possible ?

La plupart des couples agissaient ainsi. Puis, leurs problèmes résolus, ils faisaient l'amour.

11.

Shelly Taylor était exactement telle que Maggie l'avait imaginée. Grande, mince, belle, adorable. Il y avait de quoi faire une dépression nerveuse, se dit Maggie en la regardant. Shelly portait avec élégance un pantalon large en lin beige et un chemisier de soie vert foncé, une tenue à la fois simple et raffinée qui mettait en valeur sa silhouette aux proportions parfaites. A son côté, Maggie avait l'impression d'être une souris grise et terne. Même les dents de Shelly étaient sans défaut, constata Maggie quand elle rit aux éclats à une anecdote qu'avait racontée Nathan.

Discrètement, Maggie regarda Ryan à la dérobée. Il se trouvait en face d'elle, de l'autre côté de la longue table de bois massif. Il contemplait Shelly en souriant et elle se demanda s'il admirait, lui aussi, la beauté et le charme de leur invitée. Ce qui la ramena à la question qui lui torturait l'esprit depuis le début du dîner, et pour laquelle elle n'avait toujours pas trouvé de réponse : pourquoi l'avait-il épousée, alors qu'il aurait pu avoir Shelly tous les jours à ses côtés ? Il n'y avait qu'une hypothèse : la belle Shelly avait refusé de se marier avec lui. Ce qui signifiait qu'il en avait épousé une autre par dépit. Maggie Drummond, en l'occurrence.

En somme, Shelly était un premier prix, et elle était un

lot de consolation, se dit Maggie. Elle avait beau savoir qu'il ne l'aimait pas, découvrir qu'il aimait quelqu'un d'autre la rendait malade.

Maggie baissa les yeux et fixa le contenu de son assiette, auquel elle n'avait pas encore touché. Pourquoi se laissait-elle entraîner par son imagination au lieu de s'en tenir aux faits ? Elle ne disposait d'aucune preuve indiquant que Ryan était amoureux de Shelly. Tout ce qu'elle savait, c'est qu'il ne l'aimait pas, elle. Et qu'il ne la désirait même plus.

De l'autre côté de la table, Ryan écoutait d'une oreille distraite la conversation, tout en observant avec attention le comportement de sa femme. Maggie semblait bien silencieuse, ce soir... On n'avait pratiquement pas entendu le son de sa voix depuis le début de la soirée. Elle était sortie de leur maisonnette alors qu'il se trouvait encore sous la douche, lui laissant un mot sur la table de la cuisine pour le prévenir qu'elle allait aider Sara à mettre le couvert et à préparer le dîner. Un prétexte de plus pour l'éviter, se dit-il avec amertume.

Il planta les dents de sa fourchette dans un morceau de viande et le porta à sa bouche. Il fallait absolument qu'ils parlent, tous les deux, pensa-t-il tout en mangeant sans aucun appétit. Il n'avait guère l'habitude de discuter de ses états d'âme ou de ses relations amicales ou familiales. En général, il préférait laisser les conflits se résoudre d'eux-mêmes, quitte à attendre le temps nécessaire. Mais là, il s'agissait de leur relation de couple. Elle n'allait pas en s'améliorant. Pire : elle ne cessait de se dégrader.

Ce n'était pas une simple question de relations sexuelles. Il était assez sincère pour reconnaître que le manque de contact physique avec Maggie le tourmentait jour et nuit et qu'il aurait fait beaucoup — et peut-être même n'importe quoi — pour la rejoindre dans son lit. Mais d'autres choses lui manquaient tout autant : le sourire de Maggie, si contagieux, l'éclat de ses yeux quand elle admirait un paysage qu'elle avait envie de photographier, et le rouge qui lui montait aux joues quand il la complimentait... Non, il ne voulait pas simplement lui faire l'amour. Il voulait aussi la tenir dans ses bras, après. Et s'éveiller avec elle, le matin suivant, et tous les autres matins.

Bref, il voulait tout ce que le mariage pouvait apporter à un couple — et il avait l'intuition qu'ils étaient faits pour en former un.

Nathan mâchait avec acharnement un morceau de viande récalcitrant, tandis que Shelly, sa voisine de table, racontait une histoire drôle vécue sur le tournage d'un western par l'un de ses amis acteurs. Le vieil homme aurait parié sa meilleure selle que personne à Hollywood ne connaissait vraiment la vie que menaient les cow-boys dans l'Ouest et il se demandait comment les producteurs, les acteurs ou les scénaristes parvenaient à gagner autant d'argent en tournant des westerns. Sans cesser d'écouter Shelly, Nathan balaya du regard les autres convives présents autour de la table. Il vit que Ryan fronçait les sourcils d'un air pensif, et que Maggie avait l'air presque désespéré quand elle ne se rendait pas compte qu'on l'observait. Dès qu'ils s'apercevaient de l'attention qu'on leur portait, ils faisaient de leur mieux pour paraître gais et sereins, mais la tension qui régnait entre ces deux-là était à couper au couteau.

Ce qui était extraordinaire, dans la vie, c'était qu'elle ne cessait de changer, se dit Nathan en avalant enfin sa bouchée. Et le mariage de son petit-fils en était un merveilleux exemple. L'histoire était simple comme bonjour : deux jeunes gens tombent amoureux l'un de l'autre et décident de se marier le plus vite possible et en toute discrétion. Il n'y avait pas de quoi fouetter un chat. Mais là où l'histoire commençait à se corser, c'était que deux semaines après son mariage éclair, Ryan était aussi nerveux qu'un jeune poulain avant son premier concours, et Maggie semblait aussi désolée que si elle venait d'enterrer sa meilleure amie et son chien dans le même après-midi.

La jeune femme lui plaisait. Elle avait le pouvoir de faire sortir Ryan de ses gonds, et le vieil homme aimait mieux supporter les sautes d'humeur de son petit-fils que de le voir jour après jour appréhender la vie avec des traits figés et un sourire superficiel. Une sorte de masque que Ryan avait porté ces dernières années, et qui avait constitué une barrière entre les autres et lui. Maggie était ce qui lui était arrivé de mieux depuis quatre ans, décida Nathan. Et il avait la conviction qu'elle était la seule à pouvoir rendre son petit-fils heureux. A condition que Ryan et elle réussissent à résoudre le conflit latent qui semblait les opposer depuis deux bonnes semaines.

Shelly acheva de raconter son anecdote et ils se mirent à rire tous ensemble. Ils étaient de bien meilleurs acteurs que ceux qu'elle avait l'habitude de côtoyer à Hollywood, songea Shelly en les regardant. Elle était sûre qu'aucun d'eux n'avait écouté l'histoire en entier, et pourtant ils lui donnaient l'impression de l'avoir fait avec le plus grand intérêt. La jeune femme retint un soupir. Certains soirs, le public n'était pas conquis d'avance.

Shelly prit une bouchée de pomme de terre tout en se demandant si elle viendrait à bout de la montagne de nourriture qu'on lui avait servie dans son assiette. Ces plats riches à base de viande rouge, de pommes de terre couvertes d'une sauce au beurre et à la crème fraîche, de haricots, étaient aux antipodes des régimes hollywoodiens. Durant plus de dix ans, elle avait avalé des feuilles de laitue sans vinaigrette et des galettes de riz translucides et fades. Depuis son retour au ranch, elle était heureuse de mordre dans un steak saignant et de savourer de vrais desserts, sans avoir la hantise de prendre des kilos. Car il n'y avait sans doute rien à craindre de ce côté-là : Ray Wellman, son contremaître, la gardait de toute prise de poids. Il l'attendait devant sa porte dès 6 heures du matin et ne l'autorisait à rentrer chez elle qu'après la tombée de la nuit. Pendant douze heures d'affilée, elle ne cessait d'apprendre et de travailler à ses côtés. Dans ces conditions, il n'y avait pas moyen d'accumuler les calories.

D'autre part, il n'était pas qu'un contremaître, songea-t-elle en mâchant pensivement un bout de pain entre deux bouchées de viande. Comment oublierait-elle que c'était Ray qui l'avait aidée à se relever, la première fois qu'elle était tombée de son poney et avait mordu la poussière de la carrière, et que c'était lui qui l'avait obligée à se remettre en selle ? Ou qu'il lui avait flanqué une fessée le jour où il l'avait surprise en train de fumer une cigarette en compagnie de son fils Andy, dans la grange à foin ? Ce n'était pas pour les empêcher de fumer qu'il les avait corrigés, avait-il expliqué ensuite, mais parce qu'ils auraient pu mettre le feu à la grange. Il était impossible de jouer au patron avec un homme qui vous a flanqué une fessée dans votre enfance, se dit Shelly.

La conversation finit par porter sur les problèmes que rencontraient les éleveurs de bétail. Comment aurait-il pu en être autrement, quand le dîner avait lieu dans un ranch ? Shelly se concentra aussitôt sur la discussion, en tentant de comprendre et d'assimiler tout ce qui se disait. Elle avait tant à apprendre, et si peu de temps pour le faire, à en croire Ray, qui ne cessait d'évoquer son départ. Pendant quelque temps, elle avait nourri quelques fantasmes au sujet de Ryan. Cela aurait été tellement plus facile, si lui et elle avaient... A quoi bon rêver ? Ryan s'était marié et avait mis un terme à ces illusions.

Car il s'agissait bel et bien d'illusions, admit-elle. En dépit de ce qu'elle avait dit à Tucker McIntyre, Ryan et elle ne s'étaient jamais entendus, sauf pour se faire la guerre. Dommage... Il aurait été plus aisé pour elle de gérer le ranch si elle avait pu tomber follement amoureuse de Ryan. Ou, du moins, l'aimer un tout petit peu.

— De nos jours, les éleveurs doivent diversifier leurs produits pour pouvoir survivre, déclara Nathan. A moins qu'ils ne parviennent à élever des veaux sans cholestérol.

Le vieil homme sourit et se cala contre son dossier en lançant un coup d'œil à son petit-fils. Puis il reporta son attention sur Shelly.

— C'est pour cela que nous sommes sur le point de nous lancer dans une nouvelle activité, annonça-t-il.

— Vraiment ? Et de quelle activité s'agit-il ? demanda aussitôt Shelly, intriguée.

Son intérêt n'était pas feint. Ray n'avait cessé de la harceler à propos de ce problème de diversification. C'était une idée que son père avait refusé de discuter, alors que Ray était convaincu, comme Nathan, que l'avenir appartenait aux ranches qui sauraient l'appliquer.

— Nous allons nous lancer dans l'élevage de chevaux, affirma Nathan. C'est Ryan qui en a eu l'idée. Il veut élever des Quarter Horses, poursuivit-il sans tenir compte de l'air stupéfait de son petit-fils. D'ailleurs, il a ramené une jument qui sera notre première poulinière. J'avoue que son comportement n'est pas des plus doux, mais elle a d'excellents papiers.

Shelly regarda Ryan en souriant.

— Si quelqu'un s'y connaît en chevaux, c'est toi.

— Disons que j'ai eu ma part de coups de pied et de chutes, dit-il, modeste.

S'il s'y connaissait en chevaux, il avait en revanche des progrès à faire en ce qui concernait les humains, pensa Ryan. Il avait toujours cru que son grand-père était opposé à l'idée d'élargir les activités du Double L à l'élevage des chevaux.

— J'ai discuté avec Ben Rayczek, avant-hier. Il a un étalon qui me plaît bien et qui est issu d'une bonne lignée. Je me demande si nous ne devrions pas l'acheter.

Nathan repoussa son assiette et croisa le regard de Ryan. Dans les yeux bleu fané du vieil homme brillait une lueur de défi.

« Nous » ? Avait-il bien entendu ? se demanda Ryan, abasourdi.

— Je connais l'animal. C'est un grand cheval bai, avec beaucoup de sang. A mon avis, Ben ne le laissera pas pour rien, observa-t-il en faisant de son mieux pour garder un ton neutre.

— Si nous commençons un élevage, nous avons intérêt à acheter de bons géniteurs, commenta Nathan, très ferme.

Cette fois, Ryan était sûr d'avoir bien entendu. Nathan avait dit « nous ». En temps normal, cela l'aurait agacé que son grand-père s'arroge ainsi le droit de se mêler de ses projets. Mais l'idée de démarrer son élevage en prenant pour étalon celui de Ben Rayczek l'excitait. Il ne s'attendait pas à acheter un étalon de cette classe avant deux ans au moins. Il ne s'attendait pas non plus à ce que Nathan se range de son côté aussi facilement. De toute évidence, il s'était trompé. Le rêve qu'il caressait allait se réaliser, songea Ryan, le cœur battant. Et sans qu'il ait à lutter contre l'intransigeance de Nathan.

— Tu as raison, répondit Ryan lentement. Nous avons besoin de partir sur de bonnes bases.

Il avait accentué le pronom personnel à dessein.

— C'est la meilleure solution, renchérit Nathan, les yeux pétillants.

⁂

Shelly ne s'attarda pas longtemps après le dîner. Son métier d'actrice lui avait appris à dissimuler ses émotions, et ses hôtes ne s'aperçurent guère que la soirée l'avait déprimée. La complicité qu'elle avait décelée entre Ryan et son grand-père à propos du projet d'élevage de chevaux lui rappelait cruellement la disparition de son père. Et le couple que son camarade d'enfance formait désormais avec Maggie ne faisait que souligner sa propre solitude. Elle allait avoir trente ans et n'avait personne avec qui partager sa vie — et son lit. Sa carrière à laquelle elle avait tant cru n'était plus qu'un amas d'illusions que le vent du Wyoming avait vite dispersées. Elle était en train d'apprendre un tout autre métier avec Ray, mais ce dernier allait bientôt rejoindre son fils, la laissant seule face à des responsabilités trop lourdes pour elle.

Shelly sortit de la maison à pas lents, tout en se demandant si elle n'avait pas commis une erreur en revenant au pays. Peut-être aurait-elle dû rester à Los Angeles. Même si elle n'était pas la nouvelle Meryl Streep, elle aurait pu y gagner sa vie en travaillant dans les relations publiques, par exemple. Avec beaucoup de patience et de persévérance, elle serait peut-être devenue agent de stars. Elle connaissait de nombreux acteurs de deuxième classe qui étaient parvenus à se recycler ainsi.

Une odeur la tira de ses sombres pensées. Shelly sentit la fumée de sa cigarette avant même de discerner sa silhouette dans l'obscurité.

— Bonsoir, Tucker.

Elle s'approcha de lui, laissant derrière elle la lumière qui éclairait le porche, et devint à son tour une ombre parmi les ombres.

— Bonsoir, Shel.

Il était le seul à l'appeler ainsi. C'était un surnom qu'elle avait détesté pendant toute son enfance. Ce soir, pourtant, il lui semblait presque réconfortant.

— Comment s'est passé le dîner? demanda-t-il.

— Très bien. Ta mère est un cordon-bleu.

— C'est vrai.

Ils demeurèrent immobiles et silencieux durant un bon moment. Tucker avait toujours su laisser le silence s'installer sans que cela soit désagréable, se souvint-elle. C'était un talent rare. Les gens qu'elle connaissait en Californie ne pouvaient pas supporter le silence plus d'une demi-seconde.

— Tu vas rester dans le coin? demanda-t-il enfin en la dévisageant.

— Oui.

Elle savait parfaitement ce que signifiait sa question. Il voulait savoir si le mariage de Ryan allait changer ses projets. Elle aurait pu feindre de ne pas comprendre le sous-entendu, et ne pas répondre directement à la question. Mais comment aurait-elle pu échapper au regard perçant de Tucker, qu'elle distinguait dans la pénombre?

— Je n'ai pas d'autre endroit où aller, admit-elle avec un soupir. Mes talents d'actrice sont limités, et ma beauté ne durera qu'un temps, ajouta-t-elle d'un air désabusé.

— La vie au ranch n'a rien à voir avec celle que tu menais à Hollywood. Ça va te changer de la Californie, répondit Tucker avec calme.

Il n'avait même pas cherché à protester poliment, ni à la rassurer sur sa beauté ou son talent. Elle se demanda un instant si elle devait en être vexée.

Puis elle haussa les épaules.

— J'ai besoin de changement, dit-elle simplement.

Les mains dans les poches de son pantalon, elle baissa la tête et frissonna, sans savoir si c'était la brise qui lui donnait froid dans le dos, ou bien le vide intérieur qu'elle ressentait ce soir.

— Déjà, avant la mort de mon père, j'envisageais de modifier mon style de vie. Evidemment, je pensais le faire progressivement. Jamais je n'aurais imaginé qu'en quelques semaines, je me retrouverais avec le ranch sur les bras, sans savoir distinguer un veau d'une génisse ! Et mon contremaître veut me quitter, par-dessus le marché, alors que je ne connais pas le métier et que je voudrais tant...

Shelly s'interrompit, brusquement gênée.

— Tu voudrais quoi ?

Il n'était qu'une voix dans la nuit, une voix grave, virile, capable de la rassurer et de lui donner le courage d'avouer à voix haute ses rêves les plus secrets.

— Je voudrais des enfants, dit-elle dans un murmure.

Elle se mordit la lèvre, puis émit un petit rire ironique.

— Ça doit te paraître idiot, je suppose. Qui pourrait m'imaginer en mère de famille ?

Tucker garda le silence, mais elle devinait que c'était pour mieux l'écouter. Les yeux fixés sur la lampe qui éclairait la façade de la maison qu'occupaient désormais Ryan et sa femme, elle poursuivit :

— Ryan et moi, nous n'avons jamais été amoureux l'un de l'autre. Mais je me disais qu'avec le temps, nous finirions peut-être par nous entendre suffisamment pour unir nos terres et fonder une famille. Evidemment, c'est une manière plutôt froide et calculatrice d'envisager la vie de couple.

— Plutôt, oui.

Elle releva le menton et fronça les sourcils.

— Je ne t'ai pas demandé ton avis ! s'exclama-t-elle d'un ton cassant.

— Si, justement.

Tucker laissa tomber sa cigarette et en écrasa le mégot sur le sol poussiéreux de la pointe de sa botte.

— Si j'ai bien compris, ce que tu recherches, c'est un contremaître qui aime les enfants ?

Shelly grinça des dents.

— J'aurais dû me douter que tu te moquerais de moi, comme d'habitude. Tu es incapable de me comprendre !

Il s'approcha d'elle et la regarda droit dans les yeux.

— Ce que j'ai du mal à saisir, c'est pourquoi tu oublies des ingrédients essentiels, Shelly. La passion, par exemple. Le désir, l'envie...

Tout en parlant, il s'était encore avancé et il se trouva tout à coup devant elle, ses larges épaules lui bloquant la vision. Shelly ne distinguait plus que sa silhouette athlétique qui semblait former un rempart entre elle et le monde extérieur. Son cœur se mit à battre plus vite. Son rythme cardiaque s'accéléra encore quand Tucker leva la main pour lui caresser la joue. Elle ne parvenait pas à discerner l'expression de son visage, mais le contact rugueux et tiède de sa main sur sa peau suffisait à lui donner le frisson.

— La passion et le désir ne sont pas des bases assez solides pour bâtir une vraie relation, affirma-t-elle.

Mais sa voix tremblait.

— Et tu penses qu'il suffit de s'entendre sur la gestion des terres pour former un couple ? demanda-t-il avec ironie.

Il la scruta un instant avant de se pencher vers elle.

— Non, Tucker, il ne faut pas...

Les mots se bloquèrent dans sa gorge tandis que les lèvres de Tucker se plaquaient sur les siennes. Le plaisir la traversa avec la rapidité et la violence d'un éclair. Oh, si, il fallait, songea-t-elle, en proie au vertige.

Tucker prit son temps. Il perçut l'hésitation de la jeune femme, puis savoura la fougue de sa réaction à mesure qu'il approfondissait leur baiser. Quand il se redressa enfin, Shelly était enroulée autour de son corps comme un liseron autour d'un chêne. Elle avait glissé les mains derrière sa nuque, plaqué ses seins contre son torse et ses cuisses contre les siennes. Au prix d'un réel effort, elle relâcha son étreinte et souleva les paupières pour le regarder. Dans ses yeux, l'incrédulité se mêlait au désir.

— Je vais te ramener chez toi, annonça Tucker.

Du pouce, il lui caressa la lèvre inférieure, qui portait encore l'empreinte de ses baisers.

Il n'y avait aucune équivoque, aucune ambiguïté. Shelly savait exactement ce qu'il lui demandait. Si elle avait été prudente, ou simplement raisonnable, elle aurait fait marche arrière. Il lui suffisait de dire qu'elle pouvait très bien se débrouiller pour rentrer toute seule. Elle lui aurait également indiqué qu'il se trompait sur son compte, qu'il prenait ses désirs pour des réalités. Mais si elle avait été aussi prudente ou aussi raisonnable, elle n'aurait jamais tenté sa chance à Hollywood...

Aussi se contenta-t-elle de hocher la tête.

— Prenons ma voiture. Elle est tout près, suggéra-t-elle.

Tucker saisit la main de Shelly et ils s'éloignèrent ensemble de la grande maison.

— Je crois que tu as fait le bon choix, dit Nathan en levant son verre en direction de la cuisine. Maggie me plaît, ajouta-t-il avant d'avaler une gorgée de cognac.

Debout près de la cheminée, Ryan fixait le foyer sans le voir. Sur le linteau, le café refroidissait dans sa tasse. Shelly était partie. Maggie avait refusé son aide quand il lui avait proposé de débarrasser la table et de mettre un peu d'ordre dans la cuisine. Et c'est avec un certain soulagement qu'il avait rejoint dans le salon son grand-père, qui avait décidé de siroter un cognac pour terminer la soirée en beauté. Certes, Ryan aurait pu remplir le lave-vaisselle sans problème, il en avait l'habitude. Et pour lui, nettoyer la cuisine était bien plus facile que de pailler un box ou de laver la salle de pansage des chevaux. En revanche, il lui était quasiment impossible de supporter la gaieté forcée de Maggie et son sourire contraint, qui ne parvenaient pas à dissiper la tristesse visible dans son regard.

Il devait absolument lui parler ce soir, décida-t-il. Le seul problème était de savoir ce qu'il allait lui dire.

En entendant le commentaire de son grand-père, il leva la tête.

— J'en suis heureux. Mais je n'ai pas épousé Maggie parce que je savais qu'elle te plairait.

— J'en suis bien conscient.

Nathan retint un sourire. La réponse de son petit-fils le réjouissait. Il fit tourner l'alcool ambré dans son verre, le huma les yeux mi-clos, puis lança un regard aigu à Ryan.

— Pourtant, j'ai cru un moment que tu avais fait ce mariage éclair exprès pour m'ennuyer.

— Eh bien, tu te trompais. La raison pour laquelle j'ai demandé à Maggie d'être ma femme n'a rien à voir avec toi, rétorqua Ryan.

Il fut le premier surpris par cette déclaration. C'était la stricte vérité, mais il venait seulement de s'en rendre compte. Nathan, avec son idée de le voir épouser Shelly, l'avait sans doute mis dans des dispositions favorables, mais ce n'était pas cela qui l'avait décidé à entraîner Maggie à Las Vegas. Il voulait vivre avec elle. Et il le voulait plus que jamais.

— C'est ce que j'ai compris.

De nouveau, Nathan réprima un sourire satisfait. Il but un peu de cognac, prenant le temps de le savourer avant de poser son verre. Puis il regarda Ryan, les sourcils froncés. Quand il se mit à parler, sa voix était rauque, comme si les mots lui écorchaient la gorge au passage.

— J'ai eu tort de te harceler, à propos de Shelly. Mais si cela t'a poussé vers Maggie, ce n'est pas plus mal.

Ryan, qui buvait le reste de son café froid, faillit s'étrangler.

— J'ai mal entendu, ou bien tu as vraiment dit que tu avais tort ?

— Ne m'énerve pas. Tu sais très bien que je suis le premier à reconnaître mes torts, quand j'en ai, grommela Nathan.

— C'est bien la seule fois que je t'ai entendu prononcer ces mots en vingt-trois ans, rétorqua Ryan.

— Parce que je n'avais jamais commis d'erreur, dit Nathan d'un ton cassant.

Il sourit à contrecœur en voyant Ryan éclater de rire.

— Tu n'as jamais eu de respect pour tes aînés, petit. Pourtant, les gens âgés ont plus d'expérience, ils en savent plus long que toi.

— C'est curieux, je ne l'avais pas remarqué.

Ils sourirent tous les deux. En quelques minutes, l'abîme qui semblait les séparer depuis plusieurs années s'était comblé. Ils se remettaient à plaisanter comme ils avaient l'habitude de le faire avant que Ryan ne décide de se lancer dans le circuit des rodéos.

— Tu as vraiment proposé à Ben Rayczek de lui acheter son étalon ? demanda Ryan, l'œil brillant d'espoir.

Nathan hocha la tête. Il fit tourner le cognac qui restait au fond de son verre en suivant le liquide des yeux.

— Je crois que je me suis montré un peu rigide, ces derniers temps. Il m'est difficile de lâcher les rênes pour te les passer, mais j'y arriverai, dit-il sans regarder Ryan.

— Je n'ai pas envie que tu le fasses, répondit le jeune homme avec sincérité.

— Le ranch t'appartiendra un jour. Il est normal que tu commences à le gérer avec moi et à dire ce que tu penses quand il y a des décisions à prendre.

Ryan secoua la tête. Il savait que c'était enfantin de sa part, mais il préférait croire son grand-père immortel.

— Nous avons le temps, dit-il simplement.

Les deux hommes demeurèrent silencieux un long

moment. Ils avaient la gorge nouée par l'émotion, l'un et l'autre, et aucun des deux ne tenait à s'exprimer de peur de le montrer.

Finalement, Nathan toussota.

— Quand vas-tu résoudre tes problèmes avec ta femme ?

— Et toi, quand vas-tu cesser de te mêler de ce qui ne te regarde pas ? rétorqua aussitôt Ryan avec agacement.

— Quand tu sauras t'occuper convenablement de ta vie privée, petit.

Leurs regards bleus se croisèrent et se défièrent un instant. Ils étaient tous les deux soulagés de se retrouver en terrain familier.

Quelques minutes plus tard, Maggie était sur le point de les rejoindre dans le salon quand, en entendant leurs voix, elle s'arrêta sur le seuil de la pièce. Ils étaient en train de discuter avec une certaine fougue du prix de l'étalon de Ben. Comme ils devaient être sûrs de leur affection mutuelle, pour oser se parler sur ce ton ! songea-t-elle avec émotion.

— Ne prends pas Ben pour un imbécile ! Il ne vendra jamais son étalon pour trois francs six sous, déclara Ryan. Et tu ne vas pas t'abaisser à négocier comme un marchand de tapis pour...

Il s'interrompit en apercevant Maggie. L'étincelle d'irritation qui brillait dans son regard disparut, et son expression se figea. En constatant ce brusque changement, Maggie ressentit un pincement au cœur. Pourtant, elle fit un effort sur elle-même pour parler avec calme.

— Je sais qu'il n'est pas très tard, mais je suis fatiguée. Si vous voulez bien m'excuser, je préfère rentrer me coucher. Merci de m'avoir reçue si gentiment, Nathan.

Elle vit Ryan poser sa tasse sur le linteau et se diriger vers elle.

— Tu n'as pas besoin de me raccompagner, Ryan. Ne t'inquiète pas pour moi, je connais le chemin, dit-elle avec un petit rire forcé.

— J'allais partir, affirma Ryan.

Ce soir, il n'était pas question de la laisser rentrer seule pour qu'elle aille aussitôt s'enfermer dans sa chambre. Il était d'humeur à briser sa porte si elle l'empêchait de la rejoindre.

Ils sortirent ensemble du salon. Dès qu'ils furent dehors, l'air frais de la nuit surprit Maggie. Elle aurait dû prendre un châle, songea-t-elle. Mais elle ne se faisait guère d'illusion. Même si elle s'était emmitouflée dans une parka, elle aurait eu froid, car son cœur était glacé.

— Maggie, il faut que nous parlions, lui dit Ryan d'un ton ferme.

Elle acquiesça. Dans le noir, elle aurait plus de courage qu'en plein jour. Aussi se décida-t-elle à exprimer tout haut ce que Ryan devait forcément penser.

— Je sais. Nous avons commis une erreur.

Elle aurait voulu rire, comme si ce n'était pas très grave, mais elle eut peur d'éclater en sanglots. Elle se contenta de hausser les épaules.

— Nous sommes adultes tous les deux. Nous savions que nous prenions un risque, en nous mariant si vite. Puisque nous n'arrivons pas à mener une vraie vie de couple, c'est que nous nous sommes trompés. Autant le reconnaître et nous séparer à l'amiable. Je ne...

Ryan lui saisit le coude et l'obligea à s'immobiliser. Tout en parlant, Maggie avait accéléré le pas, et elle était à deux doigts de s'enfuir en courant. Il la fit se tourner vers lui, de façon qu'elle le regarde. Quand il se mit à parler, le clair de lune donnait à ses iris bleus un éclat argenté.

— Ce ne sera pas à l'amiable, de mon côté.

— Oh... Pourquoi ?

Elle s'attendait à ce qu'il soit soulagé et qu'il saisisse au vol l'occasion qu'elle lui offrait de mettre un terme à leur mariage.

— Parce que je ne crois pas du tout que nous ayons commis une erreur. En tout cas, si nous en avons fait une, ce n'est pas en nous mariant. C'est après que nous nous sommes trompés, dit-il avec tristesse.

Il lui tenait le poignet, à la fois pour l'empêcher de s'enfuir et parce qu'il avait besoin de la toucher. Oui, c'était un besoin... Voilà le mot qu'il n'avait pas voulu utiliser, quand il pensait à Maggie. Pourtant, il avait besoin d'elle. Et c'était cela même qui le terrifiait.

— Pour commencer, il y a une partie de mon passé que tu ignores, et j'aurais dû t'en parler, murmura-t-il comme à lui-même.

Il prit une profonde inspiration avant de se lancer à l'eau.

— Maggie... J'ai déjà été marié. Je regrette de ne pas te l'avoir dit avant, et j'espère que tu me pardonneras. J'ai...

— Je le savais, dit-elle avec calme.

Ryan la fixa, ahuri.

— Mais... comment ?

Pas une seule fois il ne lui était venu à l'esprit que Maggie était au courant de son mariage avec Sally. Pourtant, il n'y avait là rien de vraiment étonnant. Il était impossible de garder un secret à Willow Flat.

— Bill m'a tout raconté. Tu as dû beaucoup souffrir, dit-elle avec douceur.

— Oui.

Il ne pouvait en dire davantage, tant il avait la gorge serrée. La compassion de Maggie lui allait droit au cœur.

— Pardonne-moi. C'était à moi de te prévenir, au sujet de Sally. Mais je n'y arrivais pas...

Il n'arrivait pas à parler de la femme qu'il aimait à

celle qu'il n'aimait pas, songea Maggie, le cœur lourd. Mais à quoi bon ressasser cela, maintenant ? La situation était enfin claire, et il valait mieux se séparer sans se faire trop de mal.

— Cela n'a plus d'importance, affirma-t-elle. Puisque notre mariage est une erreur et que nous...

— Arrête de dire ça !

Il lui secoua le bras sans ménagement.

— Ce n'est pas une erreur, gronda-t-il, furieux.

La colère qu'il manifestait fit du bien à Maggie. Grands dieux, comme elle aurait voulu le croire !

— Nous sommes allés trop vite, murmura-t-elle, presque timidement.

— Nous n'avons pas eu tort d'aller vite. C'est après que nous nous sommes montrés trop prudents.

Il lui lâcha le bras et la prit par les épaules pour l'attirer à lui. Il cherchait à deviner son expression dans la pénombre.

— Pourquoi m'as-tu épousé, Maggie ?

Elle tressaillit, comme s'il lui avait hurlé la question dans l'oreille. Quand elle tenta de s'écarter, il la maintint solidement contre lui.

— Puisque tu ne me réponds pas, je vais te dire, moi, pourquoi je t'ai épousée...

— Oh, ça, je le sais, intervint-elle. Sur un coup de tête. Mais tu n'as pas à t'excuser. C'était une er...

— Si tu répètes encore une fois que c'était une erreur, je te préviens que je vais te secouer comme un prunier, jusqu'à ce que tu me promettes de ne plus jamais prononcer cette phrase !

Maggie ouvrit la bouche, aspira une grande bouffée d'air et fixa Ryan comme s'il était un extraterrestre.

— Je t'ai épousée parce que j'en avais envie, Maggie, expliqua-t-il. C'était plus qu'un coup de tête, c'était une impulsion irrésistible. Mais ça n'était absolument pas une erreur.

Il se tut un instant. Il aurait voulu qu'un rayon de lune éclaire le visage de Maggie, pour lui permettre de déchiffrer son expression. D'un autre côté, l'obscurité l'encourageait à parler.

— Après la mort de Sally, j'ai décidé de ne plus jamais courir le risque de tomber amoureux. J'avais peur de revivre un tel enfer.

— Je comprends... En fait, je...

— Tais-toi.

Et pour mieux la faire obéir, il se pencha et l'embrassa à perdre haleine. Quand il se redressa, Maggie avait les yeux pleins d'étoiles, les jambes en coton et le cœur qui battait la chamade.

— Oh, soupira-t-elle.

— Tu ne comprends rien. Absolument rien !

Elle était trop faible pour se disputer avec lui. La façon dont il l'avait embrassée lui avait coupé le souffle et la tête lui tournait.

— D'accord, chuchota-t-elle. Je ne comprends rien.

Ryan sourit.

— Ah, enfin, te voilà soumise ! Tu vas donc pouvoir m'écouter sans m'interrompre.

Il lui enlaça les épaules et l'entraîna vers le porche de leur maisonnette. Accrochée au-dessus de la porte d'entrée, une lanterne projetait une lumière dorée devant le battant peint en vert.

— Je veux te dire que je t'aime, Maggie.

Il resserra son étreinte en sentant que, sous le choc de la révélation, Maggie ne semblait plus très solide sur ses jambes.

— Je ne pouvais pas te le dire plus tôt, poursuivit-il, car je viens seulement d'en prendre conscience.

— C'est... vrai ?

La gorge nouée, les yeux embués de larmes, Maggie se demanda si on pouvait mourir de bonheur. Une émotion intense l'avait envahie et la faisait trembler de la tête aux pieds.

Ils avaient atteint le porche. Ryan s'arrêta pour dévisager sa femme sous la lumière dorée. Son regard brillait avec un tel éclat, l'amour qui se reflétait dans ses prunelles était si fort, qu'il se demanda comment il avait pu être assez idiot pour ne pas le voir avant. C'était la seconde fois qu'il avait la chance d'être aimé ainsi, et il ferait tout pour la mériter.

Lentement, il leva la main et couvrit de sa paume la joue de Maggie.

— Notre mariage n'est pas une erreur, même si j'avoue que je n'ai jamais commis une telle folie. Sauf peut-être quand j'avais seize ans... Je m'étais soûlé pour la première fois de ma vie, et Tucker en avait profité pour me persuader de monter un taureau au clair de lune, dit-il pensivement.

Maggie éclata de rire. C'était le plus joli son qu'il eût entendu depuis des semaines, songea Ryan.

— Je me demande si je dois me sentir flattée ou insultée ! s'exclama la jeune femme.

— C'était un taureau magnifique, affirma-t-il, juste pour le plaisir de l'entendre rire de nouveau.

Son rire cessa tout à coup quand Ryan se pencha et suivit du pouce le contour de sa lèvre inférieure.

— Me permettez-vous de vous offrir une vraie nuit de noces, madame Lassiter ? demanda-t-il, l'air grave.

Le rose monta aux joues de Maggie, mais elle soutint le regard de son mari sans broncher.

— J'accepte avec joie.

Et elle lui prit la main pour l'entraîner à l'intérieur de la maison.

Épilogue

Six mois plus tard

— J'ai l'impression qu'elle commence à me supporter, déclara Ryan.

Il posa sa botte gauche sur la planche la plus basse de la barrière et contempla la jument qui se tenait dans l'enceinte du corral.

— Comment le sais-tu ? demanda Virgile Mortenson, en levant doucement la main pour caresser la tête de l'animal.

— Elle ne ricane plus quand elle me regarde, répondit Ryan.

En fait, la jument tolérait sa présence, mais elle n'appréciait guère qu'il la touche. Au grand dépit de Ryan, elle semblait avoir une préférence pour les caresses de Virgile.

— Je ne savais pas que les chevaux ricanaient, marmonna Virgile.

— C'est parce que tu n'y as pas fait attention.

Ryan se tourna vers son interlocuteur et son épaule heurta légèrement la barrière de bois. Le mouvement fit tressaillir la jument, qui renifla fortement en lui lançant un regard noir. Ryan eut un soupir écœuré.

— Tu as vu ? Elle me méprise ! On dirait que j'ai dévoré un rôti de cheval avant de venir !

— Remarque, il y aurait de quoi la bouleverser, répliqua Virgile en souriant malgré lui.

— Elle a de la chance que tu aies accepté de venir la dresser. Sinon, je l'aurais envoyée directement à la boucherie !

Il n'aurait jamais mis sa menace à exécution. Il le savait. Virgile le savait. Et la jument le savait aussi.

— Je n'ai pas accepté de la dresser, rétorqua Virgile d'un ton sec. C'est ta femme qui m'en a donné l'ordre.

Ryan ne put retenir un immense sourire.

— Elle est petite, mais elle est forte et elle sait ce qu'elle veut.

Virgile hocha la tête.

— Je n'ai pas réussi à lui résister.

Le silence s'installa entre les deux hommes. Derrière eux, dans le bâtiment aménagé en dortoir pour les cowboys, s'éleva une voix. L'un des hommes s'efforçait de chanter sa version très personnelle de *Pretty Woman*. Il fut bientôt interrompu par une série d'insultes, de jurons et de sifflements.

— C'est Jim Duggan, expliqua Ryan en souriant. Il chante faux comme une casserole.

— Ça ne l'empêche pas d'essayer. Le pire, c'est qu'il s'est mis au rap. On grince tous des dents quand il ouvre la bouche.

Virgile laissa retomber la main qui caressait la jument. La bête renâcla et jeta un regard méfiant à Ryan avant de se retourner et de trotter vers l'autre bout du corral. Les mains posées sur la barrière, les yeux fixés sur la jument, Virgile hocha la tête.

— Il n'y en a pas beaucoup qui m'auraient offert du travail, après toutes ces années.

Il lança un coup d'œil à Ryan, puis revint à la jument.

— Je te suis reconnaissant d'avoir pris le risque de m'engager, murmura-t-il.

— Je ne vois pas quel risque j'ai pris, rétorqua Ryan. Tu es le meilleur dresseur de chevaux de la région.

— Je l'ai été, à une époque...

La voix de Virgile se brisa. Il secoua la tête et reprit d'un ton plus ferme :

— Je n'avais pas travaillé avec les chevaux depuis des années. Je me demandais même si je saurais encore par quel bout les prendre.

— Pour ma part, je n'en ai jamais douté.

Ryan tourna la tête vers Virgile et le dévisagea. Il avait la figure tannée par le travail au grand air et un regard clair et franc. Cela faisait six mois qu'il n'avait pas touché à l'alcool et, s'il n'avait pas encore remporté la guerre, il avait gagné la première bataille contre ses démons. D'ailleurs, Maggie ne lui aurait jamais permis de la perdre. Quand Virgile était revenu en ville, sobre pour la première fois depuis longtemps, Maggie avait aussitôt suggéré à Ryan de l'engager pour l'aider à monter son élevage de chevaux. Ce que Ryan s'était empressé de faire, mais Virgile avait refusé tout net la proposition, par orgueil ou par manque de confiance en lui. C'est alors que Maggie y avait mis son grain de sel. Bien que Ryan lui eût affirmé qu'elle ne pouvait pas obliger Virgile à accepter de travailler au ranch s'il ne le souhaitait pas, Maggie n'en avait fait qu'à sa tête. Elle était allée voir le vieil homme dans le modeste appartement qu'il habitait, juste au-dessus de l'épicerie, et avait réussi à lui forcer la main. Ryan préférait ignorer ce qu'elle avait pu dire à Virgile, mais quand elle était revenue au ranch, il l'accompagnait, l'air un peu confus, comme s'il se demandait pourquoi il se trouvait là. Cela faisait quatre mois maintenant que Virgile travaillait au ranch, et Ryan n'avait pas eu une seule occasion de le regretter.

En se souvenant de cette scène, Ryan sourit.

— Tu sais, confia-t-il à Virgile, même si je n'avais pas voulu t'engager, je n'aurais jamais osé l'avouer à Maggie. Quand elle a une idée en tête, il est impossible de lui faire entendre raison !

— Elle ne doit pas être commode, hein ?

— Tu parles... Parfois, elle me terrifie !

Les deux hommes échangèrent un sourire complice avant de laisser un silence confortable s'installer entre eux. Mais à présent qu'il avait évoqué Maggie, Ryan ne tenait plus en place. Il avait envie d'aller la rejoindre, et dut faire un effort pour ne pas se retourner et regarder la maisonnette qui abritait désormais leurs amours. Maggie devait être en train de préparer le dîner, pensa-t-il. A moins qu'elle ne se soit enfermée dans la chambre noire et qu'elle n'ait oublié l'heure. Il écouta d'une oreille distraite Virgile, qui avait repris la parole. Voyons, qu'avait-il dit ? se demanda Ryan quand le vieil homme se tut de nouveau. Il s'agissait sûrement de la jument. Il plissa les yeux pour distinguer la puissante silhouette de l'animal qui se découpait dans la lumière rougeoyante du soleil couchant.

— Tu fais du bon travail, avec elle.

Virgile retint un sourire. Il n'était pas dupe, Ryan n'avait pas entendu un mot de ce qu'il venait de dire. Même s'il vivait seul depuis longtemps, il n'avait pas oublié ce que cela signifiait d'avoir quelqu'un qui vous aime et qui vous attend chez vous.

— Va falloir que j'y aille, fiston. Sinon, les autres ne me laisseront que des miettes pour le dîner, déclara-t-il en désignant du menton le bâtiment dans lequel il logeait désormais, avec les autres cow-boys.

De nouveau, il réprima un sourire en voyant Ryan sauter sur l'occasion pour s'éclipser.

— Je vais rentrer, moi aussi. Maggie est sûrement à la maison, et elle a dû préparer le repas.

Virgile hocha la tête et le suivit des yeux tandis qu'il s'éloignait d'un pas pressé, manifestement heureux de rentrer chez lui. Oh, non, le vieil homme n'avait pas oublié. Lui aussi avait eu un foyer, une femme et des enfants qui attendaient son retour, chaque soir. Il se détourna et prit la direction du dortoir tout en frottant machinalement la paume de sa main sur sa poitrine, juste à l'endroit où se trouvait son cœur, comme s'il tentait d'apaiser la souffrance qui y résidait en permanence.

Armée d'une douille, Maggie pencha légèrement la tête pour suivre la ligne qu'elle avait tracée à l'aide d'un cure-dents sur le glaçage immaculé de son gros gâteau. Elle avait retiré la pâtisserie du four une heure auparavant et la décorait à présent avec application. Peu à peu, la ligne forma des lettres, un peu malhabiles, certes, mais tout à fait lisibles. Quand Maggie se redressa enfin, elle avait écrit « Bon Anniversaire » en lettres bleu pâle sur toute la largeur du gâteau. Elle lança un coup d'œil critique à son œuvre et eut un sourire satisfait.

« Pas mal, pour une débutante, songea-t-elle. Ce n'est pas un chef-d'œuvre, mais ce n'est pas mal du tout. »

Elle repoussa d'une main collante une mèche rebelle qui lui tombait sur le front et poussa un petit soupir. Elle savait que Ryan n'irait jamais dénigrer ses talents de cuisinière et de pâtissière, mais elle tenait à ce que le dîner fût parfait, ce soir. Il s'agissait d'un événement important dans leur vie de couple, se dit-elle en sentant son estomac se nouer de nervosité. Elle reprit sa douille et ajouta quelques lettres sur le gâteau. C'était ce dernier mot qui allait rendre la soirée si spéciale.

Demain soir, on devait célébrer officiellement l'anniversaire de Ryan dans la grande maison, au cours d'un dîner donné par Nathan. Il avait invité les McIntyre, ainsi que

Tucker et Shelly. Quand Nathan avait précisé qu'il s'agissait juste de la famille, Maggie avait eu un sourire rayonnant. Pour la première fois de sa vie, elle avait le sentiment d'appartenir à une vraie famille, même si elle n'était pas liée à ses membres par le sang. Ils étaient ses parents, ses frères ou ses sœurs de cœur, et elle ne se trouvait plus toute seule du mauvais côté de la barrière.

Toute sa vie elle s'était senti coupable d'une faute invisible qui empêchait sa mère de l'aimer. Il lui avait fallu attendre ses vingt-quatre ans et son prince charmant, Ryan en l'occurrence, pour comprendre enfin qu'elle n'avait rien fait de mal et qu'elle pouvait être aimée. Lydia et Noreen étaient parties s'installer à Los Angeles avec l'argent provenant de la vente de la maison. Le jour de leur départ, Maggie avait dû admettre la possibilité qu'elle ne revoie plus jamais sa mère et sa sœur et elle avait été surprise de constater que cette idée ne l'affectait pas tant que cela. En fait, ce qu'elle regrettait le plus, c'était d'en ressentir aussi peu de tristesse.

Maggie dessina une petite arabesque au-dessous du mot qu'elle venait d'écrire sur le glaçage et poussa un profond soupir. Elle recula un peu pour contempler le gâteau. Il était superbe, et elle avait hâte de voir la mine que ferait Ryan quand il lirait l'inscription. Ce soir, ils fêtaient son anniversaire en tête à tête, et puis aussi autre chose. De plus en plus nerveuse, Maggie s'approcha de l'évier pour rincer la douille et ses mains. Elle savait que Ryan apprécierait cette « autre chose », mais elle ne pouvait pas s'empêcher de ressentir quelque appréhension.

Le bruit de l'eau coulant du robinet couvrit celui des pas de Ryan quand il pénétra dans la cuisine. Maggie ne se rendit compte de sa présence derrière elle que lorsqu'elle sentit un bras solide se glisser autour de sa taille.

Elle poussa un petit cri de surprise, fit un bond en arrière sur le carrelage, et éclaboussa Ryan en agitant ses mains qu'elle venait de passer sous l'eau.

— Ah, voilà le genre d'accueil que j'aime... Tu as l'air excitée de me voir, dit-il en riant.

— Tu m'as fait une peur bleue !

Elle rit à son tour, puis se mit à protester quand il voulut l'embrasser.

— Tu as le nez et les joues glacées ! s'exclama-t-elle.

— Il fait froid, dehors. Je pense que la première neige va tomber demain.

Ryan la prit dans ses bras et la serra contre lui.

— Réfléchis, Maggie. On risque d'être bloqués par la neige. On sera enfermés ici, avec le vent qui tourbillonnera autour de la maison... Juste toi et moi, devant un bon feu de cheminée, pendant des jours et des jours.

Il lui coula un regard langoureux.

— A ton avis, comment allons-nous passer le temps, tous les deux ?

Elle feignit de ne pas comprendre ses œillades et son ton suggestif.

— Oh, je suppose que nous serons dehors, en train de déblayer la neige à la pelle !

Ryan fronça les sourcils.

— Je pensais plutôt à une partie de strip-poker.

— Ça n'est pas très logique de passer son temps à se déshabiller alors qu'il fait si froid, rétorqua-t-elle.

— Qui t'a dit d'être logique ? marmonna-t-il.

Il lança un coup d'œil par-dessus l'épaule de Maggie.

— Hé, tu as fait un gâteau ?

— Non.

Maggie se libéra de son étreinte et se plaça devant la table pour lui bloquer la vue. Flûte, elle qui voulait le cacher jusqu'au dessert, et l'apporter une fois qu'elle aurait allumé toutes les bougies qui le décoraient !

— Enfin, oui... J'ai fait un gâteau, mais c'est pour tout à l'heure.

— C'est demain mon anniversaire... Je peux en avoir une petite tranche, juste pour le fêter avec un peu d'avance ?

Maggie secoua ses mèches mais elle avait oublié qu'elle était beaucoup plus petite que son mari. Un sourire aux lèvres, Ryan s'approcha et regarda par-dessus sa tête le gâteau posé sur la table. Il était gourmand, et Maggie, après des débuts un peu hasardeux, devenait une excellente pâtissière. Mais ce soir, c'était surtout le jeu qui l'amusait. Il adorait la voir froncer les sourcils et adopter un air sérieux, comme si elle s'apprêtait à réprimander un gamin qui chipe un biscuit.

— Tu n'auras pas de gâteau avant le dîner, affirma-t-elle. Va plutôt te laver les mains avant de passer à table.

— J'ai les mains propres, et je meurs de faim !

Il lui fit une moue qu'il avait mise au point quand il était enfant, et à laquelle Sara n'avait jamais pu résister. Quand elle le voyait avec cette expression sur le visage, elle lui glissait automatiquement dans la main les biscuits qu'il convoitait.

— Juste un petit morceau, s'il te plaît, Maggie.

La jeune femme hésita entre l'agacement et le rire. La scène ne se déroulait pas du tout comme elle l'avait prévu. Elle avait décidé d'enfiler une jolie robe et de dîner aux chandelles avec Ryan dans la salle à manger. Après un souper fin, arrosé de vin blanc, elle devait apporter le gâteau, sur lequel son mari aurait lu ce qu'elle avait écrit.

Une fois de plus, Maggie sentit son estomac se nouer. Elle avait attendu toute la journée pour lui annoncer la nouvelle... Tant pis si elle portait un jean et un vieux pull, et s'ils se trouvaient dans la cuisine éclairée au néon !

La gorge serrée par l'émotion, elle se poussa enfin sur le côté pour lui permettre de mieux voir le gâteau.

Après y avoir lancé un coup d'œil, Ryan la regarda avec un large sourire.

— Ça va me faire deux gâteaux d'anniversaire à la suite ! J'ai beaucoup de chance...

— Tu peux en avoir plus. De la chance, je veux dire... Parce qu'à mon avis, c'est une grande chance, bredouilla Maggie, le cœur battant.

Ryan haussa les sourcils et la fixa d'un air perplexe.

— Tu peux répéter ? Je ne suis pas sûr d'avoir tout compris, dit-il d'un ton à la fois tendre et amusé.

En rougissant, Maggie saisit à deux mains le plat sur lequel elle avait posé le gâteau et le mit sous le nez de Ryan.

— Regarde. Je l'ai décoré moi-même, dit-elle dans un souffle.

— C'est ce que je vois. Tu as écrit « Bon Anniversaire... »

La voix de Ryan s'étrangla tandis qu'il déchiffrait le dernier mot.

— « Bon Anniversaire, papa », murmura-t-il, incrédule.

Il tourna les yeux vers Maggie et le bonheur qu'elle put y voir effaça tous les doutes et les incertitudes qui l'avaient affectée au cours de la journée.

— Oh, Maggie... C'est vrai ?

Ryan saisit les mains de sa femme dans les siennes. Trop émue pour parler, Maggie se contenta de hocher la tête et de sourire.

— Depuis quand le sais-tu ?

— Depuis ce matin, articula-t-elle. Nous serons parents dans sept mois, à peu près.

Jamais Ryan n'aurait cru que l'on pouvait être aussi heureux dans la vie. Au cours des mois précédents, Maggie avait réussi à dissiper les ombres qui voilaient son regard et à guérir les blessures de son âme. Elle l'avait aidé à exorciser ses démons, et l'avait charmé par son enthousiasme, sa générosité et ses sourires.

Il n'était pas sûr de mériter un tel bonheur.

— Est-ce que je t'ai dit que je t'aimais plus que tout au monde ? demanda-t-il, en encadrant son petit visage de ses larges mains.

— Il me semble que tu me l'as dit ce matin.

Elle saisit les poignets de Ryan et le fixa d'un regard rayonnant d'amour.

— Mais il paraît que les actes sont toujours plus crédibles que les mots, ajouta-t-elle à voix plus basse.

Il sourit et se pencha pour la soulever dans ses bras.

— Si tu préfères le geste à la parole, alors moi aussi !

Elle lui enlaça la nuque et posa sa joue contre la sienne.

— Je ne sais pas si tu pourras encore me porter dans quelques mois, dit-elle d'un ton inquiet. Je risque d'être deux fois plus grosse !

— Et tu seras deux fois plus belle, ma chérie.

Il l'embrassa, faisant taire ainsi toutes les inquiétudes de Maggie. Qu'importait la beauté, quand on était entourée d'un tel amour ? pensa-t-elle en rendant à Ryan baiser pour baiser. Avec un sourire radieux, elle se laissa emporter hors de la cuisine, vers le premier étage où se trouvait leur chambre.

Par miracle pourtant, China survit à ses blessures. Désormais seul témoin dans une affaire qui menace d'ébranler la haute société de Dallas, elle reçoit la protection d'un inspecteur, Ben English. Commence alors une course contre la montre pour identifier l'assassin avant qu'il ne retrouve la jeune femme…

Mortel enjeu, de Tara Taylor Quinn • N° 257

Kate Whitehead avait tout pour elle. La richesse. La renommée. Un mari très en vue. Jusqu'au jour où, enceinte de six mois, elle a fui l'enfer qu'elle vivait au quotidien auprès de cet homme aussi influent que violent.

Deux ans plus tard, Kate est devenue Tricia Campbell. Elle a donné naissance à un petit garçon et refait sa vie à San Diego. Mais elle qui vit dans la hantise d'être retrouvée découvre soudain avec stupeur que son mari est accusé de l'avoir tuée. Pour Tricia, il faut désormais choisir : laisser un innocent risquer la peine capitale pour un crime qu'il n'a pas commis, ou le sauver au risque de le voir ensuite se retourner contre elle… et son enfant.

Les serments du cœur, de Susan Wiggs • N° 258

A Winslow, petite station balnéaire du Rhode Island, Rosa Capoletti savoure pleinement le succès de son restaurant. Quelle belle ascension pour elle qui est partie de rien… Mais sa vie est bouleversée le jour où elle voit resurgir Alex Montgomery, un riche héritier avec qui elle a connu autrefois une folle passion – jusqu'à ce qu'il la quitte sans un mot au moment où elle faisait face à une douloureuse tragédie familiale. Le temps a passé depuis, mais l'un et l'autre constatent vite que, entre eux, l'amour est toujours là, intact. Seulement, peuvent-ils se donner une nouvelle chance, quand tant de non-dits et de malentendus les séparent ?

Dangereuse alliance, de R. J. Kaiser • N° 111 (Réédition)

Une femme traquée. Voilà ce qu'est devenue Stephanie Reymond à la mort de son mari. Parce que celui-ci s'est compromis avec des truands, elle se retrouve soudain poursuivie par des hommes bien décidés à récupérer les millions de dollars qu'ils avaient confiés au défunt. Et ils sont prêts à tout pour ça. Y compris à tuer… Seule face à eux, Stephanie ne peut que fuir. Fuir… et espérer ne pas commettre une grave erreur en décidant de s'en remettre à un marin au passé trouble, Jack Kidwell, pour l'aider à s'en sortir vivante…

COMMANDE... COMMANDE... COMMANDE...

COMPLÉTEZ VOTRE COLLECTION !

Collectionnez les grands succès de la littérature féminine...

... et découvrez les romans de votre collection BEST SELLERS que vous n'avez pas encore lus !

6,18 € par roman

- ❒ N° 92 LA CLANDESTINE, de Jasmine Cresswell
- ❒ N° 93 L'INNOCENCE BAFOUÉE, de Karen Young
- ❒ N° 96 FLAGRANT DÉLIT, de Carla Neggers
- ❒ N° 100 CHASSÉS-CROISÉS, de Laura Van Wormer
- ❒ N° 102 LA MÉMOIRE DÉROBÉE, de Sharon Sala
- ❒ N° 109 SECRETS ET TRAHISONS, de Jennifer Blake
- ❒ N° 110 LA DERNIÈRE PROMESSE, d'Elizabeth Gage
- ❒ N° 111 DANGEUREUSE ALLIANCE, de R.J. Kaiser
- ❒ N° 112 L'INVITATION, d'Heather Graham
- ❒ N° 121 ZONE INTERDITE, de Howard Simon
- ❒ N° 123 LA FUGITIVE, de Debbie Macomber
- ❒ N° 132 L'HÉRITAGE MEURTRIER, de Jasmine Cresswell
- ❒ N° 136 L'APPÂT, de Taylor Smith
- ❒ N° 188 SOMBRE MACHINATION, de R.J. Kaiser
- ❒ N° 194 LE PRIX DU SCANDALE, de Ann Major
- ❒ N° 222 LE SANG DU CRÉPUSCULE, de Maggie Shayne
- ❒ N° 223 FATALE DESTINATION, de Laurie Breton
- ❒ N° 224 LE TRIANGLE DU MAL, de Gwen Hunter
- ❒ N° 225 EAUX MORTELLES, de Karen Harper

COMMANDE... COMMANDE... COMMANDE...

Ces volumes sont disponibles auprès du Service Lectrices dans la limite des stocks. Si vous souhaitez commander certains titres, cochez les livres choisis et indiquez vos coordonnées dans le bon de commande ci-joint.

Chaque volume est vendu au prix de 6,18 €, auquel s'ajoutent 2,40 € par colis pour la participation aux frais de port et d'emballage.

N'envoyez pas d'argent aujourd'hui, une facture accompagnera votre colis.

Renvoyez ce bon à : Service Lectrices HARLEQUIN
CÉDAP / BP 77 - 94232 CACHAN CEDEX.

Mme ☐ Mlle ☐ Si abonnée, n° : ☐ ☐☐☐☐☐☐☐

NOM ______________________

Prénom ______________________

Adresse ______________________

Code Postal ☐☐☐☐☐ Ville ______________________

______________________ Tél. : ☐☐ ☐☐ ☐☐ ☐☐ ☐☐

Adresse e-mail ______________________

Date d'anniversaire ☐☐ ☐☐ ☐☐☐☐

Signature indispensable

Le **Service Lectrices** est à votre écoute au **01.45.82.47.47** du lundi au jeudi de 9h à 17h et le vendredi de 9h à 15h.

Conformément à la loi Informatique et Libertés du 6 janvier 1978, vous disposez d'un droit d'accès et de rectification aux données personnelles vous concernant. Vos réponses sont indispensables pour mieux vous servir. Par notre intermédiaire, vous pouvez être amené à recevoir des propositions d'autres entreprises. Si vous ne le souhaitez pas, il vous suffit de nous écrire en nous indiquant vos nom, prénom, adresse et si possible votre référence client. Vous recevrez votre commande environ 20 jours après réception de ce bon.

Offre réservée à la France métropolitaine et soumise à acceptation.

Composé et édité par les
éditions Harlequin
Achevé d'imprimer en février 2006

BUSSIÈRE
GROUPE CPI

à Saint-Amand-Montrond (Cher)
Dépôt légal : mars 2006
N° d'imprimeur : 60087 — N° d'éditeur : 11918

Imprimé en France